AF139495

1

SIMONE HARRE

FELIX

Der lange Weg in den Frieden.
Eine jüdische Odyssee

Roman

1. Auflage, Mai 2023
www.simoneharre.com

ISBN Softcover: 978-3-347-96503-4
ISBN Hardcover: 978-3-347-96504-1
ISBN E-Book: 978-3-347-96505-8

Druck und Distribution im Auftrag :
tredition GmbH
An der Strusbek 10, 22926 Ahrensburg, Germany

„Die Welt wird nicht bedroht von den Menschen, die böse sind. Sondern von denen, die das Böse zulassen."

Albert Einstein

Wie wird man Wärter eines alten jüdischen Friedhofs? Wie fühlt es sich an als Jude verfolgt zu werden, ohne sich selbst als Jude zu fühlen? Wie gelingt es, kraft-und hoffnungsvoll zu bleiben, wenn man zehn Jahre lang von Ort zu Ort fliehen muss und einem immer wieder alles genommen wird? Wie ist es, überall ein Fremder zu sein, was ist Heimat und Identität und wo können wir sie finden? Manche Menschen müssen sich mehr Fragen stellen als andere. Manche können sie bewältigen, andere nicht.

FELIX ist die wahre und außergewöhnliche Lebensgeschichte des berühmten Freiburger Felix Rottberger, erster jemals in Island geborener Jude, der mit seiner Familie vor den Nazis flieht und damit eine immer wieder dramatische Flucht skizziert, die in Berlin ihren überstürzten Ausgang nimmt, von dort über Island, Dänemark und Schweden weiterführt und im Süden Deutschlands, zu guter letzt auf dem alten jüdischen Friedhof in Freiburg nach dem Krieg endet und eine Antwort auf Identität, Erinnern und Vergessen gibt. Eine spannende Geschichte von Tragik und Verzweiflung, aber auch von Hoffnung und Güte und immer wieder helfender Hände. Eine Geschichte für den Frieden.

Prolog

Manchmal beginnt ein Leben dort, wo wir nicht beginnen.

Felix, hör doch mal…! - Heidi, Liebes, was ist denn? - Hör! Es ist laut. Laut draußen. - … Heidi, ich schlafe. - So hör doch. Die Stimmen! - Ich höre nichts. - Felix, jetzt wieder! - Ach, Heidi! Schließ doch endlich das Fenster! Und komm ins Bett! - Aber Felix. Ich kann nicht. Es murmelt. Es hört sich an… ich weiß nicht… aufgeregt, auch klagend. - Heidi! - Na gut. Ich komme. - Ja, so ist schön. Ich streichle dich noch ein wenig. Magst du das? - Oh ja, Felix, mach weiter… Was meinst du, ob sie auf dich gewartet haben? - Wer? - Na die. Die alle da draußen. - Vielleicht. Ich weiß, dass ich auf dich warte, Heidi… - Felix! - … Du weißt doch: Wenn es still wird, erklingt die Welt! Wenn die Welt erklingt, wird es still. - Das hast du schön gesagt. - Ja, nicht wahr? - Es hört sich an als erzählten sie sich einander. Ich glaube, sie können keine Stille finden und keinen Klang. - Na gut, Heidi. Dann wollen wir von nun an klingeln und klingen und dem Klingen zuhören. Was meinst du? - Ja, das wollen wir, Felix.

───────────

Na sowas! … Alfred! Da ist wer. Da sind Neue. … hör nur! Ich bin ganz aufgeregt. Und die Fenster leuchten. So viele Geräusche. Eine Kinderstimme auch. Wunderbar. Wie wunderbar! - Wirklich? Ich höre nichts. - Du hörst nichts? Gar nichts? - Die Welt geht mich schon lange nichts mehr an! Mein Augenlicht erlosch zur rechten Zeit, meine ich. - Die Ewigkeit gehört nicht dem Groll, Alfred. Sie gehört dem Verzeihen und der Liebe. Das weißt du sehr wohl. - Jaja. - Du hast immer an das Gute geglaubt. - Das war genau der Fehler. - So darfst du nicht sprechen. Du bist ja gar nicht du selbst. - Und mich schmerzt, wenn du von der Liebe sprichst, Therese. Du warst mir alles. Unser Leben war mir alles. Nun bist du nicht mehr bei mir. - Alfred…! Du tust mir weh! - Israel und Sara… das war das Ende unserer Geschichte. Das waren die Namen, die man uns gab, so wie allen Brüdern und Schwestern von uns, Namen, um unser Licht zu erlöschen. - Ich bin doch längst wieder deine Therese, Alfred. Sara habe ich erlöst. Schnell wie kaum eine andere. Es tat kaum weh… Das Licht kam schnell. - Das hast du! - Es war eine düstere Zeit. Gewebe in der Luft, das den Körper beugte. Erst deinen, dann meinen. Unser wunderbares Leben war längst ein Gestern als du gingst. Die Abende im Salon. Die feinen Freunde. Die Spaziergänge an deiner Seite. Die Eleganz der Gespräche. Das Wiener Café. Abende im Tanz. - Ich habe dich allein gelassen. - Ja, ich war so klein ohne dich. Nur noch ein Hauch. Mein Blick wurde der eines müden alten Weibes. - Es ist unverzeihlich. - Aber Alfred! Es war nicht deine Schuld, dass die Finger auf den Tasten des Flügels nicht mehr nach Freude schmeckten. Dass die Stufen des fremden, grauen Mietshauses knarrten und die Vorhänge ihre Falten schwer von der Decke wie die Haut von meinen Knochen in die Welt warfen. Ich war bereits dort ein Teil deiner neuen Erde gewesen. Sara. Namenlos eingegangen in ein Wort. Gott allein weiß, warum er uns straft, dass wir hier nicht beisammen sind. - Die Welt hat uns vergessen. - Das hat sie nicht. Es gibt auch Menschen, die sich kümmern und sehen und fühlen. Die UNS sehen. - Du denkst stets das Gute. - Ist es nicht einfacher so? - Ach Therese, ich habe nicht nur mit deinen Augen gesehen, auch mit deinem Herzen. Du weißt es. Ohne dein Herz ist das meine ein blindes, trauriges Meer. - Ich weiß es. - … und es will nicht aufhören zu brechen. - Ja, Alfred. Nur ein Mensch von großer Güte hat ein Herz so zu brechen. - Therese, mein Mädchen, du bist so weit weg…! Wie gerne täte ich dich küssen. Und unsere Tochter…ganz und gar! - Unsere Tochter, Alfred, hat uns niemals ganz und gar gehört. Sie ruht friedlich nahe dem Fenster. Sie starb so früh. Rühr nicht daran. Überhaupt. Was sollen die anderen denken? Max zum Beispiel. Wenn er dich so hört? Seine Liebe ist noch viel weiter weg. Und all jene ohne eine Stätte. Sechs Millionen von uns, die der Wind verblies. Bloß kein Jammern mehr in dieser Nacht. Mir scheint viel mehr: Es ist ein Freudentag gewesen. Der Wind des Herbstes trägt das Bunt über uns herein. Es raschelt leise. Fast ist mir, als sähe ich den Mond. Rund und hell … und oh… jetzt wieder… höre doch. Da sind die Stimmen. - Ja. Jetzt höre ich es auch. Ein Fenster öffnet sich. Er heißt Felix. Wie das Glück. Er ist ein Jude, wie mir scheint. - Und sie heißt Heidi! Ach wie schön! Sie passen fortan auf uns auf. - Heidi ist nicht jüdisch. - Wie meinst du das? - Ich sage nur wie es ist. - Du alter Griesgram. Das Wichtigste: Das Haus hat wieder einen Geist. Einen guten Geist. Und ein Herz. Es macht mich ganz froh. Sie flüstern, sie träumen. Heidi und Felix. Ich kann ihre Träume hören. Es sind schöne Träume. Von noch mehr Kindern. Sie werden noch viele bekommen. - Wieso glaubst du das? - Sie lieben sich. Sie wollen das Haus füllen mit ihrer Liebe. Ich kann ihre Herzen schlagen hören. - Das Herz schlägt immer. Dort draußen... Sie sollten vorsichtig sein.

Regungslos alle Tage. Dunkel. Ich bin Kafka. Ich bin Käfer. Das Elende. Das Abstoßende. Ausgestoßen vom Leben. Immer hören die Beinchen nicht auf zu zappeln. Ein Dasein im einsamen Raum, immer mal wieder ein Happen Leben, den Witz damit bedankt, die Bemühungen, den Mut. Ja, meinen Mut. Mein Leben war kafkaesk. In der Tat. Grotesk mein Bemühen. Ich war Künstler. Klavierspieler. Ich hatte Talent. Weiß Gott. Doch mehr als die Ironie der Kunst wollte nicht gelingen. Kreativ füllte ich den kindlichen Gehorsam meines Erbes. Mühsal. Verantwortung. Höhen. Tiefen. Liebe. Der lustige Händler. Ich überlebte mein Leben. Mit netten Späßen, gerollt gegen die Demütigung des nie Dazugehörenden. Immerhin: Wie ein Künstler verwandelte ich das Leder meiner Väter in Geld und Ruhm. Max Mayer, dort kaufte man ein. Der Mann mit dem feinen Leder. Der Jude. Der Sozialist. Im Rat der Stadt. Der Deutsche. Die Zimmer wurden größer, die schicken Sessel und Lampen zogen ein. Das Grammophon. Erste Tanzschritte, der Swing. Der kleine Jude tanzt Swing. Der kleine Jude in der Lederschürze und in den Lackschuhen. Das IST kafkaesk. Hahaha!

Wäre ich nicht so regungslos, würde ich lachen. Im Leben bin ich immer wieder auf meine kleinen Beinchen gekommen. Und klein waren sie. Nicht arisch und stramm von natürlicher Autorität. Man geht anders, wenn einem Statur unter den Großen fehlt. Die Chancen weichen von allein. Ich hätte kein Pogrom gebraucht, um die Sinnlosigkeit meiner kleinen Beine anzuklagen. Ich ertrug, dass die Blicke vor mir auswichen, denn ich hatte meine Liebe. Das Wichtigste. Alle Zeit. Ich HATTE sie… Sie müsste bei mir sein. Hier… Alles in meinem Käferleben möchte ich ertragen, habe ich ertragen. Brüder und Schwester gingen ganz anderen Enden entgegen. Ich hatte Glück. Doch Glück? Das Beständigste meines Lebens ist so weit weg, dass noch nicht einmal ein Anflug von Traum aus ihrem Herzen das meinige erreichen kann. Wie soll ich ruhen? Ich bin ein ganzes Land von ihr getrennt. Das letzte Bild: Sie nähend in schwachem Schein unseres kleinen Zimmers in New York. Ausgesetzt in New York. Ohne sie bin ich zurück gekehrt. In das Land, das noch den letzten Silberlöffel von uns genommen hat. Gefängnis. Dachau. Flucht. Schweiz. Dann das große Meer. Zuletzt ein Bürgermeister in Deutschland, der schamhaft Blumen der Wiedergutmachung reichte. Und jetzt: Warten auf … was? Welches Gericht wird mir den dumpfen, mich peinigenden Geruch des Leders, meines kleinen Lebens, in dem ein wagemutiger Geist wohnen wollte, nehmen? Der Geruch von Leder, das ist der Geruch meines Seins, immer da. Egal, wonach ich strebe und strebte. Egal, wo ich sterbe und starb. Egal, welchen Erfolg ich erringe und errang.

Dieses Abgetrenntsein, das immer erneute Warten darauf, wieder hochzukommen, um dann doch wieder zu fallen. In mein Judensein. Das Einzige. Ewige. Das Warten. Ein Käfer…

Alfred, hörst du, Max ist sehr unruhig. Die anderen auch. Ich habs dir ja gesagt. - Max? Was ist mit ihm? - Er lamentiert. Ich glaube, er weint. - Ach, der Max! Sag ihm, er soll still sein. - Du bist wirklich sehr ungehalten heute! Max war ein feiner Mann. Gescheit. Sogar in der Politik. So viel würdiger als manche deiner Kollegen mit Titel und Rang. Und allemal mehr als dein Heidegger, der dich bis heute um deinen Seelenfrieden bringt. Er schrieb phantastische Opernkritiken. Hast du das vergessen? Und konnte feurige Reden halten. - Ja, Herz hatte der Max. Herz und Verstand. Und flinke Finger am Klavier. Aber zu kleine Finger. Ein kleiner Jude mit kleinen Fingern. - Alfred! Wie kannst du nur!? … Er hatte einfach kein Glück im Leben! Meine ich. - Er hatte Glück. Er hat ein ehrbares Geschäft geführt, er kochte für den Bürgermeister und seine Gattin und sie kochten für ihn. Er hatte Kinder und er hat den Krieg überlebt. - Ja, das hat er! Er hatte Glück. Sicher. Aber er hatte keine Kraft mehr für das Glück gehabt, will ich meinen.

Felix, was meinst du, sollen wir noch mehr Kinder haben? - Aber sicher, nur her damit! Lass uns gleich damit anfangen? - Du warst doch eben noch so müde?! - Ja, aber nicht zu müde. - Felix, du kannst niemals ernst sein. - Oh doch, es ist mir sehr ernst. Ich möchte ganz viele Kinder, Heidi. Es soll wimmeln von ihnen. Ich will ein kleines, sich vermehrendes Israel sein. - Auweia! Und die Kinder soll alle ich kriegen? - Nur so viele wie du magst, natürlich. Was sagst du? - Was ich sage? Du redest einfach zu viel. So wird das nichts.

———————

Nun… es mag daran liegen, dass der ungestüme und plötzliche Einzug von Heidi und Felix in das große Haus auf dem alten jüdischen Friedhof im Westen der Stadt die Gemüter aus ihrem Schlaf in Aufgeregtheit versetzt hatte und ihre niemals verstorbenen Verletzungen hervorbrechen ließ. Es mag am Mond liegen. An der Feuchte des aufkommenden Herbstes. An der Zersiedelung der Herzen, die für die Ewigkeit beieinander liegen sollten, es aber nicht taten und vor allen Dingen daran, dass sie so gerne Frieden fänden an diesem Ort und es nicht konnten. Heidi hatte recht. Die Stille. Sie kommt von innen und da war noch ein Rest. Das Unbegriffene. Betrogen um ein Leben, deren eigener Meister sie nicht mehr sein konnten, wurden sie zuweilen laut. Sie murrten. Würden die neuerlichen Bewohner dies ändern können?

Und doch, war es auch ein guter Ort. Ein Ort unter Bäumen in einer nicht allzu großen, doch studentisch bewegten, süddeutschen Stadt. Freiburg. Angeschmiegt an die Schweiz und an Frankreich. Reich an Wald und Berg und Heimat. Reich an Silber, reich an Reichtum, gelegen im Dreiländereck und stolze Besitzerin eines deutschen Novums: Einer Tram. Ja, dieses Städtchen mit seinem intellektuellem Hauch, bedeutender Universität, namhaften Gelehrten und von Jugendstil verzierten Straßen war ein Juwel, das zu einer schnell expandierenden Mittelstadt ausgewachsen war, nicht so expressiv wie seine große Schwester Berlin, damals die fünftgrößte Stadt der Welt, und mit der es immer wieder eng verwoben war, doch durchaus ebenso den Glanz der Zwanziger Jahre reizend im *Stile liberty* spielend und situierte Rentner aus dem Rest Deutschlands anlockend.

Freiburg blühte mit dem Rest der Welt um die Wette. Die Zeit der Jahrhundertwende war aufregend. Experimentierfreudige Abenteurer und Künstler oder Mediziner und Philosophen ließen Neues entstehen und ein jeder konnte am Aufschwung der Moderne teilhaben. Natürlich spielen sich die besonders großen Dinge in den besonders großen Städten ab, wie Berlin, aber auch Freiburg schuf Größen, die das Land prägten und manch durchreisende jüdische Geister wie Hannah Arendt, Edith Stein, Paul Ehrlich oder Edmund Husserl setzten dem Denken und der Wissenschaft neue Impulse. Ein ganz besonderer Pionier, der hier Erwähnung finden soll, war der im ausgehenden 19. Jahrhundert in Freiburg geborene Kameramann und Skiathlet Sepp Allgeier. Dass sein Geburtsort, der Annakirchplatz in der modernen Wiehre, - nichts als ein Ort des entzückenden Jugendstils-, später der Platz sein würde, an dem man die Freiburger Juden zur Deportation nach *Gurs* versammeln würde... es mag eine tragische Vorwegnahme seines eigenen Lebens gewesen sein, welches sich bald tief in den Nationalsozialismus verwickeln sollte. 1913 filmte der junge Sepp Allgeier noch als erster Mensch der Welt Eisbärjagden, Eskimos und ewiges Eis. Im ersten Weltkrieg fotografierte er seine Kameraden an der Front, in den Zwanzigern kurbelte er unter Lebensgefahr an der Seite von Luis Trenker den ersten Hochgebirgs-Skifilm in Monte Rosa und war außerdem der beste Skispringer vom Feldberg. In seinen Schwarzwald-Skifilmen zeigte er sich wild und wagemutig, sein filmischer Stil glänzte heroisch und ließ sogar Zuschauer in Hollywood staunen. Mit der

Filmregisseurin Leni Riefenstahl, die sich sorglos in Hitlers Propaganda einbinden ließ, verbanden ihn bald Arbeit und auch ein wenig Liebe und sogar Hitler unterstütze Allgeier finanziell. Er liebte den stürmischen Kameramann, denn er erkannte: Allgeiers pathetischer Filmstil war wie gemacht für ihn selbst. Der Heros, die Kraft, das dramatisch Ausgeleuchtete. Super. Ehe sich der Freiburger Kameramann versah, wurde der einst unabhängige Abenteurer plötzlich DER filmische Gestalter, bzw. Schöpfer des propagandistischen Führerpathos von Adolf Hitler. Wochenschauberichte und Reichsparteitagsfilme bekamen ebenfalls vielfach Allgeiers Stempel. Die Filme *Sieg des Glaubens* und *Triumph des Willens* mit Leni Riefenstahl, wo Allgeier insgesamt 18 Kameraleute dirigierte, sowie die Winterolympiade 1936 trugen ihm das Amt des Reichskultursenators von Straßburg ein. Allgeiers Ungestüm wollte vor der Zeit nicht zurück weichen, er wollte mithalten, arbeiten, seine vermeintliche Freiheit behalten, trat darum in die NSDAP ein, filmte den Überfall auf Polen und wurde so selbst Teil einer vernichtenden Maschine. Er nahm hin, verkaufte seinen Wert, leuchtete Hitlers Wahn auftragsgemäß aus und prägte bewusst. Er schuf Zeitgeist. Er war Zeitgeist. Er ließ sich vom Zeitgeist erschaffen. Die Henne oder das Ei. Schuldig oder nicht? In einer so aufgeladenen Zeit wie in den 30er Jahren in Deutschland war dies manchmal schwer zu sagen. Es schwelte so viel. Etwas Großes wollte bewegt werden. Auf allen Ebenen. Ein jeder sponn andere Ziele für eine, seine Zukunft. Sozialdemokraten, Nationalsozialisten, Philosophen, Schriftsteller, Soziologen... Sie alle hatten viel zu denken und zu sagen. Das Reden auf Tribünen klang daher nicht nur aus Hitlers Mund und seinen späteren Handlangern merkwürdig bellend und übersteigert. Auch in anderen Disziplinen warf man, um die eigenen Ideen zu preisen, den Pathos in Stimme und Gebärde und blähte wie Sepp Allgeier im Bild Gegebenes zu Großem auf. So zum Beispiel auch Martin Heidegger vor Studenten, der kaum, da Hitler zur Macht kam, Direktor der Universität Freiburg wurde. Heidegger philosophierte mit großer Geste und schwang eindrucksvoll voluminöse Gedankengebilde in die Räume der Hörsäle. Er galt schon lange als ein wirklich außergewöhnlich charismatischer Redner und kluger, visionärer Kopf, entwickelte sich jedoch im Gegensatz zu Sepp Allgeier nicht einfach zum Mitläufer, sondern zu einem echten, glühenden Nazi, diente als hitziger, gedanklicher Flammenwerfer dem Parteiprogramm in Freiburg aus tiefster Überzeugung und entließ ohne Skrupel und Zaudern aus dem Dienst, was ihm nicht ideologie- oder „rassekonform" war. Einzelne, zarte, humanistische Denker hatten bald keine Chance mehr, ihre Stimmen waren zu dünn, ihr Herz zu gut. Ja, die Zeit verdunkelte sich zusehends zu einem strammen, ehrgeizig schwarzen Nebel, der durch die Straßen glitt und seinen Tribut einforderte. Deutschland suchte nach Ordnung. Einer neuen Ordnung. Und Freiburg ging allen voran. Konnte es sich doch später sogar rühmen die erste judenfreie Stadt Deutschlands zu sein, weit, -zwei Jahre-, vor allen anderen. Man verlangte Versailler Gerechtigkeit, orientierte sich an Stärke und ersann sich ein gutes Leben, in dem vor allem die wirtschaftlich starken Juden künftig keinen Platz mehr haben sollten.

Einer von jenen, die nicht mehr dazugehören sollten, war der Max Mayer. Er führte ein gut gehendes Lederwarengeschäft in einer schmalen Gasse, der Schustergasse, angelehnt auf der einen Seite an das erhabene Münster, das sich noch heute wie eine sanfte Ehefrau an die lieblich historische Innenstadt lehnt, und auf der anderen Seite die Gaststätte *"Zum Deutschen Haus"*, die sich ins Dunkle schlüpfend als trunkene Heimat für die Abende des Ausklangs bot. Hier saß Max oft nach getaner Arbeit, die schwere Lederschürze endlich und seufzend abgelegt, gemeinsam mit seinem Schulfreund und Juristen Robert Grumbacher, zwei, so sagte, benannte man, reformierte Juden und lange schon Bürger des verheißungsvollen Westens. Sie waren, wie so viele, der standhaft irrtümlichen Ansicht, das eigene, erfolgreiche Leben hätte die jüdische Herkunft allmählich erfolgreich verwischt und das aufkommend Nationale, das bereits die Treue der Kundschaft deutlich erschüttert hatte, würde sich bestimmt nur als eine üble Laune der Zeit herausstellen und ihrem Leben ansonsten, -schließlich waren sie ja Deutsche- , keinen längerfristigen, wirklichen Schaden zufügen können. Ihr Heimatbewusstsein konnte sich gar nichts anderes vorstellen. Max und Robert erinnerten sich: Als 1905 im Kornhaus am Freiburger Münsterplatz der *Zionistische Kongress* tagte, beschloss man, ermuntert durch den dieser Jahre judenfreundlicheren Zeitgeist, von dem Angebot der britischen Regierung, die Juden in einem Staat in Uganda zusammenzuschließen, freundlich Abstand zu nehmen. So ein Unsinn auch. Wenn überhaupt, dann könne man über eine Zuflucht in Palästina nachdenken. Die jüdischen Bürger fühlten sich allem latenten Rumoren zum Trotz durchaus sicher. Sie liebten ihr Land. Sie liebten ihre Stadt, waren Stadtbürger. Es hatte lange genug gedauert. In dem Fall liebten sie Freiburg und freuten sich, endlich auch hier eine Synagoge und einen Friedhof haben zu dürfen. Natur, südliches Klima, Wohlstand, Geist und Moderne auf hohem Niveau. Was sie nicht sahen: Hitler hatte sich bereits ausreichend im System festgenagt und: Er hatte es mit der Moderne nicht so. Sie galt ihm als zersetzend und stand ebenso auf der Vernichtungsliste wie das Volk der Juden. Richard Wagner war mehr seins, der deutsche Schäferhund und der Pathos. Die neuen Prachtbauten in Berlin, entworfen von Albert Speer, wurden daher bald Hitlers schwellende Vorzeigebrust, Sepp Allgeiers Kameraführung das Bild von menschlicher Größe und Heideggers Gedankenwelt die metaphorisch dampfende Auskleidung der nationalsozialistischen Idee in Worten. Wie durch ein Wunder fiel Hitler dann auch noch die Ausrichtung der olympischen Spiele in die Hände und fügte sich für ihn dankbar in die Symphonie des Erhabenen und Kräftigen, die nun seine eigene Person, die Macht der Partei und die eines künftigen Volkes repräsentieren sollten. Tatsächlich lockten die Spiele die Menschen aus den letzten Winkeln des Landes nach Berlin und gab ihnen, ob Nazi oder nicht, ein Gefühl von Bedeutung. Noch galt ihnen Berlin als Moderne. Doch so sehr diese Großstadt als Brennglas der Deutschen zwar aus der Ferne glitzerte und nun neue verheißungsvolle Akzente setzte, so war doch gleichzeitig zu spüren, dass all dies nur ein Ausdruck von Unvollkommenheit war. Es verdeckte Leid und Orientierungslosigkeit, war in Wirklichkeit nicht Aktion, sondern Reaktion, und es schrie im Inneren dieses Bewegens darum weniger nach Freiheit als vielmehr nach Führung und Beruhigung, nach Verabreichung flüchtig gegangener neuer Werte, in denen sich eine Herde, - die Deutschen -, wieder geborgen fügen und einfügen konnten, um nicht nur verschlingend schöpferisch zu sein. Hitler hatte dies erkannt und gehandelt. Es war die Zeit nach der Inflation. Die Wirtschaft war noch nicht auf den Beinen und die Zahl der Arbeitslosen lastete auf dem Wohl der Gesellschaft. Auch die Opfer des ersten Weltkrieges waren nicht vergessen, schon gar nicht die ideellen, der Versailler Vertrag. Ja, so viel Desillusion galt zu beklagen. Doch lag dies nicht abgeschlossen, vielmehr abgebrochen in der Luft und mischte sich nun mit einer noch immer stark militärischen Gesinnung im Volk. Ehre, Brüderlichkeit, Deutschtum, Völkisches…

Was waren dies für Begriffe! Max Mayer und Robert Grumbacher sprachen oft darüber. Sie hatten den ersten Weltkrieg im Leib und wussten, wie man marschiert. Beide wurden Sozialisten und wussten auch, dass eine Waffe niemals im Dienste des Volkes stand. Dass das Volk vielmehr und immer selbst die verletzliche und verletzende Waffe der gierigen Herrscher und Kriegstreiber war. Wer gut sprach, konnte führen. Wer geschickt war, konnte lenken. Wer prahlte, gewann. Die Bedürfnisse lagen, das sahen sie bang, gleich fauler Äpfel leicht zu greifen auf der Oberfläche des deutschen Ackers. Die Frage war nur, wem würde es gelingen zuzugreifen. Wer war lauter, raffinierter, skrupelloser? Die Nationalisten oder die Sozialisten? Auch wenn man versuchte an das Bessere weiter glauben zu wollen, die Wahl war ja längst entschieden. Ihre Ämter in der Stadt und in der Politik hatten sie bereits verloren.

Max und Robert waren lange Zeit engagierte Sozialisten gewesen, hatten die Gleichheit aller im Blick gehabt. Das ist immer das Richtige, fanden sie. Sie wussten, wofür sie einstanden. Insgeheim aber hatten sie vor allem ihre eigene Gleichheit im Blick. Jude zu sein war nicht eine Religion, es war, -nein, wurde-, eine Rasse und sie konnten sich deutsch fühlen wie sie wollten. Sie konnten konvertieren, sich selbst verleugnen, das Judentum für nichtig erachten oder es ausgiebig leben. Es war egal. Es blieb eine Kluft, ganz gleich, ob aus ihnen Heine, Kafka oder Marx hervorgingen. Auch ob sie aus sich selbst hervorgingen, in Würde und Rang, war nicht entscheidend. Da blieb ein Rest, etwas, das die Juden bei aller Achtung in der Gesellschaft stets nach sich zogen: Weltgeschichtsfesseln, ein unsichtbarer Graben, geschürft aus 1700 Jahren latenter bis offensiver Verfolgung und Ausgrenzung in Deutschland. In der ganzen Welt. Ja, sie hatten Freunde und sie hatten Kunden. Aber dieses verdammte unablässige Rumoren feindseliger Haltung war wie ein Hintergrundgeräusch, an das man sich gewöhnt hatte, das man zu überwinden trachtete und das man daher nur wahrnahm, wenn man es wahrnehmen wollte. Herrje! Beide konnten gar nicht genug seufzen an manchen Abenden. Sie wollten das Rumoren nicht hören. Sie wollten glücklich sein und ihre Ehefrauen lieben, sie wollten die dunkle Stimme der Zukunft nicht hören. Sie wollten ihr Geschäft, ihren Beruf, den Status behalten. Sie wollten weiter leben. Und tranken sich bis zur letzten Minute Mut zu.

Einer, der diese Stimme ebenfalls überhören wollte, war der angesehene Mathematikprofessor Alfred Loewy. Fast im gleichen Jahr geboren wie Max und Robert, waren ihm Ideal und darum Verzweiflung ein Ähnliches und Verbindendes. Loewy war einer der Gebildeten und Hochgeehrten der Stadt Freiburg und konnte sich rühmen, Martin Heidegger einst als ergebenen Schüler gehabt und belehrt zu haben. Loewy war ein sachlich wissenschaftlicher Denker, in dessen sensiblen Geist sich jedoch immer mehr Nachdenklichkeit und Philosophisches mischte. Er war Humanist und glaubte an das Gute. Doch ein solcher Glauben schließt das Böse als Unmögliches oder Letztes aus. Ein solcher Glaube verzweifelte in jenen Tagen. Zusammen mit seiner Gattin Therese gab er Gesellschaften in einer stattlich stuckverzierten Wohnung. Wenn er seiner Wege ging, so hoben viele anerkennend ihren Hut. Es machte ihm jeden Tag Freude, diese Geste des vielfachen Grußes zu bekommen, erfüllte ihn warm. Er hatte seinen Platz. Und auch seine Hand ging dann zur Krempe auf dem schon schütteren Haar und er nickte freundlich zurück. Bis er eines Tages, -1933-, des Dienstes enthoben wurde. Vorzeitiger Ruhestand nannten die Nationalsozialisten derlei Verfügung verblümt. Nannte es Heidegger. Der einstige Lehrer wurde Luft. Die Ausschaltung der jüdischen Beamten und Juden aus öffentlichen Ämtern und dem deutschen Leben nahm Fahrt auf. Es folgten alsbald zügig die Künstler und Schriftsteller.

All dies geschah im Zuge des ersten Judenboykotts. Die Juden aus Deutschland, vor allem aber die Juden aus dem deutschen Wirtschaftsleben zu entfernen, fand sich schon 1922 im Programm der Nationalsozialisten. War also nicht sehr überraschend. Doch erst, wenn etwas wirklich eintrifft, wird es Wahrheit. Alfred Loewys Lebenswerk war fortan beschlossen und beendet. Und auf einmal wurden es immer weniger, denen er im Vorübergehen den Gruß erwidern konnte. Auf einmal sahen Menschen weg, wechselten die Straßenseite. Die Einsamkeit kam wie ein Fallbeil. Es schmerzt nicht, wenn die Feinde dich hassen, - das ist möglicherweise ein Lob-, aber es tut weh, wenn Freunde sich abwenden. So sagte viel später die freigeistige, immer das Gute im Menschen hochhaltende, Hannah Arendt, die dennoch eine heftige und unerklärliche Freundschaft, ja, Liebschaft, ausgerechnet mit Martin Heidegger, dem Menschenfeind und neuen Direktor der Freiburger Universität, einging.

Ja, so war das. Heidegger kam, Alfred Loewy ging. Blut und Boden waren nun die neue Doktrin. Vielleicht war es ein Glück, dass Alfred Loewy sein Augenlicht in jener Zeit verlor. Er starb am 25. Januar 1935 nach einer Operation, noch bevor das Allbetrüblichste geschah, sexuelle Beziehungen zu Juden längst verboten waren und die Hände von Max und Robert beim Anstoßen schon nicht mehr nur bedenklich zitterten, sondern längst keinen Platz mehr im öffentlichen Leben fanden. Worte wie „*Rassenschänder*" kamen auf und öffentliche Demütigungen von Juden folgten. Alfred Loewy wurde beerdigt auf dem alten jüdischen Friedhof in der Elsässerstraße. Er war einer der letzten, der noch ein ordentliches Begräbnis und Grabstein bekam. Nicht unweit des Grabes des berühmten Orientalisten Gustav Weil, dessen Tod damals fast aufs Jahr auf den Tag der Geburt von Alfred Loewy fiel und sich in ein Gelände bettete, das zu dieser Zeit noch frisch, viel größer war und sich zu jener Zeit noch ziemlich leer ausnahm.

Dieser Gustav Weil, man kann sagen, gilt noch heute als Held des nun 150 Jahre alten jüdischen Friedhofes. Denn er war DER Übersetzer der berühmten arabischen Erzählungen aus *Tausendundeinernacht* ins Deutsche gewesen, aber, noch wichtiger: Er war der erste Jude in ganz Deutschland, dem eine ordentliche Professur zugestanden wurde, und das sogar, ohne konvertieren zu müssen. Dies geschah 1861, allerdings dicht gefolgt 1863 von Jakob Herz in Erlangen. Geboren wurde Gustav Weil in Sulzburg als Sohn eines jüdischen Gemeindevorstehers. Für ihn vorgesehen war eine Laufbahn als Rabbiner. Früh suchte man daher den Sohn im Talmud auszubilden, lehrte Hebräisch, Latein und Französisch. Doch der junge ungestüme Gustav verliebte sich in die Orientalistik. Ihn zog es mehr in die Ferne. Er wollte Zusammenhänge suchen gehen. Das Jüdische allein war ihm fad und so begann er eine ganz andere Laufbahn, eine, die ihn jedoch bald zum Ehrenbürger machen sollte und die Straße zur Synagoge in Sulzburg mit seinem Namen schmücken ließ. Und das war doch was.

Der Gustav, sagten Max und Robert noch eines Abends anerkennend, er ist unser Leuchtstern. Findest du nicht? Er war viel mehr als wir es sind. Beide nickten einvernehmlich. Und kamen sich auf einmal sehr klein vor. Eingesperrt. Hatten sie sich vielleicht selbst eingesperrt in dem unbedingten Wunsch nach Identität und Heimat? Ja, Gustav Weil, so fanden sie an diesem Abend einhellig, hatte zu friedlicheren Zeiten zwar, doch immerhin, den Mut besessen, seine Profession in die Ferne auszudehnen und vom Nabel der Welt, so Deutschland einer wäre, weit hinweg zu blicken. Warum waren sie selbst nie auf diese Idee gekommen? Wo war ihr Mut gewesen? Ich wollte Pianist werden. Sagte Max leise. Der Vater hatte es nicht erlaubt. Ich wollte ein großer Mann werden und Geld verdienen. Ich hatte es leicht. Antwortete Robert noch leiser. Ich nicht. Erwiderte Max. Und jetzt? Sie bohrten mit ihren Blicken Löcher in den Tisch. Manche ihrer nächsten jüdischen Freunde haben bereits eine Reise in den Tod einer Flucht in die Ferne vorgezogen. Hast du gehört? Flüsterte Robert. Die gesamte Familie Neumann, erst der Sohn 1934, dann die Eltern 1935, haben sich das Leben genommen. Es hatte zunächst eine gemeinsame Tat sein sollen, doch die Eltern überlebten den ersten Versuch. Der zweite hingegen gelang. Max nickte. Auch er wusste etwas zu erzählen. Mit dem berühmten Dr. Paul Noether sei es auch so gegangen. Du weißt, der Philosophieprofessor und Chemiker, Erfinder von wichtigen Medikamenten, Träger des Eisernen Kreuzes. Nun nickte Robert. Paul Noether, dessen Medikamente noch Jahrzehnte später in der Medizin Gültigkeit haben werden, hatte die Entwicklungen in Deutschland nicht ausgehalten und in die Schweiz übergesiedelt. Seine Frau blieb in Freiburg. Doch in der Schweiz wurde Noether auch nicht froh. Er überwand nicht die Schmach, die man ihm antat, so als seien die Dekrete und der Hass eine persönliche Demütigung gewesen und auch er tötete sich selbst. Lediglich die Asche kehrte heim in den Schwarzwald. Und so ging es fort. Flüsterpost im Stakkato. Man kannte sich. Mal mehr, mal weniger. Man erzählte und erschreckte. Denn die Dramen mehrten sich. Die Stadt war überschaubar, der jüdische Kreis noch mehr und er zog sich enger und enger. Manchmal trafen sie sich noch bei den Loewys. Manchmal spielte dann Max dort auf dem Flügel, die Hände gingen flink, und alle dachten dann anerkennend: Ach, der…! Was hätte der doch… ! Sie ließen sich rühren von dem Schwung seines Herzens, welches er in die Tasten schmolz. Der Klang, den er dem Klavier zu entlocken verstand, ließ ihre Sehnsucht fließen und in Traurigkeit münden. Sie begannen darum plötzlich laute Konversation zu führen, wenn Max spielte. Es war zu schön. Schönheit konnte schmerzen.

Betrübt sahen Max und Robert an diesem Abend hinab auf den Grund ihrer schon wieder leeren Gläser. Denn sie hatten auch dies gehört: Die *Gustav-Weil-Straße* wurde soeben rassenkonform in *Mühlbachstraße* umbenannt. Der arme Gustav! Sagten sie. Doch ob Gustav Weil dies störte, stören konnte? Ihn, der verschont von Krieg, weitestgehend auch von Antisemitismus, im Schatten des Hauses, - nun von Felix und Heidi-, ruhte? Ob der Wind diese Kunde zu dem friedlichen Ort überhaupt hatte wehen können oder nur als laues Lüftchen durch nationalsozialistischen Sturm glitt? Im Verlaufe des Krieges sollten sich immer wieder Freiburger Juden auf dem alten jüdischen Friedhof verstecken, frierend und hungrig zwischen den Gräbern, im Schutze der Toten, um einer Verhaftung zu entrinnen. Eine Zeit, wo so etwas möglich war, was konnte das für eine Zeit sein? Der Friedhof galt den Juden als das Heiligste, die letzte Ruhestätte, etwas wie eine unterirdische Wartehalle auf den Messias. Ein Ort, den man darum auch den *Ort des Lebens* nennt, oder *Das Ewige* und der nun plötzlich ein unsicherer Ort geworden war, anheim gegeben der Zerstörung und darauf folgenden Verwahrlosung. Nur noch wenige Juden wurden nach 1935 bis zum Kriegsende auf Friedhöfen begraben. Therese Loewy, die sich 1940, am Tage der Deportation der Juden nach Gurs, das Leben genommen hatte, war wohl die letzte gewesen. Man hatte sie heimlich und schnell mehr verscharrt als würdig beerdigt. Und das, obgleich sie sich noch mit einem Eintrag ins Grundbuchamt kurz vor ihrem Tod ihre Ruhestätte formell und gewissenhaft gesichert und finanziell abgegolten hatte. Die Ewigkeit hatte ihren Preis. Und sie konnte dauern.

Drum: "Willst du einen jüdischen Friedhof finden, dann schau, wo sind die höchsten Bäume im Ort. Und die ältesten. Denn die Liegezeit jüdischer Gräber ist unbegrenzt. Das habe ich auch immer gemacht." Sagt Felix. Geboren mitten hinein in die Zeit dieser erregt murmelnden Leben, doch zugleich sehr weit von ihnen entfernt, irgendwo in dem Spalt, der sich auf der Flucht vor den Nazis zwischen Freiburg und Berlin auftat und zuallererst nach Island führte, wo Felix als einzig jemals dort geborener Jude zur Welt kam. Auch als Glückskind.

Und so begann seine Geschichte:

Berlin 1935.

Hans und Olga saßen Hand in Hand, ihr Blick ging gebannt geradeaus. Im Raum wurde gedrängelt, dicht bei dicht saßen die Menschen, etwa 20 Plätze gab es. Manche standen. Aber die Stühle neben Hans und Olga blieben frei. Eine Sensation war das. Jawohl. Wenigstens in der Begeisterung war man ein geeintes Volk. Die leeren Stühle zu ihren Seiten nahmen Hans und Olga zur Kenntnis, vielleicht wurde ihr Griff dabei ein wenig fester, ansonsten gestatteten sie sich, dies zu ignorieren. Sie wollten staunen wie die anderen. Und sie staunten. Sitzend in einer der ersten Fernsehstuben Deutschlands konnten sie kaum glauben, was sie sahen. Auf zwei kleinen Bildschirmen in schicken Holzkästen flimmerte ein zweistündig lustvolles Programm aus heiler Welt und Propaganda und nannte sich Errungenschaft und Fortschritt. Also auch das war Zukunft. Überlegte Hans. Das musste man den Deutschen wirklich lassen. Sie waren fleißig und erfindungsreich. Vater wusste schon damals, warum er unbedingt von Wien nach Berlin übersiedeln wollte. Hier war die große Welt. Und was das Land nicht alles allein in den ersten Monaten dieses Jahres vermocht hatte. Manches spielte dem Führer, -so nannte man jetzt den, der die Geschicke Deutschlands leitete-, in die Hände, manches trieb er durchaus selbst voran, manches war einfach der Zahn der Zeit. Das musste Hans zugeben. Hans ging es im Geiste durch. Das erste Lufthansa-Langstrecken-Flugzeug war gerade erfolgreich gelandet, eine Schnellzug-Dampflokomotive konnte an den Start gehen, der Vorläufer des Volkswagens wurde vorgestellt, eine automatische

Telefonzeitansage konnte man abrufen, das geheime Kodakverfahren wurde öffentlich enthüllt, der erste Allstrom-Volksempfänger war zu haben (bestimmt bald auch bei Hans, natürlich) und dann das: das Fernsehen. Der Fernsehprogrammbetrieb nahm seinen zarten Anfang. Für einen Mann wie Hans war dies nicht nur eine technische Offenbarung, in seinem Kopf zirkulierte das Geld bereits wie eine Glücksmaschine. Denn als Besitzer eines Radiogeschäftes mit schon jetzt beträchtlichem Einkommen sah er eine blühende Zeit vor sich. Jeder wollte einen Volksempfänger haben. Sein Geschäft war pures Gold. Und bald, oh bald, wären es diese Fernsehapparate, und er, Hans Rottberger würde sie ihnen verkaufen. Er würde ein reicher Bürger werden und dann würde er Olga, sein wunderschönes Mädchen, das er vom ersten Augenblick an haben wollte, umarmen und sie mit hübschen Kleidern und hübschen Kindern zur glücklichsten Frau Berlins machen. Seine Olga. Wenn er sie eng umschlungen hielt, so war ihm, als hätte er wie ein Mann auf Safari und im zwitschernden Dschungelfieber einen aufregenden, dunklen Juwel gefunden. So kostbar und unverwechselbar war sie ihm, von unbestimmter Sehnsucht, liebevoll, etwas störrisch und eigensinnig, manchmal zerbrechlich und empfindsam, ja, kindlich fast, doch unbedingt ihm ergeben. Vor allem aber: Sie hielten zusammen. Das war das Wichtigste. Wer weiß in welche Zeiten sie noch steuern würden. Hitler bewegte viel. Doch was er bewegte, war zweifelhaft. Hans besah Olga verstohlen von der Seite. Jung war sie, suchend. Weich. Sie erregte ihn in jeder Minute und er versuchte durch den Schleier ihrer vorgeblichen Unschuld und Konzentration zu blicken, welche aufs Höchste gespannt war und doch, sogar jetzt, immer auch etwas zu verbergen schien. Durch welche Träume mochte sie wohl gerade driften? Es musste etwas außerhalb von ihm sein. Sinnierte Hans. Und es beunruhigte ihn.

In der Tat, versunken starrte Olga auf die flackernden Bilder. Als sie gewahrte, dass Hans sie betrachtete, neigte sie kurz ihren Kopf zu ihm, lächelte freundlich, doch abwesend, wippte ihre schwarzen Locken in ihren weißen Nacken, dann schaute sie wieder nach vorn. Welch feine Kleider diese Frauen hinter dem Glas doch trugen und wie nett diese sprachen. Mit hohen, klaren Stimmen und aufrechten Stirnen. Unwillkürlich tastete Olga nach ihrem Ehering. Die erst wenige Wochen zurückliegende Trauung im schönen Monat Mai kam ihr wie ein froher Spuk vor. Gerade noch hatten sie fröhlich in einem jüdischen Tanzlokal miteinander die neuesten Tanzschritte versucht, schon hatte Hans sie aus ihrem Leben in das seinige genommen. Er war stark, er hatte Feuer. Er bot ihr Sicherheit. Das mochte sie. Das beruhigte sie. Aber er konnte sehr despotisch sein und er war kein Mann der Worte. Das mochte sie nicht. Das machte sie manchmal einsam und traurig. Innerlich widerspenstig. Doch nur innerlich, denn eine Frau war doch eine Frau. In einer Zeit der Männer. Nur wenn sie miteinander schliefen, verlor sich dies Gefühl von Fremdheit. Und sie schliefen viel miteinander. Ob das unzüchtig war? Vor einigen Tagen hatte Olga Hans etwas aus der Zeitung vorgelesen. Etwas über Blumenläden, die nun sogar sonntags und feiertags ihre Ware verkaufen durften. Hörst du, Hans, das ist ja sehr nett. Hm… hatte Hans nur gemacht. Und ihr niemals eine Blume mitgebracht. Männer verstehen die kleinen

Winks nicht. Dachte sie. Männer lieben, das wars. Ihre Enttäuschung behielt sie für sich. Schliefen sie in solchen Momenten miteinander, ließ sie es zu. Aber trug sie noch diesen leisen Groll in sich, blieb sie abgetrennt. Denn dann fühlte es sich an als würde ein Löwe ihr beiwohnen und sie wäre nichts als die Beute, das Juwel, das in Besitz genommen worden war. Doch gehörte man anderen Menschen? Konnte ein anderer einen besitzen? So viele Gedanken gingen auf einmal durch ihren Kopf. Ob sie sich mehr Zeit hätte lassen sollen? Sie war ja noch so jung als sie sich von seiner Kraft und seinem Charme hatte mitreißen lassen. Die Ansagerinnen auf den glänzenden Bildschirmen waren blond und elegant, trugen modische Kostüme, streckten ihren Busen in das Publikum, zwar vornehm, doch bewusst, und bestimmt hatten sie mehr als einen Liebhaber. Olga war sich sicher. Und bestimmt wussten diese eine Mutterschaft dabei zu verhindern. Sie musste an Käte Duncker denken. Eine feurige Frauenrechtsaktivistin, der man in dieser so unruhigen Zeit das Leben wieder sehr schwer machte. Heimlich, und nur wenn Hans weg war, las sie in Dunckers aktueller Zeitung "*Der Weg der Frau*" und verbarg das Heft unter einer losen Diele im Schlafzimmer. Käte Duncker war Mitkämpferin von Rosa Luxemburg und Karl Liebknecht gewesen, eine Frau, die ihr privates Leben der Politik hintenanstellte, weil sie an eine bessere Welt glaubte. Eine Welt mit mehr Gerechtigkeit im Volk und mit mehr Rechte für die Frauen. Olga überlegte: Käte Duncker wäre diese nicht beim ersten Tanz der Verführung erlegen. Sie wusste, dass man kämpfen musste, wenn sich etwas ändern sollte. Und die Welt schrie. Das konnte auch Olga hören. Die Zeit war eine Schlechte und drohte ihr junges Glück in ein schwarzes Loch zu versenken. Nur sie, Olga, fühlte sich so gar nicht berufen für die große Tat. Aber vielleicht… wenn man ihr mehr Zeit ließe. Mehr Zeit, die Welt zu begreifen. Mehr Zeit auch eine Frau zu sein, eine richtige. Vielleicht sollte sie einmal Kontakt zu dieser Dame aufnehmen? Sich wie diese dem Antifaschismus zuwenden. Im Untergrund wenigstens. Es wäre doch famos. Sie drehte den Ring an ihrem Finger. Ja. Vielleicht dann…

Die Bilder vor ihren Augen rauschten an ihr vorbei. Sie nahm sie fast nur als Flimmern wahr und betrachtete in Wirklichkeit ihr eigenes Leben. Befühlte unruhig ihren Bauch. Seit Wochen war sie überfällig. Sie hatte es ihm noch nicht gesagt. Vermutlich wollte sie sich selbst nicht in Aufregung versetzen. Und noch den kurzen Zeitraum mit Schwerelosigkeit füllen. Mit Jugend und Traum. Der einzige Augenmerk, der auf dem Bildschirm immer wieder von ihr Besitz ergriff, waren die Ansagerinnen. Sie sind helle Blumen. Fand sie und um so mehr sie dies empfand, um so unbedeutender und plumper fühlte sie sich selbst und um so fester drückte sie die Hand ihres Mannes.

Hans bemerkte dies und lächelte nun seinerseits scheu. Eine Vorschau für Olympia lief jetzt. Athletische Männerkörper stellten sich zur Schau, auch Mädels mit Muskeln und netten Röckchen tänzelten künstlich das Große verkündend. Ihr Lächeln stach klebend in die Dunkelheit. Hans fand es scheußlich. Olga beachtlich. Die konnten wenigstens etwas. Dachte sie anerkennend. Sie waren Heldinnen. Erneut fasste sie an ihren Bauch. Unter der Diele in eines der Hefte von Käte Duncker hatte sie außerdem ein ausgeschnittenes Foto von Leni

Riefenstahl gesteckt und versteckt. "*Triumph des Willens*" war ihr neuester Film. Er muss eine Sensation gewesen sein. Olga hatte ihn nicht gesehen, aber der Titel gefiel ihr. Und sie nahm an, Käthe Duncker und Leni Riefenstahl würden den gleichen Willen verfolgen. Die Kraft der Frau. Doch sie war sich nicht sicher. Denn die eine ging neben Hitler und die andere litt unter ihm. Deswegen schwieg sie lieber darüber. Und Hans wollte sie dazu nicht fragen.

Auch Hans schaute weiter gebannt auf die Körper der athletischen Mädels. Körper ohne Anmut. Empfand er. Wie abscheulich auch, sogar einen Körper als Mittel zur Propaganda zu stilisieren. Möglich, dass er seine eigene Statur als Mann dabei in Frage stellte, jedenfalls kräuselte er die Stirn und schaute erleichtert zu Olga. Sie war ihm Hoffnung, Bestätigung, eine helle Blume. Doch wenn er in ihre ängstlichen Augen blickte, war ihm gewiss: Das Monströse erhielt ohne Frage Einzug. Die Kabaretts, die er liebte, mussten bereits schließen. Hans hatte schmerzlich Notiz davon genommen. Kurt Tucholsky war enttäuscht nach Schweden geflohen. Von seinem baldigen Freitod ahnte Hans noch nichts. Stefan Zweig, der ihm familiär verwandt war, war ebenfalls außer Lande gegangen und hatte sich in Brasilien in Sicherheit gebracht. Auch er würde sich später das Leben nehmen. Die Flucht würde auch ihn nicht trösten können. Man konnte es nicht anders sagen: Berlin entleerte in diesen Tagen schon aktiv seinen Geist. Jenen Geist, auf den das ganze Land doch immer so voller Stolz und manchmal auch nur verstohlen geblickt hatte. Doch nun, da der neue Reichsdramaturg nationalsozialistisch korrekt die Einheit von Kunst und

Politik verkündete, gleichschaltete, und der ehemals stürmisch brillante Abenteurer Sepp Allgeier aus dem Schwarzwald, jetzt Hofkameramann von Hitler und immer wieder auch Assistent von dieser Riefenstahl, den Führerpathos propagandistisch massenwirksam in Szene setzte, das Sublime der Kunst damit tot schlug, was blieb da noch? Was? Hans schüttelte den Kopf. Er liebte Deutschland und er liebte Berlins Künstler. Max Liebermann, der jüdische Impressionist, früher von der Elite verehrt, eben erst gestorben, galt den Nationalsozialisten auf einmal als entarteter Künstler. Das tat Hans besonders weh. In Liebermann fand er so etwas wie ein Vorbild. Er sah in ihm einen Kämpfer der Werte, einen, der durchzuhalten verstand, gegen alle Widerstände, der immer wieder sich aufrappelte, weitermachte, der das Menschliche unerschütterlich hochhielt und die Natur als seinen Meister betrachtete. Liebermann, wie Hans aus preußischem, sehr wohlhabendem Bürgertum stammend, hätte alles werden können. Aber er hielt an seiner persönlichen Passion, der Kunst, fest. Erst spät und nach viel Hohn wollte der Erfolg durchbrechen und plötzlich hießen seine Kunden Großadmiral von Tirpitz oder Reichspräsident von Hindenburg. Aber das Wesentliche, das Hans mit Liebermann verband, war die Liebe zur Landschaft. Während des ersten Weltkrieges hatte sich der Künstler in seinen Garten in Wannsee zurückgezogen. Auch Hans würde eines Tages einen solchen Garten haben, so wünschte er sich, einen wie auf den impressionistischen Bildern. Mit Bäumen und Wassern, mit Brücken und Seerosen. Darin sah er sich in Momenten, da auch ihn die Angst beschleichen wollte, mit Olga flanieren und lachen. Es war ihm ein

Kraftbild, ein Trost. Oh ja, manchmal träumte auch er. Die Opern, Konzerte und Museen, die er mit Olga besuchte, konnten ihn ablenken und erbauen, aber seine Seele suchte noch etwas: die Idylle. Manchmal fand er sich darum töricht. Es war sein Geheimnis. Hans war zwar Atheist, aber abergläubisch. Er sprach nicht darüber. Ausgesprochene Träume konnten vielleicht entzaubert werden. Und er glaubte fest daran, allen schwierigen Zeiten zum Trotz und auch wenn er das Prächtige und Flirrende Berlins liebte: Eines Tages würde er mit Olga in die Berge ziehen, vielleicht in den Süden Deutschlands, in den Schwarzwald, an den Bodensee, irgendwo dort, könnte sein. In den letzten Wochen flammten die Bilder von Natur ganz besonders in ihm auf. Vielleicht auch nur, weil Natur rein war. Rein von Politik und Rassenwahn. Natur war nur Natur. Wahrlich… auf einmal erschienen ihm diese kleinen Apparate aus Holz mit ihren Flimmerscheiben sehr profan, und das, was sie zeigten, sehr ungelenk und niedrigen Instinktes. Er sah sich um. Die Stühle neben ihnen waren noch immer leer. Hans und Olga saßen allein. Allein inmitten einer gedrängten Menge. Nun fühlte er es auch. Olympia. Gott ja. Er zuckte mit den Schultern und sah zu Olga, deren Wangen rot glühten. Sanft drückte er einen Kuss auf ihr duftendes Haar, dann zog er sie eilig nach draußen. Sie folgte.

Das Klingeln der Ladentüre wurde schnell ihre neue Wirklichkeit. Und es kann schon sein, die Würde, die sie als angesehene Gattin eines sehr reichen jüdischen Schokoladenfabrikanten in Wien behalten hatte, trug dazu bei, dass sie nach dessen Tod, obgleich eine erst 1922 dazu Gezogene, zur ersten Adresse in der Stadt wurde. Wer einen neuen, hübschen und bitte exklusiven Hut oder Hutschmuck brauchte, der kam zu ihr. Vornehmlich natürlich Damen. Zumeist Damen aus der mondänen Oberklasse oder extravagante Schauspielerinnen, Stars von der Bühne, dem Film, immer gepflegt, manchmal inkognito, manchmal auch sehr bewusst auffällig und stets der neuesten Mode und Note von Weiblichkeit auf der Spur. Wenn es irgendwo einen Raum für Drama von Weiblichkeit gab, dann hier. Ein stummes Drama wenngleich. Schicklich. Else konnte sehr gut aus Unausgesprochenem lesen. Aus Gesichtern, Auslassungen und nachgezogenen Augenbrauen. Und immer hatte sie ein paar kluge Worte parat, die als Antwort auf das Nichtgesagte in der Luft lagen. Als Aristokratentochter war sie gebildet in Emotion und Geist. Man schätzte sie, man trug Geheimnisse zu ihr. Doch: Wie konnte sie es nur schaffen als Witwe mit drei Kindern, -zwei Söhne, eine Tochter-, so erfolgreich zu sein? Aus dem Nichts hatte sie einen Hutsalon für Damen herbeigezaubert. In einer solchen Zeit? Und wo und wie hatte sie, diese Dame, das Nähen auf solch hohem Niveau gelernt? Es blieb den Kunden ein Rätsel. Ja, plötzlich war sie da. Sie war da als sei sie schon immer da gewesen. Obwohl, sie war Jüdin, da musste man sich nicht wundern. Egal, wo diese Leute auftauchten, sie verstanden sich darauf, mit Stil zu überleben. Hinter Elses Rücken sammelten sich

Vermutungen an. Denn über sich selbst sprach die vornehme, jüdische Dame, die jeden Handgriff mit Vollendung zelebrierte, nie, egal, wie sehr die Kunden versuchten ihr Privates zu entlocken. Manchen war sie in ihrer Selbstinszenierung sogar unheimlich. Vielleicht war doch etwas dran an diesem mysteriösen Buch *Protokolle der Weisen Zions*. Dieses Buch galt als Fälschung, sicher. Die jüdische Weltherrschaft an sich reisen, wie das Buch weis machen wollte, das mochte vielleicht zu weit gehen. Aber man sah ja… Egal. Die elegante Jüdin hinter dem Ladentisch, welche natürliche Autorität ausstrahlte, hatte jedenfalls das, was sie nirgendwo sonst fanden. Sie brauchten es ja niemandem zu erzählen, auch nicht ihren Gatten. Und in der Tat, Else Rottberger war eine stattliche und schöne Dame in ihren besten Jahren. Ihren Mann Felix vermisste sie schmerzlich. Sie hatte ein prächtiges Leben geführt. Sie vermisste auch ihr vornehmes Haus von damals, den riesigen Reiterhof, die Pferde und Kutschen, das ganze umtriebige, herrliche und herrschaftliche Leben. Auch das soziale Engagement, das sie sich leisten konnte. Sie vermisste sogar Wien. Und die gute Schokolade. Ihr Mann, Kind ungarischer Einwanderer, hatte immer nach Deutschland gewollt und sich lange um eine Staatsbürgerschaft bemüht. Er bekam sie denn auch, doch selbst sollte er den Umzug nach Berlin nicht mehr erleben. Sie und ihre Kinder gingen allein. Denn sie waren ja nun auch Deutsche. Eigentlich wollten alle Juden immer nach Deutschland. Zumindest in der Zeit der Weimarer Republik und ganz besonders nach Berlin. Denn hier war es liberal, intellektuell und wohlhabend. Hier floss die Kunst in brausenden Wogen. Hier war man gleich und hatte Aussicht auf Anstellung. Ein

Eldorado vor allem für die Juden im Osten Europas, die sich so sehr rückständig fühlten, oft arm waren, wenig Chancen für Aufstieg fanden und sich allenfalls mit Humor als letzte Bastion von Würde über Wasser hielten, jener feingeistige, jüdische Witz, der sich um die Jahrhundertwende etablierte und zu einem subversiven, eingeschworenen Spiel der Versprengten in Not avancierte. Ja, so sah es aus. Das Leben war niemals leicht gewesen. Else musste oft an die Schauspielerin *Pola Negri* denken, ein Mädchen aus verarmtem polnischen Adel. Auch diese war, dunkel lockend in ihrer Schönheit, einst irgendwie aus ihrer Not nach Deutschland geschwappt, hat sich lächelnd und tänzelnd aus ihrer Herkunft befreit. Doch den Preis, den Pola zahlen musste... Else seufzte. Denn die schöne Dunkle war oft hier und hauchte und schnurrte mit diesen polnischen Akzent, den sie nicht loswurde, der sie an Deutschland band, weil Amerika sie damit nicht haben wollte. Pola hatte Abhängigkeiten geschaffen und diese laszive, doch kühle Erotik, welche die Nazis heiß begehrten, nun vom Stummfilm in den Tonfilm trugen und pathetisch für sich einzusetzen wussten. Sie hatte all das, was sogar den Führer begeisterte, den ganz besonders und besonders heimlich. Denn das konnte Pola Negri, mit ihren schwarz ummalten Augen sich hingebungsvoll an Zelluloid und Sehnsucht schmiegen. Doch wie lange würde das gut gehen? Der Luxus, in dem Pola dafür schwelgte, war ihr eine Genugtuung, das konnte Else sehen, aber es war nicht ihr Glück. Auch das konnte sie sehen. Und nicht einmal Else wusste, ob Pola wirklich Jüdin war. Sie nahm es an. Man raunte es. Ein gefährliches und abhängiges Spiel würde das weiterhin werden. Alles für den großen Traum. Für ein unabhängiges Leben. Ein Überleben. Else wiegte ein jedes Mal besorgt mit dem Kopf, wenn sie an Pola dachte. Wenn diese wieder lautlos in ihren Laden hineinrauschte, wie nur sie es verstand. Pola kam immer nur, wenn sonst keiner da war, sprach dann mit leiser Stimme und sprechenden Augen. Sie war noch immer ein Mädchen. Sie brauchte viel Hut. Aber es ist doch auch eine grundsätzliche Sache der Ehre, Jude zu sein, eine Haltung, wetterte Else Rottberger, wenn Pola den Laden wieder verließ. Lautlos wie sie kam. Nicht einfach eine Sache des Kapitals oder der Anerkennung durch eine Nation. Sie hat es nie ganz verstanden. Aber vielleicht hatte sie auch nur ein zu privilegiertes Leben genossen als dass sie mitreden konnte. Und auch sie war ja dort, wo alle hinwollten, alle Juden. In Deutschland. In Berlin. Geflohen vor dem Ruin durch die Inflation. Gefolgt dem Traum des Mannes, der so lange ihr Leben maß. Es erschien ihr folgerichtig. Damals erschien es ihr folgerichtig. Ob sie sich getäuscht hatte? Es war ein seltsames Jahr. Nicht nur, dass die Wehrmacht gerade wieder aufs Bedrohlichste aufgerüstet wurde und nun Reichswehr hieß, abscheuliche Rassengesetze ihre Zukunft zu vernebeln drohten. Die ersten Pöbeleien vor ihrem Schaufenster geschahen. Arische Ehen durften plötzlich nur noch nach vorheriger Untersuchung auf gutes Erbgut geschlossen werden und Mischehen mit Juden wurden bereits verboten. Else kam es vor als sei dabei sogar der Himmel mit im Bunde. Mit diesem aufziehenden Unheil. Winterliche Orkanböen und Gewitter erschütterten die große Stadt, Sturmschäden, Tode und folgende Hitzewellen im Sommer. In Berlin!!! Und dann das: Es mag angesichts der großen Weltbewegung ein sehr kleiner Nebenschauplatz sein,

-trotzdem-, ein führerloser Trecker überfuhr in Berlin Wedding eine Mutter und ihre zwei Kinder. Wie schauerlich! Der Trecker war angekurbelt worden und hatte sich daraufhin selbständig gemacht. Gestern morgen war Else zufällig am Tatort vorbei gelaufen, sie sah noch die Markierungen auf dem Boden. Hatte sich gewundert. Heute las sie es in der Zeitung. Das hätte sie selbst sein können. Sie und ihre zwei Kinder. Hans und Eva. Der kleine Kurt war schon verstorben. Kaum, dass sie damals nach Berlin kamen. Er litt an Schwindsucht. Es hat sie schwer getroffen. Erst der Mann, Felix, dann der Sohn. Es war nicht immer leicht, dieses neue Leben allein. Doch wenn die Tür sich öffnete, dann lächelte sie gewohnt ihr tapferes Gattinnenlächeln, dieses erhabene, das konnte sie gut, auch wenn sie sich immer häufiger nicht so fühlte. Immerhin: Hans war neuerdings verheiratet. Er schien glücklich. Sein Radiogeschäft ging großartig. Und Olga war ein reizendes Berliner Mädchen mit jüdischen Vorfahren aus Ungarn. Das passte. Ein wenig schüchtern vielleicht, hilflos manchmal. Aber das würde sicher werden. Wenn sie erst Kinder bekäme. Kinder machen stark. Else wusste das. Und Hans wird sich schon kümmern. In ihrem Sohn erkannte Else den Tatendrang und den Geschäftssinn ihres Mannes wieder. Das erfreute sie sehr. Eva war jünger als Hans, half ihr oft im Laden aus, träumte aber davon Tänzerin zu werden. Das musste sie ihr noch ausreden. So ein Unsinn. Tänzer tanzen sich in Unschicklichkeit. Und sie haben keine Zukunft. Sagte sie oft. Dachte an Pola. Ansonsten hielt sie sich strategisch zurück. Wenn ihr Felix noch da wäre, dann wäre es anders. Es fehlte der Mann im Haus. Alles in allem aber hatte sie sich als Witwe und Mutter gut bewährt. Das Geschäft war einträglich, Hüte brauchte jede Frau, doch die Käufe gingen neuerdings zurück, egal wie fleißig sie nächtens nähte. Sie merkte es schon lange. Und stritt es doch ab, wenn Eva sie vorsichtig darauf aufmerksam machte, bei der Buchführung kritisch aufs Blatt blickte und immer häufiger sagte: Mutter, es wird nicht gut gehen. Eva war stürmisch und sinnlich, so wie ihr Bruder Hans, aber sie hatte einen scharfen Verstand. War widerspenstig. Und sie wollte weg aus Deutschland. Schon lange. Else verstand das ja. Doch schon wieder eine Heimat verlassen und schon wieder von vorne anfangen? In ihrem Alter? Sie liebte ihren Salon. Sie liebte ihre Kundinnen. Sie liebte deren Geheimnisse. Und sie liebte Berlin. Eine ihrer ersten Kundinnen war Marlene Dietrich gewesen. Damals war diese noch sehr jung, scheu und noch kaum bekannt. Unscheinbar war sie in ihren Laden gehuscht. Weit vor ihrem Filmerfolg *"Der blaue Engel"*, der ihr die Türen nach Hollywood geöffnet hatte. Welch ein Glück für die Marlene. Und wie sie nun aufatmen konnte. Else freute sich sehr für sie. Sie hatte ja so darauf gehofft. Nur weg von den Nazis. Else Rottberger und sie wurden über die Jahre Vertraute. Bis zum Schluss, bis der Ruhm die Schauspielerin endgültig forttrug. Sie konnte sich noch gut erinnern an den Tag des Abschieds: Die Türe klingelte an einem Freitagabend, sie hatte gerade schließen wollen. Da erschien die Diva in der Tür. Eine Erscheinung wie der Donner. Es hätte eine Filmszene sein können. Else erschrak. Leichter Nebel lag auf der Straße. Eine der letzten Droschken Berlins fuhr gerade vorbei. Die Turmuhr schlug sechs Uhr. Marlene Dietrich trug ein Reisekostüm, das war offensichtlich. Ein weißer Nerz locker um die Schulter geworfen, obenauf ein dunkler Hut, der sich wie eine schützende Haube an ihre blonden Wellen schmiegte. Sie müssen das Land verlassen, glauben Sie mir. Hatte sie gesagt. Nervös, ja gehetzt blickte sie von Mutter auf Tochter. Sie kam nicht, um etwas zu kaufen. Nur diese Worte wollte sie ihnen mit aller Eindringlichkeit und guten Wünschen zum Abschied da lassen. Dann ging sie. Goebbels hatte sie nicht überreden können zu bleiben. Das rechnete Else Rottberger ihr hoch an. Sie und ihre Tochter standen noch lange an der gläsernen Tür, die in hölzernen Jugendstilbögen eingefasst war, und blickten dem weißen, wippenden Nerz hinterher, der sich allmählich im Berliner Straßengrau verlor.

Es wird Mutter schmerzen, ich weiß, dachte Eva voll Sorge. Allzu lange konnte sie es nicht mehr geheim halten. Zugleich sprang ihr Herz vor Freude. Sie befühlte die Ausreisepapiere in ihrer Tasche. Das Kostbarste, das sie je bei sich getragen hat. Nur zwei. Doch immerhin. Welch eine Erleichterung. Das ganze Jahr war eine träge, traurige Substanz gewesen. So durfte sich ihre Jugend nicht anfühlen. Heimlich hatte sie sich ein letztes Mal mit Hedy getroffen. Die Mutter wusste auch dies nicht, dass sie sich manchmal trafen. Eva erzählte dann, dass sie bei Hans und Olga gewesen sei. Oder beim Klavierunterricht. Und wenn Hedy, Tochter eines jüdischen Bankiers aus Lemberg, mit ihrem skandalösen Temperament den Laden betrat und die Mutter reservierter war als sonst, tat Eva stets so, als kennten sie sich kaum. Eine Kundin eben. Aber was für eine. Eva himmelte sie an. Leider fand Hedy zu selten Zeit für einen kleinen fiebrigen Plausch. Aber wenn doch, -vermutlich hatte auch Hedy wenig echte

Vertraute in ihrem Beruf-, dann erzählte sie ihr alles. Ihre sinnlichen Eskapaden, die in Evas Körper weiter vibrierten, von den Reisen, die sie unternahm, Details über ihre berühmten Filmkollegen und von ihrem Flirt mit der Kamera, dem sie sich vielleicht ein wenig zu exhibitionistisch hingab. Eine Revolution. Und Eva hing an ihren Lippen. Hedy war das, was Eva sein wollte. Tänzerin. Schauspielerin. Frau. Vor allen Dingen Frau. Anfang des Jahres war die zensierte Fassung von Hedy Kieslers letztem Film *"Ekstase"* unter dem verschleiernden Titel *"Eine Symphonie der Liebe"* in das deutsche Kino gekommen, -die Uraufführung endete im Tumult-, und nun war der tschechoslowakisch-österreichische Streifen auch schon verboten. Ein lazives Stück Volksunbehagen für die Jugend, so sahen das die Nationalsozialisten. Hedy hatte in dem erotischen Drama von Gustav Machatý die künstlichen Grenzen einer Pola Negri weit überschritten und Lust und Liebe in natürlicher Anmut real gemacht. Nackt sah man die junge Dartellerin in einem See baden. Nackt, mit bloßen Brüsten, sah man sie durch den Wald laufen. Das war schon Wunderwerk genug. Gefolgt war dieser ersten legendären Nacktszene der Filmgeschichte jedoch eine noch legendärere Liebesszene. Hedys Gesicht und die Verzückung des Augenblicks in Großaufnahme. Endlich geschieht der Akt, den sie sich in so viel räkelnden Einstellungen zuvor erträumt hat. Die junge Schauspielerin spielte in dem Film mit dem Feuer, das wusste sie. Aber es fühlte sich verdammt gut an. Sie hatte mit ihrer Freizügigkeit in der Emanzipation der Frau eine Zäsur gesetzt. Wenigstens auf der Leinwand. Was Hedy Eva allerdings nicht erzählte, war das eifersüchtige Drama ihrer überstürzten Ehe, die sie zu dieser Zeit noch führte und die sich im Gegensatz zur Filmrolle ganz und gar nicht frei und wild ausnahm. In einem Anflug jugendlichen Eigensinns hatte Hedy, hochgestellte Tochter einer jüdischen Familie aus Lemberg, den Waffenfabrikanten Fritz Mandl geheiratet. Er verbot ihr daraufhin weitere Filmauftritte. Er verlangte von ihr zu konvertieren. Er machte Geschäfte mit den Nazis. Und war doch selbst Sohn eines jüdischen Vaters. Das konnte mit den beiden nicht gut gehen, währte aber länger als nötig. Hätte Eva Rottberger wie ihre Mutter Else zwischen den Worten lesen können, wäre ihr nicht entgangen, das die fiebrige Sinnlichkeit ihrer berühmten Freundin zu jener Zeit mehr Sehnsucht und Kunst als echtes Leben war. Die Welt war eben doch noch nicht so weit. Feurige Ausbrüche wurden schnell abgesteckt. Die beiden Freundinnen sahen sich vermutlich bei dieser heimlichen Unterredung ein letztes Mal, umarmten sich, verabschiedeten sich aufs Herzlichste, wünschten sich Glück für ihr weiteres Leben und winkten sich lange zu. Die eine ging bald mit ihrer Mutter nach Palästina und eröffnete ein Tanzstudio, die andere änderte ihren Namen von Hedy Kiesler in Hedy Lamarr und glänzte fortan in Hollywood, setzte eigene Maßstäbe an Lust (sechs Ehen, viele Affäre, auch mit Frauen), formte Stil (wie zum Beispiel ihr legendärer, vielfach kopierter Mittelscheitel) und, -möglicherweise war es eine Reminiszenz an ihre frühe Freundin Eva-, denn sie sorgte erfolgreich für eine Renaissance des Hutes als Accessoire für Schauspielerinnen. Hedy war allerdings auch von einem wilden Erfindergeist und entwickelte außerdem eine Funkfernsteuerung für Torpedos im Dienste der US Navy und der Alliierten, mit dem sie den Nazis gehörig ins Gehege zu kommen suchte…, doch davon und was diese Pionierin alles noch vermochte auf Gebieten, die sonst nur den Männern zugestanden wurden, war dieser Tage noch nicht die Rede. Auch nicht davon, dass sie zusammen mit dem Komponisten George Antheil 1940 eine Technologie erfand, welche die Grundlage für das spätere Wifi und Bluetooth schuf.

Für das Tal der Frauen interessierte sich zu jener Zeit noch ein anderer. Hans Jacobsson Mann. Frisch verliebt in eine kleine neckische Verkäuferin aus dem zweiten Stock, Schuhabteilung für Damen, und ihr eben noch letzte flirtende Blicke zuwerfend, hoffend auf baldig liebende Übereinkunft, begab sich Hans hüpfenden Herzens auf den Weg zur etwas weiter entfernten Glühstrümpfenfabrik. Seine Schwester Olga, die nun nicht mehr *Mann*, sondern neuerdings *Rottberger* hieß, würde dort ihren letzten Arbeitstag haben. Sie hatte gekündigt. Ein anderer Hans sorgte jetzt für sie. Ihr Bruder fand das sehr amüsant und auch Olga musste immer wieder lachen, wenn sie diesen Namen aussprach. Hans wie ihr Bruder. Hans wie ihr Ehemann. Die Wohnung, in der die beiden frisch Verheirateten fortan wohnten, direkt über dem Radiogeschäft, war noch bescheiden. Aber es war ausreichend. Für den Anfang. Alles Nötige war vorhanden. Seit neuestem sogar ein Grammophon. Darüber hatte sich Olga sehr gefreut. Manchmal abends tanzten sie gemeinsam zu den neuesten Schlagern, hielten sich sehr fest. Meist zog Hans sie hernach auf das hölzerne Bett mit dem weiß duftenden Laken und entkleidete sie sanft, doch dringlich. Sie hatten ein Talent, sich inniglich zu lieben.

Und jetzt, da sie ein Kind erwartete, -wie hatte sich Hans doch gefreut, das zu hören-, war Olga froh, dass die Wohnung auf jeden Fall genug Platz bot. Der Wegzug von der Mutter war ihr weniger schwer gefallen als sie gedacht hätte. Doch machte es ihr noch immer Mühe sich als Gattin zu fühlen. Ein anderer Hans als sie gewohnt war, kam abends nach Hause. Nicht ihr geliebter Bruder. Das war schon eigenartig. So ist wohl der Lauf der Dinge, dachte sie. Aber wenn sie nun nicht mehr arbeiten ginge, was sollte sie dann all die Zeit tun. Sicher würde es tagsüber sehr still um sie sein. Die Zeit bis das Baby käme, sollte sie ordentlich nutzen und noch recht viel Schönes unternehmen. Unbedingt das Olympiadorf besuchen zum Beispiel. Das lockte sie sehr. Sie hatte gelesen: Störche und allerlei andere Tiere hatte man dort angesiedelt. Es erregte sie eigenartig, dieses Weltereignis, und manchmal träumte sie sogar davon, eine jener durchtrainierten, strahlenden Athletinnen zu sein. Sie hörte dann Jubelschreie. Blumen wurden über sie geworfen. Sie stand auf einem Treppchen und winkte. Denn sie war dann eine Siegerin und die Welt lag ihr buchstäblich zu Füßen. Träume. Ihr Bruder hatte ein wenig geweint als sie ging. Sie ganz fest in den Arm genommen. Ich wünsch dir alles Gutes, Kleines. Hatte er gesagt. Und seine Augen trocken gewischt. Allein die Mutter nahm ihr Fortgehen seltsam stoisch hin. Keine Miene hat sie verzogen. Olga lediglich ein Paket mit einer kleinen Aussteuer in die Hände gedrückt und sie an die Einhaltung jüdischer Feiertage erinnert. Das wars. Die jüdischen Festtage waren der Mutter wichtig, obgleich sonst nichts Jüdisches in ihrem Alltag ihre Zugehörigkeit verraten hätte. Olgas Vater war längst verstorben. Olga war sich sicher: Er hätte sie bestimmt mehr vermisst und einen großen Tamtam um ihren Auszug gemacht. Um so mehr freute sie sich nun, dass Hans Jacobsson, der Bruder also, ihr versprochen hatte, sie heute abzuholen und zum Essen einzuladen. Es gab ja so vieles zu erzählen.

Und auch Hans freute sich. Seit Olga verheiratet war, sahen sie sich nicht mehr sehr oft. Er war schon richtig aufgeregt. Die Schwester sprach von Neuigkeiten. Was es wohl war? Gerne hätte er ihr ein großzügiges Geschenk mitgebracht für die neue Wohnung. Doch er war etwas knapp bei Kasse. Er liebte seine Anstellung in dem so großen und vornehmen Kaufhaus durchaus, aber die meisten Verlockungen in all den Stockwerken des Konsums konnte er sich nur ansehen. Viel verdiente er nicht. Dennoch war er für den Moment höchst zufrieden, Hauptsache er durfte diese schicke Uniform tragen, ein Bombending, das er heute endlich einmal Olga vorführen wollte. Gut, seine Mutter erwartete mehr von ihm als ein hübscher Liftboy zu sein, - das brachte sie immer wieder streng, doch zugleich seltsam lakonisch zum Ausdruck,- aber er fühlte sich dennoch recht wohl so. Er konnte jeden Tag hübsche Frauen auf kleinem Raum den Weg weisen und schob seine beruflichen Ambitionen auf später. Fürs erste war er froh, dass er überhaupt eine Arbeit hatte. So schlimm dieses Jahr in seiner politischen Entwicklung war, wirtschaftlich schien es aufwärts zu gehen. Vielleicht war Hitler gar nicht so übel. Die Menschen hatten wieder Perspektiven. Die Arbeitslosenzahl in Berlin war doch glatt von 655.000 auf 200.000 gesunken. Zugleich haben sich die Eheschließungen seit 1934 um 27% erhöht. Seine Schwester tat ihren Anteil daran. Das war schon eine Leistung. Wie auch immer, -er blickte auf die Uhr-, ja, dann mal los. Er verließ das Kaufhaus durch seine massiven Glasdrehtüren und strich ein wenig seine Uniform glatt. Er lächelte der Spätsonne entgegen. Eigentlich dürfte er die Uniform gar nicht draußen tragen. Es war Berufskleidung. Aber er sah so fesch darin aus und eine Ausnahme… ach, es würde ja keiner bemerken. Pfeifend verließ er das Eingangsportal und stolperte über eine Tageszeitung, die auf dem Boden lag. Er ärgerte sich, dass die Leute so achtlos waren, Dinge einfach auf den Boden schmissen, unmöglich… da bemerkte er das Titelbild. Ein Foto von *Joseph Weißenberg*. Den kannte er doch. Und darunter in großen Lettern: „*Der Führer hat einem weiteren Betrüger das Handwerk gelegt. Die Friedensstadt wurde geschlossen!*" Hans bückte sich und nahm die Zeitung auf. Hans erinnerte sich. Joseph Weißenberg, der Kirchengründer, Hellseher, Geistheiler oder Heilmagnetiseur, wie man ihn in der Presse auch nannte, war 1930 der wohl berühmteste Mann in Berlin gewesen. Viele Tausend Anhänger nannte er die seinen. Seine Wahlplakate ("Wählt einen Mann, nicht eine Partei!", so sein Slogan) waren drei Mal größer als die von Hitler gewesen. Das hatte Hans damals neugierig gemacht und er ging heimlich, von seiner Mutter unbemerkt, jene sogenannte Friedensstadt, die größte und modernste Privatsiedlung Deutschlands, besuchen, ein Ort, an dem echte Liebe gelebt wurde. So verhieß man. 30 Kilometer von Berlin entfernt, finanziert mit Geldern, welche rechtzeitig auf Anraten des Hellsehers vor der Inflation in Baumaterial und Landeigentum umgesetzt wurde, gelegen in den Glauer Bergen. Wohnhäuser, Schule, Altersheim, Wasserwerk,

Verwaltungsgebäude, Museum, Heilinstitut und vieles mehr gab es dort neben dem heiligen Zentrum, der Evangelisch-Johanniskriche zu bestaunen, ein opulentes Gebäude, benannt nach der Offenbarung des Johannes. Die vierhundert Anhänger, die in der Friedensstadt bereits ein liberales, religiöses Miteinander im Geiste Weißenbergs vorlebten, verkündeten eine neue Welt Gottes oder "Himmlisches Jerusalem" und praktizierten wie ihr Vorbild Händeauflegen und eben echte Nachfolge Christi. Es war ein aufregender und sehr vitaler Ort. Hans fielen damals viele offenbar ledige junge Mädchen auf. Dieser Weißenberg jedoch, früh Waise, und ebenso früh nach eigenen Angaben von spirituellen Visionen heimgesucht und erleuchtet, später gelernter Maurer und Gastronom, galt manchen als Scharlatan, gewiss. Seine Erscheinung hatte tatsächlich auch für Hans wenig Ätherisches oder Freundliches. Im Gegenteil. Beeindruckt hatte er ihn aber allemal. Zwar kam Hans nicht wieder, doch eine leise Stimme in ihm fragte sich seither immer wieder, ob er nicht besser dran wäre, würde auch er konvertieren. Viele Juden taten dies in der Hoffnung, auf diese Weise mehr gesellschaftliche Akzeptanz zu erlangen. Das Jüdische erschien Hans jedenfalls allzuoft als ein Klotz am Bein und wohin das führe, das illustrierte dieses verdammte Jahr nur allzu deutlich. Gut, die Mutter würde es ihm wohl nie verzeihen, aber auch sie müsse verstehen: Die Zeiten ändern sich. In diese düsteren Gedanken mischte sich das Bild der kecken Schuhverkäuferin. Sie war keine Jüdin. Würde sie mit ihm, dem Juden, überhaupt ausgehen? Würde sie mit ihm ausgehen, wenn er konvertiert wäre? Fragte er sich. Ach was, er war zu Optimismus erzogen worden, so wie alle Juden. Zu viele grüblerische Gedanken waren nicht gesund. Möglich zwar, dass gerade das positive Denken ein geistiger Schönheitsfehler war, der so vielen jüdischen Mitbürgern in diesem Fall die Wahrheit der Zeit vernebeln ließ, doch mit einem Blick in eines der Fenster des riesigen Kaufhauses, in dem sich Hans soeben spiegelte, dessen Gründungsvater Hermann Tietz war, ein jüdischer Kaufmann aus Schlesien und großer Pionier des Kaufhauswesens, kam der Mut zurück. Ja, in wen, wenn nicht ihn, könnte sich das niedliche Fräulein verlieben?! Die Uniform war wirklich schneidig. Und die schicken Goldknöpfe erst. Er war ein hübscher junger Mann. Nun doch wieder pfeifend ging er weiter. Olga würde Augen machen. Bei einem Blumenladen, ein dürftiger Bretterverschlag im Schatten des riesigen Kaufhauses gelegen, blieb er stehen. Er wusste, wie gerne Olga Blumen hatte. Und er sagte froh gelaunt: Drei Rosen bitte! Von den langen. Der Verkäufer war ein jüdischer Kriegsveteran, der linke Arm fehlte ihm. Mit dem Rechten streckte er Hans die Blumen entgegen. Bitte sehr. Dieser bedankte sich, drückte die Blumen an sich und ging pfeifend weiter. Da hörte er plötzlich Stiefel, die schwer hinter ihm auf den Boden klackten. Und Stimmen, die scharf und deutlich hinterher schrillten. Ein hübscher Judenbengel da. Was meint ihr?! Höhö! Die anderen Stiefel hinter ihm blökten wie Schafe. Hans drehte sich nicht um. Er war mitten unter gehendem Volk. Nicht alleine. Er wähnte sich sicher und ging raschen Schrittes weiter. Nur pfiff er nun nicht mehr. Hey, Judenbengel! Wem gehört dein schwuler Hintern? Die Stiefel kamen näher. Er glaubte sogar den säuerlichen Atem ihres Hasses in seine Nase steigen zu spüren. Warum pfeifst du nicht mehr,

Judenbengel? Los pfeif uns was! Er wurde angerempelt. Unsanft. Los! Ein Stiefel packte ihn hart im Nacken und stieß ihn zu Boden. Die Menschen rechts und links bewegten sich ungerührt weiter, schwappten als Wellen um ihn herum. Er war ihnen eine Pfütze, der sie rasch und geschmeidig auswichen. Ein anderer Stiefel stieß ihn hart in die Seite. Hans stöhnte laut auf. Ein feiner Bengel das. Riefen sie. Verdient unser Geld und hurt damit rum. Pfui. Sie rissen an den Goldknöpfen und schmissen sie lachend auf die Straße. Los pfeif, Judensau! Ihr Ton heizte sich auf. Hans pfiff nicht. Der Stiefel stieß ihn ein weiteres mal. Noch härter. Und noch einer. Und noch härter. Der Schmerz verschlug Hans den Atem. Pfeif schon, Judensau! Hans hustete. Er bekam kaum Luft. Und nun traten alle Stiefel gleichzeitig nach ihm. Zerrten an seiner Uniform. Bespuckten ihn. Judenschwein, pfeif endlich! Und da pfiff er, pustete mehr. So ein schwules Judenschwein, hört ihr, kann noch nicht mal pfeifen! Eine Faust traf ihn mitten ins Gesicht. Der schöne Liftboy verlor das Bewusstsein.

Als Hans Jakobsson wieder erwachte, war er allein. Eine jämmerliches Nass, um das der Bogen der Menschenwogen nun noch größer wogte als zuvor. Seine Augenlider öffneten sich nur schwerfällig. Seine Uniform hing in Fetzen, der Körper war bedeckt von den ausgerissenen Blättern der roten Rosen und er blutete. Die Dornen hatten sein Gesicht verkratzt. Keiner neigte sich zu ihm. Er lag. Stöhnte. Versuchte sich aufzurichten. Fiel zurück. Nur eine einzige Hand griff nach ihm. Er erkannte den Einarmigen, der ihm ein Taschentuch reichte. Komm schon, ich helfe dir. Sagte der. Komm. Und hob ihn hoch. Ungeduldig, fast ein wenig grob. Gestützt von dessen rechtem Arm humpelte Hans in eine geschützte Ecke hinter den Blumenstand. Hans fasste an sein Gesicht, das Nasenbein… er wusste nicht, ob es gebrochen war, alles schmerzte, alles fühlte sich geschwollen an, und ihm war übel. Das Drehen im Kopf hörte nur langsam auf. Aber er stand wieder. Nun geh, sagte der Einarmige. Wenn du hierbleibst, machen sie das Gleiche mit mir. Geh. Geh. Er stieß ihn von sich. Und Hans ging. In seiner Hand eine einzelne rote Blüte. Er hielt sie fest umschlossen und er weinte.

Es rummste. Es schepperte. Es schrie. Es höhnte. Olga und Hans schnellten zeitgleich in die Höhe und lauschten in den herbstlichen Dämmer auf die Straße hinaus. Dann warf Hans brüsk die Decke von sich und eilte zum Fenster. Vorsichtig und den Vorhang nur ganz leicht beiseite schiebend spähte er hinunter auf die Straße. Ein halbes Dutzend sehr junger Männer, Jungs vielmehr, schmissen singend und lachend Steine auf die Schaufenster des Radiogeschäfts. "Die Fahne hoch! Die Reihen dicht geschlossen….", grölten sie. Hans erkannte das Sturmlied des ermordeten Horst Wessel. Ein übler Bursche war das. Ein junger Nazi-Schläger und nun ihr Märtyrer, da vorgeblich von Sozialisten erschossen. Einem wie dem Horst Wessel und seinen Schergen durfte man nicht in die Finger geraten. Er schauderte. Aber dies, das waren doch noch Jünglinge. Wie konnten die nur?! Wieder klirrte und schepperte es. Die Steine wurden größer. Glas zersprang. Hans spürte wie ihm das Blut vor Wut in den Kopf stieg. Grobe, schwarze Stiefel donnerten nun gegen die Eingangstüre und durchbrachen diese endlich. Es erscholl ein Gejohle und Siegessturm, gefolgt von einem vielfältigen Rumsen. Die Jüngelchen rissen mit erhitztem Eifer, als seien sie in einem ausgelassenen Kindergeburtstag, die Radios aus den Regalen und warfen sie auf den Boden. Sie hatten viel Spaß. Das konnte Hans hören. Es tönte in Hans wider: Sie haben viel Spaß! Ein Geräusch, das sich innerlich in ihm fortsetzte… er hätte gar nicht sagen können, was dies in ihm spaltete. Sein Leben, seine Zukunft… sie schlugen alles entzwei. Und sie sangen dabei. "Die Straße frei den braunen Bataillonen …!" Nun ging doch ein Ruck durch Hans. Das reicht. Rief er erregt. Und eilte zur Tür. Doch Olga war schneller. Flink war sie vor ihm zur Türe geglitten, hatte den Schlüssel einmal herumgedreht und ihn schnell in ihrer Hand versteckt. Gib mir den Schlüssel! Hans rüttelte vergeblich an der Türe. Sofort. Olga, gib mir den Schlüssel, sie zerstören alles, was wir besitzen! Wenn du runter gehst, zerstören sie, was ich besitze! Schluchzte Olga, ebenso aufgebracht und erstaunlich wehrhaft. Gib ihn mir! Nein. Du gehst da nicht runter. Hans griff grob nach den Händen seiner Frau… da hörten sie auf einmal helles Hundegebell. Der alte Rotschild von nebenan hatte offenbar die Türe geöffnet. Er war im Besitze einer riesigen Dogge, die nun aus Leibeskräften kläffte. Der Rotschild, Olga, wenn sie dem nur nichts tun! Hans sprang hastig zum Fenster, das zum Hof hinaus ging. Tatsächlich. Er will seinen Hund los lassen, Olga. Er fasst ihn schon am Halsband. Oh, mein Gott, Hans. Wenn einer von denen gebissen wird, ist er dran… tu doch was! Was soll ich tun, du gibst mir ja den Schlüssel nicht! Olga biss sich auf die Lippen, lockerte den Griff um den Schlüssel nicht ein bisschen. Doch aufgeschreckt vom dem angsteinflössenden

Kläffen des riesigen Tieres hielten die Jüngelchen tatsächlich inne. Kommt! Rief einer. Haun´ wir ab! Das wird den Judenschweinen eine Lehre sein! Ein letzter Tritt gegen die Eingangstür. Dann sah Hans, nun wieder hechtend zum anderen Fenster, wie die junge Schar mit erhitzten Wangen rasch davon rannte. Nach etwa fünfzig Metern, - so weit konnte Hans gerade noch gucken -, sah er sie stehen bleiben, nach Luft schnappen, fürchterlich lachen und sich gegenseitig auf die Schulter klopfen. Sie waren sehr zufrieden mit sich. Es war ein guter Start in den Morgen gewesen.

Die Geschwister saßen in der mütterlichen Wohnstube. Hans Jakobsson mit einem blauen Auge und geschwollenem Gesicht. Arbeitslos. Olga verweint und übernächtigt. Allein. Eine kleine Börse mit Geld umklammernd, ein Taschentuch griffbereit. Nervös strich sie sich ihre schwarzen Locken immer wieder glatt und horchte nach draußen. Dieses Horchen hatte sie sich angewöhnt. Der Schrecken des frühen Morgens saß tief. Hans, der Vater ihres ungeborenen Kindes, war weg, und sie wusste nicht, ob sie ihn je wieder sehen würde. Hans, der Bruder zu ihrer Seite, zuckte manchmal. Der farblose Geruch von Spucke verfolgte ihn. Der Ekel verfolgte ihn. Die Mutter blickte bleich eingesunken, gutwillig wortlos auf ihre Kinder und schlurfte einen dünnen Kaffee. Viel sprach man nicht. Auf dem Tisch lagen mehrere Stapel Zeitungen. Sie brauchten sie nicht mehr lesen, die Nachrichten hatten sich selbständig gemacht und sich ihrer Leben und Körper von alleine bemächtigt. Die Nürnberger Rassegesetze waren soeben gesetzlich besiegelt worden, die Ausreden der Hoffnung gingen aus. Hans schrieb das Mädchen aus der Schuhabteilung endgültig ab. Was hätte er ihr auch bieten können? Sein hübsches Gesicht, seine Jugend? Sein Sein war irrelevant geworden, die Juden Freiwild, ihre Geschäfte teilweise geschlossen. Zuwendungen gestrichen. Als nächstes würden die Nazis auch noch ihr Geld nehmen. Das war gewiss. Alle wussten es. Auch wenn sie es bis zuletzt verdrängten.

Es waren Zeiten gekommen, die hatten nicht nur die Taten der Menschen verzerrt, die Verzerrung begann in den Worten. *Am Anfang war das Wort…* so schöpfte sich das biblische Leben. So berief sich Heinrich Himmler, der Gott der Vernichtung der kommenden Tage, rhetorisch gerne auf den *Anstand*. In launiger Biederkeit wird er in baldigen Dekreten mit rosigen Wangen freundlich lächelnd Leben hinweg fegen und *Anstand* wird dabei seine Lieblingsvokabel sein. Eine *Kunst*, und sogar das *Ruhmesblatt der deutschen Geschichte*, so Himmlers Worte später, sei es, dem Töten beizuwohnen und dabei doch anständig bleiben zu können. Es ward geschöpft worden: Das nationalsozialistisch heroische Paradoxon, Synästhesie in perfider Auslegung, Metapher auf Blut und Boden.

Olga und Hans sahen sich an. Gänsehaut lief über ihre jungen Arme. Hans konnte seine Schwester nicht länger beschützen. Olga konnte ihren Bruder nicht mehr trösten. Es war schwer sich selbst nicht schmutzig zu fühlen, wenn andere einen als schmutzig betrachteten. Unwillkürlich rieben sich beide die Arme. Ja, es war also wirklich die Zeit gekommen, wo Anstand und Mord zu einer sprachlichen Einheit verschmolzen, wo ein Jude statt Rechtsbeistand zu bekommen, sein eigenes Unheil werden konnte und ein Wort allein zu töten vermochte. Wo der bereits eingesetzte Untergang der Worte den späteren Tod der Körper vorwegnahm. Der Schriftsteller Kurt Tucholsky wusste das. Er war selbst das leibhaftige Berliner Wort gewesen. Esprit und Witz. Bruder der Wahrheit. Zunge am Unbequemen. Ein Unerwünschter geworden wie sie. Sie hatten gehört: Er ist in Schweden. In einer Sicherheit. Da wären sie jetzt auch gerne. Doch ein Mann, der nicht vom Wort zu unterscheiden ist, was ist der ohne Worte? Dem Tod und Widersinn der Sprache folgte bald der Freitod eines großen Mannes, der diesen brauchte, um das Wort, sein Wort, der Welt ihr Wort wieder in den richtigen Sinn zu fügen. Sokrates tat es vor langer Zeit vor. Es war der Dienst an der Richtigkeit der Dinge dieser Welt. Auch den Geschwistern starben an diesem denkwürdigen Morgen die Worte auf den Lippen, ohne zu wissen, was noch kommen würde, ohne von Tucholskys Ende zu erfahren, noch von Himmlers Träume und Taten Kunde zu haben, - es gab nur die Wahrnehmung einer plötzlich erfühlten, schwelenden bis direkt gewalttätigen Sphäre der Gegenwart, deren Opfer und Ziel sie waren -, und so vermehrte sich das Grau unweigerlich in ihrem Innern daselbst. Sie hätten wie der Schriftsteller bis zum Letzten verzweifeln können, doch ihnen fehlte die Leidenschaft, das hitzige, sterbebereite Pathos des Intellekts der Philosophen und Denker. Zum Glück. Einem rein menschlichen Instinkt und Überlebenswillen folgend,- man kann es gesund nennen-, hielten sie sich lieber am letzten Strohhalm ihres jungen Lebens fest und sie fragten sich sehr konkret: Hans, was können wir tun? Olga, wie können wir überleben? Denn ganz offensichtlich würde das die Frage der Zukunft sein.

Die deutschen Deutschen dagegen wussten, was zu tun war. Das Land wurde plötzlich sehr eifrig. Die Führung klirrte und rüstete, versprach und polierte und scheuerte flammend an Image und Heil. Kaum einer, der nicht davon mitgetragen wurde. Kaum einer, der wusste warum. Es passierte einfach und es passierte endlich. Da bewegte einer. Die einfachsten Bedürfnisse wurden geschickt gelenkt, manipuliert. Offen. Subtil. Wind vereinzelter Gegenwehr im Keim erstickt. Außerdem: So manche große und gute Geister sangen mit, was konnte da falsch sein? Man zuckte mit den Schultern. Gut, der Hitlergruß, das musste vielleicht nicht sein. Aber sonst? Auch das deutsche Handwerk wollte mit im Chor der Zukunft singen und legte sich rasch ins Zeug. Zum Zeichen seiner tatkräftigen Bereitschaft und zehn Tage nach der Verkündung des Reichsbürger- und Blutschutzgesetzes, so der sperrige Name für Mord-, bekam stellvertretend das Wehrkreiskommando III Berlin, also eigentlich Adolf Hitler, 1000 Paar Militärstiefel geschenkt. Ein kleines Zeichen nur. Eine Randnotiz der deutschen Geschichte, doch darum um so beredter. Großes wurde auch von den Kleinen vorweggenommen und mit einer aufmunternden Spende bedacht. Das Volk stand zusammen. Eine gute Zeit sollte anbrechen. Jeder sollte daran teilhaben. So ward es versprochen. In der Tat, es klang plötzlich alles sehr verheißungsvoll und es passte einer gut auf einen auf. Man konnte es sogar nachlesen. Zum Beispiel: Am selben Tag dieses freudigen Geschenkes wurde ein Mann wegen Tierquälerei verurteilt. Warum? Er hatte einer Frau ein Huhn für ihre Hühnerzucht verkauft und dieses kopfüber mit zusammengebundenen Beinen in eine Papiertüte gesteckt, woraufhin dieses allerdings starb. So etwas durfte nicht geschehen. Fand das Schöffengericht in Berlin. Dies sei eine grausame Tat. Der Staat hatte Bürger und Tier zu achten. Der Staat verantwortete Anstand. Der Staat sah alles. Der ehrliche Zynismus des Bösen. Man nickte. Das war richtig so.

Abgrundtief ehrlich sah der Staat darum durch Hans Rottberger hindurch als sei er aus Glas. Ein gläserner Jude. Das war auch richtig so. Und der Staat lachte dabei. Zerlachte des Juden Existenz. Einfach so. Und einfach so hatte man ihn in Schutzhaft genommen, zum Schutze vor dem Volke oder zum Schutze des Volkes, -was bedeutete diese Redewendung eigentlich? Hans hatte die Rechtsprechung bei der Polizei gesucht. Aufgebracht und festen Schrittes war er eingetreten. Es war kein totes Huhn, das er meldete. Es war sein Geschäft. Sein Inventar. Alles vernichtet. Eine Strafanzeige erstatten wolle er, bitte schön, die Herren. So? Die Polizisten zogen ihre Brauen hoch! Blickten erst verblüfft, dann belustigt, dann begannen sie loszuprusten. Sein Recht? Sie stießen sich an und schlugen sich lachend an die Brust. Er sei weder Bürger noch Tier. Wisse er das noch nicht? Sie lachten. Und sie lachten ihn aus. Welches Recht habe eine Judensau? Welches? Solle er mal sagen. Hans schaute von einem zum anderen. Die Kontur seines Körpers löste sich auf. Und was vorher schon sein Herz in Teile geschlagen hatte, verlor jetzt den Boden. Die Grashügel, die Seerosen, die Wasser und Brücken, die milde Sonne, das Flanieren, die Freude am Leben, alles drohte zu zerspringen. Aber… hub Hans noch einmal schwach an. Doch es war das Letzte, das er ausstieß. Man hatte getan, was nötig war. Nicht wahr? Die Jüngelchen, wie er, -übles Subjekt-, abwertend zu bezeichnen wagte, -was fiele ihm ein?-, hätten nichts als ihre Pflicht und Schuldigkeit an der deutschen Volkshygiene geleistet. Große Tat. Hans war sprachlos. Stumm ließ er sich einsperren. Stumm gedachte er Olga, ihrer Locken, ihres gemeinsamen ungeborenen Babys. Ihrer Zukunft, die keine mehr war. Auch er wusste nun, dass Sprache eine neue Wirklichkeit besaß. Nichts war mehr an seinem Platz. War er zuvor schon kein Mann vieler Worte gewesen, nahmen die Nazis ihm nun die vorerst letzten.

Die Zeit blieb stehen.

Das, was im Folgenden geschah, blieb für immer im Dunkeln. Es war nie geschehen. Vielleicht, wenn man niemals darüber sprach, war es niemals geschehen. Nach zwei Wochen Qual, Folter und Ungewissheit kehrte er heim. Es gab zu viele neue Gefangene. Hieß es. Aber er solle sich vorsehen. Bloß vorsehen. Schwer gingen seine Schritte durch Berlins morgendliche Straßen. Es regnete stark. Er war froh darüber, denn so waren die Straßen leer. Und diejenigen, welche doch unterwegs waren, eilten hastig vorbei, ohne von ihm und seiner zerschlissenen Gestalt weiter Notiz zu nehmen. Er zog den Hut tief. Den Mantelkragen hoch. Sie dürfen gehen. Hatte man zu ihm gesagt. Sie haben Glück. Der Führer schenkt Ihnen das Leben. Doch Sie müssen sich vorsehen. Es gibt eine Bedingung. Sie müssen sofort das Land verlassen. Hans sah den Beamten tonlos an. Das Land verlassen? Wie ein Land verlassen, wenn einen keiner will? Der Beamte zuckte nur mit den Schultern und öffnete die schwere Tür. Ein

Drecksjude weniger. Der Beamte wusch sich die Hände. Er hatte zu tun. Das Licht blendete im ersten Moment, obgleich der Tag im frühen Dunst noch lag. Die Luft tat gut. Hans sog die Feuchte ein und ging. Seine Gedanken gingen mit ihm. Fiebrig wiederholte er nur dies: Wohin? Wohin? Wohin?

Das Land verlassen? Olga hielt sich vor Schreck die Hände vor den Mund. Wohin denn? Rief auch sie. Ihr Bauch war in dieser kurzen Zeit riesig wie ein Ballon geworden, so als hätte er die innere Dimension Olgas Zeitempfinden und Verzweiflung bemessen. Ihr Gatte war zurück. Ja. Sie dankte Gott. Doch die dunkle, stumme, zerschundene Gestalt ängstigte sie zugleich. Hans nickte. Genau. Das Land verlassen! Sofort. Es war der einzige Satz, den er zu ihr sprach. Er kam um zu gehen. Doch eine Reise in Olgas Zustand? Unmöglich. Sie bemühte sich, nicht zu weinen. Was haben sie mit dir gemacht? Keine Antwort. So sprich doch mit mir! Hans konnte nicht. Er nahm den Hut ab, zog sich den Mantel aus, ging zum Waschbecken, wusch sich das Gesicht, blickte in den Spiegel, atmete tief und trat zu ihr hin. Er nahm ihre Hand, sie war so weich und weiß. Er fuhr durch ihre schwarzen Locken, gebogene Hälse stolzer, schwarzer Schwäne. Die Wasser und Brücken, die Wiesen und Bäume schwammen in der Berührung Olgas auf einmal in sein Gedächtnis zurück, umspielten in Farbe, -ein wenig blass noch-, sein Herz, ließen Sonne hindurch und auf einmal packte er Olga, küsste sie stürmisch, zog sie aus, zog sich aus, und nahm sie, wo er stand, auf dem Boden, des schwangeren Bauches ungeachtet. Hans stöhnte, Olga stöhnte. Sie feierten ein Fest der Erleichterung und Vereinigung. Auf dem

Höhepunkt angelangt, schwappte ein Meer von Seerosen über seine Lippen hin an ihr Ohr. Olga! Meine Olga! Flüsterte Hans. Sie erreichten gleichzeitig den Mond. Das Leben: Es hatte wieder eine Perspektive. Und sie umschlangen sich auf dem Boden liegend für Stunden.

Er hat dich allein gelassen? Er ist wirklich ohne dich gegangen? So ein Feigling. Der Bruder blickte die Schwester bestürzt an. Er war noch ein sehr junger Bursche. Die Politik wollte einfach nicht in sein Herz dringen. Und schob sich doch ungereimt brutal mitten hinein. In sein Gemüt. Nicht in seinen Verstand. Sie hatte genickt, konnte ihm aber dabei nicht in die Augen sehen. Sei nicht so hart, Hans. Stieß sie unsicher hervor. Er wird mich ja nachholen, sobald das Kind da ist. Ihre Stimme war mehr ein Flüstern. Sie musste sich dies selbst immer wieder einreden. So verlassen fühlte sie sich. Ihr Bauch spannte und schmerzte. Wenn das Baby nur schon da wäre. Es konnte sich nur noch um Wochen, vielleicht Tage, handeln. Weißt du, sie haben ihm sehr weh getan! Er sprach nicht darüber, aber er ist nicht mehr der Gleiche gewesen als er zurückkehrte. Olga seufzte. Hans Jakobsson schnaufte. Dennoch. Der Bruder bestand auf seinen Grimm gegenüber seinem Schwager. Überhaupt war seine unbekümmerte Heiterkeit einer Bitterkeit gewichen, einer düsteren Bitterkeit, die Olga nicht guthieß, allen schlimmen Dingen zum Trotz. Mütterlichkeit vorwegnehmend sah sie ihn sorgenvoll an. Sah sich an. Nun musste sie alleine Tapferkeit und Frohsinn für sich und das baldige Baby aufbringen. Aber Island? Hätte es nicht noch ein wenig abwegiger sein können? Grönland vielleicht?

Hans Jakobsson lachte. Etwas zu spöttisch. Er hat es sich nicht ausgesucht, Hans. Du weißt doch. Überall sind die Grenzen dicht. Seine Mutter und seine Schwester haben es noch geschafft. Ich weiß nicht wie. Sie sind jetzt in Palästina. Es trifft uns doch alle. Beschwichtigend nahm sie die Hände ihres Bruders in die ihre. Sie gab Schutz, sie suchte Schutz.

Hans stand an der Reling eines überfüllten Schiffes. Zum Winken war keiner da. Dennoch blieb Hans stehen. Er stellte sich vor, Olga stünde unten in der winkenden Menge und würde lächeln. Das machte es ihm leichter. Auf der Reling war es windig. Er blieb dennoch dort so lange es ging. So lange bis die Menschen am Ufer noch nicht einmal mehr stecknadelkopfgroß waren. So lange bis er nur noch Meer sah. Blau und schäumend. So lange bis seine Heimat Deutschland für immer verschwand. Für immer? Er blickte auf die See. Das kräftige Blau. Die unablässigen Wellen. Er bestaunte das Meer. Er liebte das Meer. Es half ihm sich zu erden. Auf dem Wasser wankend sich zu erden. Als er sich über dieses seltsame Bild bewusst wurde, huschte ein Lächeln über sein Gesicht und lächelnd fühlte er seine Kraft zurückkommen. Lächelnd wusste er, es würde alles gut werden. Lächelnd ging er in seine Kabine zu den anderen dunklen Gestalten, die von weißgottwoher ausgestoßen waren. Vielleicht auch nicht. Sie sahen ihn verwundert an. Der seltsame Deutsche mit den Schrammen im Gesicht und dem kahlen Schädel. Der, der grundlos lächelte und Witze machte. Sicher ein Jude.

Island 1935

Er hatte kaum geschlafen in der Nacht. Unruhig stand er morgens um fünf Uhr in einer Menge von ebenfalls Wartenden. Es war laut. Es roch nach Fisch. Es roch immer nach Fisch. Auch wenn er nicht unter einer Menge Wartender am Hafen stand. Er hatte sich daran gewöhnt. Ob sie sich daran gewöhnen wird? Das Schiff hätte längst da sein müssen. Wenn nur nichts passiert wäre. Er freute sich unbändig. Gleich würde sie ihre zarten Füße, im Arm ihr erstes Kind, auf die größte, dennoch kleine, Vulkaninsel der Welt setzen. Eine Insel, deren Menschen sie gar nicht haben wollen, obgleich es hier Platz gibt, obgleich hier mehr Schafe als Menschen leben. Island, Land von Eis, Feuer und Wasser, ein kaltes Land. Man lebte hier nicht sehr gemütlich, und man aß immerzu diesen Fisch oder geschmorten Schafskopf oder Ochsenhoden, Robbenfleisch, geröstetes Lamm oder fermentierten Hai… oh, was hatte er sich nur dabei gedacht. Gemüse hatte er schon seit Wochen nicht gegessen. War Island wirklich die einzige Wahl gewesen? Vielleicht war er doch zu überstürzt gewesen, die Angst, der Schock. Besinnungslos war er davon gestürzt. Und jetzt im Dezember… es war der entsetzlichste Monat, die Frau seines Lebens in das Land des Winters zu sich zu holen. Hans war sich plötzlich gewiss: Olga würde ihre Liebe zu ihm verfluchen. Das würde sie. So kalt hier. Und dieses Essen. Konnte sie überhaupt fluchen? Er überlegte. Er hatte sie noch nie fluchen gehört.

Vielleicht wäre es gut, sie würde zu ihm fluchen. Auf die Welt fluchen. Es wäre allemal besser als dieses Schweigen, das sie manchmal über ihm ausbreitete, weil sie etwas zurückhielt. Weil sich etwas in ihr verstrickte. Er wurde zusehends nervöser und zupfte sich immer wieder an der Krempe seines breiten Hutes, die mehr zu verbergen mochte als ihm selbst lieb war. Er hatte gedealt, getrixt, überredet, erschlichen, heimlich mit Alkohol gehandelt... ein Zimmer ergattert, sogar eine Nähmaschine für Leder, -wie, das war sein Geheimnis-. Er fand Leder zum Nähen, er konnte Nähen -wie das?-, er fand Kunden und sogar solche, die mehr wollten. Alles in einer solchen Geschwindigkeit, dass sich der Isländer die Augen reiben würde, wäre er der Emsigkeit dieses schweigsamen, unsichtbaren Judens gewahr geworden. Will man überleben, so ist so ein Hut, der einen verbirgt, ein Krimi für die Hoffnung. Manchmal, das muss Hans zugeben, hatte es sogar einen gewissen Kitzel, dieses neue Leben. Dieses Überleben. Er war wirklich raffiniert, ausdauernd, geschickt und konnte überzeugen. Isländer sind im Allgemeinen zurückhaltend. Auch im Geschäftlichen. Das war sein Vorteil. Das hatte er schnell raus. Kaufmannsblut. Wer weiß. Er hatte auch Olga überzeugt, ihn zu heiraten. Obgleich er wusste, sie hatte mehr nachgegeben als gewollt. Ihr warmes Gemüt tat ihm gut, ihr warmes Gemüt war leicht zu beeindrucken, mitzuziehen, - ein Bestimmer brauchte jemand, der folgt,- doch manchmal machte es ihn ungeduldig. Aber sie war jung und ihr warmes Gemüt würde noch lernen. Er war sich sicher. Vielleicht würde sie dann aber eines Tages die stürmische Liebe bereuen. Sich nicht mehr mitreißen lassen. Ihre Gedanken waren so sehr in Unordnung. Das

Leben verwirrte sie. Natürlich. Wen nicht in diesen Zeiten. Doch was, wenn es ihr gelänge, ihre Gedanken zu ordnen? Würde sie ihn dann noch immer lieben? Gott, wie er sie vermisst hatte. Ihren Atem, die Rundungen des Gemüts, die Rundungen des Körpers. Er brauchte ihre Ruhe an seiner Seite. Ihre Kindlichkeit. Er brauchte es, sie in Besitz nehmen zu können. Zu dirigieren. Besonders jetzt, da er sich wie ein Wolf auf der Jagd fühlte, in Wahrheit selbst der Gejagte war und sich der Düsternis der Hinterhöfe hingegeben hatte. Richard Wagner kam ihm plötzlich in den Sinn. *Lohengrin*, den er so liebte: „Nie sollst du mich befragen, noch Wissens Sorge tragen, woher ich kam der Fahrt, noch wie mein Nam´ und Art." Olga war sein Gegenspiel, in ihrer Schwäche sein Halt und sein Balsam. Ungeduldig ging er auf die Zehenspitzen und reckte seinen Kopf etwas in die Höhe. Als würde er dann mehr sehen können! Wie töricht! Das Schiff wird nicht zu übersehen sein, wenn es kommt. Er benahm sich wirklich wie ein Narr. Schalt er sich. Er schaute um sich. Die Menschen im Gedränge waren nicht so unruhig wie er. Sie schienen vertraut mit der See und mit der Einfahrt von Schiffen. Aber er doch nicht. Das Meer war niemals seine Spielwiese gewesen. Als er hier selbst angekommen war, spät im Spätsommer, tasteten seine ersten Schritte unsicher den isländischen Boden ab. Wohin nun? Doch es fand sich. Man tat ihn zunächst in ein Notauffanglager der Heilsarmee und machte ihm schnell klar, dass er bleiben könne, aber nicht erwünscht sei. Dass er gucken müsse, wo er bleibe. Selbst bleiben. Er war kein Gast Islands. Er war nur ein Überlebender. Auch Olga würde keine Willkommene sein. Aber er, Hans Rottberger, könne sie willkommen heißen. Er wolle ihre Insel sein. Obgleich er ihr nichts bieten konnte. Nichts als ein erbärmliches Zimmer in Reykjavik in einem erbärmlichen Haus. Ein winziges Zimmer mit der Nummer 12. Fast wie ein Romantitel, dachte er. Ein Titel für arme Leute. Zimmer Nummer 12. Vom Vater, der einst ein reicher, vornehmer Schokoladenfabrikant war und in Saus und Braus lebte, keine Spur mehr. Es ging Hans an die Ehre und an die Männlichkeit. Ganz gleich, ob verschuldet oder nicht. Er war der Mann, er musste für Olga sorgen können. Egal wie. Und wäre nicht endlich ein Schiffshorn aus der Ferne erklungen, wer weiß, ob Hans nicht davon gelaufen wäre, um irgendeine Dummheit zu machen, einfach nur um die Scham in ihm loszuwerden. So gerne hätte er seine Frau stattlich empfangen. Blumen im Arm. Ja, jetzt hätte er daran gedacht. Oder Schokolade. Egal was. Doch er hatte nichts als sein Elend, seinen Mantel mit dem hohen Kragen und den Hut, unter dem er sich versteckte.

Island. Das war also ihre neue Heimat. Olga war nun schon einige Tage da. Die grässliche Überfahrt mit der grässlichen Seekrankheit vier lange Tage, die grässliche Anreise nach Hamburg, allein mit dem Kind auf dem einen Arm, das Gepäck im anderen, ohne Hilfe, nur Menschen, die wegguckten, das war hinter ihr. Auch die Ungewissheit um Hans´ Fortgang, die einsame Geburt, die alleinige Freude, alles hinter ihr. Sie atmete tief in die Brust. … Ja, einige Tage schon war sie da. Doch ihre Kraft war noch immer wie erloschen. Ihre Brust schmerzte und gab kaum noch Milch. Der Stress, das Untergewicht, die Not und nun das eintönige Essen. Es würgte sie täglich. Sie lag in einem kleinen Eisenbett, ganz eng an ihrem Mann. Es war Nacht. Er schlief. Sein Atem ging tief. Und sie war wach. Das Bett war so schmal, dass sie fast heraus fiel. Oder Hans. Aber sie war leichter. Wenn er sich nachts im Schlaf zu drehen versuchte, wachte sie auf und klammerte sich fest. Das Kind ruhte in einer Schubladenkommode. Sie wusste kaum, ob sie das rührend oder beschämend fand. Aber eines wusste sie: Sie fror. Tags. Nachts. Das war das Schlimmste von allem. Daher ging sie oft spazieren, um warm zu werden. Und zum Gedanken sortieren. Verschüchtert unter fremden, argwöhnischen Augen, die sie verfolgten. Das Kind, es war ein winziges Mädchen namens Eva, gedieh trotz der Probleme um es herum prächtig. Es war zufrieden. Vielleicht spürte es die Not und hielt darum still. Dachte Olga manchmal. Doch hoffte nicht. Ein so kleines Wesen durfte noch keine Last tragen.

Als sie mit dem Schiff angelegt hatten, hatte sie ihn sofort erkannt. Er war größer als die anderen und er trug diesen Hut. Eigentlich sah sie erst den Hut. Aber sie wusste sofort, dass er es war, der unter dem Hut sein musste. Sie ging zögerlichen Schrittes. Die Balance mit so viel Gewicht zu halten, war nicht leicht. Doch sobald er sie vom Steg herunter kommen sah, war Hans zu ihr geeilt, hatte die Menge in einer Schneise von sich weg geschoben und sie stürmisch umarmt. Er nahm den Koffer, das Kind, das in einem wollenen Bündel versteckt war, doch kaum hatte er begriffen, dass er gerade sein eigenes Mädchen zum ersten Mal in den Händen hielt. Er zog Olga hinter sich her. Sprach von einem Zimmer mit der Nummer Zwölf. Und dass es ihrer nicht würdig sei. Sie dürfe nicht erschrecken. Ihm nicht zürnen. Nur ein paar Schritte noch. Aber es würde schon werden. Sie hätten bald eine andere Bleibe. Bestimmt. Ja, es sei wirklich kalt, aber es sei eben auch Winter. Sie würde schon sehen. Es sei weniger schlimm. Er habe schon für vieles gesorgt und… Er hörte nicht auf zu sprechen, bemerkte kaum Olgas Schwäche. Hans redete einfach auf sie ein. Obgleich er sonst nie redete. Ein stürmisch aufgeregter Wasserfall. Aber er fragte sie nichts. Zog sie weiter, stieß sie zur Tür herein, legte das Bündel wie ein Ding rasch in die Schubladenkommode, die er zuvor mit Kissen ausgekleidet hatte und dann zog er auch schon Olgas Mantel aus. Es war keine Geste. Es war Not. Befehl. Mir ist kalt. Stieß Olga mit dünner Stimme hervor. Sie zitterte. Doch wehrte sich nicht. Er legte die Arme um sie. Ich wärme dich. Sagte er. Und zog sie weiter aus. Immer weiter. Ich habe so lange auf dich gewartet. Komm zu mir. Er nahm sie bei den Händen und führte sie galant zu dem Eisenbett mit Strohmatte als sei dies ein Himmelbett. Olga grauste ein wenig. Doch sie ließ es geschehen. Sie nahm seine Küsse. Tat als sei es ein weiches Bett. Doch sie fror. Er indes drang mit allem Verlangen und Macht und ohne Übergang in sie ein, vergaß, dass er ein Flüchtender war. Jetzt war er nur noch ein Liebender und Lebender. So lange er immer wieder in ihr drin sein konnte, -es war ihm jedesmal wie ein Nachhausekommen-, konnte er alles schaffen. Und so vergaß er die Welt um sich. Vergaß sogar Olga selbst. Er stieß und streichelte und stieß, langsam, schnell, langsam, schneller, schnell und schrie und ergoss sich. Glücklich fiel er hernach schlaff und ermattet auf sie drauf und schlief augenblicklich und selig ein. Es war ein Sturm im Alleingang gewesen. Das Kind. Dachte Olga. Er hat das Kind gar nicht angesehen. Sie drehte den Kopf unter dem Gewicht von Hans ein wenig zur Seite. Doch die kleine Eva schlief so tief als sei Islands Luft genau das, was sie brauchte. Daher entspannte sich endlich auch Olga. Er wird es schon nachholen. Dachte sie und bedeckte sich mit dem warmen Körper des Mannes, sowie der Decke, die sie über sich beide legte, und döste in die aufgehende Sonne Islands hinein. So war es bei der Ankunft gewesen. So war es nicht immer. Staunend hatte sie die letzten Tage zugesehen, wie Hans nähte. Er nähte gerade Geldbörsen. Seine Geschicklichkeit beeindruckte sie. Woher konnte er das nur? Er hatte so viele Geheimnisse. Die Ledernähmaschine war sein Heiligtum. Er hütete sie mehr als seine Frau. Sie war ihr Einkommen und durfte keinen Schaden nehmen. Die kleine Eva hingegen nahm sich etwas verschwommen in seinen Armen aus. Ja, so würde Olga es am ehesten beschreiben. Hans bemühte sich. Aber die Jagd nach Geld und das nächtliche Ringen, Heimat zu spüren, waren zwei Pole im Leben von Hans geworden, die dazwischen wenig Platz ließen. Olga ließ es geschehen. Die Zeit würde auch dies fügen.

Island gehörte in jenen Jahren noch zum neutralen Dänemark. Es war in einem geographischen Schutzraum gelegen und auch, wenn Hitler später im Krieg unter dem Namen "*Ikarus*" auch hier übermütig einer Inlandnahme von Island gedachte, mehr andachte, so tat er dies doch nie. So ein Seestützpunkt im Atlantik wäre zwar strategisch fein gewesen und im Oktober 1939 sollte der Dampfer "*Ammerland*" getarnt als Maschinenhavarie auch tatsächlich in See stechen, um eine geeignete Bucht zur Eroberung zu finden, tat es dann aber nicht. Denn immer wieder galt dieses Ansinnen zu guter Letzt als ein eher aussichtsloses Unterfangen und daher als unnötige Kraftanstrengung. Vor allem, wenn man gerade alle Hände voll mit der baldigen Eroberung Russlands und dem sonstigen Rest der Welt zu tun hatte. So kam es, dass das kleine, kalte, unwegsame Island zunächst ein sicheres Land für Hans und Olga werden konnte, ein Land, in dem es auch sonst nur wenig Fremde gab. Doch, man musste aufpassen. Fanden die Isländer. Juden schienen sich flink zu vermehren. Kein Wunder, dass Deutschland so mit ihnen umsprang. Diese Juden hatten etwas an sich, das leicht den Argwohn erregen konnte. Hinter dem Rücken von Hans und Olga wurde viel geredet und manches vermutet.

Auch die Männer unten am Hafen steckten flüsternd die Köpfe zusammen, wogen diese bedenklich und pafften dabei Qualm aus ihren Mündern. Der miefige Raum, in dem sie sich zusammen fanden, in dem dürftig ein paar Tische für die Wartenden stand, stank nach Urin und Fisch. Der Boden war feucht und braun. Es war kein Ort für die feine Gesellschaft. Es war der Ort für die, welche um ihr Leben kämpften. Das Gesöff auf den Tischen in jenen Jahren gefiel ihnen nicht. Es tröstete nicht. Alkohol und Boxkämpfe waren verboten. Die isländische Regierung hatte es gut mit ihren Einwohnern gemeint. Sie wollte sie gesund halten. Doch die Einwohner Islands waren dafür nicht sehr dankbar. Insbesondere die Männer nicht. Boxen, nun ja, schade, aber ohne Schnaps und Branntwein, wie sollte ein Mann da leben? Es war schwer und auch gefährlich in jener Zeit an einen guten Tropfen zu kommen. Aber dieser mysteriöse Jude, der seit Neuestem unter ihnen umging, der war clever, der konnte das. Wie auch immer er es anstellte. Oh ja. Die Juden waren tatsächlich Meister darin sich von jetzt auf gleich zu organisieren, egal, wo sie waren. Das musste man schon sagen. Aber sie durften doch nicht besser klarkommen als die Einheimischen selbst. Das ging doch nicht. Das Geflüsterte schwankte zwischen Anerkennung und Ablehnung. Diese Juden mussten das wirklich im Blut haben. So sagten sie sich. Geübt im Überleben über Jahrhunderte. So wird es sein. Die Stärke der Not. Wie auch immer. Die Isländer zuckten lakonisch mit den Schultern. Guckten immer wieder rasch um sich, vergewisserten sich, süffelten dann heimlich, schnell und verstohlen am Hochprozentigen und stießen einander an. Die Gläser hoch! Auf die Vorsicht! Auf Island! Auf die, welche ihnen das Labsal brachten. Der Mann mit Hut war ihnen in Wirklichkeit nicht unsichtbar geblieben, aber zum eigenen Schutze übersahen sie ihn. Sie beobachteten ihn aus Augenwinkeln, argwöhnisch, bedürftig und nicht weniger antisemitisch eingestellt als in Deutschland.

Hans, der sich schnell mit dem Getriebe des Landes, oder vielmehr der Stadt, zu arrangieren vermochte, - die meisten Menschen lebten im Süden und Südwesten des Landes, arbeiteten am Hafen, in Reykjavik-, blendete dieses Gerede hinter seinem Rücken aus, er nutzte es vielmehr, durchbohrte, belauschte es, sobald er mehr verstand. Er akzeptierte, was sie raunten, nahm es zur Kenntnis, bedauerte es wohl und sah sich vor, ebenso niemals ihr Freund zu werden. Seine Höflichkeiten blieben diskret und rein geschäftlicher Natur. Manchmal schamlos offensiv in seinem Überlebensinstinkt. Er war zu verletzt, als dass er sich ihnen beweisen oder um ihr Herz buhlen wollte. Er nahm ihr Geld und gab ihnen ein Lächeln. Ein glattes Lächeln, Alkohol und Lederwaren. Später nur noch Lederwaren. Die Besten der Stadt. Verdammt. Noch so etwas. Hans hatte sein Land und seine Identität verloren. Aber seine Würde um seiner und Olgas Willen wollte er behalten. Als Mensch, der er war. Und wenn er eines Tages doch dazu gehören wollte, dann weil er es sich verdient hatte, weil sie möglicherweise sogar zu ihm hoch schauen würden. So dachte er sich das und schuf darum eine geradezu künstliche Distanz zu den Bewohnern Islands. Der Hochmut des Gejagten. Die Demütigungen im Polizeirevier konnte er nicht vergessen. Die Tage im Gefängnis nicht. Auf die kleinste Nuance von Missachtung reagierte er seither empfindlich und wusste sich nicht anders zu helfen als mit Kälte zu reagieren und zu agieren. Es war eine rein äußerliche Souveränität freilich und eine verzweifelte Sehnsucht nach menschlicher Wärme, doch seine einzige ihm vorstellbare Insel. Die Monate in der neuen Heimat hatten zwiespältige Gefühle in ihm hinterlassen. Er kam klar. Er war beeindruckt von der Natur. Er fühlte sogar vereinzelt Wohlwollen. Er lernte die Sprache. Aber er fror wie Olga und ihm fehlten die Freunde. Hans wusste, er musste sich für Letzteres anstrengen, bereit dazu war er noch nicht. Misstrauisch wachte er darum auch über die Schritte seiner Frau, die zwar ängstlich und zögerlich, doch ohne Misstrauen durch Islands Straßen ging. Ihr warmes, offenes Wesen hielt die Grundneugierde wach, ihre Freundlichkeit hatte keinen Schaden genommen. Fast neidisch blickte Hans auf die

Menschen, die ihr gegenüber anders auftraten als ihm, dem ausländischen Juden, den sie etwas furchtsam als den *Dunklen* empfanden. Er war ja selbst Schuld. Dieses Image hatte er sich am Hafen aufgebaut. Doch zuhause bei Olga war es fehl am Platz. Das wusste er. Die Stadt war zwar eine Hauptstadt, doch klein. Island hatte nicht viele Einwohner. Man kannte sich. Die Dinge sprachen sich schnell herum. Besonders Dinge über Fremde. Bis zu Olga sollten sie nicht dringen. Hans war froh, dass der Sommer nahte. Es würde vieles einfacher machen. Er würde mit Olga wandern gehen. Zu den Gletschern, Wasserfällen, Vulkanen Schafen, Papageientauchern und Wildpferden. Er würde die kleine Eva auf seine Schulter nehmen, ihr alles offenbaren, was die aufgezwungene Fremde schmückte und selbst ihre Insel sein. Das hatte er doch versprochen. Olga und Eva waren sein Licht. Es stimmte. Er zeigte es ihnen viel zu selten. Zu beschäftigt war er. Zu sehr hing sein Geist und seine Konzentration in einer anderen Welt. Männer wie jene in der Hafenbaracke waren seine Kundschaft. Er hatte sie gebraucht, um den ersten Fuß ins Land zu bekommen. Außerdem machte nicht nur er sie süchtig, sondern sie auch ihn. Schnell hatte er eine Macht ihnen gegenüber verspürt, es war ein starkes Gefühl, das ihn nun befriedigte und über die erlittene Demütigung hinweghalf. Arme Teufel. Fand er. Es war nicht das Würdevollste, sich am noch größeren Elend anderer zu weiten, um sich selbst besser zu fühlen. Oft genug schämte er sich. Deswegen erzählte er Olga nie, was er trieb, was er schacherte und mit wem er in finstern Ecken umging. Er redete sich ein, dass sein Handeln legitim sei, hatte doch gerade dies das tägliche Brot für den Anfang beschert und es möglich gemacht, Olga nachholen zu können. Aber nun war die Zeit fortgeschritten, das Geschäft mit dem Leder florierte immer besser und er müsste gar nicht mehr so oft wie er war am Hafen sein, aber er fand: Man musste stets zwei Wege wach halten. Für alle Fälle. Als Vertriebener und Heimatloser hatte man keinen, der einen auffing, wenn man fiel. Also blieb er an den Männern dran und sein Hut mit ihm.

Die Männer am Tisch warteten auf den nächsten Dampfer. Auf neue Arbeit. Der Dampfer ließ auf sich warten. Gewöhnlich rauchten sie stumm. Aber heute hatten sie eine Flasche Alkohol ergattert. Diese feierten sie mit derben Worten und ebensolcher Sehnsucht nach menschlicher Wärme wie Hans. Es waren raue Burschen, Gelegenheitsarbeiter, mit wenig Geld, doch größerem Herzen als ihre Worte vermuten ließen. Sie trugen dicke Wollmützen und verbeulte Lederschuhe. Ihre Haut war trocken von der Kälte und die Hosen hatten Löcher. Einer räusperte sich. Aber habt ihr seine Frau gesehen? Er hatte schon gerötete Wangen. Der Alkohol wirkte schnell, wenn man ihn so selten bekam. Ja. Sagte ein anderer. Ein hübsches Ding. Ein wenig scheu mit großen, erschreckten Augen würde ich meinen. Er spuckte auf den Boden. Trotzdem… ein hübsches Ding. Sie hat Locken wie der Teufel und … Er machte eine rundliche Handbewegung, nickte dazu anerkennend. Aber klein, verdammt klein, das Mädchen. Verstummte daraufhin wieder, starrte auf seine riesige Schiffmannspranke. Schien über etwas nachzudenken. Dann schüttelte er den Kopf. Viel zu klein. Er erhob das Glas. Auf die Frauen! Auf die hübschen Dinger! Sie tranken. Er gibt ihr nicht genug zu essen. Hub der Mann mit den breiten Händen wieder an. Was meint ihr? So ein dürres Mädchen. Hübsch. Und diese Augen. Die weißen Hände. Es muss einmal ein anständiges Mädchen gewesen ein. Aus gutem Hause. Er schüttelte den Kopf. Aber viel zu dürr. Die Männer nickten. Du willst sie wohl ein bisschen füttern, was? Wagte einer neckisch zu sagen. Die anderen lachten laut. Haha. Seid nicht dämlich. Herrschte der erstere. Habt ihr nicht gesehen? Sie ist schon wieder schwanger. So ein junges Ding und schon wieder schwanger. Sie hat doch schon ein Gör. Und nichts auf den Knochen. Wie soll das denn gehen? Doch die anderen waren in ihren Gläsern versunken und hörten schon nicht mehr zu. Ja. So ein hübsches, schwangeres Ding. Der Mann rülpste. Sprach mit sich allein, nahm noch einen Schluck. Sinnierte. Begann wieder zu sprechen. Die Juden sind wie unsere Schafe, wisst ihr. Sein Gesichtsausdruck nahm einen pathetischen Ernst an. Sie rammeln sich durch die Herde. Ich sags euch, denkt an meine Worte: Passt auf eure Frauen auf… Der Mann rülpste erneut. Trank noch einen Schluck, guckte leer in den Rauch des Raumes und wusste selbst nicht mehr, dass er eben etwas gesagt hatte. Vom Alkohol beduselte Stille folgte. Nun sprach gar keiner mehr. Und keiner von ihnen hatte den Juden bemerkt, der in einer noch diesigeren Ecke saß als die ihre, so dunkel, als sei er fast nicht da. Nur ein Schemen seiner selbst. Er hatte Sachen gehört, die er nicht hat hören wollen. Aber er hatte vor allem eines gehört: Seine dürre Frau war schwanger. Ein Saufbursche hatte es bemerkt. Und er, Hans, wusste es nicht. Hatte es nicht gesehen. Nicht gesagt bekommen. Obgleich er neben Olga nachts schlief, mit ihr schlief. Sie täglich betrachtete. Sich an ihr erfreute. Wie konnte das sein?

Oder hatte dieser Säufer nur Unsinn geredet? Welch ein Leben führte er? Dass er seine Frau ansah und nichts sah? Dass sie nicht mit ihm sprach. Ihn schonte oder was? Welch ein Leben führte er? Ja, er war froh, dass der Sommer nahte. Er nahm seinen Hut ab und strich über sein Haar, das den Geruch von Tran angenommen hatte. Eine Träne rann in der Dunkelheit über seine Wange. Eine Träne.

Das Wetter gefällt dir nicht? Die Nachbarin, die plötzlich neben Olga aufgetaucht war und sie neugierig beim Frieren und Schimpfen über das Wetter beobachtete, lachte. Dann warte fünf Minuten. Siehst du? Sie zeigte zum Himmel, der bereits wieder ein kleines Sonnenloch offenbarte. Olga stand fröstelnd unter einem Vordach des Hofes. Sie war von einem kräftigen Hagelschauer überrascht worden. Gerade noch Sonne. Plötzlich Verfinsterung und Nässe. Die kleine Eva dagegen juchzte, als Olga ihr einen großen Hagelkorn in ihr zierliches Händchen legte. Was für ein lustiges, rundes Ding. Sie freute sich. Die Isländer mögen ihr wechselhaftes Wetter ja gewöhnt sein. Dachte Olga dagegen zornig. Aber sie doch nicht. Zu wenig Wärmendes hatte sie in den Koffer nach Island gepackt, sie fror fast immer und rieb sich die Arme warm. Es war ihr schon zu einer typischen Handbewegung geworden. Gut, so richtig kalt war Island ja gar nicht, sogar vergleichsweise mild übers Jahr gesehen, da gab es ganz andere Länder. Aber richtig warm würde es wohl auch im Sommer nicht werden. Olga seufzte, war froh, dass wenigstens Eva ihren Spaß hatte. Doch dazu diese immer während winterliche Dunkelheit, drinnen, draußen, und dazu das Aschedunkel, der schwarze

Feinstaub, der stets über Reijkjavik lag. Das war schwer zu ertragen. Auch, dass es hier keine Bäume gab. Ein Land ohne Bäume. Nahezu. Wer konnte so etwas mögen? Ein Land ohne Obst und Gemüse. Das ging doch nicht. Olga vermisste die Bäume. Die Waldbäume, die Berliner Alleebäume. Alle Bäume. Bäume gaben ihr Kraft. Waren verwurzelt, stark. Ich vermisse die Bäume. Sagte sie seufzend zur Nachbarin. Wieso nur hat Island keine Bäume? Die Nachbarin, die sie neugierig betrachtete, zuckte mit den Schultern. Ich bin selbst ein Baum. Erwiderte sie leichthin. Und zog hinter dem Rücken einen großen Teller mit duftendem, frisch gebackenem *Skúffukaka hervor*, ein typisch isländischer Schokoladenkuchen. Und ich heiße Inga. Du wirst dich an das Wetter schon noch gewöhnen, ermunterte sie Olga und deutete auf den Kuchen. Für uns zwei. Wenn man sich begrüßt, soll es süß sein. Sie schaute froh in den Himmel, denn ein zaghafter, erster Sonnenstrahl erhellte ihr freundliches Gesicht. Ah, die Sonne! Da ist sie ja. Sie schob Olga den Kuchen unter die Nase. Komm. Greif zu. Olga griff zu. Hmmm! Lobte diese. Ein Gefühl von Heimat schmolz auf ihrer Zunge. Schokolade. Wann hatte sie solch einen Geschmack zuletzt im Mund gehabt? Das tat gut. Auch Eva bekam ein kleines Stück und leckte sich erfreut die Finger. Ich heiße Olga. Olga Rottberger. Sagte Olga. Inga nickte mit einem breiten Lächeln und großen Mund und schluckte ein Stück des Schokoladenkuchens selbst hinunter. In Island nennen wir uns nur beim Vornamen. Ich freue mich, dass du hier bist, Olga. Die Sonne, die nun an einem plötzlich tadellos blauen Himmel stand, wärmte angenehm Olgas Wangen. Kuchen, Sonne, eine Nachbarin. Olga erwärmte sich auch innerlich. Wir

sagen außerdem: *Es kommt alles mit dem kalten Wasser.*
Sie lachte dabei. Ingas Lachen war ein Glockengeläut.
Dunkel, schimmernd, warm. Ungeduld ist wider die
Natur. Weißt du das nicht? Man kann nur leben, wenn
man mit der Natur lebt. In deren Rhythmus. Inga
betrachtete die immer noch fröstelnde Olga. Auf den
Sommer freuen wir uns aber trotzdem. Inga strich ein
paar Krümel an ihrer Hose ab. Komm mit. Sie zeigte auf
das Innere ihres Hauses. Eine Aufforderung. Keine
Frage. Olga hielt Eva eng an der Brust und ging mit
Inga mit. Einfach so. Sie betrat Ingas kleine, isländische
Wohnung, in der es gemütlich roch. Nach Bohnerwachs,
Kamin und Kuchen. Olgas Herz hüpfte. Alles, was sie
sah, war aus Holz, pragmatisch, ein wenig grob
gezimmert, doch mit farbenfrohen Tupfen behaglich
abgerundet, bunte Tischdecken, bunte Vorhänge,
ansprechende Bilder, gezeichnete Porträts von
Menschen in goldenen Rahmen. Inga malte diese Bilder
offenbar selbst. Es gab sehr viele Gesichter, die von den
Wänden zu ihnen blickten. Manche wirkten fast
elfengleich. Die Ohren ein wenig spitzer, die Nase ein
wenig länger, das Haar ein wenig blonder! Oder war
dies eine Täuschung? Die Bilder zogen Olgas
Aufmerksamkeit nicht nur an, sie zogen sie auch in sich
hinein. Inga schloss die Tür hinter ihnen beiden und trat
neben Olga hin, welche stumm stand und rund herum
staunte. Das sind meine Freunde. Sagte Inga mit einem
Blick zu den Bildern. Sind sie echt? Fragte Olga
ungläubig und berührt von deren filigraner Schönheit
und unwirklicher Lebendigkeit. Es schimmerten
Gesichter hindurch, die ihr bekannt vorkamen, aber
immer andere, je nachdem, an wen sie gerade dachte. So
etwas hatte sie noch nie gesehen. Dort drinnen sind sie

echt. Erwiderte Inga. Sind gute Leute, weißt du. Man soll sich immer nur mit guten Leuten umgeben. Manchmal sind keine da. Dann muss man sie hereinbitten. Olga konnte Ingas Worten nicht ganz folgen, doch was sie verstand: Sie wurde herein gebeten. Inga bot Olga einen Stuhl an ihrem Tisch an und schob ihr stumm eine Tasse warmen Kaffees hin. Die warme Tasse, die warme Stimme Ingas. Tränen wollten in Olgas Augenwinkeln glitzern. Schamhaft blickte sie darum zum Fenster, denn der Schmerz von Einsamkeit und Flucht schlang sich in dieser guten Stube plötzlich ihr Herz empor, hatte einen Moment gefunden, sich rühren zu dürfen. Doch es war kein vergangener Schmerz, es war das schwere Leben, dessen Ursache noch nicht einmal wirklich begriffen war. Ausgeschlossen zu sein auf die Art, wie ihnen widerfuhr, ist etwas sehr Irrationales, es ist ohne Kausalzusammenhang und es ruht nicht in eigenen Händen. Das war das Schlimmste. Inga sah das Schimmern. Wenn wir nicht weiter wissen, lachen wir. Erklärte sie Olga aufmunternd deren Blick zum Fenster hin folgend. Und das Wetter, nun ja. Auch fünf Minuten können schön sein, ist es nicht so? Sie füllte Olgas Tasse nach. Der Kaffe roch stark und schwarz. Das sei *Galgenwetterhumor.* Fand Olga. Und ein kleines Lachen gluckste nun auf dem selben Weg wie der Schmerz aus ihrem Bauch empor. Sie nahm noch ein Stück von dem herrlichen Schokoladenkuchen und war sehr stolz auf ihre Wortkomposition. Galgenwetterhumor. Mit Inga gemeinsam auf ein Glück zu warten oder über ein Unglück zu lachen machte es Olga fortan leichter in diesem dunklen isländischen Winter. Inga war prall und weich wie ihr Name, sie hatte breite Hüften, stämmige

Waden, aber ein jugendlich, rundlich, kindlich, stets rosig lachendes Gesicht und sie gab Olga das Gefühl, dass sie ein wunderbarer Mensch sei. Die immer Eingeladene. Das bist du doch auch. Sagte sie zu Olga. Sieh nur! Inga zeigte auf den Spiegel. Und deine wunderbaren Locken. In ihnen möchte man am liebsten immer ein wenig wuscheln. Olga errötete. Unter Ingas Blick begann sie sich wie ein Kind, das laufen lernte, allmählich selbst zu fühlen, zu sehen und wert zu schätzen. So wie sie war, nicht so, wie sie sein wollte oder sollte. Inga war es auch, die Olgas erneute Schwangerschaft bemerkte, lange bevor Olga selbst davon Notiz genommen hatte. Wie konnte sie das? Inga zwinkerte vielsagend. Wir sind Isländer. Sagte sie nur. Es klang klirrend und rührig. In einem gebrochenen Deutsch, das sie aber erstaunlich wortreich zu sprechen verstand. Oh, ich kann auch andere Sprachen. Ich liebe es in Gedanken durch fremde Länder zu wandern. Ich spreche mit den Menschen in diesen Ländern. Ich kann sie in mir drin sehen. Wir befreunden uns und sie zeigen mir ihr Land. Aber sie wollen, dass ich ihre Sprache spreche. Olga hob strinrunzelnd die linke Braue. Doch doch. So ist es. Einmal war ich in Ägypten. Und in Namibia. Sehr oft in Norwegen. Zuletzt bin ich durch Berlin gelaufen. Berlin ist sehr aufregend. Nun, das weißt du ja selbst. Aber zur Zeit will ich dort nicht sein. Es ist laut dort und alles ist sehr verwirrend. Sie zeigte auf ihre Stirn. Ich habe viel Heimat im Kopf. So viel wie ich will. Unser Land ist leer. Du siehst es. Mein Kopf ist es auch. Wie ein leeres Bild. Das ist wunderbar. Dann kann man fühlen und sehen. Also bist du eine Künstlerin? Schloss Olga schüchtern und sehr beeindruckt von den ihr so fremden Gedankenwegen.

Aber Inga schüttelte nur lachend den Kopf. Ach was, ich lebe nur. Ich weiß einfach, wie man seine Augen nach innen und gleichzeitig nach außen richten kann. Das können wir alle. Ich nicht. Gestand Olga. Auch hätte sie niemanden gewusst, der dies von sich behaupten könnte. Klarheit besitzen, daraus Gegenwart schöpfen, das war doch ein großes Gut. In Olgas Ohren rauschten die Worte der Isländerin süßer als der süße Schokoladenkuchen, der gerade auf ihrer Zunge zerging. Niemals hatte sie solche Dinge gehört. Von Inga lernte fortan Olga allerlei. Sie formte erste isländische Worte. Sie lernte isländische Hausmannskost kennen. Das Säuern und Pökeln, Räuchern und Trocknen. Manchmal auch etwas derber das Zubereiten von gesengtem Lammkopf oder Hammelhoden in Molke einzulegen. Inga stand gerne im Kochdampf. Sie aß gerne. Und immer hatte sie für Olga ein Schälchen mit Skyr bereit, ein joghurtähnliches Milchprodukt, das Olga gerne nahm, lieber jedenfalls als Hoden oder Kopfsülze, wovon es ihr schon beim Anblick übel wurde. Doch ließ sie sich nichts anmerken. Sie mochte Inga zu sehr. Du musst viel von all dem essen. Betonte Inga ein jedes Mal. Du wirst Kraft brauchen und Vitamine für eine gute Milch. Olga aß und trank wie ihr geheißen. Auch, wenn es ihr grauste. Es tat ihr gut, dass sich jemand um sie kümmerte. Und dass ihr jemand zu essen gab. Ich habs dir noch gar nicht gesagt: Ich bin die Tochter eines Pfarrers. Erzählte Inga als sie sich schon eine Weile kannten. Es gibt nicht viel zu tun in Island, musst du wissen. Manche werden nur deshalb Pfarrer, um überhaupt irgendeine Arbeit zu haben. Aber auch dann führen sie ein recht langweiliges Leben. Nun zwinkerte sie mit den Augen: Bei meinem Papa war es anders. Er versammelte zu gern die unterschiedlichsten Menschen um sich. Manchmal dachte ich, der Rest Islands müsste dann leer sein. Die Menschen lasen sich aus Büchern vor oder frönten der Schwermut in heimlichen Trinkgelagen. Andere beklagten sich über freche Elfen, den trägen Fischfang oder ihr schlechtes Leben, welches sie Jesus anlasteten. Und für alle hatte mein Papa ein gutes Wort. Inga unterbrach kurz ihre Kocharbeit und blickte zu Olga: Und für mich hatte er immer sein Herz. Ihre Augen leuchteten. Die Wangen glühten. Letzten Sommer ist er plötzlich gestorben. Er stieß noch sein Glas gegen ein anderes, lachte, und fiel um. Inga seufzte lächelnd. Mein Papa. Das tut mir leid. Bekundete Olga leise ihr Mitgefühl. Nun ja. Die Geburt ist ein Bereitsein für den Tod. Kurz schwieg Inga und rührte nachdenklich eine undurchsichtige Brühe in einem großen, hohen gusseisernen Topf. Und deine Mutter? Fragte Olga vorsichtig. War eines Tages mit einem Walfänger verschwunden. Sie hat euch verlassen? Olga riss bestürzt die Augen auf. Inga nickte. War nicht schön. Ja. Doch… Nun gut. So ist das Leben. Andere wurden die Mutter. Nachbarinnen. Und der Vater wurde die Mutter. Inga überlegte: Aber ich kann mich nicht erinnern, dass mein Vater je schlecht über seine geflohene Frau gesprochen hätte. In täglichen Ritualen gedachten wir ihrer liebevoll, wünschten ihr Glück, entzündeten ihr Kerzen, taten symbolisch Essen in ein kleines Schälchen. Wir lebten mit dem Gefühl, die Flucht sei eine gute Entscheidung gewesen. Vielleicht war sie das ja auch. Sagte Inga. Wir können nicht wissen, was in meiner Mutter vorgegangen ist. Wie sollten wir urteilen? Ein Mensch hat getan hat, was sein Herz ihm eingab. Mein Vater hat sie einfach im Herzen behalten und nach der Sonne statt nach der Nacht gegriffen. Dadurch konnte meine Mutter immer bei mir bleiben. Inga deutete auf ihr Herz. Sie begleitete täglich unser Leben. In Liebe. Mehr hätte mein Vater mir nicht lehren können: In allen Dingen das Beste sehen und aufmerksam sein für Momente der Not. Selbst dann, wenn das Herz zu brechen droht. Ja. Pflichtete Olga bei. Sie wusste, es war eine Botschaft an sie. Sie wusste auch, dass viele Menschen Not nicht sahen, nicht sehen wollten. Oder nur ihre eigene Not wahrnahmen und die Verantwortungen anderer abgaben. So viele Varianten des Nichtsehens gab es. Und gleichzeitig so viele Menschen, die für ein Quäntchen Aufmerksamkeit an ihnen alles tun würden. Überdies war vielen nicht gegeben, Schmerzhaftes in Liebe aufzulösen. Dankbar sah sie zu Inga. Welch Glück sie hatte, dass Inga sich Olgas unsicherem Tasten in die fremde Welt so sehr aufs Herzlichste angenommen hatte. Es tat wirklich gut, denn die Blicke auf der Straße hörten nicht auf, sie mit Argwohn zu belasten. Blicke wie Gewichte. Und Hans war oft den ganzen Tag verschwunden. Kaum hatte er registriert, dass Olga eine Freundin gefunden hatte. Dass er überhaupt eine Nachbarin hatte. Seine Aufmerksamkeit war jenseits von Olga. Tag für Tag machte sie dies betrübter. Inga erkannte Olgas Einsamkeit, doch sie stellte niemals Fragen. Sie wartete auf das, was kam und ließ das fremde Land sehr sanft und schonend, doch zugleich burschikos und temperamentvoll in Olgas Gutmütigkeit einfließen, welche dies froh und gelehrig in sich aufnahm. Der isländische Geist öffnete sich Olga auf diese Weise jeden Tag ein wenig mehr. Inga war geduldig. Herzhaft und mütterlich. Manchmal revanchierte sich Olga mit einer kleinen genähten Lederbörse oder flickte etwas für Inga, denn Nähen konnte diese nicht leiden. An einem dieser gemeinsamen Nachmittage, da Olga nicht in der Nähstube, sondern bei Inga zu einer ausgedehnten Pause an deren Küchentisch hockte und einen Kaffee trank, schenkte ihr diese einen Umhang aus Schafwolle. Du frierst immer. Ich habe zwei. Hatte Inga gesagt. Ich brauche nur einen. Das war ein schöner Tag für Olga. Ein prickelndes Gefühl rieselte durch sie hindurch und sie fiel der Nachbarin um den Hals. Na na! Ingas Wangen hoben sich wohlwollend lächelnd. Zwei runde Äpfel. Ist schon gut. Beim Abschied sagte sie zu ihr: Ist das nicht unglaublich, Island wächst jedes Jahr um zwei Zentimeter. In die Ost-Westrichtung, sagt man. Sie zog ihre Brauen zusammen und kniff Olga in die Wangen. Die Vulkane machen den Erdplatten Dampf. Deswegen. Sie sah Olga musternd an. Deine Wangen brauchen mehr Farbe, hörst du. Olga nickte, griff sich selbst an die Wangen und sah in den Spiegel. Inga fuhr fort: Du musst auch wachsen. Aber nicht nur in die Ost-West-Richtung. Dabei zeigte sie auf Olgas Bauch, der eingehüllt war von Ingas Wolldecke. Du musst auch da drin wachsen! Nun tippte sie an Olgas Brust. DA drin muss es weit werden. Verstehst du? DA ist deine Heimat. Und wenn du da drin bist, kannst du nicht nur dich, sondern auch *das kleine Volk* sehen. Sie kommen nur zu denen, die DA drin sind. Warte nur. Was ist das kleine Volk? Fragte Olga. Doch Inga lächelte wieder nur bedeutungsvoll und sagte abermals: Warte nur! Fünf Minuten? Fragte Olga. Vielleicht. Ein herzliches Lachen folgte.

Von wem hast du das? Hans fuhr Olga grob an als er sie
eines Abends glücklich eingewickelt in dem mollig
warmen Umhang selig lächelnd in der kleinen Stube
sitzen sah. Sogar ihre Schwangerschaftsübelkeit war
fast verflogen. Gut gelaunt hatte sie die kleine Eva auf
dem Schoß und summte eine Melodie. Von Inga.
Antwortete sie leicht und kurz, auch ein wenig
kratzbürstig, denn sie trug diesen Umhang recht
demonstrativ schon mehrere Tage vor seinen Augen.
Gib ihn zurück. Erwiderte er schroff. Wir nehmen nichts
von Fremden. Nein. Sagte Olga in einem festen Tonfall.
Warum sollte ich? Inga ist keine Fremde. Und es ist ein
Geschenk. Dennoch zog sie die Enden des Umhangs
etwas enger um sich. Hielt sie fest. Man bekommt
nichts einfach so geschenkt. Glaub mir. Hans blickte
finster auf seine frohe Frau. Das Misstrauen ihres
Mannes strengte Olga sehr an. Es war in letzter Zeit zu
einer Feindseligkeit geworden. Wenn er doch nur eines
Tages erzählen würde, was sie im Gefängnis mit ihm
angestellt haben, vielleicht würde er dann wieder gut im
Herzen werden. Manchmal murmelte er nachts im
Schlaf, warf sich hin und her. Aber seine Worte blieben
immer unverständlich. Manchmal wachte er
schweißgebadet auf und suchte ihre Hand. Dann war er
weich und dann war er eine Nacht lang Hans. Der Hans,
in den sie sich verliebt hatte. Bis er wieder einschlief.
Sie antwortete nicht. Was hast du mit dieser Person
überhaupt zu schaffen? Hans zählte halb abwesend und
trotz seines Zornes die Einnahmen des Tages durch und
war nicht zufrieden. Außerdem fehlte eine Geldbörse.
Er war sich sicher, neulich sei es noch eine mehr
gewesen. Sie stand nicht auf der Abrechnungsliste. Ob
Olga sie gesehen hätte? Olga, die wusste, wo die Börse

geblieben war, verneinte. Sicher täuscht du dich.
Erwiderte sie. Ich täusche mich nie. Ich führe Buch.
Hans hatte schlechte Laune. Inga ist sehr nett. Versuchte
es Olga dann doch. Manchmal bringt sie mir etwas zu
essen. Gemüse. Dabei schaute sie vieldeutig auf Hans.
Sie sagt, ich muss kräftiger werden. Für das Kind. Hans
schnaubte, ohne aufzublicken. Das Kind! Was geht
diese Frau unser Kind an? Olga drehte sich von ihm
weg. Unmöglich. Sie wollte ihn nicht mehr hören.
Davon laufen konnte sie nicht. Sie würde jetzt gerne
davon laufen. Jetzt. Für immer. Keine Ahnung. Nur weg
von der fehlenden Geldbörse. Der Kleinlichkeit. Dem
Misstrauen. Aber sie hatten auch in der neuen Wohnung,
nun im Westen der Stadt, -in einem Keller-, nur die
Küche und ein Zimmer. Ach so, und das
Toilettenhäuschen. Und draußen ein Land, in das man
nicht fortlief, wenn man nicht erfrieren oder verhungern
wollte. Sie summte ein wenig weiter vor sich hin, um
sich zu beruhigen und wiegte Eva dabei wippend auf
und nieder. Er sprach von DEM KIND als sei es nicht
seins. Als sei er schuldlos daran. Erst hatte er sich
gefreut. Sie umarmt. Sprach davon, dass sie alles
gemeinsam meistern würden. Hatte sogar Eva geküsst
und mit ihr Spaß gemacht. Doch schon am nächsten Tag
rief er: Wir können uns das Kind nicht leisten. Wieso
hast du ein Kind im Bauch? Sie dabei böse angeblickt.
Als sei es ihre Schuld! Dabei war er es doch, der Nacht
um Nacht nicht an sich halten konnte. Er war es, der ihr
die Kinder machte. Nun wurde sie wirklich wütend. Sie
wurde nicht oft wütend. Sie dachte an die Frauen, die
bald ihre olympischen Disziplinen in Berlin darbieten
würden. Die würden sich so etwas nicht sagen lassen.
Diese waren aber auch nicht eingesperrt wie sie.

Verdammt dazu in einem diesigen Kellerloch Ledertaschen zu nähen und täglich getrockneten Fisch zu essen. Wie konnte Hans nur so etwas zu ihr sagen! Niemals beklagte sie sich. Alles nahm sie hin. Sogar seine verzweifelten Launen. Er war es ja nicht, der DAS KIND austragen musste, stillen und die Kraft des Körper für das neue Leben opfern. SIE war es und sie verlangte zu essen. Jetzt. Ihr Körper hatte für drei Menschen gleichzeitig zu sorgen. Für die kleine Eva ebenso, denn noch stillte Olga auch sie. Für sich selbst. Und für das wachsende Baby in ihrem Bauch. Wie konnte er das übergehen? Übersehen? Auch noch verspotten? Ja, er gab ihr nicht genug zu essen. Inga hatte recht. Ihm musste doch auffallen wie dünn sie war. Und wie kraftlos. An manchen Tagen verließ er die Wohnung, kam abends wortlos wieder, hatte sich um etwas gekümmert, von dem sie nichts wissen durfte, doch Obst oder Gemüse hatte er noch niemals mitgebracht, obgleich sie oft genug darum bat. Seine hartherzigen Momente wurden ihr Dolchstiche. Und nun ein neues Kind. Sie sollte sich doch eigentlich freuen. Gemeinsam mit Hans. Aber dieser zählte nur das Geld. Stand es am Ende schlechter um ihre Finanzen als er sagte? War er darum so gereizt? Aber dann müsste er halt mit mir sprechen. Nie sprach er. Auf einmal rannen ihr die Tränen herab. Nicht leise. Sondern heftig und stoßartig. Zornige Tränen. Sie schrie auch. Und sie beschimpfte ihn. Sie stieß nach ihm. Und endlich löste sich etwas. Bei ihr. Bei ihm. Als hätte er auf diesen Ausbruch gewartet. Er entgegnete nicht mit gleicher Aggression. Er atmete auf und lächelte sein Hanslächeln. Stand auf und ging zu ihr hin. Nahm Eva, das kleine Mädchen zärtlich in seine Arme und legte es in sein Bettchen. Sie hatten nun ein echtes, kleines Bettchen für das Mädchen. Die Kommode würde ja bald ein anderes Kind brauchen. Und er sagte: Entschuldige Olga. Ich bin ein schlechter Ehemann. Es tut mir so leid. Morgen bringe ich euch einen großen Korb mit Obst und Gemüse. Versprochen. Schnell rechnete er im Kopf, ob es dafür reichte. Frisches musste importiert werden und war sündhaft teuer... es reichte nicht, aber er würde schon Wege finden. Sie musste nicht wissen, dass sie es sich nicht leisten konnten. Dass für geflohene Juden vorerst noch Hungern auf dem Speiseplan stand. Er würde noch härter arbeiten müssen. Noch mehr nähen. Sie brauchten noch mehr Kunden. Er würde das schaffen. Er schaffte alles. Für Olga. Er liebte sie doch. Gott ja. Wenn er nur nicht so getrieben wäre. Wenn er nur nicht so sehr ihren Körper zum Überleben brauchte. Er führte seine Frau, die nun völlig erschöpft war und sich schuldbewusst den Bauch hielt, sanft zum Bett, legte sie wie ein Kind hinein und streichelte sie. Er ließ sie in Ruhe, massierte nur ihren Rücken, ihre Arme und erzählte ihr von seinem Tag. Sie hörte zu, doch was er erzählte klang wie ein Märchen. Kein Wunder, Hans erzählte vermutlich an diesem Abend Dinge, die er niemals erlebt hatte.

Der Bauch wuchs und der Sommer kam. Der Sommer kam. Der Sommer kam. Endlich. Alle freuten sich. Jeder Isländer freute sich. Auch Inga freute sich. Außerdem hatte Hans aufgehört Inga grimmig anzublicken. In Wirklichkeit hatte er sie längst wie Olga von Herzen lieb gewonnen, sich oft für ihre unzähligen Hilfen bedankt und ihr sogar eigens eine seiner Ledertaschen geschenkt. Mit hineingestickter Widmung. Olga &

Hans. Du, sie kann mir helfen, wenn das Kind kommt. Sagte Olga eines Tages. Olgas Gesicht, das inzwischen wieder mehr Farbe und Fülle angenommen hatte, strahlte. Sie hat nämlich schon viele Kinder mit auf die Welt gebracht. Hans nickte. Das glaubte er ihr sofort. Inga konnte irgendwie alles. Seit Olga Inga hatte, war seine Frau viel sicherer und fröhlicher geworden. Auch hatte er nun nicht mehr das Gefühl, er würde sie nachts, wenn er sie suchte, überfallen. Nein, sie selbst suchte wieder nach ihm. Und sie liebten sich wieder fast wie zu Beginn. Island begann beiden ans Herz zu wachsen, sie konnten nichts dagegen tun. Sie wollten nichts dagegen tun. Sie hatten ja auch keine Wahl. Überhaupt lief derzeit alles bestens. Hans konnte immer mehr Kunden gewinnen. Olga hatte großes Talent zum Nähen von Leder entwickelt und zu ihrem eigenen Erstaunen sogar recht viel Freude dabei gefunden. Auch wenn das viele Sitzen im klammen, dunklen Keller eine weniger schöne Sache dabei war. Doch wenn beide abends auf ihre neu entworfenen Produkte blickten, waren sie stolz. Sie verdienten jetzt schon so viel, dass sie eine Hilfe anstellen konnten. Ein junges Mädchen aus der Straße ging ihnen von Zeit zu Zeit zur Hand und Hans überreichte ihr abends stolz ihren kleinen Lohnanteil in einem Briefumschlag mit Familiensiegel. Am liebsten hätte er dann nicht mit *Hans*, sondern mit *Felix Rottberger* unterschrieben. Wenigstens aber spornte das Andenken an seinen vornehmen Vater ihn an. Wenn unser Kind ein Junge wird, dann soll er Felix heißen. Felix wie sein Großvater. Sagte Hans. Felix wie das Glück! Erwiderte Olga und nickte. Das fand sie gut. Und wenn es ein Mädchen wird? Gab sie zu bedenken. Es wird ein Junge. Hans streichelte über Olgas Bauch.

Ich weiß das. Olga guckte grinsend in das Gesicht ihres Mannes. Na gut. Gab er zu. Inga hatte das gesagt. Und Inga konnte nicht nur alles, sie wusste auch alles. Doch Inga war mehr als das. Inga war diejenige in ihrer beider Leben, die sie wieder zu Menschen gemacht hatte. Inga gab ihnen das Gefühl zurück, dass die Welt nicht nur böse, sondern auch voll Güte war. Hans konnte allmählich begreifen, dass er auch viel Glück hatte. Dass sie beide viel Glück hatten. Letzten Endes. Und dass er bei all der Übermacht der Tragik, die über das jüdische Volk hereingebrochen war, doch persönlich verantwortlich für das Wohlergehen seiner Seele war. Dass alleine die Blickrichtung sein Gefühl und damit auch sein Leben verändern konnte. Egal, was passierte. Er dankte einmal mehr für die Gutherzigkeit seiner Frau, die ihm ein Leuchtturm war in seinem Gram und der er viel zu viel zumutete. Wenn er es doch ihr gegenüber einmal aussprechen könnte. Und er dankte Inga, die Olga unterstützte und sogar auch ihm, Hans, zuweilen ihr Ohr lieh. Das geschah nicht oft, nur manchmal, wenn Olga in den Arbeitspausen spazieren ging und er, wenn nicht unterwegs, allein in der Stube an der Nähmaschine saß und sich seltsam verlassen fühlte, obgleich es doch gewöhnlich er war, der einfach kam und ging. Doch gerade in diesen Momenten der plötzlichen Einsamkeit konnte es sein, dass die Türe aufging und Inga eine dampfende Kanne Kaffee hereintrug. Sie schien immer genau zu wissen, wann sie gebraucht wurde. Allerdings war sie anders zu ihm als zu Olga. Sie selbst sprach wenig in seiner Gegenwart. Das zog die Worte geradezu magisch aus Hans heraus. Löste den Mund. Löste sein Herz. Er sprach dann ganz von selbst von einer Zelle, in der er fror. In der er niemals Schlaf gefunden hatte. In der er vom Boden essen musste. Er sprach von Ratten, die ihn nachts zu peinigen suchten. Von Wärtern, die ihn an manchen Tagen nackt auf dem feuchten, kalten Boden schlafen ließen, damit die Ratten ihn besser peinigen konnten. Zeigte ihr Narben, die er vor sich und mehr noch vor Olga versteckte. Sie gaben ihm das Gefühl, unrein zu sein. Er erzählte von Gewalt, die ohne Hand an ihn zu legen, an ihm ausgeübt wurde. Erzählte von Gewalt, die sich direkt an ihm erging. Im Dunkeln. Schläge und Tritte ohne Gesichter. Er erzählte dies knapp, oft auch nur verschlüsselt. Doch Inga verstand. Wie Isländer verstehen. Sie hatte eine Salbe für ihn. Talkum vom Walfisch. Das tat sie auf seine Narben, die rötlich und ein wenig wulstig waren. Sie massierte die Narben. Hans ließ es geschehen. Es fühlte sich gut an. Warum darf ich Olga nicht in die Ebene begleiten, Inga? Fragte er einmal. Inga strich noch einmal sanft über die Narben und zeigte auf das Döschen. Du musst deine Narben dreimal am Tag damit einreiben, dann wird es besser. Hans nickte. Doch Inga meinte damit nicht die Narben. Hans, der nicht begriff, fragte wieder und wieder. Warum will Olga mich nie dabei haben? Er würde es so gerne verstehen. Sie schien jeden Tag dort draußen etwas zu suchen. Sich oder … er wusste es auch nicht. Er ließ sie gehen und hoffte jedes Mal, es würde ihr nichts geschehen, allein da draußen in der Ebene. Gut, dass es keine wilden oder gefährlichen Tiere gab. Gut auch, dass die Menschen hier einander nichts taten. Aber was tat sie da? Inga? Was tut Olga da draußen? Inga, die sich gerade zu ihm gesetzt hatte, fragte, ob sie einen Blick auf seine Narben werfen dürfe. Hans schob zur Antwort, doch in Gedanken, sein Hemd in die Höhe.

Inga runzelte die Stirn. Du musst die Creme schon benutzen, Hans. Ja doch. Hans nickte unwillig. Wollte nicht. Ich werde Olga bitten. Entgegnete Inga streng und sah Hans direkt in die Augen. Ist ja gut. Ich werde es machen. Hans zog das Hemd wieder runter. Sie setzten sich an die Maschine und begannen zu arbeiten. Inzwischen half auch Inga manchmal mit. Sie hatte geschickte Hände, wenn es um Grobes ging. Kleinzeugs nähte sie nicht gerne. Aber Leder, das mochte sie. Eva spielte zu ihren Füßen. Schweigend saßen sie über ihrer Arbeit. Hin und wieder griff Hans nach der Kaffeetasse. Vieles ging in seinem Kopf umher. Er war nun nicht mehr so oft unten am Hafen. Um Island zu verstehen, gab es sicher auch andere Wege. Glaubte er. Gibt es. Bestätigte Inga. Der Hafen ist nur eine Wirklichkeit. Island hat auch helle Farben und viel Aufmunterndes. Wusstest du zum Beispiel, dass Island das Land der Schriftsteller ist? Fragte sie. Hans wusste es nicht. Wirklich? Schriftsteller? Das klang gut in seinen Ohren. Inga nickte. Lasst uns morgen in ein Cafehaus gehen. Ich beweise es euch. Dort treffen sich die Literaten des Landes. Die Isländer haben viel zu erzählen, weißt du. Wir sind nicht viele. Wir verschwinden in der Landschaft zu einem Tupfen. Tupfen? Das gefiel Hans. Er dachte sofort an seinen impressionistischen Garten. Wir sind wie ein Fragment von Natur. Fuhr Inga fort. Ein Stück Holz, ein bisschen Feuer vom Vulkan oder ein wenig Eis vom Gletscher. Wer ein Stück von etwas ist, durch den kann alles sprechen. Wir sind ungetrennt, verstehst du? Er versuchte zu verstehen. Ob er Inga von seinem Traum erzählen sollte, fragte er sich zugleich. Sein Geheimnis. Dem Bild seiner Zukunft. Nein. Er war sehr verführt darin, doch hielt er an sich. Die kleine Eva hievte sich mühsam an Ingas Bein hoch. Inga beugte sich zu ihr. Na, meine Kleine! Du kannst ja bald laufen! Guck mal, Hans, sie kann bald laufen. Hans guckte. Inga setzte sich wieder auf und kramte aus ihrer Tasche ein großes Stück Roggenbrot und reichte es dem Mädchen, das mit ihren Ärmchen froh danach griff. Olga war heute lange fort. Länger als sonst. Und Hans begann sich Sorgen zu machen. Ich versteh immer noch nicht, warum ich nicht mit ihr gehen darf. Sagte er erneut und zog dabei das zähe Leder durch die tackernde Nähnadel. Jeden Tag lässt sie mich hier alleine an der Maschine. Ich verstehe ja, aber… Hans sagte es nicht böse. Eher wie ein verlassenes, trauriges Kind. Hans! Ja? Inga stellte wie nebenbei, doch auffordernd und resolut, das Döschen mit dem Walfischtalg, das achtlos auf der Bettkommode lagerte, neben die Nähmaschine. Olga sucht die Wahrheit. Antwortete sie knapp und vieldeutig. Die Wahrheit? Er schüttelte mit dem Kopf. Er mochte es nicht, wenn die Leute nicht konkret antworteten. Was ist die Wahrheit? Fragte er. Inga sah zur spielenden Eva, die still und versunken das Stück Roggenbrot in ihrer kleinen Hand knetete. Manchmal knabberte sie davon ein Stückchen ab, lutschte lange darauf herum, nahm wahr, wie das Saure des Teiges sich plötzlich im Mund zu etwas Süßem verwandelte, gluckste dabei erstaunt, knetete erneut, biss erneut, gluckste erneut. Das war ja wieder ein seltsam geheimnisvolles Stück Etwas, das diese große Frau ihr da gerade geschenkt hatte. Welch wundervolle Welt. Die kleine Eva war glücklich. Stolz hielt sie das Stückchen Brot, das immer kleiner wurde, in ihrer kleinen Faust fest und rief ihr erstes Wort: "leipää"- Brot. "Mehr leipää!" Ein Ruck ging durch

Hans. Das erste Wort. Mein Gott, das erste Wort. Er sprang auf. Das erste Wort seiner Tochter. Und Olga war nicht da. Auch Inga war entzückt, griff abermals in ihre Tasche und gab dem Mädchen noch ein Stück des säuerlichen Brotes. Es gefiel ihr zu sehen, wie Hans sich freute, wie sich sein Gesicht erhellte und er seine kleine Tochter auf den Schoß nahm, um ihr einen zärtlichen Kuss auf die Nase zu geben. Wie das kleine Mädchen durch die Freude der Erwachsenen angespornt erneut "mehr leipää!" rief. Es schien ja etwas Tolles sein, was sie da konnte. Die Wangen des Mädchen erhitzten sich, eingehüllt in Liebe. Inga war sehr zufrieden mit dem Bild, das sich ihr bot, doch sie sah auch, dass Hans nicht verstand, was in Evas Mund vor sich gegangen war. Also dann: Sie griff noch einmal in ihre Tasche, in dem offenbar jede Menge Brot war und nun reichte sie Hans ein Stück davon. Nimm du auch etwas. Hier. Hans zog fragend seine Augenbrauen in die Höhe. Er wollte jetzt kein Brot. Nimm. Forderte Inga ihn noch einmal auf. Lass es ganz lange in deinem Mund. Und dann sage du mir, was Wahrheit ist. Hans sah sie verständnislos an, doch tat, was von ihm verlangt wurde. Er nahm das Stück und versuchte es zu machen wie seine kleine Tochter. Er speichelte das kleine Stück ein, wartete, bemerkte. Na also. Sagte Inga und lachte ihr Apfelbackenlachen, nahm die ausgetrunkene Tasse wieder an sich und ging singend aus der Türe. Sie hatte noch zu tun.

In der Tat: Olga liebte die täglichen, kurzen Spaziergänge in die nahe gelegenen Ebenen. Sie liebte diese allein. Sie suchte ihre Gedanken zu sortieren, innerliche Ruhe zu finden und das Leben wieder in sich einfließen zu lassen. Die Bewegung erwärmte sie und entspannte außerdem den Bauch, der nun schon sehr groß war. Was sie aber wirklich suchte, war nicht die Sonne, die endlich hervor brach, nicht den Duft, der von den aufgehenden Wiesen hervor strömte… was sie suchte war etwas ganz anderes. Überall fand sie Zeichen dafür. Kleine hübsch hergerichtete fußhohe Häuschen, Schüsselchen mit Essen, Glöckchen, kleine Schilder. Doch wo war es, das versteckte Volk oder *Huldufólk*, wie Inga sagte. Sie würde so gerne zu jenen gehören, die es sehen können. Du musst ganz still werden in dir drin. Hatte Inga erklärt. Dann vielleicht würde es gehen. Sie seien hilfreich, die kleinen Wesen. Man müsse darum immer gut zu ihnen sein. Sie mit Essen und kleinen Wohnstuben versorgen. Olga hing jedesmal an Ingas Lippen, wenn sie vom unsichtbaren Volk Islands erzählte. Sie wurde zum staunenden Kind, zur Frau, zum Mensch. Immer ein wenig mehr. Vor allem übte sie sich täglich im still werden. Sie übte sich im Selbst und im Heimat werden. Sie mühte sich um das Durchdringen von Vordergründigem. Dafür hatte sie sich sogar einen eigenen Platz ausgesucht. Ein moosüberwachsener Hügel schien ihr dafür das Richtige. Umringt von Felsen und im Hintergrund ein kleiner Bachlauf, an dessen dünner Böschung nun schon erste Insekten schwirrten. Aus Ästen und Blättern hatte sie ein kleines, feines Feenhaus gebaut. In einen Fingerhut, den sie zum Nähen sonst benutzte, legte sie kleine getrocknete Beeren oder füllte ein wenig Zucker ein, den sie von Zuhause mitbrachte. Aus Lederresten hatte sie ein Bett und ein kleines Sofa gebastelt. Kleine Steine verteilte sie einladend und wegweisend vor der Türe, ein Stück Holz war der Tisch. Sogar ein Foto lehnte an einer Wand. Sie hatte eine Postkarte ausgeschnitten. Darauf war ein tanzendes Mädchen zu sehen. Sie war zufrieden mit sich. Diese Arbeit beruhigte sie. Mochte sie albern und unsinnig sein. Mochte sie vielleicht nur Sehnsucht und ungefährer Zauber sein. Mochte. Mochte. Mochte. Mit den Händen im Moos graben. Nach Pflanzen und allerlei geeignetem Bauwerk suchen, fachte jedenfalls ihren Geist, ihre Kreativität an, entspannte. Und wenn sie nicht baute und wartete, blickte sie einfach nur gedankenverloren in die Ferne und sah den blassen Farben beim bunt werden zu. So hatte sie nach und nach sogar die Olympiamädchen vergessen. Mehr noch. Sie wollte gar keins mehr von ihnen sein. Sie wollte nur noch Olga sein. Die Olga mit einem kleinen, zarten Mädchen, das bestimmt bald stürmisch davon rannte und einem Baby im Bauch, das in Kürze kommen würde, ein Baby mit dem Namen Felix. Nicht Felix wie Felix Rottberger. Der Großvater. Olga lächelte still. Sondern Felix wie Fee. *Fee* von Lateinisch *Felicia*, die englische Kurzform Fee. Inga sagte: Fee bedeute *fruchtbar, glücklich* oder *Glück bringend*. Olga fand, das war das Schönste, was sie seit Langem gehört hatte. Sollte Hans ruhig an seinen reichen Vater denken. Sie würde in ihrem Sohn immer nur die Fee sehen, das Glück. Der, der sich in Liebe vermehren würde. Der Glückbringende. Genau so, wie Inga sagte. Allein dies wurde zu einem so erhabenen Gefühl in Olga, dass sie alle Schwernisse der zweiten Schwangerschaft gut ertragen konnte. Dankbar sog sie die frische Luft eines Landes in die Nase ein, das eine Natur barg, die doch so weitaus mehr behüten konnte als jeder Mensch, jedes Haus es vermochte. Allmählich glaubte sie all die Worte Ingas besser zu verstehen.

Zärtlich blickte sie auf die Feenbehausung, die sie gebaut hatte. Oder Elfenbehausung. Oder für einen Troll? Hmm… . Wenn Hans sie so sehen würde, wie sie hier baute und nach dem unsichtbaren Volk Ausschau hielt, wie sie konzentriert versuchte ihren Blick auf das Nichtsichtbare einzustellen, er würde sie doch gewiss auslachen. Nein. Das war ihr Geheimnis. So lange er seine Geheimnisse für sich behielt, würde sie ihn auch nicht an ihrem heimlichen Glück teilhaben lassen. Und so saß sie auch heute alleine doch froh mit sich, neben ihrem Hügel, eingewickelt in Ingas Decke und freute sich, dass bald ihr Bruder und Ihre Mutter kommen würden. Schon das nächste Schiff würde sie bringen, so stand es jedenfalls auf der Postkarte. Dann würden auch sie gerettet sein. Alle zusammen würden sie wieder eine größere Familie sein und Inga würde ihr helfen, das Kind zur Welt zu bringen. Alles war fast gut.

Ja, es war gut. Für Inga sowieso. Es schien als könnte sie stets alle Sorgen in Gutes umwandeln. Das färbte ab. Es war ein täglicher Sonnenaufgang, dem jeder, der wollte, beiwohnen konnte. Eigentlich war Inga Briefträgerin. Aber so wenig Menschen es in Island gab, so wenig Briefe gab es. Also hatte sie viel Zeit andere wichtige Dinge zu lernen und zu tun. Zum Beispiel sich das Wissen einer Hebamme anzueignen und es auch auszuüben. Inga fühlte ganz fachmännisch Olgas Bauch. Liegt super. Sagte sie. Du hast noch Zeit. Also los mit euch! Inga lachte. In fünf Minuten regnet es vielleicht schon wieder. Hans und Olga sahen sich froh an. Nun, da der Sommer ihnen schien, liebten sie diesen Spruch. Macht euch keine Sorgen. Versicherte Inga. Ich passe gut auf Eva auf. Hans und Olga nickten und konnten es kaum glauben. Sie würden einen gemeinsamen Ausflug unternehmen. Eine richtige Wanderung. Sie hatten jeder einen Rucksack gepackt, hofften, dass ihre Schuhe das Wandern aushalten würden und zogen los. Inga zeigte nach: Da! Geht einfach da lang.

Sie gingen. Oh, wie gut sich das anfühlte. Die Sonne auf der Haut, die schillernden Farben, die überall hervor sprossen. Die würzige Luft. Ganz Reykjavik schien von diesem Zauber erfüllt zu sein. Alle strömten sie nach draußen. Hinein in den kurzen Sommer. Hans und Olga nahmen sich an den Händen, griffen nach der Unbeschwertheit ihrer Jugend und überließen sich der hinreißenden Wölbung von Islands Natur, ein zauberhaftes Antlitz. Hans wusste nicht, dass Olga genau diesen Weg jeden Tag nahm. Und so kamen sie auch an Olgas Hügel vorbei. Ein sonderbares kleines Holzhäuschen war dort errichtet. Hans zeigte darauf. Guck mal! Na sowas! Er lachte. Ein Feenhaus. Die Isländer sind doch ein eigenartiges Volk. Glauben an Feen und Elfen und Zwerge. So was Kindisches. Kopfschüttelnd ging er weiter. Nicht wahr, Olga? Aber niedlich ist es. Fügte Hans noch hinzu. Olga sagte nichts, drehte sich nur noch einmal um. Heute gingen sie weiter, vorbei an dem Hügel, der stets Olgas Grenze war. Denn soviel Zeit hatte sie mittags nicht. Wer weiß, welche Häuschen sie noch finden würden und ob Hans jedes Mal glaubte darüber lachen zu müssen. Sie hielt seine Hand fest und freute sich über ihr Geheimnis. Sie hatte gelernt, dass sie nicht alles teilen mussten. Fröhlich marschierten sie den ganzen Morgen lang und ließen ihre Seelen leicht werden. Doch bald schon wurden sie hungrig und sie legten sich mitten auf eine

Wiese, eine Decke unter ihnen ausgebreitet, und aßen, was Inga ihnen eingepackt hatte. Brot und getrocknetes Lammfleisch. Es schmeckte köstlich an der frischen Luft. Hans knibbelte ein kleines Stück vom Roggenbrot ab, ein Stück mit Rinde und sagte zu Olga: Hier nimm, lass das ein bisschen im Mund sein und warte ab. Olga sah Hans erstaunt an. Sie wusste, dass Brot im Mund süß schmeckte, wenn es nur lange genug eingespeichelt wurde. Doch sie sagte nichts. Gut, was? Hans blickte erwartungsvoll. Olga nickte. Wird ja süß. Staunte sie nach einer Weile. Tat ihm den Gefallen. Frauen! Dachte Hans. Sie wussten so wenig. Immer musste man ihnen so viel erklären. Er hatte gelernt, dass Umsicht manchmal besser als Nachsicht war. Und dass man nicht alles Wissen voraussetzen konnte. Nicht mal das eigene. Arm in Arm lagen sie schlummernd und die Sonne auf den geschlossenen Lidern genießend da. Hans dachte wieder an die Seerosen, die Brücken und Wiesen, ließ die impressionistischen Tupfer der idealen, geborgenen Landschaft Liebermanns in sich ausbreiten und einfließen und einmal mehr war er sich sicher, dass sie eines Tages genau so leben würden. An was denkst du? Fragte Olga. An nichts. Sagte Hans. Ich bewundere einfach das Blau des Himmels. Abgetaucht in seinem inneren Farbgemisch, in dem er wohlig spazieren ging, schlug er schnell eine Traumtüre vor seiner Gattin zu. Er wollte sein Bild nicht verraten. Er wolle es eines Tages schenken und: Er war abergläubisch geblieben.

Sie hatte sich in ihn verkrallt. Sie schrie. Sie fluchte. Sie nannte ihn bei den übelsten Namen. Und Hans war erstaunt, was alles in diesem zarten Geschöpf verborgen zu sein schien. Bei Eva war er nicht dabei gewesen. Er war sich auch nicht sicher, ob er so etwas noch einmal erleben wollte. Er war ein Mann, doch keine Hebamme. Aber Inga hatte auf seine Anwesenheit bestanden. Hilflos wohnte er darum dem Martyrium und Mysterium der Geburt bei. Dankte innerlich Gott dafür, keine Frau zu sein. Erschrak vor sich selbst, nahm das wieder zurück und sagte fromm und diesmal laut: Es tut mir so leid, Schatz. Wenn ich doch nur an deiner statt sein könnte! Meinte es aber nicht. Ihm war bis dahin nie klar gewesen, was eine Geburt bedeutete. Es war entsetzlich und großartig zugleich. Eine Urgewalt, in der Schmerz und Seligkeit zusammenflossen. In welcher der Sinn des Lebens sich verdichtete und zugleich offenbarte. Olgas Not, die er nicht lindern konnte, schien seine eigene erlittene Not, an der er geradezu eitel hing, in den Schatten zu stellen, aber auch zu spiegeln. Eine Schleife in ihm begann sich zu drehen, zog ihn ins Gefängnis zurück. Olga schien für beide zu schreien. An seiner statt. Er war betroffen und dankbar. Es reinigte ihn und beschämte ihn darum. Damit hatte er nicht gerechnet. Seine Beine zitterten. Inga sah ihn von der Seite an. Ahnte sie, was in ihm vorging? Diese Isländerinnen. Manchmal waren sie ihm unheimlich. Inga war ganz bei der Sache. Nicht wie er. Ein schlechter Zeitpunkt, um an sich selbst zu denken, schalt er sich. Vielleicht auch nicht, sagte eine andere Stimme in ihm. Alles hatte seine Zeit. Er nahm tief Luft. War froh um Ingas Ruhe und Gelassenheit. Dennoch fragte er. Nur sicherheitshalber. Brauchen wir wirklich keinen Arzt? Inga blickte ihn verwundert an. Ach so! Muss sie dann gedacht haben. Es war die Frage eines Mannes. Klar. Keine Sorge. Vergewisserte sie ihm. Wirklich. Das Kind liegt phantastisch. Und zu Olga gewandt: Gleich kommt es, Liebes. Du machst es sehr gut. Olga keuchte. Der Schmerz setzte ihr zusehends zu, die Pausen zwischen den Presswehen waren nur noch kurz. Das war die schlimmste Phase. Olga war außer sich. Wie hatte Hans ihr das nur antun können? So kurz nach dem ersten Kind? Ja, die Wiedersehensfreude. Es war ein Wiedersehens-freudenkind. Trotzdem: Wie, Hans??? Schrie sie. Sie schrie ihn an. Mit aller Vehemenz. Er hielt ihre Hand ganz fest. Sprach sanft auf sie ein, atmete mit ihr wie es Inga ihm befohlen hatte. Noch eine letzte Wehe. Dann endlich rief Inga: Es kommt. Olga! Jetzt nicht aufhören. Press. Press. Und Olga presste. Mit aller Kraft, die ihr schmaler Körper aufzubringen imstande war, presste sie das Glück heraus aus ihrem Leib und schrie weiter aus Leibeskräften. Sie war fast besinnungslos vor Schmerz. Es zerriss sie. Es wollte ihr nicht gelingen. Es ging nicht voran. Und die Kraft ließ nach. Hans, halte mich. Ich halte dich. Atme mit mir. Ich atme mit dir. Sie atmeten gemeinsam. Stoßweiße. Gut so. Nur weiter. Nicht aufhören, Olga. Ja. Es öffnet sich. Ja. Ich habe schon den Kopf. Es kommt. Olga presste weiter. Und dann: Es war so weit … ein Schrei durchschnitt die Luft. Es ist da! Ganz laut rief Inga. Es ist da! Auch ihre Wangen glühten vor Aktion und Aufregung. Sie hielt ein kleines, nacktes Menschenkind in ihren Händen. Schrumplig noch, voll der Käseschmiere, doch wunderschön. Schaut nur, wie schön! Sie hielt es Olga und Hans entgegen und schob die Beine des Babys auseinander. Seht ihr. Ein Junge!

Olga und Hans sahen sich an. Ein Felix. Sagten sie. Wie aus einem Mund. Flink trennte Inga die Nabelschnur und versorgte das Kleine. Doch lange konnte Hans es nicht aushalten. Sobald der Nabel des Babys versorgt war, entriss er ihr das kleine Wesen, rannte mit ihm aus der Tür in die Küche und schrie außer sich: Es ist da! Was freilich nicht nötig gewesen war. Die Küche war klein. Die Geburt im Nebenzimmer war nicht zu überhören gewesen. Und die beiden Gäste, die neuerdings hier dürftig mit ihnen wohnten, waren nicht taub. Olgas Mutter und Bruder hatten die ganze Nacht nervös durchgewacht. Mit Rändern unter den Augen sprangen sie nun auf und warfen einen ersten Blick auf das kleine Ding. Enkel. Nichte. Sieh nur! Das ist ja die kleine Olga, sagte der Bruder. Nicht wahr, Mutter? Die Mutter nickte. Nein. Bestimmte Hans. Das ist der Großvater, und er ging mit dem Bündel zurück zu seiner Frau, die ihr Neugeborenes froh und erleichtert an sich nahm. Schmerz und Pein waren augenblicklich verflogen. Hör nicht auf die. Flüsterte sie dem kleinen Jungen ins Ohr. Du bist nur du. Du bist das Glück. Der Glücksbringer. Du bist der Felix.

So gesehen: Der Gang von Hans zur Polizei, fast genau auf den Tag ein Jahr zuvor, war sicher die folgenreichste Tat im Leben des jungen Mannes gewesen. Oder besser im Leben der hier Anwesenden. Denn wäre Hans nicht gegangen, sein Recht einzufordern und wäre er hernach nicht verhaftet worden, wäre ihnen allen vielleicht nie die Dringlichkeit der Ausreise klar geworden. Hätten sie sich vielleicht nie rechtzeitig um eine Passage nach egal wohin gekümmert. Mit einen Blick nun auf das Neugeborene, auf die Hoffnung, auf das Leben, den steten Neuanfang, auf das Gute und das Gewollte, dankten sie Gott, den Geistern, den Elfen und den Feen, dafür heute in Sicherheit zu sein. Und so konnte zuletzt und an diesem Tag in der Fremde gesagt werden: Hätte Hans also niemals jenes Unrecht erlitten, hätte er niemals Not und Pein durchstehen müssen, wäre der kleine Felix vielleicht nie als der bis dahin einzige und erste Jude in Island zur Welt gekommen. Denn dem war so. Es war die Mutter, die diesen Umstand leise zu bedenken gab und auch nur sehr vorsichtig. Doch Hans nickte. Wenn dies, sein Schmerz, der Tribut für das Fortbestehen sein sollte, so wolle er dies künftig als solches annehmen. Er nickte pathetisch. Und die anderen nickten mit ihm. Gut jetzt. Schluchzte Inga. In den Augen der jungen Frau mit den strammen Waden glänzten auf einmal dicke Tränen. Genug. Ich mache uns allen jetzt einen starken Kaffee.

Olga indes lag duselig und saumselig glücklich mit ihrem kleinen Jungen da. Sie war so erschöpft, dass sie wenig um sich herum wahrnahm. Sie verlangte nur eines: Sie wollte mit dem Kind alleine sein. Außerdem sollte es seine Käseschmiere behalten. Es hieß, Kinder, die nicht sofort gewaschen würden, seien später von besserer Gesundheit. Sie wusste das von Inga. Die schützende Energie des Mutterleibes dürfe man nicht sogleich wegwaschen. Ein Neuling sei noch ein ätherisches Wesen und Wasser etwas Grobes. Inga hatte es ihr erklärt. Die Menschen machen vieles falsch, weißt du. Als Inga sich an ihr Bett schlich, mit einer starken Fleischbrühe, -kein Kaffee-, war Olga schon ein wenig eingedöst. Nun öffnete sie ihre Augen und blinzelte ihrer Freundin entgegen. Ich danke dir sehr. Sagte sie schwach. Schon gut, Liebes. Inga sprach sanft zu ihr. Einer Geburt, einem neuen Leben, zollte sie höchsten Respekt. Sie selbst hatte noch keine Kinder. Ich will dir noch etwas sagen, Liebes. Hub sie an und vergewisserte sich, dass die Türe geschlossen war. Ich habe dir nie die Legende um die Herkunft der Elfen erzählt. Es ist nämlich eine sehr schöne Geschichte. Und jetzt, da du deinen Felix in den Armen hältst, sollst du sie hören. Willst du? Olga nickte. Das war genau das Richtige. Sie richtete sich ein wenig auf und strich ihr verschwitztes Haar aus der Stirn. Wie konnte Inga nur immer wissen, worüber man gerade nachdachte? Also… Begann Inga. Eva, die Mutter der Menschen, bekam eines Tages Besuch vom lieben Gott. Sie war aufgeregt und hat eilig all ihre Kinder gewaschen. Doch ein paar hatte sie vergessen. Manche sagen die Hälfte. Und vielleicht war es auch mit Absicht. Wer weiß. Diese ungewaschenen Kinder haben sich dann versteckt oder mussten sich verstecken. Gott konnte sie so nicht sehen. Daher der Name "Huldofólke", das kleine, unsichtbare Volk, die versteckten, ungesehenen Kinder. Doch was sich vor den Blicken Gottes versteckt, das sollte auch vor den Augen der Welt, also vor den Menschen, fortan verborgen bleiben. So die Geschichte. Die Elfen, Liebes, verstehst du, sind daher eigentlich unsere Geschwister. Sie sind uns ähnlich. Was sie unterscheidet: Sie sind Naturkräfte geblieben und hüten diese. Es gibt viele Geschichten über Elfen und Feen. Viele klingen anders. Und es spielt im Grunde auch gar keine Rolle, was wahr ist und was nicht. Wichtig ist nur, was wir sehen und fühlen, wenn wir sehen und fühlen. Dein Felix ist in eine schwierige Zeit geboren. Er wird stark sein müssen. Wie deine kleine Eva. Und du musst auch stark sein. Dann ist es gut zu wissen, dass man Geschichten und Bilder in seinem Innern trägt, an die man glaubt. Inga sah Olga liebevoll an. Sagte wieder: Liebes! Jetzt schlaf ein wenig, Liebes. Sie erhob sich von der Bettkante, küsste die junge Mutter auf die Wange und verließ das Zimmer auf Zehenspitzen. Olga hatte Inga nie gefragt, ob sie selbst schon Elfen, Feen oder Trolle gesehen habe oder sich diese nur vorstelle. Sie war aber immer selbstverständlich davon ausgegangen. Nun wüsste sie es gerne genauer. Aber Inga war schon fort. Also schloss Olga die Augen. Den Geruch des frisch geborenen Babys in der Nase träumte sie, wie konnte es anders sein, von dem unsichtbaren Volk, und ließ Glitzer und Funken regnen. Auch Inga kam darin vor. Sie war eine helle Gestalt, die mit Olga tanzte. Es waren gute Träume. Und das kleine Wesen in Olgas Armen schlief diese mit, ungeachtet einer Zukunft, in der die Odyssee eines Lebens und dieser Familie bald erst richtig Fahrt aufnehmen würde.

Eine schöne Zeit brach an. Oder sagen wir: eine Unbelastetere. Zwar verabschiedete sich mit der Geburt von Felix der kurze, bunte Sommer, doch die Familie war größer geworden. Das freute allerdings hauptsächlich Olga. Auch die Einkünfte durch die Lederarbeit waren inzwischen so gut, dass Hans zwei feste Hilfen einstellen konnte. Er mietete nun einen kleinen Raum über ihrer Wohnung, einen Arbeitsraum, und die Großproduktion und Vielfalt der Produktpalette vergrößerte sich zusehends. Hans Rottberger wurde erneut zum Visionär. Statt Volksempfänger gab es jetzt Taschen für das Volk. Er war der Einzige vor Ort, der solcherlei herstellte. Vielmehr: zwar nicht der Einzige, aber der Beste. Seine preußische Abstammung und Herkunft aus reichem Hause strebte nichts weniger an als Anerkennung, Reichtum und ein gutes Leben. Die Fußstapfen des Vaters Felix Rottberger waren noch ein wenig groß, doch das würde schon werden. Allerdings waren ihm viele, vielleicht zu viele, Mittel dazu recht. Mit Ellbogen und Hinterlist erreichte er mehr als schicklich war, - das hielt ihm vor allem sein junger Schwager vor und dieser war nicht sehr glücklich einen womöglich nicht ganz ehrbaren Mann an der Seite seiner geliebten Schwester zu sehen. Zumindest glaubte er, dass manches nicht mit rechten Dingen zugehen konnte. Schon die Flucht von Hans damals hatte er ihm übel genommen. Einfach seine Schwester sitzen lassen, ohne zu wissen, was kommen werde. Und jetzt das. Das Undurchsichtige. Doch Hans blieb verschwiegen und lediglich Ahnungen begannen in seinem Umfeld zu blühen. Erst bei der Familie, bald in breiterem Umfeld. Vorerst war dies allerdings mehr Spiel und Herausforderung als Gefahr. Auf jeden Fall hatten sie endlich mehr Geld, auch für Gemüse, und manchmal sogar genug, um auszugehen, was sie dann auch unbedingt taten. Während die Mutter, die nun in ihrer Stube eine Pritsche bezogen hatte, an solchen Abenden auf die Kinder aufpasste, traten Olga und Hans aus dem Schatten hervor. Aus dem Flüchtlingsschatten. Sie waren nach wie vor die Juden, doch ihre Gangart war selbstsicherer geworden, ihre Kleidung feiner und angemessener und so ließ sich besser unter die Menschen mischen. Sie gingen tanzen, saßen manchmal in Kirchen, um der Orgelmusik zu lauschen oder gingen zu öffentlichen Musikveranstaltungen. Als ein wenig später, 1937, der Cellist Heinz Edelstein an der recht neu gegründeten Musikschule in Reijkjavik Konzerte gab, so hörten sie sich auch diese an. Heinz Edelstein war ebenfalls Jude, doch im Gegensatz zu Hans und Olga, zu Bruder und Mutter und zu den meisten anderen, die in einem fremden Land Zuflucht suchten, war er ein Willkommener. Nicht, dass er eine Villa hatte beziehen können, auch er wohnte ärmlich und improvisiert. Aber er kam auf Einladung. Der damalige Rektor Lúovík Guomundsson hatte einen Musiker für die Musikschule gesucht, einen, der Cello und Kammermusik unterrichten konnte. Island hatte zu jener Zeit kaum Musiker. Das Musikleben war noch in den Kinderschuhen. Auf einer Reise 1937 nach Deutschland, der Rektor wollte Material für die Schule kaufen und mit Glück einen talentierten Musiker finden, entdeckte er Heinz Edelstein. Er engagierte ihn sofort. Es heißt, er habe ihn sogar engagiert ohne ihn spielen zu hören, einfach eingenommen von seiner Person soll er spontan entschieden haben: Dieser ist es. Der promovierte und bis zur Machtergreifung Hitlers angesehene Heinz Edelstein, hatte aufgrund der politischen Situation in Deutschland schon lange keine Anstellungen mehr gefunden. Er musste längst Seifen verkaufen, um zu überleben und spielte zuletzt mehr schlecht als recht in einem jüdischen Streichorchester unter der Leitung von Ernst Drucker. Daher nahm der Musiker den Strohhalm Island freilich sofort dankend an. Zunächst reiste er wie Hans alleine ins Ungewisse und ließ Frau und Kind in Deutschland, genauer, in Freiburg, vorerst zurück. Er war glücklich, so unverhofft eine Anstellung fern von Deutschland bekommen zu haben, zumal alle anderen Ausreiseversuche bis dahin gescheitert waren. Island war also auch nicht sein Traum. Aber es war mehr als in seiner Situation zu erwarten gewesen wäre. Später sollte er sich noch viel für dieses Land, das ihn gerettet hat, engagieren, doch ließ er es schon jetzt eng an sein Herz heran wachsen. Hans Rottberger sah in Heinz Edelstein den geistig Verwandten, natürlich. Die Musik, die Flucht, die Familie, die Herkunft. War er ansonsten zuweilen anmaßend und hochmütig, hatte sich mit dem neuerlichen Erfolg auch wieder größer und bestätigt gefühlt, so war dies gegenüber diesem Heinz Edelstein etwas ganz anderes. Sie waren von gleicher Geburt, nein, Hans war von edlerer Geburt, fand er, doch Heinz war der Eingeladene, der Hofierte. Er stand über Hans. Glück. Können. Schicksal. Egal, was es war. Es war so. Nun war Hans aber gar nicht neidisch. Er bewunderte Heinz Edelstein, vielleicht sogar zu seinem eigenen Erstaunen, er maß sich positiv und freute sich für diesen hübschen, jungen Mann, der das Makel Jude zu sein, zu etwas Edlem hervorzutun wusste. Ja, er schaute fast verliebt zu dem Musiker auf und auch, wenn sich ihre Lebenswege kaum kreuzten, -obwohl sie in der gleichen, kleinen Stadt wohnten, -so empfand Hans für Edelstein im Stillen doch etwas geradezu Brüderliches. Olga beobachtete diese Situation und bedachte sie mit Zärtlichkeit, entdeckte sie doch darin eine Seite von Hans, die ihr bis dahin fremd war. Ach, im Grunde kennen wir uns so wenig, empfand sie dann. Wir leben zusammen in Voreingenommenheit. Überstürzt haben wir miteinander getanzt, geliebt, geheiratet und sind noch überstürzter zur flüchtenden Schale geworden, die ihr Inneres im Strudel der Ereignisse und des schweren Alltags in manchem unbesehen zusammenhält. Wir teilen das Bett, wir teilen es in Innigkeit, doch wir kennen das Innere des anderen nur in sehr geringen

Teilen. Das ist doch seltsam. Immer wieder fand Olga das seltsam. Sie freute sich daher über diese unerwartet emotionale Seite von Hans, die dem fremden Juden gegenüber sichtbar wurde, dieses kleine Fenster, durch das sie vorsichtig guckte, doch sie wünschte, Hans würde auch sie einmal dergestalt anblicken.

So saß Olga also gerne mit Hans an manchen, seltenen Abenden in Räumen, in denen Musik gespielt wurde. Und hielt froh seine Hand. Ein wenig Normalität hatte ihr Leben bekommen. Aber es gab etwas, dass sie noch lieber tat als mit Hans der Musik zu lauschen oder zu tanzen. Sie hatte die Besuche in den Caféhäusern der Stadt für sich entdeckt, dort, wo die Literaten gastierten, lasen, ihre Gedanken über die Zuhörer ausbreiteten und sie mit bunten Bildern schmückten. Isländer, so sagte man, lasen die meisten Bücher der Welt. Schreiben und Lesen war den wenigen Menschen des kleinen Landes eine hoch geschätzte, ehrbare Leistung. Auch Hans, dem der Fischgeruch des Landes kaum aus der Nase wegzudenken war, dem Island so lange das schlammige Braun des Hafens war, war dieser Umstand erstaunlich, doch um so erfreulicher. Es gab also nicht nur Mühsal und Arbeitslosigkeit, es gab auch Musik, es gab sogar Literatur. Und wenn Kunst und Kultur ganz im Allgemeinen in die Nähe von Hans Rottberger flossen, war für sein Empfinden der lebensnotwendige Geist sichergestellt. Dann konnte man in einem Land leben. Dann konnte man überhaupt leben. Denn Geist, das wusste Hans, was die eigentliche Nahrung des Menschen, so sehr er selbst dem nackten Überleben, Ruhm und Geld hinterherlief. Island war zwar nach wie vor nicht das impressionistische Land seiner Träume, eher das Gegenteil davon, doch es ließ sich allmählich gut an. Man fand in der kleinen Stadt Inseln des Gefallens, die so unversehens sich dem Auge entgegen reichten wie die blassen Tupfer der isländischen Ebene, die man erst sah, wenn man sehr lange schon das Land mit den Augen gemessen hatte. Hans begann sich zu entspannen. Seine heimlichen Machenschaften wurden mit diesen Erfahrungen noch seltener, sein Despotismus weniger, sein Geschäftssinn souveräner und der Umgang freundlicher. Er betrachtete seine Frau nun wieder häufiger, auch tagsüber. Hielt manchmal in seiner Geschäftigkeit inne und strich ihr zärtlich übers Haar. Er war stolz auf sie. Olga war seine kleine, wunderbare Schönheit. Gerade in ihrer Zerbrechlichkeit und Zartheit stark und zauberhaft. Elfengleich. Er beschützte sie gerne und achtete ihre Empfindsamkeit. Auch wenn er es ihr selten zeigte und sie nicht oft verstand. Ihm war allerdings nicht verborgen geblieben, dass wieder etwas Neues in ihr vorging. Ein kleines, inneres Fieber, dass sie ergriffen hatte, sie weiblicher und runder werden ließ. Er fragte nicht nach. Er genoss einfach. Und er täuschte sich nicht. Denn auch Olga begann sich mit dem neuen Leben mehr und mehr zu arrangieren. Es gefiel ihr weiterhin in den duftenden Ebenen spazieren zu gehen, es freute sie, wenn sie mit Hans, und fast wie früher, ausging, aber nichts war gerade so wunderbar wie im Caféhaus den Literaten zuzuhören. Sie konnte gar nicht genug davon bekommen. Sie verstand nicht alles und sicher entging ihr manch wichtige Pointe, dennoch hörte sie den Vortragenden gebannt zu. Allein die Lippenbewegungen waren für sie hypnotisch. Sie fand es so vornehm, wenn die Literaten ihre Brillen auf den Nasen gerade rückten, bevor sie auf ihre Papiere guckten oder ihre Bücher aufschlugen. Sie war dem Räuspern und dem Nippen an den Wassergläsern verfallen. Dem Ruckeln am Stuhl für die richtige Sprechposition. Dem konzentrierten Aufatmen vor Lesebeginn und den kleinen Schweißperlen auf manchen nervösen Händen oder an der Stirn. Alles sah sie, beobachtete sie. Respektabel waren ihr diese Menschen, respektabel, weil sie nachdachten. Sie betrachtete sie mehr als Bild und Sphäre, denn als Inhalt und Semantik und verstand über das Bild doch gleichzeitig fast jedes Wort. So wie sie Inga verstand und fühlte. Sie hätte zerspringen können vor Glück ein jedes Mal, wenn sie da im Publikum saß. Diese Welt war für sie eine wundersame Neuentdeckung. Das, was ihr draußen in den Ebenen der allumfassende Geist im Feststofflichen war, was sie atmen konnte, ertasten, erlaufen, das war ihr hier drinnen das Sublimierte im Feinstofflichen. Spielende Gedanken, Natur kondensiert in gesprochenem Sinn. Hier gelang Olga das Offensein. Sie war berauscht und ertastete neue Innenwelten. Man kann also annehmen, dass die isländischen Literaten jener Tage damit endgültig auch das letzte olympische, halbnackte, glitzernde Mädchen von ihrem Jubeltreppchen herunter gestoßen hatten. Die Aschenbahn im Stadion von Olgas Sehnsucht war leer gefegt und zerschmolz die olympischen Ringe geräuschlos zu nichts sagender Vergangenheit. Von nun an träumte Olga davon, Schriftstellerin zu sein, mit gemessenem Schritt vor Publikum zu treten und anmutig oder vehement Worte in die Ohren der Zuhörer zu wirbeln. Welch ein Geschenk! Dachte sie. Welch Zauber für die Seele. Sie war immer wieder von Neuem verblüfft, wenn sie dem

Wortraub der Zuschauer beiwohnte. So empfand sie das. Dieses Einverleiben von Geist. Von Sinn. Von Leben. Von fremdem Leben. Sie liebte es, wenn es den Schriftstellern gelang, Innerstes im Kleide der Kunst und versteckt in Buchstaben zu entfesseln und sich dies von der Neugier der Menschen fortreißen zu lassen, von deren begierigen Ohren, ihren bereitwilligen Herzenschlunden. Wie wunderbar musste das sein für denjengigen, der vorlas. Auch das: Wenn man sich nicht zurücknehmen musste. Dachte sie. Nicht entschuldigen für Gedanken, die man mitzuteilen das Bedürfnis hatte. Ehrfürchtig gab sie den sich verneigenden Literaten all ihre Bewunderung, verglich sich und wusste doch wenig von der Einsamkeit jener schreibenden Menschen. Nichts davon, dass die wenigen Minuten Bühnenglanz nur eine Zielgerade, eine kurze Zeitspanne, ein glühendes Verweilen auf sonst oft ödem, höchstens inwendig sprechendem Land war. Sie ahnte es allenfalls, es durchfloss sie in süßlichem Schmerz, dem sie das harte Leben der Isländer subtrahierte, denn in diesem ungefähren Ahnen glaubte sie das Kunstbedürfnis und die Kunstbereitschaft, sowie das Wesen der Isländer, als auch das Wesen und die Bedeutung der Kunst überhaupt, zu verstehen. Die Isländer hatten die Einsamkeit im Blut. Jene, die es brauchte, um sehend zu werden, zu sein, schmerzhaft oder nicht. Sinnierte Olga. Nicht jene, die sie kannte. Nicht die bedrückende und verlassene Einsamkeit, sondern die lebendige, die, welche Augen und Ohren öffneten. Ja, Island war Meditation. Jubilierte sie. War Kunst in sich. Lud ein, die Perspektive zu wechseln. Nun verstand sie, was Inga meinte, wenn sie von *innerer Heimat* sprach. Möglich, dass dann ihre eigen empfundene Einsamkeit sich gar nicht unterscheidet. Oh, wie war Olga entzückt und mit einem Blick auf Hans neben sich, der konzentriert versuchte alle Sätze der Literaten zu verstehen, teilte sie zwar die Zuwendung in diesem Moment, doch war sie ihm zugleich abgerückt. Hans, das sah sie deutlich, hörte nur das Wort. Die Sache. Sein Gehirn bemühte sich alles zu sortieren. Manchmal nickte er freundlich. Sein Metier war jedoch nicht das Wort, sondern die Musik. Dort konnte er in Resonanz kommen. Vielleicht auch in der Malerei. Das wusste Olga nicht so genau. Tatsache: Er hörte das Gleiche wie sie, doch empfand vollkommen anders. Störte sie das? Olgas Gedanken sprudelten durcheinander. Konnte man Kunst vielleicht ohnehin nur als Einzelner empfinden? War Verbundenheit, nach der sie sich sehnte, etwas anderes als sie bislang dachte? Liebe etwas anderes? Es wäre möglich. Wenn sie mit Inga sprach oder ging, fühlte sie sich ungeteilt. Wenn sie mit Hans ging und sprach, so blieb sie meist geteilt, obgleich er sie liebte. Wie konnte das sein? Und liebte sie ihn denn nicht? So vieles galt verstanden zu werden. Vielleicht konnten Worte ihr helfen. Vielleicht konnte das Formulieren ihr helfen. Nach einem dieser geistig flirrenden Literaturabenden fand sie keinen Schlaf. Hellwach lauschte sie lange dem feinen Atem ihres kleinen Felix, der in ihrer beider Bett schlief. Sie streichelte über seinen zarten Kopf. Sah erste Löckchen sprießen und zupfte sanft an ihnen. Erkannte sich in ihm wieder, sprach dies jedoch nie an. Ihr Junge. Ihre Augen. Mit dem Namen des Großvaters. Beide beanspruchten ihn für sich. Wie konnte sie den kleinen Felix in einem solchen Leben nur beschützen, da sie doch selbst Schutz suchte? Sie schämte sich dafür, dass sie sich oft so schwach fühlte. Sie schämte sich, wenn sie Eva wegschob, weil diese laut an ihr auf und nieder hüpfte. Ihr Kopf wollte manchmal bersten. Sie liebte ihre Kinder, ja. Sie wollte Teil von ihnen sein. So wie sie selbst wünschte, Teil von etwas zu sein. Und konnte es doch nicht immer. Dann sah sie in der schemenhaften Dunkelheit des Zimmers zu Hans, der längst eingeschlafen war. Hans. Dachte sie. Der schaffte alles. Manchmal war sie einfach nur in seinen Mut und in seine Unerschütterlichkeit verliebt. Er schien Kraft für sie alle zu haben. Nur hatte er nicht das Gefühl. Fand sie. Ach, das Leben gab so viele Rätsel auf. Olga seufzte tief, küsste noch einmal das Köpfchen des kleinen Felix, dann erhob sie sich leise, hievte sich vorsichtig aus dem Bett und schlich zum Schreibtisch. Dort, im Schein einer mäßig leuchtenden Öllampe, die sie entzündete, erging sie sich plötzlich in fiebriger Leidenschaft für Leben und Liebe, die zu geistiger Form werden wollte. Heimlich und verstohlen, doch voller Hingabe an ihr Herz, das unerwartet in Flammen stand, formulierte sie, noch ungelenk, ihr erstes Gedicht:

Du der liegt und ungebettet ist
Du der liebt und ungerettet ist
Du der ringt und weiter geht
Wart
Halt ein
Hör auf die Blumen
Die meine Hand dir bergen
Wir sind zu zweit

Denn Siehe
Auch ich bin Land und Lied und Leid
Eingeträumt in meinen Reim
Ein Bild von deinen Farben
Doch all zu oft allein
Komm pflücke mich
Pflück Pfirsiche von meinen Augen gleich
Sei mein ganzes Himmelreich
Der Sommer will dich haben
Der Sommer will dich sehen
In Glanz und Schein

Mein Sommer will - und doch:
Nicht nur für deine Lenden sein.

Sie las die Worte immer wieder. Erschrak über den letzten Vers, strich ihn durch, schrieb ihn wieder hin. Strich ihn wieder durch. Schrieb ihn wieder hin. Sie war erstaunt, was aus ihr heraus geflossen war. Die Wahrheit hatte etwas Unheimliches. War es die Wahrheit? Im Hintergrund hörte sie wie Hans sich drehte und leise murmelte. Sie fühlte sich ertappt, löschte hastig das Licht, huschte flink zurück unter die Decke und lehnte sich nun sehr eng an ihren Mann, der dies wohlig im Halbschlaf zur Kenntnis nahm. Sie schloss die Augen. Wurde Kugel mit Hans und sank als Kugel in tiefen Schlaf.

Du kannst nicht hierbleiben. Es ist einfach so. Die Stimme von Hans überschlug sich. Er war nicht einfach laut. Er tobte. Er zürnte. Im Grunde zürnte er nicht gegen seinen Schwager. Auch, wenn er nicht all zu viel auf ihn hielt, aber das beruhte auf Gegenseitigkeit. Sein ständiges Zaudern, seine religiösen Bedenken, seine Weichheit, ja, all das nervte ihn. Aber im Grunde zürnte er gegen die Ungerechtigkeit auf dieser Welt und vor allem und im Besonderen gegen die Isländer. Nun waren es wieder DIE Isländer, -Scheusale,-, wie offenbar alle Menschen. Fast alle. Das Böse hatte erneut Einzug in das Gesicht ihres Mannes erhalten und gab damit den Ernst der Lage auch Olga zu erkennen. Die lauten Worte sollten ihren kleinen Bruder nicht sanft vor Tatsachen stellen, sie sollten ihm die Dringlichkeit der Lage ins Gesicht brüllen. Ihn an die Wand drängen. Hans, Olgas Bruder, rang in Blicken mit Hans, Olgas Mann. Ein Boxkampf der Erniedrigten. Hans gegen Hans. Olga, die schnell die Kinder ins Nebenzimmer brachte und die Türe verschloss, wohnte diesem

Schauspiel verzweifelt bei. Der Boden unter ihr öffnete sich. Der frisch gewonnene Boden. Der Boden der Freude und des schönen Geistes. Die fein gestrickten Worte, die auf diesem Boden lagen, die hübschen Gedichte, die sie schrieb, die duftende Leere der Landschaft, in die sie sich bereits verwoben hatte, nichts davon konnte das Netz mehr halten. Schon länger hörte sie Zwischentöne, die Hans nur gelegentlich und vorsichtig einstreute. Als wolle er sie behutsam auf etwas vorbereiten und sie ansonsten möglichst in Sicherheit, im schönen Schein wiegen. Doch die andauernde Sorge um ihren Bruder und der Groll auf diesen blieb ihr nicht verborgen, ließ sich auch nicht länger im neuen, guten Leben hinweg träumen. Beide Männer gerieten oft aneinander. Es gab schon einige durchaus hitzige und laute Auseinandersetzungen, aber diesmal war der Ton anders. Was war nur passiert? Was wusste sie nicht?

Hans passte es schon lange nicht mehr, dass der Bruder bei ihnen wohnte. Sie verstand ja. Er war illegal hier. Und er versteckte sich. Doch was sollte ihr junger Bruder denn anfangen in diesem fremden Land? Er hatte nichts gelernt. Sie wollte ihn nicht gehen lassen. Und längst begann auch sie mit Hans darüber zu streiten. Die Polizei darf ihn nicht erwischen. Sagte er dann immer wieder. Und zum Bruder: Sei vorsichtig draußen. Sie schicken dich sonst zurück. Der Bruder nickte täglich und versuchte vorsichtig zu sein. Doch wie stellte man das an? Ging man leise? Ging man gar nicht? Wie lebte man ohne zu sein? Die Polizei konnte ständig um jede Ecke kommen. Es war nicht einfach, ihr nicht zu begegnen, wenn man das Haus verließ. Aber immer in diesem Kellerloch hielt er es nicht aus. Manchmal ging er wie Olga zu Inga. Doch auch dies beruhigte ihn nicht. Manchmal führte er Aufträge für Hans aus. Doch die dauernden und zudem herrischen Mahnungen des Schwagers im Nacken, die Weisungen, sich unsichtbar zu verhalten, machten ihn trotzig. Wer war er denn, dieser Schwager? Wollte ihm ständig weiß machen, er habe Angst um ihn. Das war doch gar nicht wahr. Und das stimmte. Die Angst um den Bruder galt vor allen Dingen Hans selbst. Olga wusste nicht viel darum. Sie ahnte nicht, wie Hans sich um die Behörden herum trickste und mit diesen rang, welch illegalen Machenschaften er weiterhin nachging, um sie alle am Leben zu erhalten, auf welch dünnem Eis also ihr neuerliches Glück vor sich ging. Sie wusste auch nicht wie er Kontrahenten ausschaltete. Schwächen ausnutzte. Oder wo er nicht gedankt hat, wo man ihm vertraut hat. Hans hatte eine Schattenseite. Ja, das wusste Olga. Irgendwie. Aber war es war doch auch Liebe, die ihn trieb. Nicht nur die Sucht, ein Großer zu werden, zu sein. Hans musste seine Familie retten und er wollte um keinen Preis Olgas wiedergewonnene Lebensfreude und Optimismus zerstören. Er zählte täglich jedes Gramm, das sie zunahm. Erschrak sich manchmal vor der Größe ihrer Augen in dem kleinen Gesicht aus dem die Zähne groß hervortraten. Er liebte ihren fragilen Körper und musste mit ansehen, wie sie immer durchsichtiger wurde. Wie sie am Essen litt und doch so tapfer war. Er beschaffte ihr seit sie Geld hatten, so viel Gemüse wie er konnte. Gönnte ihr Schlaf. Bezahlte Mädchen, welche die Kinder versorgten. Wollte es schaffen. Wollte es auf Teufel komm raus doch immer wieder einfach nur schaffen. Aber das Schicksal des Bruders konnte er nicht zusätzlich schultern. Sie waren zu viele in dieser kleinen Wohnung. Zu auffällig. Das würde nicht gut gehen. Er sprach in letzter Zeit häufig mit Inga darüber. Sie kannte seine Not und sie wusste, was die Leute redeten. Sie redeten nichts Gutes. Und die Behörden luden ihn eins ums andere Mal vor. Begannen ihn zu schikanieren. Verlangten Formulare, die er nicht vorlegen konnte. Eine Ausbildung im Lederhandwerk? Natürlich hatte er das nicht. Wie auch? Plötzlich wollten sie das wissen. Sie wollten vieles wissen. Nur um eine Liste zu machen. Eine beliebige Liste, ein Schandmal, um sie zurück nach Deutschland zu schicken. Eine Todesliste. Dabei müssten sie sich gar nicht so viel Mühe geben. Dachte er manchmal höhnisch. Doch das Drangsalieren war allemal besser als dieses Schweigen. Verstand der Bruder das denn nicht? Der Bruder machte Hans wahnsinnig. Nein, er verstand gar nichts. Er wollte nur haben. Er wollte sich nur mit dran hängen. Ihm fehlte der Überlebensgeist. Vielleicht war er auch noch zu jung für diese grobe Welt. Aber was sollte Hans schon tun? War er doch selbst der Gejagte. Einem Gejagten platzte manchmal der Kragen. Heute platzte ihm der Kragen. Der Bruder musste weg. Punkt. Hans schrie. Ich glaube, ich schreie. Hörte Hans die Stimme in sich selbst. Er hörte sie wie ein Echo.

Olga war fassungslos. Warum musst du so zu ihm sein? Stieß sie hervor. Sie fand diese Härte nicht angemessen. Sie schämte sich für ihren Mann, der völlig außer sich geriet. Was konnte ihr Bruder dafür, dass die Lage war wie sie war? Wo sollte er denn hin? Du hast keine Aufenthaltsgenehmigung. Brüllte Hans erneut. Sie wollen dich nicht. Sie dürfen dich nicht hier finden. Wie oft soll ich das noch sagen? Wie soll ich es anders sagen? Sie dürfen nicht wissen, dass es dich gibt und wir können dich nicht länger schützen. Das Schreien von Hans fegte wie ein Sturm über den Bruder hinweg. Der kannte bereits die jähzornigen Ausbrüche seines Schwagers. Aber heute war es anders als sonst. Er hielt dennoch dagegen. Du hast uns nachgeholt. Du hast geschrieben, hier seien wir in Sicherheit. Warum, wenn es nicht stimmt? Habe ich mir dieses Leben ausgesucht? Der Bruder kam aus seiner Deckung. Bestimmt einen halben Kopf kleiner als Hans, so schmal wie Olga, nahm er all seinen Mut zusammen, sich nicht von diesem Mann derart einschüchtern zu lassen. Er wusste, Hans hatte recht. Aber er wusste nicht, was tun. Keiner wusste es. Die Mutter begann zu schluchzen. Hört auf. Hört auf! Rief sie. Doch sie beachteten sie gar nicht. Das Echo in Hans wurde zum Lamento: Du musst weit weg von der Stadt. Geh aufs Land. Geh zu den Bauern. Versteck dich. Der Bruder schien nicht zu begreifen. Was soll ich bei den Bauern? Entgegnete er. Ich bin kein Bauer. Dann werde einer. Gab Hans zurück. Ich bin doch auch kein Lederhändler. Der Bruder gab nicht auf. Ich habe dir Kunden verschafft. War das nichts? Ich habe mich durch deine unlauteren Geschäfte erniedrigen lassen. Und jetzt scheuchst du mich fort? Er stemmte seine Hände in die schmalen Hüften. Kraft gab es ihm nicht. Wenn du bleibst, bringst du nicht nur dich, du bringst uns alle in Gefahr! Hans blieb dabei. Das Echo in ihm dröhnte weiter, während der Bruder zum finalen Stoß ausholte. Und die Gefahr, die du über Olga gebracht hast? Was ist es damit? Olga schaute von einem zum anderen. Sie war verwirrt. Sie klammerte sich an Inga, die der Szene beiwohnte und besorgt in den Raum blickte. Nicht einmal Inga war diesem Sturm gewachsen, erkannte sie und das beunruhigte Olga am meisten. Ingas Körper war nicht so straff wie sonst. Warum war er nicht so straff? Was meint mein Bruder, Hans? Hans antwortete nicht. Eine unangenehme Stille breitete sich aus und nur das Schluchzen der Mutter war zu hören. Er meint, dass ihr vielleicht auch keine Aufenthaltsgenehmigung mehr bekommt. Sag's ihr, Hans. Du kannst ihr nicht immer alles verheimlichen. Olga sah die beiden sprachlos an. Blickte dann auf Inga, die sich weiterhin nicht regte. Aber warum? Was hatte sich verändert? Hans, stimmt es, was mein Bruder sagt? Hast du andere betrogen? Hans antwortete immer noch nicht. Er hat sich ganz einfach zu viel rausgenommen, liebe Schwester. Und nun bezahlt er den Preis dafür. Der Bruder hielt sich nicht mehr zurück. Außerdem ist er nicht sehr großzügig in der Bezahlung eurer Arbeiter. Das spricht sich schnell herum. Hans, ist das wahr? Olga fragte erneut. Sein Blick ließ sie erschauern. Er war nicht mehr böse. Er war leer. Es stimmt, was dein Bruder sagt. Antwortete Hans tonlos. Wir haben Feinde. Man will uns klein machen, weil unser Geschäft zu groß geworden ist. So ist es. Die Mutter hatte aufgehört zu schluchzen und schaute nun mit hilflosen Augen und zittrigen Händen ebenso leer vor sich hin. Jeder wusste, worauf dies hinaus lief. Keiner wollte es sagen. Inga straffte nun so gut es ging doch noch ihren Körper. Der Bruder wusste nicht wohin mit sich. Und Hans? Hans sah Olga schuldvoll an. Seine Wut war verpufft. Was er nun fühlte, war unendliche Enttäuschung, vor allem über sich selbst. Es hätte doch alles gut werden können. Es war doch gut gegangen. Sie waren doch wieder froh geworden. Und nun schien alles hoffnungslos.

Zumindest ungewiss. Leise sagte er: Sie wollen mir schaden, Olga, sie wollen keine Konkurrenz und sie beginnen Lügen über mich zu verbreiten. Ich bin ein Wucherer und ein Monster, das Kinder raubt und Frauen verführt. Er machte eine Pause. Olga hielt sich entsetzt die Hand vor den Mund. Nun verstand sie die Blicke, die sie dunkel verfolgten, wenn sie die Straße entlang ging. Ja, vielleicht war ich wirklich zu unerschrocken gewesen. Zu skrupellos. Fuhr Hans fort. Dein Bruder hat recht. Sie antworten auf meine Briefe nicht, weißt du. Sie antworten auch auf die Briefe deines Bruders nicht. Sie antworten einfach nicht. Das ist kein gutes Zeichen. Nichts ist schlimmer als Schweigen. Nun war seine Stimme nur noch sehr schwach zu hören. Er sackte in sich zusammen. All die Anspannung, all das Verheimlichen so viele Monate lang, alles auf seinen Schultern, um alle zu retten, fiel wie ein Kartenhaus in sich zusammen. Er hielt die Hände vor sein Gesicht und weinte bitterlich.

Die Kinder weggeben. Das war ihr alles beherrschender Gedanke in diesen Tagen. Den Kindern darf nichts geschehen. Ob Inga sie nähme? Ausgiebig wie nie spielte sie mit ihnen. Genoss jede Minute. Holte jeden Zentimeter Kraft aus sich heraus. Ging mit ihnen spazieren. Es war noch Winter im Anfang des Jahres 1938. Der Frühling wollte bald kommen. Doch der Schnee lag noch hoch. Der kleine Felix tapste federleicht, freudig durch den weißen Schnee. Wie Sahne. Mama, Sahne. Rief er immer wieder. Felix liebte Schnee. Er war ein aufgeweckter kleiner Bursche. Freundlich, immer froh und von guter Gesundheit. Seine Schwester dagegen kränkelte immer ein wenig.

Felix ist ein starkes Kind. Mein Glückskind. Sagte Olga. Mein Goldjunge. Nicht wahr, Felix?! Komm zu mir. Komm, wir machen einen Schmetterling. Felix rannte in die Arme seiner kleinen Mutter, war selbst noch klein genug, so dass sie ihn auffangen konnte. Dann nahm sie ihn hoch und kreiste ihn in der Luft. Los, legen wir uns in den Schnee, mein Goldjunge. Sie legten sich in den Schnee. Jetzt musst du so machen. Olga zeigte es ihm. Sie breitete ihre Arme aus und bewegte sie auf dem Schnee liegend hoch und runter. Wir machen Engelsflügel. Schmetterlingsflügel. Feenflügel. Flügel. Felix versank etwas mehr im Schnee als Olga und quietschte vor Vergnügen. Felix Fee. Rief er. Felix Fee. So viel Spaß hatte er lange nicht mehr mit seiner Mama. Die Mama war oft so ernst und abwesend. Zwei größere Schuhpaare kamen angetrappelt. Ich will auch ein Schmetterling sein, Mama. Oh ja, Eva. Komm. Komm zu mir. Sie zog an Evas Mantelspitze und Eva ließ sich rücklings in den Schnee plumpsen. Zusammen purzelten sie so lange durch den Schnee bis sie ganz nass waren. Weggeben. Dachte Olga. Weggeben. Die ganze Zeit. Bei Inga bekamen sie einen Kakao. Inga hängte die nassen Sachen der Kinder an ihren Ofen und freute sich an Olgas Munterkeit. Doch sie sah Olga so seltsam an. Und wieder dachte Olga: Warum weiß Inga immer alles? Es war doch ein Rätsel. Ich kann nichts vor ihr verbergen. Dann ergriff Inga ihre Hand und sagte: Ich sorge für deine Mutter, ich achte auf deinen Bruder. Aber deine Kinder gehören zu dir. Solange Hoffnung besteht. Und ich habe Hoffnung. Ich weiß, ihr werdet in Sicherheit kommen.

Ein Polizeiauto. Sie saßen in einem Polizeiauto als seien sie Schwerverbrecher. Hans zitterte. Der Anblick der Polizei vor seiner Tür hatte ihn erbleichen lassen. Polizisten. Zelle. Schläge. Hiebe. Tritte. Lachen. Zelle. Schlimmeres. Ein Filmgeflacker vor seinen Augen. Er brauchte alle Kraft, um auf den Beinen zu bleiben und den Film in seinem Inneren still zu halten. Zelle, Tritte, Zelle, graue Instrumente, Schreie. Zelle. Ratten. Er nahm Eva an die Hand. Olga hielt den kleinen Felix. Er zappelte auf ihrem Arm. Er schrie. Mutti! Schrie er. Mutti! Felix war nun schon fast zwei. Er wusste, was er wollte. Der Frühling war da. Mit einem Schlag. Aber die Knospen waren für anderer Menschen Freuden bestimmt. Olga sah die Knospen, sah in der Ferne die Ebene, in die sie jeden Tag spazierte. Der Hügel. Sie wollte zu ihrem Hügel. Felix schrie weiter. Mutti! Oma war sein warmer Busen. Er nannte sie Mutti. Die sanfte Singstimme. Die weiche Haut, ein Kopfkissen. Er wollte zur Großmutter. Die Alte da kann bleiben. Schnarrte ein Polizist und deutete auf seine Mutti. Die stirbt eh bald. Felix rang mit den Ärmchen. Seine Mutti. Der Rest mitkommen! Olga stürzte zu ihrer Mutter, die wie festgewachsen da stand. Kein Wort drang über ihre Lippen. Das Gesicht starr. Die Augen ergraut. Die Mutter konnte doch nicht allein zurückbleiben. Was sollte aus ihr werden? Was soll denn aus Mutter werden!? Rief Olga laut. Die Mutter, die Mutti, sie war doch so schwach. Sie war krank. Das ist nicht unsere Sache. Sagte der Polizist grob. Der Polizist zerrte Olga weg von ihr. Kommen Sie! Aus den Augenwinkeln sah Hans den Bruder, der sich hinter einem Fenster von Ingas Wohnung schnell wegduckte. Er war nun meistens dort. Für den Übergang. Bald würde er gehen. Sobald er den Mut aufgebracht hätte. Sobald der Frühling käme. Der Frühling war da. Der Bruder spähte aus dem Fenster. Sie hatten ihn in der Wohnung gesucht. In der Werkstatt. Nichts. Die Polizisten hatten Weisung zwei Männer abzuholen. Einer fehlte. Eine teure Schiffspassage, bezahlt vom Staat, und der Kerl war nicht da. Wo war der Kerl? Welcher Kerl? Hans stellte sich doof. Die Polizisten gaben sich keine weitere Mühe. Sie wussten, dass er log. Sie dachten an den Feierabend. Sie dachten daran, dass in Island nie etwas passiert. Island war ein friedliches Land. Sie strengten sich an hart zu sein, so wie ihnen aufgetragen. Befehl ist Befehl. Der Bruder beobachte alles. Er hatte den Griff der Tür in der Hand. Doch Ingas Blick bannte ihn. Meine Schwester! Klagte es in ihm. Sie nahmen seine Schwester mit. Und er konnte ihr nicht beistehen. Olga zwang sich, sich nicht zum Fenster zu drehen. Der Bruder. Der Bruder. Hoffentlich machte er keinen Unsinn. Sicher stand er da, mit der Hand am Türgriff. Gut, dass Inga auf ihn achtete. Dann sprang die Tür doch auf und Olga erschrak. Aber nicht Hans, sondern Inga hastete hinaus. Oh ja. Inga. Meine Inga. Durchfuhr es Olga. Ich will nicht sein ohne sie. Welch ein Abschied. Inga! Rief Olga. Olga, meine Olga! Rief Inga. Nun macht schon. Riefen die Beamten. Sie mühten sich wirklich. Aber ein solches Drama war nicht ihr Ding. Es tut mir so leid, Olga. Inga umarmte ihre Freundin mit ihren mächtigen Armen und schob ihr unauffällig etwas in die Hand. Hier, nimm das. Flüsterte sie ihn Olgas Ohr. Auf dem Zettel steht eine Adresse. Eine dänische Adresse. Verlier das nicht. Inga drückte das Papier fest in Olgas Hand. Diese Menschen sind reich. Sie sind bekannt in Kopenhagen. Sie können euch helfen. Besteht darauf, dass ihr zur deutschen Botschaft kommt. Das Schiff wird in Dänemark halten. Ihr müsst sie anrufen. Denk daran. Und nun schluchzte auch Inga. Sogar ihre strammen Waden zitterten. Überhaupt schien sie in den letzten Tagen zarter, durchsichtiger geworden zu sein. Mach dir keine Sorgen. Presste sie ungewöhnlich dünn hervor. Ich passe auf Mutter auf. Olga wagte einen scheuen Blick zum Fenster. Inga nickte. Beide wussten: Nun musste der Bruder den Mut finden. Nun war es auch für ihn Zeit, ernsthaft unterzutauchen. Ich werde dich nicht vergessen. Sagte Olga und drückte Inga noch einmal fest. Die Beamten wurden langsam ungehalten. Jetzt reichte es aber wirklich. Wieder wurde Olga von einem der Männer weggezerrt. Wie ein Blatt. Diese dünne Person. Der Beamte brauchte kaum Kraft. Ich werde dich auch nie vergessen! Rief Inga. Olga drehte sich noch einmal um. Inga! Schluchzte sie. Meine Freundin, wie ich niemals eine hatte. Sie hielt ihren kleinen Sohn fest umklammert, während sie weiter unsanft Richtung Auto gestoßen wurde. Ein Hauch, das Mädchen. Gab ihr Mann ihr nicht genug zu essen? Sollten die Gerüchte am Ende stimmen? Seltsam diese Juden hier. Warum wollte der Staat sie nur plötzlich fortschaffen? Sie waren doch nur eine Brise, ein bisschen isländischer Wind. Wen störten sie schon? Der Polizist fühlte sich nicht wohl. Er hatte von Deutschland gehört. Krieg lag in der Luft. Ob es wirklich Krieg geben würde? Wo schickte man diese armen Teufel hin? Aber er riss sich zusammen. Los! Rief er noch einmal. Nur um sich selbst zu mahnen. Ich danke dir für alles! Rief Olga erneut so laut sie konnte. Und winkte ein letztes Mal. Hans war versteinert. Inga. Hallte es in ihm. Auf Wiedersehen, Inga. Auf

Wiedersehen, Mutter, Bruder. Nur in ihm drin rief es. Die Autotüre knallte zu. Olga nahm wie Hans Platz auf dem Rücksitz, den Kopf zum Rückfenster gedreht. Inga und ihre Mutter wurden immer kleiner und kleiner. Sie winkten nicht. Winken bedeutete: Lasst es euch gut gehen und kommt bald wieder! Sie würden nie wieder kommen. Vermutlich nicht. Hans saß stumm und aufrecht im Wagen. Eva auf seinem Schoß. Er hatte versagt. Ging es ihm durch den Kopf. Nur das. Er hatte es nicht geschafft. Nun würden sie auf das Schiff gebracht werden. Ihre Geschichte würde sich rückwärts abspulen, rückwärts nach Deutschland. Rückwärts in den Tod. Die Isländer wussten, dass es der Tod war. Dennoch dieser Ehrgeiz. Das Ministerium schaffte sie eigenhändig aus dem Land. Bezahlte eigenhändig ihre Schiffspassage. Sie gleich zu töten wäre billiger gewesen. Hans lächelte bitter. So wichtig war ihnen ihr Fortkommen. Weg mit den Juden. Weg mit dem Mädchenschänder und Profiteur. Er hatte sie ja erwartet. Er war ja vorgewarnt. Er hatte sich ja geweigert, eigens und, wie sie es nannten, friedlich das Land zu verlassen. Er hatte das Aufgebot von Polizei herausgefordert. Und er wusste, wessen Eile in Wirklichkeit dahinter steckte. Yul Andersson. Dieser Sauhund. Nun gehörte ihm wieder der ganze Ledermarkt. Die Leute würden schon sehen, dass sie die Ware von Hans vermissen würden. Hans hatte ordentliche Arbeit gemacht. Nicht so wie Yul Andersson, der immer betrunken war. Und faul. Ein fauler Isländer. Aber ein Isländer. Und Hans war der Jude. Die Leute tuschelten heimlich hinter dem Rücken von Hans, sie wollten keine Ausländer. Und dann brachte er gleich so viele von seiner Sippe mit, vermehrte sich auch noch... Sie liebten jedoch seine

Ware. Deswegen hatte Yul Andersson ihn schon lange ausschalten wollen. Das war nicht schwer. Yul hatte Beziehungen bis nach ganz oben. Wie sonst hätte er all die Flaschen in seinem Keller all die Zeit unbemerkt verstecken und in Umlauf bringen können? Yul Anderson's Laden war nichts als Schein, als Geldwäsche. Nicht das Leder im Schaufenster war das Einkommen von Yul. Der eigentliche Profit war die Alkoholsucht der Leute. Und die ging bis oben. Beim Angriff Yuls auf Hans ging es um Geld und um Ehre. Denn irgendwann würde die Prohibition beendet sein, und dann müsste Yul doch wieder nähen. Richtig nähen. Doch wie würde er Ware verkaufen, wenn seine Kunden dann alle bei Hans waren? Dieser Hans! Das ging doch nicht. Dieser Hans hatte ihn ausgenützt und war dann davongelaufen. Ein Hund. Ein Sauhund. Yul würde es Hans schon zeigen. Er zeigte es und Hans würde Olga niemals die Wahrheit erzählen können. Das wusste Yul. Das war seine Genugtuung obendrauf. Er hatte recht. Das würde Hans nicht. Hans empfand die Verbindung zu Yul Andersson als zu schmutzig. Und die Geschichten, die dieser über ihn in Umlauf gebracht hat… niemals. Er würde Kinder nicht nur entführen und verführen. Sogar aufessen. War möglich. Man wusste ja nicht. Es waren diese alten, dummen Geschichten. Geschichten, die man Juden seit Jahrhunderten anhängte, um sie loszuwerden. Doch dass diese sie ausgerechnet hier im hohen Norden, wo er sich in Sicherheit gebracht hatte und sich auch sicher wähnte, wo er sich arrangierte und die Sprache gelernt hatte, einholen würden, damit war doch nicht zu rechnen gewesen. Dieser Yul! Yul hatte Hans bei seiner Ankunft in Island 1935, man muss schon sagen, von der Straße aufgelesen. Er gab ihm für kleines, wirklich kleines, Geld Arbeit und Hans in naiver Dankbarkeit hatte noch kein rechtes Gefühl dafür, was eine Krone in Island wert war. Er nahm, was er bekam. Alles war ja besser als nichts und alles war gut, das ihm ein Dach über den Kopf bescherte. So kam er zu Yul. Dieser hatte ein kleines Lederwarengeschäft. Es lief nicht gut. Yul bewies kein Geschick in Herstellung und Vertrieb, das Geschäft war vom Vater geerbt. Er nähte das Notwendigste. Er nähte es grob und er zeigte es Hans. Das war kein Kunststück. Fand Hans. Er lernte schnell, erwies sich als talentiert und bald schon machte er alles alleine. Ein gutes Händchen. Das gefiel Yul. Er brauchte jemanden, der seine Arbeit erledigte. Yul Andersson rieb sich die Hände. Da hatte er wirklich Glück gehabt. Tags verdrückte er sich, abends tranken sie heimlich isländisches Bier zusammen. Nun fluktuierten beide Geschäfte. Das Leder und der Schwarzhandel. Beides verdankte Yul Hans. Denn bald schon schickte er den fleißigen, deutschen Juden nicht nur an die leidige Nähmaschine, sondern überließ ihm auch noch die besonders heiklen Botendienste, vor denen er sich ein bisschen fürchtete. Hans tat auch dies. Mit Geschick und Geschmeidigkeit. Er war eine wahre Wunderwaffe. Diesen Juden konnte man wirklich gut gebrauchen. Ein cleverer Kerl. Der Kundenstamm stieg rasant an. Taschen und Flaschen gingen weg wie nichts. Yul kratzte sich den Bauch und guckte zufrieden auf sein Bankkonto. Hans, der kaum Lohn für seine außerordentliche Arbeit bekam, tat jedoch nicht aus purer Gutmütigkeit und Naivität, was man von ihm verlangte. Er rechnete anders. Sein Lohn waren nicht die paar lumpigen Kronen, die er bekam, sondern das

Wissen. Denn schon bald waren ihm fast alle von Yuls Kontakten bekannt, besonders die zwielichtigen, und er lernte einiges dabei. Er lernte Island von seiner verborgenen Seite kennen und durch die besonderen Umstände sehr schnell und sehr tief. Er lebte im Schatten. Und er wurde vom Schatten dirigiert. Dass Yul durchaus nicht sein Freund und Retter war, sondern ihn nur ausnutzte und obendrein Rechtswidriges tat, das hatte er schnell raus gehabt. Dafür revanchierte er sich. Er begann nach und nach Flaschen aus dem Keller zu entwenden. Auf Raten gestohlen und gut versteckt, würde es Yul nicht merken. Hans hatte wenig Skrupel und Yul merkte es in der Tat nicht. Als genug Flaschen und Kunden beisammen waren, ging Hans. Kam einfach von einem der Botengänge nicht zurück und begann sich durchzuschlagen. Am Hafen. In dunklen Gassen. Ein scheußliches Leben und manchmal vermisste er die schäbige Pritsche bei Yul. Aber er hatte Währung bei sich, wertvolle Währung, die heißeste Ware Islands, - Yul Anderssons Flaschen. Hans war zwar menschlich enttäuscht. Aber er hatte auch etwas gelernt. Das Beste aber kam erst noch. Irgendwie war es ihm in einem der nächsten Tage gelungen, einem jener hoffnungslosen Trunkenbolde am Hafen eine Ledernähmaschine im Tausch gegen eine Flasche Schnaps abzuluchsen. Wie hatte er sich damals diebisch gefreut über diesen unfairen Tausch. Auch der Trunkenbold hatte sich gefreut über den Schnaps und Hans zugleich verflucht. Eine Flasche gegen diese Maschine. Das war ja lächerlich. Der Trunkenbold wusste das. Aber Hans hielt ihm das Hochprozentige unter die Nase. Es war Fügung. Der Trunkenbold war selbst Schuld. Hans zögerte keinen Moment und schob sein schlechtes Gewissen beiseite. So hatte alles begonnen. So fand er das Zimmer Nummer 12 und so war er endlich in die Lage gekommen, Olga und Eva nachreisen zu lassen. Er war stolz auf sich. Vor allem, wenn er auf all die Arbeitslosen am Hafen blickte, die in ihren löchrigen Hosen frierend Gelegenheitsjobs ergatterten und fast nichts dafür bekamen. Doch was er für Glück hielt, was ihm Glück brachte, hatte heute sein wahres Gesicht gezeigt. Eine schlechte Tat zog Schlechtes nach sich. Hans fühlte sich seit Yul Andersson verstrickt und Tag um Tag wurde er mehr in das Böse hinein gewickelt. Der Bruder hatte recht. Er war ein übler Mensch. Welcher Jude war schon so ein übler Mensch? Dieses Bekenntnis seiner Schuld nahm in dem Auto der Polizisten sitzend geradezu religiöse Züge in seinem sonst atheistischen Geist an. Ein Jude tat so etwas nicht. Auch wenn man ihm übel mitspielte, -und ihm wurde übel mitgespielt-, tat ein Jude das nicht. Ein Jude meldet sein Kind, Felix, -auch Eva-, nicht vorsorglich isländisch protestantisch an. Niemals. Doch das hatte Hans gegen den Protest Olgas getan. Vielleicht hätte Heinz Edelstein ihnen helfen können. Überlegte er nun. Dieser wurde beschützt vom Direktor der Musikschule. Edelstein hatte es gut. Aber er wollte diesen Mann nicht mit in Gefahr bringen. Und einen letzten Rest Ehre hatte Hans auch. Doch nun saß er hier und alle, die er beschützen wollte, hatte er mit in seine Schuld gezogen. Wo war der Ausweg? Sie fuhren und fuhren. Allmählich beruhigte Hans sich und als sie am Hafen ankamen und er des riesigen Dampfers, der schon auf Passagiere wartete, um sie nach Deutschland zu bringen, ansichtig wurde, brach noch einmal der angesichts der Lage recht irreale Kampfgeist in Hans durch: Er wird es schon schaffen. Sie würden versuchen im Hafen von England von Bord zu kommen. Notfalls sprangen sie. Anderenfalls gingen sie in den sicheren Tod. Eine Fahrt wie auf dem Weg zum Schafott. Hans war sich gewiss, dass in Deutschland das Schlimmste erst noch zu erwarten sein würde und Hitler an einem Krieg und an der Auslöschung der Juden bastle. Er blickte zu dem kleinen Felix, dann zu Eva, die verstört auf seinem Schoß an ihrem Daumen nagte. Nein. Das durfte nicht passieren. Fieberhaft dachte Hans nach. Ganz fest hielt er die Hand von Olga, die bleich und zitternd neben ihm saß. Doch nicht er, der deutsche Preuße, der Atheist kritischen Geistes, dennoch Nachkomme der berühmten Jaffe-Sippe, eine Familie, die im Laufe der Jahrhunderte zahlreiche berühmte Rabbiner, Talmudgelehrte, Hofjuden, Wissenschaftler, Geschäftsleute, Akademiker und Politiker hervorbrachte, -zuletzt ihn, Hans, den Radiogeschäftbesitzer, nun Lederwarenhändler, wie lachhaft, fand Hans-, nicht er, der Ehrbare, war es, der den Ausweg in Händen hielt. Es war Olga, das Mädchen einfacher, ungarischer Herkunft, seine Blume, die schwach das Stückchen Papier in ihrer weißen Faust umklammert hielt und es noch kaum selbst realisiert hatte. Grob fortgerissen von Mutter und Freundin. Und es war auch nicht Olga an sich. Es war ihre Liebe, die sie jederzeit geben konnte, frei von Trickserei und Betrug. Eine Liebe, die möglich machte, dass man half. Die innige Freundschaft, die sie mit der einzigartigen Inga verband. Inga, das Glück. Inga, die ihr nach der schwierigen Geburt den kleinen Sohn in den Arm gelegt hatte und ihr mit ihrer wasserblauen Stimme ins Ohr flüsterte: Olga, du hast einen kleinen Felix geboren. Ein Glückskind. Du wirst sehen. Alles wird gut.

Inga. Inga. Immer wieder schoss Olga der Name ihrer Freundin durch den Kopf. Wie eine Melodie war dieser Name. Feen- und Elfengeläut. Klang von Ozean. Widerhall in Olgas Herz. Ihr war es in all den Monaten nicht gelungen, „*das Auge*" zu haben, wie Inga es nannte. Egal wie oft sie draußen spazieren ging und sich konzentrierte, löste, lockerte, zentrierte, verband. Doch jetzt, da sie in diesem Auto saß, das sie schaukelnd durch schlechte Straßen zu diesem unglückseligen Schiff schüttelte, wo ihr erneut die entsetzliche Seekrankheit bevorstand und überdies das Ende ihres Lebens, - sie war sich sicher,- kam es ihr sogar vor als habe Inga selbst gar nicht existiert. Alles war ein Traum gewesen. Viele Sequenzen, die sie gemeinsam erlebt hatten, glitten in islandhellen Farben an ihr herab. Nur ein Klang. Eine innere Resonanz. Doch wenn alles ein Klang war, war alles zugleich wahr und auch nicht. War alles möglich und konnte jederzeit beginnen. In Indien, so sagt man, sei die Welt aus Klang geboren. Wieder flüsterte es in ihrem Inneren. Inga. Inga. Gleich einem Mantra. Ohne ihr Zutun. Ein Zauberwort. Ein Geläut im Zentrum ihres Kopfes. Gerne hätte sie in diesem Moment Hans gefragt, ob es ihm genauso ginge. Ob er Inga höre... Doch sie hatte die Befürchtung, wenn sie fragte, würde der Zettel in ihrer Hand verschwinden. Und dieser, das war das Sonderbarste, brannte in ihrer Hand wie Feuer und gab ihr Kraft. Es war doch nur ein Zettel.

Wie Vieh wurden sie auf das Schiff getrieben, vorwärts über die Planke aufs Deck, hinein zum Kapitän, ein Deutscher, der unter dänischer Flagge fuhr und in Wilhelmshafen seinen Zielort hatte. Hans seufzte als seine Füße den Schiffsboden berührten. Also alles auf Anfang. Überleben beendet. Man übergab die jüdische Familie in seine Obhut mit der strengen Weisung sie sicher im deutschen Hafen auszuliefern. Der Kapitän nickte, blickte auf die Polizisten, die sich weiterhin bemühten, streng das Wort zu führen, blickte auf die zarte und verstörte Familie, fühlte sich sichtlich nicht wohl bei der Sache und bemühte sich seinerseits streng zwei Matrosen herbeizurufen. Diese kamen, hörten, salutierten und begleiteten Hans, Olga und die Kinder zu ihrer Kabine. Es war kein Gefängnis. Aber es war auch nicht mehr Freiheit. Während Olga die Aufgeregtheit der Kinder zu bändigen suchte, ging Hans unentwegt im Kreis oder stand einfach nur da und starrte vor sich hin. In sich hinein. Er suchte die Lösung. Wir müssen es dem Kapitän erklären. Der schien nicht übel. England. Das Schiff hält in England. England ist sicher. Olga hörte ihm nicht zu, denn der kleine Felix rannte ungestüm in der Kabine umher, fasste alles an, ließ manches fallen und drohte sich eins ums andere anzustoßen oder von Möbeln herunterzustürzen, die er zu erklimmen suchte. Olga war sehr müde. Sie waren im Morgengrauen aus den Betten gerissen worden. Auf die Schnelle hatte sie das Nötigste gepackt. Die unbekümmerte Lebendigkeit der Kinder lenkte sie nicht ab, sie steigerte vielmehr ihre eigene Nervosität. Und mit einem Blick auf ihren Koffer wurde sie erst jetzt gewahr, was sie alles in der Eile NICHT eingepackt hatte. Ihr war wirklich elend zumute. Manche Fotos, Bücher, oh nein, sogar ihre Schriftstücke, die Gedichte, die hatte sie in der Schublade des Schreibtisches vergessen. Wieso die? Ausgerechnet! Ihr Herz schien zu bersten und plötzlich wütend auf ihren Mann, der nicht eingriff, der sich nicht ebenfalls für die Kinder verantwortlich zu fühlen schien, sie springen und quengeln ließ, schrie sie ihn an. Eruptiv und schrill. So viel ihr schmaler Körper hergab. Es war nicht das erste Mal, dass sie ihre Stimme erhob, aber das erste Mal in ihrer beider gemeinsamem Leben, dass sie beide begannen heftig miteinander zu streiten. Sie beschuldigte ihn des Egoismus, seiner Heimlichkeiten und dunklen Machenschaften, die sie hierher geführt hätten, warf ihm seine Alleingänge und einsamen Entscheidungen vor, seine Herrschsucht, seine… sie hörte gar nicht mehr auf… Er beschuldige sie … stockte, wusste nicht, was sagen und weil er es nicht wusste, rannte er aus der Türe und schlug diese hinter sich zu.

Frische Luft.

Erschöpft schmiss sich Olga auf das Bett. Die zwei Kinder, ebenfalls nun sehr müde, legten sich zu ihr. Und mit beiden Kindern im Arm, eines rechts, eines links, schlief sie ein. Sie schlief vielleicht erst fünf Minuten, als sie panisch hochschreckte. Der Zettel! Fuhr es ihr durch den Kopf. Es müsste doch brennen. Eben hatte sie ihn doch noch gespürt. Der Zettel. Er war nicht mehr in ihrer Hand. Erst jetzt fiel es ihr auf. Gerade als sie Hans von der Adresse in Kenntnis setzen wollte, war er hinaus gestürmt. Wo war der Zettel? Sie sah um sich. Auf dem Bett fand sie nur die Kinder vor. Sie muss ihn im Gedränge zum Schiff hinauf verloren haben. Es wurde ihr heiß und kalt. Das durfte nicht sein. Das konnte nicht sein. Sie sprang auf. Sie suchte die ganze Kabine ab. Fand nichts. Sie musste hinaus, vielleicht würde sie ihn noch auf dem Boden finden, bevor das Schiff abgelegt und ein Wind ihn ins Meer geblasen hätte. Gar nicht auszudenken. Wieso hatte sie nichts gesagt? Wieso war auf sie kein Verlass? Wieso musste sie ausgerechnet in diesem Moment streiten? Vorsichtig und leise vergewisserte sie sich, ob die Kinder wirklich schliefen, dann zog sie Ingas Tuch um die Schulter und huschte nach draußen. Das Schiff schrillte bereits, war zum Ablegen bereit. Fieberhaft rannte sie hinunter zum Aufgang auf das Schiff. Ihre Augen hefteten sich auf jeden Zentimeter des Bodens. Nichts. Nirgendwo. Sie lief jeden Schritt, den sie gegangen waren, erneut ab, sprach Passagiere an, die den Kopf schüttelten. Sie bückte sich, schaute in jeden Winkel, kroch fast den Boden entlang. Da hörte sie eine Stimme! Sie blickte auf. Hans stand vor ihr. Olga, was um alles in der Welt machst du hier? Sein Gesicht wie eine drohende Erscheinung. Warum lässt du die Kinder alleine? Was ist mit dir? Aufgebracht zwischen Sorge und Vorwurf fasste Hans seine Frau grob bei den Schultern. Eben hatte sie ihn noch beschimpft. War außer sich. Nun schien sie auch noch wahnsinnig geworden zu sein. Olga schaute durch ihn hindurch. Er ist nicht mehr da. Rief sie nur. Er ist weg. Wer ist weg, Olga? Hans verstand nicht. Der Zettel. Der verdammte Zettel! Nun werden wir alle sterben. Die armen Kinder! Olga wand sich aus seinem Griff, hastete weiter hin und her. Er musste doch irgendwo sein. Olga, was ist los? Sag es mir? Hans stoppte sie, hielt sie erneut fest. Diesmal griff er sie an den Armen. Begann an ihr zu rütteln. Versuchte ihren Nervenzusammenbruch hinweg zu rütteln. Was für ein Zettel? Olga sah ihn nur weiterhin ausdruckslos an. Was für ein Zettel, Olga? Wiederholte er. Ich habe vorhin einen fortgeworfen. Er lag auf dem Bett. Ich dachte, er wäre nicht von uns. Meinst du den? Olga hielt inne in ihrer Raserei und starrte ihn entsetzt an. Nun hörte sie ihn auch. Fortgeworfen? Dieses Wort überschlug sich in ihr. Fortgeworfen? Wohin? Hans machte eine wegwerfende Geste. Einfach fort. Ins Meer, glaube ich. Da strömten Olga Tränen aus den Augen. Wildes Schluchzen erschütterte ihren Körper. Ich bin eine schlechte Frau, Hans. Wegen mir werden wir alle sterben. Sie drückte sich gegen die Brust ihres Mannes und hob die ihre bebend auf und nieder. Was redest du nur, Liebes? All dies hier ist doch meine Schuld. Du hattest ja so recht. Er streichelte sie behutsam, zog sie gleichsam beschwichtigend Richtung Kabine. Die Kinder waren doch alleine. Nicht, dass das nächste Unheil über sie käme. Nun komm! Sagte er noch einmal. Zog sie weiter. Es war doch nur ein Zettel, Liebes. Hans wischte mit seinem Hemdsärmel ihre Tränen aus dem Gesicht. Aber Olga schob seine Hand fort. Sie wollte nicht von ihm getröstet werden. Du hast ja keine Ahnung. Wimmerte sie stattdessen weiter. Der Zettel ist weg. Der Zettel ist im Meer. Der Zettel. Doch mehr war aus Olga nicht herauszubringen. Sie gab auf. Ihr Körper verlor jede Spannung und ergeben in ihr Schicksal ließ sie sich von Hans nun ohne weitere Widerstände zur Kabine zurückführen, drehte sich gerade noch einmal um, blickte kurz über die Reling, dann schob Hans sie in die Kabine hinein und im selben Moment, da er die Türe hinter ihr schloss, legte das Schiff ab. Es gab kein Zurück und der letzte Ausweg, der geblieben war, war verloren, ein Zettel, dessen Buchstaben Zuflucht gewesen wären, schwamm nun aufgeweicht und aufgelöst dem Wasser anheim gegeben.

So wird es sein. Vielleicht war es ja ein anderes Papier. Versuchte es Hans noch einmal. Eine Rechnung vielleicht. Er habe nicht genau darauf geachtet. Aber ja, so hat es ausgesehen. Wie eine Rechnung. Doch Olga sank auf das Bett und vergrub ihr nasses Gesicht in die Kissen. Sie schlief augenblicklich ein. Auch Hans legte sich auf das Bett, darüber grübelnd, was es mit einem Zettel auf sich haben könnte. Die Schuhe noch an den Füßen, jederzeit bereit zu einer Rettung, nicht wissend, dass er diese soeben ins Meer geworfen hatte.

Es war bereits später Mittag als Olga als erste die Augen aufschlug. Betrübt stand sie auf und blickte aus dem Fenster der Kabine. Nichts als blaue, endlose Leere. Das flaue Gefühl im Magen hub an. Doch die See war ruhig. So blieb es bei dem flauen Gefühl. Auch Hans schlug die Augen auf. Er rieb sich die Lider, gewahrte die Umgebung und stand ebenfalls auf. Gemeinsam starrten sie nun auf das Meer. Hans erinnerte sich daran, wie das Blau ihm auf der Hinfahrt nach Island Hoffnung gegeben hatte und Freude. Nun war es der Blick in eine endlose Kälte. Ansichten waren nie für sich, sie wurden erst zu Bildern im Auge des Betrachters. Sie lebten ohne Bedeutung, sah sie keiner an. Und sah sie einer an, so wurden sie ein Vielfältiges. Auch Liebermanns Idylle konnte nur in der Resonanz eines Herzens zu einer werden. Hans erschrak bei dem Gedanken, wieviel Verantwortung in seinem Blick lag und wie dieser Blick Kraft geben konnte oder Verzweiflung. Wie eine Sache überhaupt nur etwas war, indem man sie fühlte, wie man sie fühlte und welchen Sinn man ihr beimaß. Er beschloss angesichts dieser Wahrheit: Sie mochten ihn aufs Neue einsperren und töten, aber sie würden nicht wieder seinen Blick von ihm fort nehmen können. Er nahm Olga in die Arme. Sie hatten keine Worte. Jeder hielt Andacht über seine eigenes Versagen, das sie für Versagen hielten und mühten sich es anders zu sehen. Nun wachten auch die Kinder auf. Erst Eva. Mama? Sie blinzelte in den Tag. Wo sind wir? Olga eilte zu ihr. Alles gut, Schatz. Sagte sie. Wir machen einen Ausflug. Dann öffnete der kleine Felix die Augen. Hallo, mein Kleiner. Olgas Stimme war voller Zartheit. Ergibt man sich erst in seine ausweglose Lage, wird man besonders sanft und jeder Moment kostbar. Geht es dir gut? Der kleine Felix nickte. Felix Hunger. Sagte er. Und deutete auf seinen Bauch. Da drin bist du hungrig? So? Olga kitzelte seinen Bauch. Meinst du hier? Felix kicherte und versuchte die Hand der Mama wegzuschieben. Dabei fiel Olga auf, dass er mit der rechten Hand eine kleine Faust bildete. Felix, hast du etwas in deiner Hand? Felix folgte dem Blick seiner Mutter, die auf seine Faust deutete und öffnete diese. Ein Aufschrei. Hans!!! Das… Aufgeregt entnahm Olga ein zerknülltes Etwas. Sie entknitterte das Etwas. Es war exakt das Papier, das ihr Inga gegeben hatte. Olgas Herz sprang wie verrückt. Der Zettel, Hans! Hans stürzte herbei. Und zu dem Jungen: Woher hast du das? Felix gefunden. Sagte der Junge. Olga und Hans sahen sich an. Hans noch immer ratlos. Wie kam das Kind an das kleine Stück Papier? Das Papier, das doch auf dem Meeresgrund schwamm, schwer vom Gewicht der Verzweiflung. Egal wie. Die Freude war unbeschreiblich. Olga überdeckte Felix mit tausend Küssen und glücklich drückte sie den Zettel an sich. Er war doch nicht verloren. SIE waren doch nicht verloren.

Dies… Sagte sie feierlich zu Hans…ist unser Ausweg, eine Adresse in Dänemark. Dort sollen wir uns melden.

Das Blau des Meeres erhielt einen hoffnungsfrohen Schimmer. Hans staunte. Nun war dies aber leicht gesagt. Eine Bürgschaft eventuell zu bekommen und sie tatsächlich einfordern zu können waren zweierlei. Denn der Kapitän hatte strenge Anweisung die Juden keinesfalls von Bord zu lassen und sicher nach Deutschland zu bringen. Sie hatten es selbst gehört. Sie haben selbst das gewissenhafte Nicken des Kapitäns gesehen. Aber, so glaubten Hans und Olga in diesen Minuten des Glücks, es würde ihnen dennoch gelingen. Jetzt würde das Schiff erst einmal England ansteuern. Doch nun, da sie die Möglichkeit einer Rettung in Dänemark sahen, da sie das As im Ärmel hatten, galt ihnen der Stop im englischen Hafen nichts mehr. Sie konzentrierten sich voll und ganz auf Dänemark, und auch ein waghalsiger Sprung von Bord ins Wasser war für Hans keine Option mehr. Hans und Olga beschlossen, sich für den Rest des Tages dem Gedanken der Zuversicht hinzugeben und das Blau des Meeres mit Wärme zu füllen. Es war heute schon genug passiert. Morgen würden sie mit dem Kapitän sprechen.

Der Kapitän trug Bart. Mütze, Verantwortung und Bedenken. Er hatte auch Herz. Aber Hans gelang es nicht, dorthin vorzustoßen. Er versuchte es freundlich, sachlich, zeigte das Papier, das zerknittert in seiner schwitzigen Hand zitterte. Sagte: Die deutsche Botschaft, sie würden doch nur zur deutschen Botschaft wollen. Zeigte Charakter, verwies auf die Familie, appellierte an Moral. Ließ nichts unversucht. Der

Kapitän schüttelte dennoch den Kopf. Ohne viel Worte. Weisung ist Weisung. Auch sein Job stand auf dem Spiel. Nichts zu machen. Hans sah undeutlich wie der Mann mit dem Bart mit sich rang. Doch den Handlungsspielraum für Heldenmut fand er nicht. Konnte er nicht wecken. Der Kapitän biss sich auf die Lippen. Zeigte sich aufrecht. Diese armen Teufel. Warum konnte man sie nicht in Ruhe lassen? Und nun sollte er dafür sein Gewissen geben? Das war nicht fair. Er vermied es in die Augen des flehenden Mannes zu sehen, der sich in Kraft und Ausdauer mit dem Status des Kapitäns maß. Ein starker Mann. Vater. Ehemann. Es imponierte ihm. Auch entging ihm nicht, wie sehr Hans seine Verzweiflung und Wut unterdrücken musste, wie viel es ihn kostete, die Contenance zu bewahren und er stellte sich vor, dass dieser in seinem Leben, so er noch eines hätte, recht wahrscheinlich in irgendeinem Amt und in Würden über ihm, dem Kapitän, stehen könnte. Ein Ehrenmann gewiss. Dennoch. Er schüttelte bedauernd den Kopf und hielt weiter den Blick auf Kurs. Die zwei Matrosen des Vortages geboten Hans militärisch eindrücklich den Raum zu verlassen. Auf dem Feld der Zukunft gab es nichts mehr zu klären.

Ungeduldig wartete Olga darauf, dass die Tür aufging. Jetzt würde alles gut werden, sie wusste es. In ihren Armen wiegte sie den eben eingeschlummerten Felix. Das Schiff glitt sanft schaukelnd dahin. Ihre Übelkeit hielt sich in Grenzen. Eva zeichnete ein Bild. Steckte hochkonzentriert die Zunge zwischen die Zähne, der Bleistift auf dem Blatt kratzte leise. Ansonsten war es still. Wo blieb er denn? Nichts passierte. Hans! Rief sie in sich drin! Er kam nicht. Er war auch eine Stunde später nicht da. Und noch eine Stunde später auch nicht. Sie wusste nicht, ob sie erbost oder verzweifelt sein sollte. Sie wusste aber, das bedeutete nichts Gutes. Noch eine weitere Stunde wartete sie. Sie hatte Angst. Aber sie konnte nicht die Kabine verlassen. Wo hätte sie Hans denn suchen sollen? Mit den zwei Kindern im Schlepp? Die Angst wuchs. Er hat sie einfach hier zurück gelassen. Wie konnte er nur? Er wusste doch, dass sie auf ihn wartete. Felix war inzwischen erwacht. ziemlich ausgeschlafen war er aus dem Arm der Mutter geklettert und hatte sich zu seiner Schwester gesetzt, die nach einer längeren Pause wieder am Tisch saß und erneut ein Blatt mit Mustern versah. Felix war noch so klein, aber er war wirklich ein braves Kind. Sie hatte Glück. Ein Goldjunge eben. Olga war froh um die Ruhe der Kinder. Denn ihre Nerven hingen an einem dünnen Faden. Sie verfolgte ihren Sohn auf dem Bett sitzend mit den Augen. Felix auch malen. Rief er. Eva rückte ein wenig zur Seite und gab ihm wortlos ein Blatt Papier. Die Stille war wirklich angenehm. Dachte Olga wieder. Aber auch ein wenig gruselig. Fand sie. Wie die Ruhe vor dem Sturm. Bei diesem Gedanken erschauerte sie. Wenn Hans doch endlich käme. Längst war die Mittagszeit verstrichen. Ob sie die Kinder alleine lassen könnte? Sie überlegte hin und her. Entschied sich dagegen. Dann endlich nach weiteren Stunden, die Kabine lag schon im Dämmer: Die Tür öffnete sich mit einem Rums und Hans erschien. Er war sturzbetrunken. Wankte singend und lallend herein, kippte aufs Bett und murmelte: Zum Teufel mit dem Kapitän. Alter Teufel. Augenblicklich schnarchend verließen ihn seine Sinne. Olga war nun klar, was das zu bedeuten hatte. Sie musste Hans nicht mehr fragen. Nervös kaute sie an ihren Nägeln. Morgen Vormittag würden sie in England anlegen. Gleich in der Früh müssten sie es noch einmal versuchen und diesmal ginge sie mit. Sie streichelte den kleinen Felix über den Kopf, küsste Eva auf die Stirn. Ja, das müssten sie. Sie rüttelte noch einige Male an Hans, doch der war tief und fest in seinen Rausch versunken. So musste Olga wohl oder übel mit ihren Gedanken und Sorgen alleine zurecht kommen. Sie lenkte ihre Kinder weiterhin ab, spielte mit ihnen, ging mit ihnen vorm Schlafen noch einmal an Deck, zeigte ihnen das weite Meer, das jetzt allerdings im Dunkel lag und tat als wären sie auf einer wunderbaren Entdeckungsreise. Schaut nur. Sagte sie zu ihnen. Was seht ihr, wenn ihr in die Dunkelheit über das Meer blickt? Nichts. Riefen die Kinder. Schaut noch einmal. Ermunterte Olga. Sie ermunterte sich selbst. Schaut genau. So ließ Olga ihre Kinder die Augen tiefer einsinken in die aufkommende Nacht. Ich höre etwas. Flüsterte der kleine Felix nun. Ich höre ganz viel. Ja, sagte Olga. Das hast du schön erkannt, Felix. Sie nickte. Da ist eine Melodie, ein Klang in jedem Ding. So sagt man. Erst wenn es still und dunkel wird, können wir ihn hören. Dann sehen wir mit unseren Ohren, wisst ihr. Felix lächelte über das Lob der Mutter und hielt doch vorsorglich die Hand seiner großen Schwester fest. Also ist es gut, wenn es dunkel wird? Fragte Eva, die sich nämlich ein wenig ängstigte. Ich glaube schon. Überlegte Olga. Denn dann erkennen wir das Licht besser. Es gibt doch sehr viel kleine Lichter, nicht wahr? Die kann man nur nachts hören, weil sie tagsüber von der Sonne überstrahlt werden. Die Kinder nickten andächtig. Wussten nicht so recht, doch blickten weiterhin aufmerksam hörend auf die See. Und Olga blickte mit ihnen. Sie versuchte selbst Licht zu sein, ermunterte sich darin, das Meer mit Mut zu füllen und auf den nächsten Tag zu hoffen, zu glauben, dass dieser sich aus der Traurigkeit der Nacht hin zu rettendem Licht auswachsen würde. Und so standen sie da. Ein stiller Anblick. Eine bezaubernde Frau mit weißem Gesicht und lockig schwarzem Haar und ihre zwei niedlichen, kleinen Geschöpfe mit ebenso dicht gelockten Wellen auf ihren zarten Köpfen. Viele Passagiere drehten sich nach Olga um. Manche erstaunt über die grazile Zerbrechlichkeit der jungen Schönheit, manche genau darum besorgt. Doch keiner wagte näher mit ihr in Kontakt zu treten. Eine Jüdin. Gewiss. Und war sie nicht gestern mit den Polizisten gekommen? Manche tuschelten im Vorbeigehen. Bei den Juden wusste man nie. Spät am Abend als auch die Kinder endlich schliefen, wälzte sich Olga neben Hans hin und her. Sie konnte einfach keinen Schlaf finden. So blieb es auch bis zum nächsten Morgen. Sie hatte die Nacht durchwacht und als Hans im Morgengrauen seine Augen öffnete, kaum wusste, was den Tag zuvor geschehen war, sah er in das Antlitz seiner Frau, die bleich und mit riesigen, dunklen Augen neben ihm lag und ihn direkt anstarrte. Er erschrak. Nun fiel ihm wieder ein, was gestern war. Voll der Scham erinnerte er sich auch daran, wie er begann sich zu betrinken. Das erste Mal in seinem Leben. Doch die Not herunterspülen gelang ihm nicht. Hans sagte leise: Es will uns nicht von Bord gehen lassen. Olga nickte. Ihre großen Augen nickten. Ich weiß. Sagte sie. Dann stand sie auf, zog sich an und streckte die Hand zu Hans aus: Darum gehen wir jetzt noch einmal zusammen. Die Sonne war gerade aufgegangen. Erste Betriebsamkeit auf dem Schiff war zu hören. Die Crew war am Start. Olga weckte die Kinder. Kommt! Rief sie. Schnell. Wir wollen den Kapitän besuchen gehen. Schlaftrunken und gehorsam gaben die Kinder, die in aller Eile von Olga angezogen wurden, ihre Händchen der Mama und ließen sich mitziehen. Es war noch recht still auf dem Schiff. Die Böden des Schiffes waren feucht, der Wind kalt. Nur Besatzungsmitglieder und vereinzelte Frühaufsteher begegneten ihnen. Es muss ein komischer Anblick gewesen sein. Die kleine Familie, die wie eine schwarze, gebückte Kugel, in innerer Erregung verbunden, die Reling entlang rollte. Nicht drohend, aber in ihrer hilflosen Anmut fordernd. Ja, Olga sah erbärmlich aus, übernächtigt, mager wie nie, doch zugleich bildschön in dieser menschlichen Blöße. Hans, noch leicht grünlich im Gesicht und flau im Magen, war an diesem Morgen sehr beeindruckt von seiner Frau. Olga war ein Wetterleuchten, ein Irrlicht. Kein Zobel, kein Hut, kein schmuckes Kleid und kein Juwel, der den Charakter von nachgezogenen Augenbrauen unterstreichen musste. Nichts dergleichen. Olga war nur Olga. Sie hätte auch nackt zu des Kapitäns Steuerraum eilen können. Ein jeder, hätte man ihn hernach gefragt, würde davon überzeugt gewesen sein, sie wäre in Gold und Glitter gegangen. Doch nichts dergleichen. Die Haare schnell nach hinten gebürstet, ein schlichtes dunkles Kleid und Ingas Umhang, das war alles, das Olga mit sich trug, und den Zettel, der nun wieder in ihrer Hand brannte und ihr Kraft gab. Angekommen am Steuerraum, baten sie eingelassen zu werden. Die Matrosen wollten nicht. Es gab ein Worttumult, stille Unruhe könnte man es eher nennen, gerade laut genug als das der Kapitän höchstselbst auf das morgendliche

Ungemach aufmerksam wurde. Was ist los hier? Der Kapitänsschädel erschien und kniff die Augen zusammen. Möglich, dass dieser hinter dem weißen, buschigen Kapitänsbart, -ein Bilderbuchkapitän-, erbleichte, geblendet war von dem familiären Auftritt, doch man konnte es nicht sehen. Man hörte ein Brummen. Vielleicht ein Stöhnen. Sah ein Nicken. Die eine Hand an der Türklinke, winkte er mit der anderen hinein. So früh am morgen schon. Und das ohne Kaffee. Er schüttelte innerlich mit dem Kopf. Herr Rottberger… Begann er. Wie ich Ihnen gestern schon sagte… Doch er sprach nicht weiter. Denn der aufrechte Mann von gestern, der heute sehr zerknittert aussah, - hatte er etwa einen Kater?-, befand sich nicht in Position. Nicht in Aktion. Er stand einfach nur da. Stattdessen blickte ihn ein schwarz flackerndes, riesiges Augenpaar aus einem kleinen, grazilen Gesicht an. Ausgezehrt von einem flüchtenden Leben. Träumte er noch? Neben ihr zwei sehr kleine, reizende Kinder, die sich schüchtern an die Hand der Mutter klammerten. Diese junge Person, -sie schien selbst noch ein Kind-, war sie wirklich die Mutter? Er schaute wieder zu Hans, hob die Stimme. Also wie gesagt… Doch er verstummte abermals. Olgas Antlitz rauschte eindringlich hinein in des Kapitäns Augen, durchstürmte sein Gehirn und fand genau jenen Handlungsspielraum für Heldenmut in ihm, zu dem Hans tags zuvor nicht vordringen konnte. Ein verlegenes Räuspern. Der Kapitän fühlte sich sehr unbehaglich. Er war nicht nur verantwortlich dafür, diese Familie in Wilhelmshaven an Land zu übergeben, er sah sich nun auch verantwortlich für deren sicheren Tod. Ein Dilemma. Wir wollen nur auf die Botschaft. Drangen auf einmal die Worte aus Olgas Mund. Ich bitte

Sie. Nur das. Es waren nicht Worte, es waren Perlen, die Olgas Lippen verließen. Jedes Wort eine dunkle, flehende Note. Eine Familie in Dänemark bürgt für uns. Wir wollen Sie anrufen. Sehen Sie, hier! Der Kapitän nahm das Papier in die Hand, das Olga ihm entgegenstreckte. Aha. Sagte er und las: *Alberte und Christer Andersen.* Olga nickte aufgeregt. Da steht auch eine Telefonnummer. Sie deutete auf den Zettel. Als könnte der Kapitän es nicht selbst sehen. Jaja. Sagte dieser. Gab den Zettel wieder an Olga zurück. Und wer sind diese Leute? Olga sah den Kapitän groß an. Er wusste das nicht? Alberte Andersen ist eine Urenkelin des Hans Christian Andersen. Sie haben eine Villa in Kopenhagen und … Jaja. Machte der Kapitän wieder. Und brummte wieder. Ihm war ganz schummrig zumute. Dieses Mädchen. Dachte er. Sie war nicht wie ihr Mann, der sich anstrengen musste, nicht aus der Haut zu fahren. Ihre Angst und ihr Mut waren direkt. Sie war eine Tigermutter, zurückhaltend, aber aufrecht. Es blieb kein Rest. Während es dem Kapitän schwer fiel, Hans in die Augen zu sehen, fiel es ihm bei Olga schwer, ihr NICHT unentwegt in die Augen zu sehen. Ja. Welch ein Dilemma. Also was schlagen Sie vor? Wandte er sich dann doch wieder an den Ehemann. Hans zuckte. Die Situation war ihm eine Überraschung. Hatte er richtig gehört? Der Kapitän lenkte ein? Hans überlegte. Sie könnten ein paar Ihrer Matrosen mitschicken. Die Botschaft ist direkt am Hafen. Die Matrosen begleiten uns hin und die Matrosen begleiten uns zurück. Der Vorschlag von Hans leuchtete ein. Der Kapitän kratzte sich grübelnd an seinem voluminösen Bart. Und Sie werden nicht stiften gehen? Einfach so? Hans schüttelte vehement den Kopf. Nein. Ehrenwort.

Versprach er. Der Kapitän maß ihn mit seinen Blicken. Aber vielleicht auf der Botschaft bleiben? Setzte er seine Überlegung fort. Nun, das wäre wünschenswert. Antwortete Hans wahrheitsgetreu. Der Kapitän nickte, und mit einem Blick auf Olga wiederholte er die Worte von Hans: Ja, das wäre wünschenswert. Er schaute wieder in Kursrichtung. Und es geht dennoch nicht. Tut mir leid. Der Raum schloss sich mit einem Rums, so schnell wie er sich geöffnet hatte. Er war kein Held. Nein nein. Nun wollte der Kapitän niemandem von beiden mehr in die Augen sehen. Olgas Beine versagten... Sie klammerte sich schwankend an einen Stuhl, der neben ihr stand und blickte verzweifelt zu Hans. Das nun hielt Hans gar nicht aus. Alles wollte er ertragen, aber nicht das, nicht Schuld sein an ihrem Untergang... Ein weiterer, nun gewaltiger Ruck ging durch ihn... straffte seinen Körper, rollte den Hals empor, wollte schon den Mund öffnen,... da drehte sich der Kapitän doch wieder um... Und Sie sagen: eine Nachfahrin DES Hans Christian Andersen? Olga überrumpelt von der neuerlichen Wendung und dazu gehörenden Frage nickte. Es kam wieder Leben in sie. Ja. Bekräftigte sie. Alberte sei ebenfalls Schriftstellerin, ihr Mann Chemiker, sie hätten viel Geld, eine Villa und... Jaja. Machte der Kapitän wieder. Das sagten Sie schon. Er maß die junge Mutter. Und das steht alles auf dem Zettel? Olga bekräftigte mit einem weiteren Nicken die vorgebliche Berühmtheit jener unbekannten Leute. Der Kapitän holte tief Luft. Also gut. Ich lasse Sie in Begleitung meiner Männer zur Botschaft gehen. Sie gehen hin, Sie mögen Glück haben oder Sie kommen wieder. Und ich hoffe, ich werde dies nie bereuen. Aber nun gehen Sie. Er nahm noch einen satten Blick voll von Olgas Erscheinung, dann ging er donnernden Schrittes zur Tür und lotste die Familie aus derselben. Welch ein Morgen.

Stimmt das? Fragte Hans als sie schwingenden Schrittes und stolz wie ein Königspaar zurück zur Kabine gingen. Was? Fragte Olga zurück. Na, das mit Hans Christian Andersen. Die Enkelin? Nein. Antwortete Olga mit einem kecken Gesichtsausdruck, den er bislang gar nicht an ihr kannte. Du solltest einfach mehr lesen. Hans Christian Andersen war niemals verheiratet gewesen. Aber wer weiß. Vielleicht hatte er ja Kinder, von denen er nichts wusste. Sie lachte herzlich. Hans sah sie verblüfft an. Ja. Vielleicht hatte er das. Seine Frau, die… er schüttelte den Kopf. Nun musste er auch lachen. Sie lachten so sehr, dass sich alle Passagiere nach ihnen umdrehten. Lächelnd. Kopfschüttelnd. Je nach Gemüt. Wirklich seltsam mit diesen Juden. Auch als Hans und Olga längst in ihrer Kabine waren, erschütterte sie der frohe Impuls zu lachen weiter und weiter. Sie nahmen sich alle an den Händen und tanzten und sangen und tanzten. Der Tag wurde noch sehr blau. Entspannt ließen sie das Anlegen des Schiffes an Englands Küste an sich vorbei rauschen. Sie waren sich einfach zu sicher, dass von nun alles gut gehen würde. Das Licht… man musste nur das Licht im Dunkeln sehen. Und daran glauben. Olga verwahrte den Zettel von Inga nun sehr sorgsam, hatte jedoch eine weitere Abschrift gemacht und die an Hans gegeben. Nein, genau genommen, hatte sie ganz viele Abschriften gemacht. Die Kabine war voll davon. Überall lagen die Namen. Man wusste nie. Möglich, dass darum das Original nicht mehr mit der gleich großen Kraft in ihrer

Hand ruhen wollte, wenn Olga es an sich nahm und über die Buchstaben strich als streichelte sie ihre Freundin. Inga hatte gesagt, es würde alles gut werden. Daran wollte Olga glauben und endlich war es auch soweit. Der Hafen von Dänemark war erreicht. Die Aufregung von Hans und Olga war unbeschreiblich. Nervös klaubten sie ihre Habseligkeiten zusammen, drängelten die Kinder sich zu beeilen und begaben sich zum Kapitän. Dieser hatte sie schon erwartet. Er war selbst recht nervös, orderte fünf seiner Matrosen und sagte streng zu Hans: Sie haben genau eine Stunde. Eine Stunde. Dachte er bei sich. Eine Stunde, die nicht mehr in seiner Verantwortung liegen würde. Doch nun, da der Heldenraum in ihm nun schon mal ein Spalt breit geöffnet war, wünschte er, es läge sehr wohl in seiner Hand. Während Hans eilig hinfort drängte, drehte sich Olga noch einmal nach dem mürrischen Kapitän um, machte sich von der Hand der Kinder los und schmiss sich ungestüm an dessen Brust. Wir danken Ihnen. Flammte sie ihm empor. Der Kapitän errötete hinter seinem Bart, machte sich rasch und überrumpelt von dem Temperamentsausbruch der jungen Dame los und schob sie hinter ihrem Mann her. Schon gut. Schon gut. Rief er ihnen nach. Gott mit euch.

1938 Dänemark

Sie wurden eskortiert wie Gefangene. Es war lächerlich. Eine zarte Familie und so viel Aufhebens. Aber egal. Alles egal, wenn das Ziel Freiheit war. Steh aufrecht, wenn wir da sind. Mahnte Hans. Sei eine großbürgerliche Dame. Er zupfte an Olgas Kleid. Schob an ihrem Hut. Er hatte die Vorstellung, sie müssten sehr vornehm aussehen, um ernst genommen zu werden und das war sicher nicht ganz verkehrt. Auch er hatte seinen schicken Anzug aus dünnem Stoff angezogen und fror nun. Der Mantel, der zu viel Hafendunkel erlebt hatte, war nicht mehr stattlich. Auch die Kinder waren so schmuck als gingen sie in die Oper. Felix hatte sogar eine Schleife um. Ein Matrose hatte sie ihm geschenkt. Das Herz von Hans klopfte. Es war Olga, die sagte: Komm schon, Hans, wir haben doch die Adresse. Sie selbst blieb ungewohnt ruhig, knüllte als Talisman Ingas Zettel in ihrer Hand. Die Schrift war längst nicht mehr zu lesen. Es war zum Glück nur ein kurzer Fußmarsch hin bis zur deutschen Botschaft. Man ließ sie ein. Man ließ sie vor. Alles ging recht flott. Aber… Der Hauptverantwortliche war heute außer Haus. Seine Vertreter, die gerade auf eine gemütliche Mittagspause gehofft hatten, bekamen nun eine jüdische Familie vor die Nase gesetzt. Das Begehr? Ein Telefonat bitte. Hans erklärte. So deutlich und sachlich wie er es vermochte, nicht ohne den nötigen Nachdruck. Anders als Olga kannte er die Ämter. Ämter waren Ämter, nicht Menschen. Überall. Die Männer, die ihm zuhörten, blickten wie erwartet lustlos von einem zum anderen. Hans, Olga, Eva, Felix. Eine kleine

Familie, herausgeputzt wie sonst was und mit doch staubigen Schuhen und Angst in den Augen. Diese Judensache. Verdammt unangenehm. Wortlos nahm man das Anliegen zur Kenntnis. Telefonierte. Aha, hm hm, ein Auslieferungsbefehl an Deutschland. Wenn dem so ist. Sie schüttelten den Kopf. Die Botschaft ist keine Einwanderungsbehörde. Erklärten sie lakonisch. Sie könne sich nicht über Befehle hinwegsetzten. Könne dies nicht, könne das nicht. Die Worte rauschten an Hans vorbei. Er deutete immer wieder auf das Papier mit der Adresse. Eines der Abschriften. Diese Leute bürgen für uns. Bitte. Es ist doch nur ein Telefonat. Ein Versuch. Wieder schüttelten die Beamten den Kopf. Einer erhob sich langsam, telefonierte erneut. Pause. Dann wieder Kopfschütteln. Seine Miene war eindeutig. Ungeduld kräuselte bereits seine Stirn und besagte: Endstation. Dänemark wollte sie nicht. Das war nun raus. Auch Dänemark nicht. Hans sah ratlos in geschlossene Gesichter. Er hätte doch in England von Bord springen sollen. Warum hatte er nur an die Menschlichkeit geglaubt. An das Glück? Schon wieder. Er musste sich sehr zusammen nehmen, um nicht laut zu werden. Noch einmal flehte er, bat er. Die Matrosen scharrten mit den Füßen, die Beamten blickten weiter kalt durch ihn hindurch. Hatten Hunger. Nun war Hans nicht mehr nur verzweifelt, er war vor allem wütend. Und wütend zog er Olga in einem Ruck mit sich. Komm! Fuhr es stolz aus seiner Brust. Ein letzter Rest Würde bitte. Doch Olga, die die ganze Zeit über keinen Ton gesagt hatte, stumm und starr das Szenario verfolgte, eben noch sicher und bester Laune überzeugt war, dass Inga aus der Ferne alles gefügt hätte, - sie spürte doch den Zettel in ihrer Hand-, verlor mit einem

Schlag den Boden unter den Füßen. Von plötzlicher Übelkeit gepackt und blau im Gesicht, fasste sie sich an ihr Herz und kippte weg wie ein nasser Sack. Plong. Ein leichter Aufprall von einem leichten Körper. Mama! Rief Eva. Felix guckte nur. Olga! Rief Hans. Und zu den Beamten: Sehen Sie, was Sie angerichtet haben?! Das ist in Ihrer Verantwortung! Er rüttelte an Olga. Olga! Doch sie kam nicht zu sich. Sie stirbt! Tun Sie etwas! Hans warf sich zu Boden und horchte an Olgas Brust. Er war sich nicht sicher, ob er da noch etwas hörte. Dann zog er sie an die Wand, öffnete ihre Bluse und setzte ihren Oberkörper aufrecht. Da kam wieder Atem aus dem Munde seiner Frau, sie hustete, hielt sich den Bauch und würgte. Wir brauchen einen Arzt, schnell! Rief Hans noch einmal. Und einen Eimer. Die Beamten waren plötzlich sehr nervös. Einen Krankenwagen holen? Unmöglich. Diese Szene konnten sie sich nicht leisten. Sie konnten diese Jüdin hier aber auch nicht sterben lassen. Einer rannte davon und brachte einen Eimer, in den sich Olga augenblicklich übergab. Sie atmete tief, eiskalte Tropfen perlten von ihrer Stirn, zwischen ihrer Brust. Sie war kreidebleich und zitterte am ganzen Körper. Also gut. Auf einmal stand einer der Beamten neben Hans und schob ihm das Telefon an der langen Schnur unter die Nase. Hier! Rufen Sie in Gottes Namen ihre verdammte Nummer an. Hans sah den Beamten an als sei er vom Himmel gestiegen, sah auf Olga, sah, dass das Bläuliche allmählich aus ihrem Gesicht verschwand und begann nun selbst zitternd die Wählscheibe zu drehen. Er konnte die Nummer bereits auswendig. Bitte bitte, flehte er innerlich. Gehe jemand dran. Eine Stimme meldete sich schroff: Andersen? - Hans erschrak. Guten

Tag! Rief er laut in den Hörer. Hier ist Hans Rottberger, ich... Hej? Hej? Rief es am anderen Ende zurück. Eine Männerstimme. Ein Däne. Hans sprach kein Dänisch. Der Beamte, der Hans das Telefon gereicht hatte und neben ihm stehen geblieben war, nahm ihm den Hörer darum unwirsch aus der Hand. God dag! Rief er ebenfalls recht laut in den Hörer hinein und ließ eine lange dänische Litanei folgen, in denen der Name Rottberger immer mal wieder heraustönte. Der Mann am Hörer, Christer Andersen vermutlich, hatte keine Lust auf dieses Telefonat und er verstand kein Wort. Er war übel gelaunt. So früh des Tags riefen irgendwelche Beamte bei ihm an und störten ihn beim späten Frühstück. Ein Rottberger wollte zu ihm. Was hatte er mit Juden zu tun? Hans rang verzweifelt nach dem Hörer, konnte das Dänisch nicht verstehen, gewahrte jedoch den unglücklichen Gesprächsverlauf und auch, dass der Beamte sich nicht die Mühe gab, alles richtig zu erklären. Inga. Flüsterte Olga schwach. Er muss ihnen doch sagen, dass wir von Inga kommen. Doch bevor Hans dies dem Beamten deutlich machen konnte, hatte der übel gelaunte Däne am anderen Ende auch schon den Hörer auf die Gabel geknallt. Also! Unerhört! Wir sollen irgendwelche Juden aufnehmen. Eine ganze Bagage. Wer sind wir denn? Er schnaubte. Christer! So beruhige dich doch! Seine Gattin hatte aufmerksam, aber ratlos das Telefonat mitverfolgt. Es schien etwas sehr Dringliches zu sein. Und ihr Mann war nicht imstande ihr zu erklären, was es war. Die Botschaft. Sagte Christer nur. Das war die deutsche Botschaft. Alberte war hellhörig geworden. Die Deutsche Botschaft war ja nicht irgendwer. Sie stellte ihre Kaffeetasse aus feinem Porzellan auf dem Tisch ab und musterte die grimmigen Falten ihres Mannes. Was noch? Fragte sie. Irgendwelche Rottbergers. Fuhr Christer fort. Weiß Gott, woher die unsere Nummer haben. Wollen zu uns. Alberte sah ihren Mann nun noch eindringlicher an. In ihr arbeitete etwas. Juden? *Rottberger*. *Rottberger*. Sie wiederholte sich gedehnt. Diesen Namen hatte sie schon einmal irgendwo gehört. Und wieder zu ihrem Mann gewandt: Du rufst jetzt bitte noch einmal an und fragst genau nach. Vielleicht sind es Menschen in Not. Sie erhob sich. Aber Christer wollte nicht. Nein. Entschied er, blieb sitzen und verschränkte seine aristokratischen Arme wie ein Kind. Alter Esel! Brummte Alberte. Doch so leise, dass dieser es nicht hörte. Sie ging zum Fenster und blickte hinaus. Sie würde gleich darauf kommen. Während Alberte, den Blick hinaus über den Park und weiter in die dänische Landschaft schweifen ließ, angestrengt nachdachte, versuchte sich Olga im Büro der Botschaft wieder auf die Beine zu rappeln. Aber sie war noch zu schwach. Es gelang ihr nicht. Ein Arzt wäre wirklich von Nöten. Eine aufgeregte und hilflose Situation entstand. Die Juden konnten nicht gehen. Die Juden konnten aber auch nicht bleiben. Und das Schiff konnte nicht warten. Auch die Matrosen blickten auf die Uhr. Ratlosigkeit und eine Mittagspause, welche die Beamten nicht satt machte.

Im Hause Andersen war die morgendliche Hygge nicht weniger dahin und der Appetit verflogen. Dieser verflixte Name *Rottberger* rumorte weiter im Kopf der vornehmen Dame, die, so hatte Olga doch erzählt, die Urenkelin des Märchenerzählers Hans Christian Andersen sein sollte. Eine Lüge, sicher. Doch was war schon Wahrheit? Was war Wirklichkeit? Alles, was lebt, ist zuvor erdacht worden. Auch sie, Olga. Schwer atmend, und man kann es kaum glauben, war genau das, was Olga in diesem Moment dachte. Worüber sie grübelte. Der Zettel, den sie in ihrer Hand so sehr fest hielt, hatte ihr Hoffnung und Kraft gegeben. Hat sie an die Poesie glauben lassen, daran, dass Dinge wahr werden konnten, wenn man nur fest genug daran glaubte. Sie hatte sich getäuscht. Die äußeren Umstände waren zu mächtig. Zitternd kauerte sie auf dem Boden und verfluchte die Poesie. Nein, eigentlich verfluchte sie gar nichts. Sie nahm nur noch hin. Am Ende ihres Lebens wäre sie ja doch auch nur nichts weiter als ein Gedanke. Eine erzählte Geschichte, die, so sah es aus, bald endete. Eine Geschichte, die Platz ließ zum Ausformulieren, zum Weitererzählen für ein Leben, das sie nun nicht mehr selbst leben konnte. Nur ihren Geist, den konnte keiner nehmen. Sie hatte noch Zeit, sich alles auszudenken, was sie sein mochte. Ja, das hatte sie. Zaghaft versuchte sie ein weiteres Mal sich aufzurichten, doch noch immer waren ihre Beine zu schwach. Und so versank sie wieder halb ohnmächtig in bunten, lachenden Bildern, an denen sie sich wärmte.

Die dänische Dame hingegen blieb weiterhin sehr munter. *Rottberger. Rottberger*. Wer war das? Verflixt. Sie verließ das Fenster, lief umher, ließ ihren Blick die Wände entlang gleiten… Da zündete es auf einmal. Sie sprang auf, eilte hin zu einer großen Schachtel und entnahm einen Hut aus ihr. Es war eine vornehme Hutschachtel. Auf ihr stand der Name der Firma: ROTTBERGER. Und auch im Hut fand sie dieses Schild. DAS wars. Einmal im Jahr ging sie in Berlin einkaufen. Und da war dieser schicke Hutladen, den es neuerdings und sehr zu ihrem Bedauern nicht mehr gab. Wie hieß die Dame doch gleich? Ja: Else! So hieß sie. Else Rottberger! Richtig. Eine elegante Dame. Witwe eines reichen Wiener Schokoladenfabrikanten. Wie oft hatte sie mit ihr geplaudert! Immer war es sehr anregend gewesen. Sollte es da womöglich eine Verbindung geben? Sie war plötzlich sehr aufgeregt. Erleichtert über die Eingebung aus ihrem Gedächtnis eilte sie zum Telefon. Dies wäre ein außergewöhnlicher Zufall. Wie konntest du nur einfach auflegen! Schalt sie ihren Mann. Dieser nuschelte zur Antwort vor sich hin und vergrub sein Gesicht ansonsten in der Tageszeitung. Aufrecht sitzend in erwartungsvoller Haltung rief die Dame die Auskunft an und ließ sich verbinden. So ginge es ja nicht. Else Rottberger. Wenn es am Ende diese Dame wäre. Sie ließ es läuten. Hans kniete derweil neben Olga und nahm sie in den Arm. Sie war nicht ganz anwesend. Er sprach dennoch zu ihr. Wir haben alles versucht. Sagte er leise. Nun weiß ich nicht mehr weiter, Olga. Es tut mir so leid. Er küsste sie auf ihr Haupt, vergrub sein Gesicht in ihren Locken und schämte sich, all das sagen zu müssen, hier auf dem Boden sitzend im Amt der Botschaft, so sehr erniedrigt. Einer der Beamten bückte sich zu Olga und reichte ihr ein Glas Wasser, das sie gierig austrank. Ansonsten wusste auch er nicht weiter. Die Matrosen wippten unruhig mit den Füßen. Die Uhr auf dem Schreibtisch tickte laut. Die Kinder starrten stumm auf ihre Eltern. Einen Moment noch. Bat Hans. Zur Not müsste er sie tragen. Sie wog ja nichts. Da schrillte das Telefon. Einmal. Zweimal. Die Beamten guckten das klingelnde Telefon an als würde es ihnen gleich Dinge befehlen, zu deren Verantwortung sie sich nicht in der Lage fühlten. Es schrillte weiter. Dreimal. Viermal. *Hej…* einer der Beamten nahm es schließlich auf sich und hob den Hörer ab: Er nannte Amt und Titel, nickte, zuckte mit den Schultern, nannte den Namen *Hans. Hans Rottberger*, blickte zu Hans und fragte diesen: Kennen Sie eine Else Rottberger, sie soll ein Hutgeschäft in Berlin gehabt haben? Hans sprang auf! Natürlich. Rief er. Das ist meine Mutter! Nun war er ganz verwirrt. Diese Verwicklungen überstiegen auch seine Kraft. Aber aus dem erleichterten Aufseufzen des Beamten schloss er, dass dies nichts Schlechtes zu bedeuten hatte. Dieser nahm nun einen Zettel, kritzelte etwas darauf, nickte, verabschiedete sich, schmiss den Hörer mit einem vernehmlichen Rums auf die Gabel und wieder zu Hans gewandt, erklärte er in etwas verlegenem Tonfall: Sie werden gleich abgeholt werden. Ein Arzt wird auch kommen. Hans und Olga starrten den Beamten an. Hatten sie wirklich richtig gehört? Sie waren gerettet? Der Kapitän würde ohne sie weiter fahren? Ein unbeschreiblicher Moment. Olga weinte. Auch Hans weinte. Die Matrosen verabschiedeten sich salutierend. Auch sie weinten. Vielleicht. Kann sein. Einer. Die Beamten blickten unsicher auf die kleine Familie, spürten, dass Großes vor sich ging, fühlten sich selbst dabei nicht sehr groß und waren doch auch erleichtert. Olga lehnte ihren Kopf an Hans, zog die ratlosen Kinder an sich, streichelte über deren Köpfe. Dann fiel ihr etwas ein. Der Zettel. Sie hatte ihn ganz fest auf dem Weg zur Botschaft in ihrer Hand gehalten. Nicht einmal losgelassen. Nichtmal im Sturz. Ihre Faust war wie eine Eisenpranke. Nun öffnete sie diese und sah hinein. Hans. Sagte Olga leise. Der Zettel ist nicht mehr da. Sie zeigte Hans die leere Hand. Hans verstand. Er nickte ihr zu. Inga. Sagten beide. Und: Danke.

Eine große Limousine war vorgefahren. Sie kam nur wenige Minuten nach dem Telefonat, das der Beamte mit Alberte Andersen geführt hatte. Aus ihr entstieg ein vornehm gekleideter Arzt in strenger Würde und Körperhaltung, der eilig seinen großen, schwarzen Lederkoffer durch den Raum schob und Olga noch vor Ort untersuchte. Dabei blickte er die Männer von der Botschaft strafend an und diagnostizierte Olga mehr als einen simplen Ohnmachtsanfall. Werte Herren, diese Dame rang soeben mit ihrem Leben. Er führte den Nebensatz, der in der Luft lag, nicht aus, doch betonte jedes Wort mit Nachdruck. Er besah sich das schwache Geschöpf, das noch immer zusammen gesunken auf dem Boden hockte, genau, schüttelte immer wieder den Kopf, sprach deutsch. Verabreichte ein Medikament. Empfahl Bettruhe und ärztliche Aufsicht. Eigentlich war diese Dame zu jung dafür, wusste er. Aber in diesen Zeiten! Viele seiner Patienten waren Juden. Man erzählte sich allerhand aus Deutschland. Tief seufzend erhob er sich. Die Männer von der Botschaft entschuldigten sich. Eindringlich, ehrlich, halfen der Familie all ihre Sachen zur Limousine zu tragen und verabschiedeten sich vorbildlich. Das Auto, nun kein Polizeiauto mehr, sondern ein glänzend schwarzes, sehr nobles Gefährt, fuhr sie an den Rand von Kopenhagen, durchquerte ein eisernes Tor, ließ Wiesen und Bäume hinter sich und hielt vor einem Schloss, ja, vor einem Schloss. Oder Herrenhaus. Eher Herrenhaus. Vielleicht auch nur eine sehr große Villa. Stuck. Türmchen. Erker. Wintergarten. Hans und Olga wussten es kaum zu sagen. Ihre Wahrnehmung war aus den Fugen geraten. Nach einem Leben in Kellern, Kabinen, stinkenden Häfen, Kälte und Dunkelheit würde ihnen so manches als Schloss erscheinen. Ein unwirkliches Märchen. So friedlich und licht. Sie und die Kinder waren stumm vor Verwunderung und Überwältigung und mussten sich wirklich kneifen als sie aus dem Auto stiegen. Olga gestützt von Hans. Die Kinder schüchtern hintenan. Der Arzt wies ihnen zuvorkommend mit einer Geste den Weg und deutete auf eine hohe jugendstilverzierte Tür über einer Treppe mit Spitzbögen. Diese Tür öffnete sich nun und heraus spaziert kam eine munter aufgelegte Dame mittleren Alters, ungewöhnlich hochgewachsen, die Haare im Übergang von blond zu grau, die Nase ein wenig spitz, doch die Augen groß und rund und freundlich lächelnd. Kommen Sie nur herein. Rief die Dame in Deutsch mit dänischem Akzent. Ich bin Alberte Andersen. Falls Ihnen ein griesgrämiger, alter Mann begegnet, das ist mein Mann, erschrecken Sie sich nicht. Sie lachte. Und zu zwei Dienstmädchen gewandt, die erwartungsvoll parat standen: Machen Sie der jungen Dame ein heißes Bad und legen Sie ihr frische Kleidung zurecht. Die Dienerinnen knicksten und eilten hinfort. Den Arzt nannte die frohe Dame *Mikkel*. Godaften Mikkel! Mikkel nickte nur kurz. Er sah sehr ernst aus. In der einen Hand wog er immer noch die Ärztetasche, in der anderen Hand Olgas Koffer. Offenbar aber kannten sie sich gut, denn zur weiteren Verständigung tauschten sie lediglich vielsagende Blicke und mit dem Kopf deutete Alberte dem Arzt die Treppe hinauf. Er schien sich auszukennen. Gehen sie mit Mikkel mit. Er begleitet Sie zu Ihrem Zimmer. Aufmunternd zwinkerte sie Olga zu, doch die stand wie angewurzelt, verschreckt und noch kleiner als sonst in einer sehr großen Empfangsdiele. Er wird Sie zu Ihrem Zimmer begleiten und sich weiter um Sie kümmern. Bekräftigte die feine Dame noch einmal. Sie haben Glück. Er ist der Beste in der Stadt. Und weil Olga sich nicht rührte: Na, kommen Sie schon. Nicht so schüchtern. Reden werden wir später. Doch da Olga sich immer noch nicht bewegte und auch Hans sie nicht ermunterte, selbst starr vor Staunen stand, nahm Alberte beherzt die Hände beider Erwachsenen in die ihren und sagte noch einmal feierlich: Glauben Sie mir, Sie sind in Sicherheit.

Die nächsten Tage waren in Wolken gebettet. Olga verbrachte die Tage liegend und ruhend in duftender Bettwäsche und träumte vor sich hin. Sie war sehr schwach und schlief unendlich viel. Vielleicht das erste Mal seit ihrer Flucht nach Island. Dazwischen nahm sie dampfende Speisen zu sich, die man ihr an das Bett bringen ließ oder trank von dem Tee, den man ihr dazu stellte. Auf diese Weise wuchs sie wie eine zarte Blume unter der Decke hervor. Sie nahm schnell an Gewicht zu und ihre Wangen wurden wieder rosig. Sie genoss, dass sie umsorgt wurde und hinterfragte zunächst nichts. Hans dagegen war ausgesprochen ruhelos und suchte vielerlei Möglichkeiten sich abzulenken. Sie teilten sich mit den Kindern ein Zimmer, das von herrschaftlicher Verspieltheit war und über einen ausladenden Balkon verfügte. Um seiner Frau die ihr verordnete Ruhe vollumfänglich zu gönnen, nahm Hans die Kinder meist mit nach draußen in den großen Park und spielte mit ihnen. Wohl niemals zuvor war er soviel mit ihnen zusammen gewesen. Er lernte Vater zu sein. Es fühlte sich gut an. Sie waren fast so etwas wie eine kleine, glückliche Familie. Und auch Hans kam irgendwann allmählich zur Ruhe. Das gehetzte Tier atmete durch. Tagsüber blickte er verstohlen auf Olgas Konturen. Nachts begannen sich beide wieder stürmisch zu suchen und hatten sich auf einmal einiges zu erzählen. Schwierig nur war der Umgang mit dem Herrn des Hauses. Christer Andersen war in der Tat griesgrämig und machte wenig Hehl daraus, dass ihm die Beherbergung dieser jüdischen Familie, Rottberger hin oder her, nicht gefiel. Doch er wagte nicht, den Unmut seiner Frau heraufzubeschwören. Alberte war der gute Geist, sie steuerte sein Leben rund um seine Tageszeitung herum, sie war der fröhlich wohltuende Singsang in seinen Ohren, sein tägliches Quantum Herzensfrische, aber ihre Strenge, wenn sie als Donnerwetter über ihn kam, das gefiel ihm noch weniger als die ungebetenen Gäste. Also beließ er es zumeist mit halbwegs stillem Grummeln. Ein Gespräch mit Hans suchte er selten. Kontakt wollte er nicht. Kontakt musste man sich verdienen. Alberte war ganz anders. Ausgesprochen kommunikativ hatte sie schnell und Anteil nehmend nicht nur jede Einzelheit der Flucht der kleinen Familie aus Hans herausbekommen und alles über Else Rottberger, die famose Hutmacherin, die nun im unruhigen Palästina weilte, erfahren, sie sah Hans und Olga bereits als künftige Romanhelden aus ihrem Papier erwachsen. Denn zwar war sie keine Nachfahrin des brillanten Hans-Christian Andersen, aber literarische Ambitionen hegte sie durchaus. Ihr stürmisches, zuweilen pathetisches Interesse war Hans manchmal unbehaglich, fast unheimlich, trügerisch, meist jedoch empfand er es als amüsant und wohltuend.

Und so genoss er das eine Mal die verbale Ablenkung, das andere Mal war es ihm zu viel des Guten. Und bald schon quälte ihn die Untätigkeit. Vom Erzählen allein konnte man, ein Mann, Hans, nicht glücklich werden. Was sollte er hier tun? Warten auf das Ende des Krieges? Der noch gar nicht begonnen hatte, aber von den Deutschen mit mächtigem Säbelrasseln auf der Zielgerade emsig, provokativ, und nur für den nicht aufmerksamen Bürger verdeckt, vorbereitet wurde. Wie sollte er sein Leben hier weiterführen, wie entgelten? Und wie viele Jahre? Er fühlte sich in dieser untätigen Rolle nicht wohl, er empfand die Antipathie, ja, die möglicherweise antisemitische Tendenz von Christer Andersen als demütigend und nach einigem Grübeln sprach er sich mit Alberte darüber aus. Ohne Erfolg. Alberte winke einfach ab. Seien Sie geduldig, Hans. Sagte sie. Das wars. So blieb Hans weiterhin untätig und wurde nach einer ersten Phase der Erholung und Freude allmählich übellaunig. Olga hingegen war fast wieder bei Kräften und unternahm schon kleine Spaziergänge im Park. An den Händen ihre folgsamen Kinder, die noch immer damit beschäftigt waren, die sonderbar neue Welt zu entdecken. Beobachtet wurden sie dabei stets von Alberte von ihrem Zimmerfenster aus, die vorsichtig einen Vorhang zurückschob und zufrieden über das wieder gewonnene Glück lächelte. Beobachtet wurde sie allerdings auch von Christer, der von einem anderen Fenster aus, und durchaus nicht lächelnd, genau Obacht gab, dass sein Park bloß keinen Schaden nahm. Diese kleinen Gören. Denen konnte man alles zutrauen. Olga bekam davon nichts mit. Das neue Bunt, der Duft in der Luft, die Wärme auf der Haut, waren für sie die Reinigung von Schmerz. Kaum nahm sie wahr, dass dieser Park eine Mauer hatte und dass diese Mauer, auch wenn sie die Gäste freundlich umschloss, doch eben eine Mauer war. Wichtiger als dies wahrzunehmen, war ihr jeder Schritt, den sie ging, den sie immer sicherer ging. Und wenn es sich begab, dass Alberte sich zu ihr gesellte, war sie besonders froh. Sie mochte diese quirlige, hochgewachsene Dame in ihrem neugierigen Temperament mit zugleich sanfter, fast sonorer Stimme. Doch sie konnte einfach nicht verstehen, dass Alberte nicht die geringste Ahnung hatte, wer diese Inga sein mochte, DIE Inga, die der Familie doch mit Albertes Adresse zur Rettung verholfen hatte. Dazu musste es ein Grund gegeben haben! Irgendeine Art von Verbindung. Wirklich nicht? Nein. Alberte wusste es nicht. Sie sagte wohl: *Inga, Inga*? Trommelte dabei mit der Hand auf die Tischplatte. Doch, nichts. Nein, wirklich nicht. Sie würde sich gewiss sonst erinnern. So blieb ihre Rettung für alle ein Rätsel. Alberte hatte außer ihren momentanen Gästen wenig Gesellschaft und noch weniger Kontakte sonst zu Juden. Sie überlegte, wem die Gesellschaft von Juden geläufig sein könnte. Schüttelte ratlos den Kopf. Kannte keinen. Obwohl, … ja, vielleicht Mikkel, der Arzt, der kam zu vielen Leuten. Der sicher, aber sonst? Nein. Sie zuckte auch hier bedauernd die Schultern. Die Dänen blieben dann doch eher unter sich. Und wenn Hans und Olga Kontakt zu anderen Juden suchen wollten, dann müssten sie die Synagoge der Stadt besuchen. Die gab es freilich. Aber von dort, nein, Alberte könne sich nicht vorstellen, dass jene Inga über diesen Weg von ihnen wusste. Alles hatte sich eben gefügt. Belassen wir es einfach dabei. Sagte Alberte. Die anderen stimmten zu. Und so verrauschte die Erinnerung an Inga still, leise und unbekannt zwischen Olga und Alberte, während sie stundenlang gemeinsam in dem kleinen Pavillon am äußeren Rande des Parks saßen und sich allerlei erzählten. Sie sprachen von Lieblingsgedichten, von Träumen und -, wenn sie sich sicher waren, dass sie keiner hören konnte,- sogar von Männern. Von Bergsteigern und Rennfahrern und Fliegern. Von Potenz und Verhütung. Ja, sogar davon. Es stellte sich heraus, dass Alberte schon manche Männer in ihrer Jugend geküsst hatte. Dass Christer ihr zweiter Ehemann und die Tochter mit einem Rentierfarmer in Norwegen verheiratet war. Fortgelaufen von zu Hause. Wobei "fortgelaufen" nicht das richtige Wort sei. Wie sich Alberte berichtigte. Aber so klang es literarischer, aufregender. Denn sie vermisste nicht nur ihre Tochter, sondern auch einen Mann, mit dem man ebenfalls fortlaufen konnte. Daher genoss sie diesen familiären Zuwachs in ihrem stillen, großen, wenngleich prächtigen Haus nun sehr und lebte ihren mütterlichen und sinnlichen Instinkt voll und ganz aus. Olga lauschte ganz entzückt den wilden Geschichten Albertes. Deren Worte hatten nicht Ingas Weisheit, aber ebenfalls zeugten sie ihr von einem ihr fremden Leben. Sie konnte also etwas lernen. Nur eines fragte sie sich, fragte sie Alberte: War Christer eine Liebesheirat gewesen? Sie konnte es sich einfach nicht vorstellen. Nach all dem Geplauder, dass sich über sie ergoss und von anderen Menschen und Umtrieben sprach. Doch obgleich Alberte auf vieles ungewohnt emanzipiert antwortete und sich in durchaus freimütigen Details erging, auf diese Frage gab sie keine Antwort. Sie überhörte, wich aus. Warum? Ob die Tochter vielleicht weder aus erster, noch aus zweiter Ehe stammte? Kam es Olga eines Tages in den Sinn. Mochte die Ehe mit Christer vielleicht eine Ehrenrettung gewesen sein? Alberte sagte einmal nur dies dazu: Menschen verändern sich, Olga. Liebe verändert sich. Das Leben verändert sich. Da Alberte dazu aber nicht wie sonst zwinkerte, schien dies nicht der Grund zu sein. Und so blieb eine Frage ungelöst in Olgas Kopf hängen. Sie hätte nicht zu sagen gewusst, warum sie sich darüber so viele Gedanken machte, schließlich ging es sie ja nichts an, aber irgendetwas mutete ihr seltsam an, irgendetwas war zu schön, zu glatt… und gerade das nicht Ausgesprochene blieb in Olgas Ohren beredt. Sie erkannte mit einem Mal die kleinen Risse in der Idylle. Sie erkannte das Lachen, das vielleicht manchmal ein wenig zu laut war, und darum einen Schatten von Langeweile im Überdruss warf und sie betrachtete plötzlich das Leben in diesem Haus nicht mehr nur als Balsam. Nun sah sie auch die Mauern. Sie war froh, dass es nicht die ihren waren. Sie war auch froh, dass die schweren Jahre der Flucht ihrem Leben außer Schmerz oder durch den Schmerz auch Tiefe gaben und sie zu Gedanken brachten, die sie vielleicht sonst nie gedacht hätte und gewann allmählich den Eindruck, dass Alberte ebenfalls auf der Flucht war. Innerlich. Dass sie aber im Gegensatz zu Olga oder Inga die Tiefe nicht durchmaß. In manchen Momenten ging ihr dies durch den Kopf und sie bedauerte Alberte um die unglückliche Wahl ihres Ehemanns, der sie ganz offenbar zwar nicht glücklich machte, aber ihr immerhin ein behagliches Heim bot. Meistens jedoch kümmerte sich Olga aber lieber um den aufkommenden Sommer und die Erholung ihrer Kräfte. Schob ihr Grübeln über Alberte wieder beiseite und erging sich dem

Wohlergehen im Hier und Jetzt. An manchen Nachmittagen schrieb sie daher zusammen mit ihr kleine, romantische oder scherzhaft poetische Schriftstücke, die sie abends den nicht sehr aufmerksamen Männern vortrugen. Das störte die Damen aber weiter gar nicht. Sie hatten genug Freude an sich selbst. So fand Olga, da stets freundlich auf Empfang gerichtet, immer wieder glückliche Inseln und menschliche Wärme, ihr Herz aufzuladen und die Zeit wurde ihr nie zu lang. Gut. Sagte sie sich zuweilen. Alberte war nicht Inga. Aber niemand würde je Inga sein. Inga war Erde, Mystik, Wahrheit. Innere Größe. Unendliche Liebe. Eine große Geschichte. Dennoch, das Band zu Alberte war darum nicht gering zu achten, bestand es doch zu gleichen Teilen aus einer gewissen, irrlichternden Sehnsucht. Auch Hans fand fürs Erste eine Beschäftigung. Alberte hatte ihm eines Tages mit einem bedeutsamen Blick hoch zum Fenster und mit einem ermunternden Nicken einen Rechen in die Hand gedrückt. Seither pflegte er den Garten, den der in Ungnade entlassene Gärtner nicht zur Befriedigung Christers gehegt hatte, so gut er konnte und zeigte darin einiges Geschick. Zumeist gebückt über den Beeten, bemerkte Hans nicht, dass auch Alberte fortan immer häufiger den Vorhang verstohlen ein wenig zu Seite schob. Nur gut, dass Hans so konzentriert war und bei der Arbeit ins Träumen versank. Du kannst einfach alles. Sagte Olga einmal bewundernd, als sie an einem sonnigen Tag, die Kinder zu beiden Seiten, in den Garten schlenderte und ihren Mann ebenfalls dabei beobachtete wie er, den Po gegen den Himmel gestreckt, in der Erde wühlte. Es klang auch etwas belustigt. Olga mochte das. Sie mochte die Muskeln, welche ihr Mann in letzter Zeit entwickelte und stieß ein für sie ungewohnt fast laszives Kichern aus. Hans richtete sich auf und nickte. Er wusste nicht, sollte er stolz sein oder betrübt oder über das neuerdings Neckische seiner Frau lachen. Denn die Wirklichkeit war, er war am ehesten betrübt: Radios. Lederwaren. Blumenerde. Er hatte sich einen anderen Lebenslauf vorgestellt als das. Er war Preuße, nicht Gärtner. Und immer hatte er bei jedem Handgriff, den er verrichtete, die Blicke des emeritierten Chemikers, - tatsächlich Chemiker, wie Olga erdichtet hatte -, im Genick, spitze, gefährliche Pfeile. Und diese waren ihm, anders als die Blicke Albertes, wohl bewusst. Doch er jammerte allein für sich. Olga gegenüber gab er sich zufrieden. Und ganz so schlecht war die Arbeit auch gar nicht. Neben frischer Luft und dem neuerlichen Anreichern stattlich stolzer Muskeln, gerieten Hans unerwartet die impressionistischen Gartenbilder Liebermanns vor seine inneren Augen und inspirierten ihn lebhaft bei der Pflege und Gestaltung des Parks, welcher darum in kürzester Zeit zu unverhofft neuem Glanz erstrahlte. Voll der Sorgfalt ließ Hans unerwartete Rabatte und Arrangements erblühen und entzückte nicht nur sich damit, sondern vor allem den Hausherrn, was diesen endlich milder stimmte. Jetzt konnte man abends im Haus auch die Männer immer häufiger gemeinsam sitzen sehen, die Köpfe zusammen gesteckt, Pfeife rauchend und über Politisches debattierend. Wenn die kichernden Damen dann mit ihren feingeistigen Ergüssen kamen und ausladend poetisch wurden, waren die Männer von der Muse viel zu weit entfernt, es störte sie in ihrem Fluß, das Grobe der Welt zu bereden, denn da gab es Reichliches. Es war Sommer 1938 und Adolf Hitler hatte bereits mächtig sein kriegerisches Gefieder aufgeplustert. Immer wieder ließ man ihn machen. USA. England. Solle Hitler doch in den Osten expandieren, solle er doch Österreich einkassieren, die Tschechoslowakei in aussichtslosen Krieg zwingen, so lange man nicht sie selbst involvierte. Das Ausland unterschätzte Hitler, hielt ihm mal die Stange, mal in Zaum, nahm ihn nicht ernst und blieb mit sich selbst beschäftigt, während Hitler fleißig aufrüstete, an Ausbürgerungsgesetzen strickte, froh gelaunt in ersten Schritten bereits gegen "unwertes Leben" vorging und das Reichsministerium dazu veranlasste ein Gesetz zu veröffentlichen, wonach die Schutzhaft künftig in Konzentrationslagern vollzogen werden sollte. Hans erschauerte. Um wie viel mehr noch würden jene in Ungnade Gefallenen künftig Leid ertragen müssen? Wie viel mehr als er selbst erlebt hatte, Leid, das aber schon groß genug war, um ihn noch immer zu verfolgen? Hans schlug wütend mit der Faust auf den Tisch. Deutschland ist in einen wahnhaften Taumel geraten. Rief er. Eine stinkend dampfende Wolke, aufgebläht mit Pathos, Machtgier und bösartigem Rassismus. Tollwütige Redner auf Bühnen, welche die Menschen mit simplen Versprechen zu ködern wussten und an ihren Wunden in den Krieg verführten. Proklamationen sogenannter entarteter Kunst, geschmähte Schriftsteller, vorgeführte ehemalige Größen, die aus dem Land oder in den Tod gescheucht wurden. Olympiawahn, Größenwahn. Und dann diese blonden Unschuldsjungfrauen, die gerne für alles ihr Leben opferten oder noch schlimmer, die theatralischen, überschminkten Diven, die in die Leinwand schmachteten. Die ärgerten Hans auch. Wer lebte denn so? Oder jene Bergfilme, aus denen Testosteron und Männerschweiß in rauen Mengen floss,

Filme, die das deutsche Reich zuckrig mit Superlative umgurrten. Er stöhnte verächtlich. Er und Olga hatten sich "*Der Berg ruft*" mit Luis Trenker angesehen. DER Kinohit jener Tage. Olga wollte unbedingt. Ein einziges Mal hatten sie sich erlaubt auszugehen, von Geld, das sie nicht hatten, und dann war es DER Film gewesen! Ein Film aus ihrer Heimat. Aus Hans unerklärlichen Gründen fand Olga Gefallen an solch pathetischen Dramen. An Helden, die kletterten und mutig waren. Nein, lebensmüde. Die freiwillig mit ihrem Leben spielten. Und die neuerdings sogar die Eiger-Nordwand bezwungen hatten. Welch eine Sensation! Eine Show für Hitler! Hans widerte es an. Wollten sie leiden, dürften sie gerne einmal mit ihm tauschen und sich foltern lassen und flüchten und Beete pflanzen. Dieser Pathos, diese Propaganda. Dieser aufgeblähte Unsinn. Er schnaubte aufgebracht. Aber seine Olga liebte es! Sie war manchmal ein Mädchen. Fürwahr. Er schüttelte den Kopf. Er verstand es wirklich nicht. Doch vielleicht war er auch nur so wütend, weil ihm selbst die Chance zu Heldenmut nicht gegeben war, ihm, dem Flüchtling. Weil ihm die hohe Geburt beim Überleben einfach nichts nutzte. So wenig wie seine feingeistige Bildung. Und der Titel und das Gelingen eines großen Vaters nicht automatisch einen selbst groß machte. Er hatte nichts als sinnlose Träume im Kopf, Träume von beschaulichen Gärten, SEINEN Gärten, in denen er eines Tages mit Olga spazieren gehen würde. Genau. Und nun? Nun fütterte er seine Träume mit fremden Blumenbeeten in einem fremden Park eines reichen, mürrischen Mannes. War so etwas denn die Aufgabe eines Helden? Letzteres sprach er jedoch nur innerlich. Seine Träume hatten sich ordentlich verirrt, empfand

Hans, schlug direkt noch einmal mit der Faust auf den Tisch und versenkte in einem Schwung das Glas Gebrannten, das Christer ihm zu wiederholten Male eingegossen hatte. Anfangs und nach ein paar Schnäpsen schlug auch der knorrige Christer mit auf den Tisch,... doch zunehmend zögerlich, nachdenklich. Hans bemerkte es, hörte die lauen Zwischentöne und roch mehr und mehr dezent wirkendes, schales, nationales Gedankengut. So manches schien Christer an diesem Hitler beachtlich zu finden. So aus der Distanz. So, ja nicht wirklich... aber in der Tendenz. Die Durchschlagskraft, die Unverfrorenheit, die Selbstgewissheit. Man müsse schon zugeben: Es hatte etwas Ansteckendes. ... Er sprach es nie direkt aus, vielleicht war es ihm selbst nicht recht bewusst, aber Hans, sensibilisiert, hörte es doch. Nach einiger Zeit hörte er darum auf, die Politik zu vertiefen, trank sicherheitshalber weniger und sprach lieber über technische Errungenschaften. Über Hubschrauber- und Rennwagenrekorde, - besonders beliebt in jener Zeit -, oder, wenn es sein musste, sogar über die Eiger Nordwand und Hitlers Hunde.

Die Risse, sie machten sich also beiden bemerkbar, dennoch verstrichen die Tage wie im Flug und standen weiterhin im Zeichen der Erholung. Hans und Olga wussten, dieses Leben hier war weder das ihre noch das richtige, aber es war ihnen immerhin eine Atempause. Eine Spielwiese an der Oberflächlichkeit in einer Villa, in denen sie als freiwillige Gefangene sich dem schönen Schein hingaben und den Bewohnern wie niedliche Haustiere die Zeit vertrieben. Sie wussten es, sie erkannten es, und darum war es in Ordnung. Manchmal wunderten sie sich, wie unwirklich und weit weg ihnen das Nazideutschland wurde, von gelegentlichen Aufwallungen seitens Hans einmal abgesehen. Manchmal vermisste Olga zwar ihre Spaziergänge in den kühlen, weiten Ebenen, vermisste ihren Feenhügel und vor allen Dingen Inga, aber immer mehr wurde Island beiden zum fernen Traum. Die Zeit war ihnen trotz vieler auch schöner Momente so schmerzhaft geblieben, dass sie alles, was sie damit verbanden, möglichst aus ihren Gedanken zu verbannen suchten. Selbst Inga verblasste an manchen Tagen bis zur Unkenntlichkeit und manchmal hatte Olga den vagen Gedanken, dass Inga dies beabsichtigt hatte, dass es sie in Wirklichkeit gar nicht gab. Denn warum antwortete sie auf keinen von Olgas Briefen? Ihre Inga? Olga glaubte nicht, dass Inga in Gefahr, krank oder gar tot sei. Sie glaubte an das Märchenhafte von Inga. Sie glaubte, Inga hatte immer nur eine Absicht: Gutes in Olga zu hinterlassen. Zumindest war diese Variante tröstlicher und so schwamm Inga aus der anfänglichen Traurigkeit und dem Vermissen nach und nach hinfort. Ließ Platz für den Balsam des Luftholens. Olga sah nun deutlicher ihr weiches Bett, reichlich Essen, Gemüse und Obst, eine Badewanne, neue Kleider, einen herrlich von ihrem Mann gepflegten Park, nächtliche Zärtlichkeiten und Diener, die ihnen ihre Wünsche erfüllten. All dies wollte ausgekostet werden, so lange, bis nicht nur die Sehnsucht nach Inga vollends nicht mehr schmerzte, sondern so lange, bis der Schmerz insgesamt nachließ und Kraft für neue Taten, - und Fluchten? -, bereit sein würden. Auch Hans wusste freilich und im Grunde ihre Rettung und Herberge trotz allem außerordentlich zu schätzen und versuchte seinen sich vermehrenden Unmut darum so lang es ging zu zügeln. Aber es fiel im schwerer als Olga, denn es gefiel ihm weiterhin nicht, in dieser Abhängigkeit zu stehen und es gefiel ihm immer weniger der Ton, in dem Christer sprach. Christer erschien ihm in seiner Gesinnung wenig von dänischem Gleichmut und Loyalität und konnte die lebensfrohe, aufgeschlossene Alberte einfach nicht mit diesem alten Griesgram zusammenbringen, dessen Geist mehr Habitus als Tiefe hatte und, so fand Hans, sich immer wieder in die Enge eines Reagenzglases presste. Vielleicht war es ja mit Wissenschaftlern so, überlegte er. Diese Engstirnigkeit. Dieses Fixieren auf Sichtbarkeit und Leistung. Doch wohnend in einem solchen Haus, in einem sicheren Land, wie sollte man auch die Schreie in Hitlers Gefängnissen kennen? Die Unruhen auf den Straßen. Die Morde durch die Gefolgsmänner? Wie sollte man es wissen, wenn der Humanismus, den man pflegte, nur dem guten Leben im eigenen Umfeld galt? Wie? Kriegerische Schlachten aus der Ferne oder rückblickend betrachtet, haben noch nie geschmerzt. Im Gegenteil: Ihnen hängte ein Muff von Mythos, Glanz und Ehre an. Das Eiserne Kreuz. Orden. Wunden der Helden. Kompletter Unsinn. Gut, Olga mochte Helden. Wir wissen es ja. Aber solche Helden mochte auch sie nicht. Sie kam jedoch mit Christer weitaus weniger in Kontakt als Hans und wenn doch, umging sie die Launen des alten Kauzes geschickt. Sie war eine Frau. Von Alberte hatte sie außerdem gelernt diese Karte auszuspielen. Auch dies sah Hans mit wachsendem Unbehagen. Er sah zu, wie Alberte aus der naiven Olga eine raffinierte, moderne, junge Dame zu machen beabsichtige. Nicht aus Überzeugung. Da war er sich sicher. Warum jedoch sonst, das erkannte er nicht. Aus Langeweile? Schließlich hielt er es rein gar nicht mehr aus. Das alte Ungetüm in ihm erwachte. Die windigen Hafengassen Islands. Hans hatte sich dort als Überlebenskünstler hervorgetan und hier ließ er sich einzuckern. Mannomann. Mit Entsetzen gewahrte er, dass er Kopenhagen bislang nicht im Geringsten kannte. Weder die Stadt, noch die Menschen, noch die politischen, sozialen Strukturen und Ämter. Und auf einmal war er verschwunden. Heimlich. Immer mal wieder. Wo ist Hans? Fragten oft Alberte oder Olga einmütig. Schulterzucken. Und Überraschung. So plötzlich wie Hans verschwunden war, tauchte er auch wieder auf. Immer hatte er einleuchtende Erklärungen. Den Park vernachlässigte er dabei nicht im geringsten, diente er ihm doch gerade als Alibi, er beeilte sich einfach nur ein wenig mehr bei der Arbeit, um dann unbemerkt rasch ein wenig durch Kopenhagens Straßen zu streifen und den Hafen zu inspizieren, die Wohnviertel zu erkunden, die Mentalität zu verstehen. Aber Dänemark war nicht Island. Er suchte Bedrohung und fand sie nicht. Was er fand: Ordnung und mäßigen, aber freundlich genügsamen Wohlstand. Freude an der Gemütlichkeit, *Hygge*, wie es die Dänen nannten. Sie machten es sich gerne hübsch. Schritt für Schritt tastete Hans sich vor. Aber immer empfand er nur das Eine: Es war zwar nett, aber es gab sie und es gab ihn. Das Gefühl von Feindseligkeit und Isolation in ihm blieb bestehen.

Auch Olgas Frohsinn ermattete. Es bekümmerte sie überdies, dass sie nicht nur keine Nachricht von Inga erhielt, auch keine Nachricht über das Wohlergehen ihrer Mutter oder den Verbleib des Bruders. Ungewissheit ist schwer zu ertragen. Ihr ging es so gut in diesem Luxus. Aber was hatte sie zurück gelassen? Die Gedichte machten Olga auf einmal keinen Spaß mehr. Der Park wurde ihr immer kleiner. Die Mauern höher. Die Kinder begannen immer häufiger zu quengeln und die Dienstmädchen hatten immer seltener Lust sich mit diesen zu beschäftigen. Zudem begann ein sehr spezifisches Unwohlsein sich in Olga breit zu machen, eines, das sich anders als sonst anfühlte, ihr aber doch sehr bekannt vorkam. Wenig erfreut betastete sie ihren Bauch, zählte die Tage, wollte es nicht wahrhaben. Verdrängte es. Stattdessen beobachtete sie neugierig, doch auch etwas mit Abscheu, wie Alberte in eine Spätsommerunruhe verfiel. Ihre Kleidung wurde luftiger, ihr Gesicht bunter. Ihre sinnliche Unruhe wusste kaum wohin mit sich. Eines morgens überraschte sie Olga mit einem Geschenk in ihren Händen, eingeschlagen in rotes Seidenpapier, das sie nun erfreut für Olga schon mal auswickelte. Sie hatte ihr ein recht freizügiges Sommerkleid gekauft, türkis, eng nach unten schwingend, ohne Ärmel und mit schwarzer Spitze. Sie verlangte es sofort auszupacken und an Olga zu sehen. Olga war jedoch gerade dabei Felix aus einem Buch vorzulesen. Sie wollte ungern unterbrechen. Der kleine Felix war ein wenig krank und fiebrig. Überhaupt zur Zeit sehr anhänglich, ungewohnt ängstlich gar. Er blieb nicht gern allein. Auch nicht mit seiner Schwester Eva, die es ihrerseits liebte bei der Köchin in der Küche zu sitzen und dieser dabei zuzusehen wie sie in großen Töpfen rührte. So wie jetzt. In den letzten Tagen fragte Felix wieder sehr oft nach der Großmutter und verlangte zu wissen, wann sie zurückfahren würden. Nach Island.

Die Heimat. Er hatte schnell gelernt zu sprechen. Deutsch und Dänisch. Er war zart und hübsch und seine Locken verrieten, dass er einmal so schön werden würde wie seine Mutter. Gar nicht, mein Liebes. Trällerte Alberte. Deine Mama wohnt jetzt hier. Bei mir. Felix sah Olga mit großen Augen an. Stimmt das, Mama? Sehen wir Inga auch nie wieder? Olga nahm Felix in den Arm und sagte: Ich weiß es nicht. Bestimmt irgendwann. Alberte schnaufte. Inga Inga Inga. Resolut hielt sie Olga das Kleid erneut vor die Nase. Nun mach schon, Kind. Forderte sie. Olga jedoch, ungewohnt trotzig, antwortete: Bitte warte kurz, ich habe Felix versprochen… Aber Alberte ließ sie nicht ausreden. Mein Gott, immer die Kinder! Theatralisch verdrehte sie die Augen, Augen, aus denen jedes niedliche Gedicht der Abendstunden gewichen waren. Und zu Felix: Du kannst die Mama sicher einen Moment entbehren, nicht wahr? Felix nickte gebannt in das nun sehr gebieterische Gesicht Albertes, hatte keine Ahnung, was "entbehren" hieß, vielleicht etwas mit *Bären* und hielt Olgas Hand fest umgriffen. Siehst du, Olga, er hat Geduld. Olga erhob sich widerwillig und sagte in etwas scharfem Ton: Also gut. Dann nahm sie das Kleid in ihre Hände und zog es über. Es war wirklich ein hübsches Kleid, das musste sie zugeben, doch auch etwas anrüchig und sie wünschte, sie hätte von dem Geld, das dieses Kleid gekostet haben musste, etwas zum Spielen für die Kinder kaufen können. Bestens! Urteilte dagegen Alberte und inspizierte Olga, die sich darin scheu vor ihr hin und her drehen musste, von oben bis unten aufs Genaueste. Sagte dann etwas spitz: Mädchen... Du bist so ein hübsches Ding. Ja, das bist du. Aber… Alberte suchte nach dem richtigen Wort… Ein wenig farblos.

Olga erschrak. Denn die neuerlichen Farben in Albertes Gesicht irritieren sie mehr als dass sie ihr gefielen. Sie verdeckten auf merkwürdige Art Albertes Frohsinn und Naturell. Oder aber… Überlegte Olga… sie ließen einfach nur die Farben jenes anderen Gesichts von Alberte, die sich bereits in ihrem Lachen, dem seltsamen Oberton, angedeutet hatten, nur stärker hervortreten. Auch das wäre möglich. Olga war sich nicht sicher. Alberte dagegen war sich ihrer Sache sehr gewiss und zog Olga ohne Widerrede in ihr Schlafzimmer, ließ den kleinen Felix einfach allein, platzierte Olga wie eine junge Gespielin vor ihren Schminkspiegel und strich ihr kurzerhand jede Menge Paste und Puder über Wangen und Gesicht, bemalte die Augenlider, zog und färbte an Wimpern und Augenbrauen, bemalte die Lippen und als sie fertig war, frohlockte sie gleich einem Kind, das in Eifer oder Langeweile oder beidem, soeben ihrer Schminkpuppe jeden erdenklichen Teint verpasst hatte. Sie war zufrieden mit ihrer Arbeit und besah sich Olga erneut von allen Seiten. Dabei verzog sie den Mund in eine zusammengekniffene, nachdenkliche Pose, was Olga an ein Fischmaul erinnerte. Olga wunderte sich, dass sie das zuvor noch gar nicht an Alberte bemerkt hatte. Dieser Fischmaul verkündete nun: Du musst dich mehr gerade halten, Schultern nach hinten, unten, Brust raus, Kinn in die Höhe. Ein wenig mehr Körperspannung, Liebes. Ja genau, so. Sie dirigierte Olga und Olga gehorchte. Wieder fielen Olga die Mauern im Park ein. Dahinter war irgendwo das Meer. Man konnte es sogar riechen. Dann kam Alberte zum Wesentlichen: Deine Augenbrauen sind ein wenig zu buschig, Kleines. Sie deutete auf Olgas Brauen. Kind. Kleines. Mädchen.

Liebes. Die Sprechrichtung war deutlich. Damen tragen dünn gezogene Augenbrauen. Fuhr Alberte behände fort. Verstehst du, die Eleganz. Die Nuance im Antlitz. Das Gleiche mit deinem Haar. Nun deutete Alberte auf Olgas wunderbar üppigen Haarschopf und zeichnete einen schwungvollen Bogen mit ihren Händen. Du hast so starke Locken, weißt du, der Kontrast ist wichtig. Setz Akzente! Daraufhin machte Alberte wieder ein nachdenkliches Fischmaul, hielt Olga das Haar aus ihrer Stirn und fuhr fort: Ich habe die Brauen an den Seiten etwas nach hinten verlängert. Siehst du? So. Genau wie den Lidschatten und den Lippenstift. Das macht dein Gesicht graziler. Alberte bückte sich, korrigierte noch ein wenig hier und da, trat wieder zurück, nickte und sagte: Ja, jetzt ist es perfekt. Nun guck dich mal an! Verlegen blickte Olga erneut in den Spiegel und verstand nicht, warum Alberte so subtil aggressiv gegen sie agierte. Sie erkannte ihre Freundin kaum wieder. Erkannte auch sich nicht wieder als sie sich betrachtete. Es war zu viel des Guten. Zu grell. Zu künstlich. Aber die hellrosa gefärbten Lippen und der perfekt akzentuierte Lidschatten, das gefiel ihr, war verführerisch, musste sie zugeben. Ein wenig wie die Filmdiven in den Zeitschriften, die sie heimlich studierte. Nur dass diese zumeist blond waren. Sie fasste an ihre Wangen. Drehte den Kopf in die eine, dann in die andere Richtung. Das Kindliche in ihrem Gesicht hatte neue Nuancen erhalten. Wurde lockender. Diese Verwandlung erregte Olga sogar ein wenig. Aber vor allen Dingen blieb es ihr fremd. Alberte jedoch war überzeugt: Hans würde Augen machen und… mehr... Sie hielt kurz inne und verkündete in herausforderndem Ton: … Männer brauchen eine Frau, Olga. Das musst du noch lernen. Sie genoß Olgas Unsicherheit jede Sekunde. Sie genoss Olgas Verwirrung und Hilflosigkeit, blickte als Göttin auf sie, eine siegreiche Göttin, die einen unvollkommenen, aber verbesserten Menschen erschaffen hatte, blickte durch sie hindurch in ein loderndes Inneres ihres hilflosen Selbst und dann plötzlich erschrocken auf die Uhr, die auf dem Schminkspiegel stand. Ach herrje. Schon so spät? Ein fieberhafter Ruck ging durch sie. Ein Termin. Alberte hatte einen Termin. Wo, das sagte sie nicht. Alberte hatte nie einen Termin. Sie eilte, nein, rauschte theatralisch davon und ließ Olga einfach und wortlos in ihrem Zimmer stehen.

Olga blieb klopfenden Herzens zurück. Sie brauchte noch einen Moment, um den Ort und die Situation zu verstehen. Ein Sturm war über sie gekommen. Sie schüttelte den Kopf, blickte sich ein wenig um, gewahrte den Veilchenduft, jede Menge Glitter, wunderte sich nun, warum sie im ganzen Haus kein Foto der doch so geliebten Tochter fand, auch nicht hier, zuckte schließlich mit den Schultern, wog sich vor dem Spiegel noch einmal erstaunt nach allen Seiten, hielt sich wieder die Brust und seufzte: Oh Inga! Dann nahm sie ein Tuch und wischte sich den Großteil der Schminke ab. Erst wollte sie den braun-grünen Lidschatten stehen lassen, denn er betonte ihre ohnehin riesigen Augen wie eine flammende Erdmutter, bedachte sich aber noch einmal, und entfernte auch diesen. Nur von den geschminkten Lippen konnte sie sich nicht trennen. Sie machte einen Kussmund in den Spiegel. Ja, diese Farbe auf ihren Lippen gefiel ihr.

Geschwind schnappte sie sich den Lippenstift von der Schminkkommode und versteckte die Beute in ihrer Hand. Noch nie hatte Olga auch nur das kleinste Etwas irgendwann irgendwem irgendwo entwendet, doch Alberte zu bestehlen war ihr in diesem Moment eine Genugtuung für die Demütigung, die sie soeben zu spüren bekommen hatte. Aber nun, im Gefühl eine Diebin zu sein, verließ sie schnell und auf leisen Sohlen fluchtartig den Raum, immer noch gewandet in dieses neckische Sommerkleid. Obwohl sie sachte vorging, schloss sich die Tür hinter sich mit einem unerwartet donnernden Rums. Sie erschrak. Durchzug bedeutete, eine andere Tür musste sich gerade geöffnet haben. Sie blickte sich kurz um, dann durchquerte sie rennend den Flur und lief, wie konnte es anders sein, direkt in die Arme von Christer, der sie, - hoho… junge Dame! -, erstaunt anblinzelte und gerne festgehalten hätte. Das kurze, erregte Aufflackern in seinen Augen hatte sie bemerkt, darum hastete sie entsetzt wortlos weiter und schloss hastig hinter sich die Tür, drehte sogar den Schlüssel um, lauschte nach draußen. Lauschte auf Schritte. Fortan wollte sie nur noch eines: Fort. Dieses Ereignis hatte sie so sehr mitgenommen, dass sie sich auf ihr Bett schmiss und heftig weinte. Der Verlust ihrer Heimat, der Verlust ihrer Mutter, der Verlust ihres Bruders. Auf einmal brach durch, was bislang vergebens wartete. Der kleine Felix, der geduldig auf sie gewartet hatte, strich verwirrt, doch tröstend über das Haar seiner Mutter. Er würde vielleicht bald schon ein sehr großer Junge sein müssen.

Indessen befand Hans sich in Nyhavn, dem neuen Hafen von Kopenhagen. Der Tag war sonnig und warm und tauchte alles in goldene Heiterkeit. Hans war inzwischen schon oft hier gewesen, doch heute hatte er sich weniger für das Leben am Hafen, den Handel und die Schiffe interessiert als vielmehr in die Idylle der Uferpromenade versenkt. Die besondere Atmosphäre mit den farbenfrohen Giebelhäusern zur einen und dem schwappenden Meer zur anderen Seite lösten in Hans ein Gefühl von plötzlicher Befreiung aus. Er wusste, Hans Christian Andersen hatte in mehreren dieser Häuser zu unterschiedlichen Zeiten gewohnt. Immer wieder war er zurückkehrt und hatte seine Prominenz den bunten Bauten wie ein Parfum verliehen, die noch heute die Bevölkerung Kopenhagens stolz machte. Jedes Mal auch warf Hans mit Vergnügen einen Blick auf *die kleine Meerjungfrau,* eine 125 cm große Bronzestatue und Wahrzeichen der Stadt, die auf einem Stein am Kopenhagener Hafen saß und an die Märchen von Andersen erinnern sollte. Wie wunderbar musste es sein, dachte er jedesmal, während er die zierliche Figur betrachtete, wenn eine ganze Stadt so stolz auf ihren Bürger ist, auf den EINEN Bürger. Vor allen Dingen, wenn man selbst dieser eine war, man geehrt und unvergessen sein würde. Und das ganz ohne ein Abzeichen, ohne General oder Major, ohne Abenteurer oder Kraftprotz zu sein. Einfach weil man ein Geschichtenerzähler war, einer, dem das Leben auf der Seele brannte. Gewöhnlich war es ja Olga, die sich um die Welt der Literatur vertraut machte und davon beseelt war, aber dies rührte auch Hans an. Welch unglückselige Namensvetternschaft, überlegte er aber heute, als er die kleine Meerjungfrau betrachtete, und gedachte nun stattdessen Alberte und Christer Andersen. Alberte, die ihm immer offensiver nachstellte und ihn in zweideutige Situationen brachte. Unter dem Tisch neulich ihren Fuß an dem seinen rieb. Oder hatte er sich das eingebildet? Christer, der zwar gescheit war, sich mächtig etwas auf sein Wissen einbildete, doch fern jeder Sensitivität blieb. Für Mensch und Leben. Er hatte den Namen Andersen nicht verdient. Hans schalt sich zugleich für seine Gedanken. Er war den beiden ja dankbar. Er war dem Schicksal dankbar. Aber er empfand immer deutlicher, dass sie inzwischen nicht mehr nur Gerettete waren. Diese Erkenntnis, die nun nicht nur im Kopf, sondern auch im Herzen erfolgte, verbitterte ihn nicht, sie öffnete lediglich eine Tür zu seiner Kraft. Es war ein guter Tag. Ein heller Tag. Er versöhnte sich mit dem Ort, an dem er sich befand, ein neuerlicher Ort, mit dem er sich arrangieren musste und nun auch wollte. Optimismus überkam ihn und Lust zum Handeln. Hatte er sich hier die Male zuvor noch als Getriebener mit dem Blick eines Schurken und Profiteurs umgesehen, - er musste lachen bei dieser eigenen Betitelung -, konnte er jetzt loslassen und einfach nur sein und sehen. Das Dunkle wollte allmählich von ihm wieder abfallen. Man kann sagen, heute, in diesem Augenblick, setzte er den eigentlich ersten Fuß auf dänischen Boden, bewusst und mit neuem Gefühl für sein Menschsein. Noch etwas brüchig, aber in guter Absicht. Vor drei Jahren war er, am Boden zerstört und zerknirscht vor Angst, in ein rettendes Schiff von Deutschland nach Island gestiegen. Es war ähnlich gewesen. Nur damals wusste er nicht, was ihn erwarten würde. Hier in Dänemark hatte er bereits in einem neuen Leben angelegt. Froh atmete er tief die Brise des Meeres ein. Es war schwer zu sagen, was genau gerade in Deutschland passierte, brandgefährlich war es in jedem Fall. Aber er war hier. In Sicherheit. Ja, das war er. Ein gutes Gefühl. An diesem Tag kehrte er nicht so rasch wieder nach Hause zurück wie sonst. Er wusste, Leben konnte nur weiter gehen, wenn man vergab und sich bemühte das Licht im Schatten zu sehen. Selbst Licht zu sein. Egal, was passierte. Und: Er hatte einen Entschluss gefasst.

Mit einem lauten Knall fiel sie zu Boden. Die Schüssel. Sie zerbarst in tausend Stücke und ergoss ihren Inhalt über die grauen Fliesen der Küche. Das Abendessen. Ein entsetzter Schrei Evas barst hinterher. Gefolgt von einem noch lauteren Schrei und einer Ohrfeige. Die Köchin. Eine füllige Matrone mit rosa Wangen hatte ihre fleischigen Hände ausgefahren und Eva eine so gehörige Ohrfeige verpasst, dass diese, wie zuvor die Schüssel, nun ebenfalls zu Boden taumelte und weinend in einem Brei aus Möhren, Kartoffeln und gekochtem Kaninchen lag. Sie war ein wenig ausgerutscht als sie eifrig den großen Topf auf den Tisch tragen wollte. Noch bevor sie die Erlaubnis dazu erhielt nach der Schüssel zu greifen. Sie wollte nur artig sein, nur helfen. Es duftete ja so gut. Auf dem Boden hatte ihre Puppe gelegen. Ihre Puppe Inga, mit der sie eben noch über den Boden rutschend gespielt hatte. Ja, sie nannte ihre Puppe Inga. Und sie hatte sie dort liegen gelassen. Die Köchin hatte Eva schon ermahnt, sie aufzuheben. Aber Eva hatte nicht gehört. Nun war sie gestolpert, nur ein wenig, aber genug, um die schwere Schüssel aus der Hand zu verlieren, und nun lagen sie beide im Matsch. Sie und die Puppe. Zwei Stunden! Rief Martha, die dicke Köchin. Zwei Stunden Arbeit!

Und jetzt? Die sonst recht gutmütige, aber etwas einfältige Köchin, zog Eva an den Haaren in die Höhe und von dort schnurstracks in die gute Stube. Das würde Ärger geben. Diese Göre. Eva kreischte und weinte. Noch nie hatte ihr jemand weh getan. Eng presste Eva die kleine Puppe an sich und stolperte hinter Martha her. In der guten Stube war keiner. Martha machte kehrt und zog Eva weiter. Sie stapfte wütend durch die Räume und zerrte gehörig an dem kleinen Mädchen. Bei Madame war auch niemand. Im Nähzimmer. Keiner. Stimmt ja, Madame war aus. Aber im Salon war jemand. Der Herr saß dort. Zum Zeichen der Hierarchie und Schuldigkeit empfing Eva vor dem Herrn des Hauses noch einen Hieb. Das Mädchen schrie erneut auf. Christer saß in einem Ohrensessel und tat, was er immer tat. Lesen. Er zeigte sich wenig erfreut über den unappetitlichen Anblick der schwitzenden Köchin und dem Kind, das mit dem Brei an den Schuhen den Teppich ruinierte. Er blinzelte durch seine kleine Brille und sagte nur: Nun? Was ein sehr kleines *Nun* angesichts des mächtigen Auftritts war. Martha stieß als Antwort Eva ein Stück weit zu ihm hin, hielt sie aber weiter an den Haaren, und rief: Dieses Gör hat Ihr Abendessen ruiniert! So? Erwiderte Christer ruhig. Hat es das? Die Köchin nickte heftig. Sie hat es fallen lassen. Es liegt jetzt auf dem Küchenfußboden. Christer, der Aufruhr jeglicher Art hasste und auch den süßlichen Geruch von Marthas Schweiß nicht gut ertrug, stand auf, machte jedoch einen Schritt hinter den Sessel. Ein übles Gör! Wiederholte die Köchin noch einmal. Und stemmte die Arme in ihre fleischigen Leisten. Christer blickte etwas teilnahmslos von einer auf die andere. Da fiel ihm ein: Wo war eigentlich seine Frau? Sie regelte doch sonst stets zuverlässig solch Ungemach. Wo ist meine Frau? Fragte er darum stattdessen. Ihre Frau? Die Köchin schaute verdutzt, war aus dem Konzept ihrer Wut gebracht und zuckte mit den Schultern. Sie ist schon seit der Mittagsstunde fort. Wie fort? Was heißt fort? Fort. Wiederholte Martha. Nun etwas schnippisch. Wohin fort? Martha zuckte erneut mit den Schultern: Ich bin die Köchin, nicht die Dienstmagd. Wieder zog sie hart mit der einen Hand an Evas Haarschopf, in der anderen Hand hielt sie einen Kochlöffel. Und jetzt? Fragte sie. Was und jetzt? Christer blickte erneut auf die beiden, empfand Übelkeit beim Anblick der Köchin. Er hatte noch nie von ihr Notiz genommen und wunderte sich nun, dass eine solche Person täglich für sein Wohl sorgte. Er weigerte sich, in dieser Situation tätig zu sein. Das war Frauensache. Wer hatte überhaupt die Einstellung einer solchen Person veranlasst? Er trat noch einen Schritt zur Seite. Hilflos. Er hatte ja geahnt, dass diese jüdischen Kinder ihm eines Tages Ärger machen würden, aber das hier ging zu weit. Lassen Sie um Himmels Willen endlich dieses arme Mädchen los. Sie sind ja nicht recht gescheit. Die Köchin lockerte ungern ihren harten Griff um die Haare des Mädchens und funkelte diese weiterhin böse an. Das Mädchen duckte sich in eine Ecke und Christer kam hinter dem Sessel hervor. Sie können gehen. Sagte er, ohne die Köchin anzublicken. Und da diese zögerte, setzte er hinzu: Raus mit Ihnen! Sie sind gekündigt. Der Köchin verschlug es die Sprache. Die Göre schmeißt mein Abendessen auf den Boden und ich trage die Schuld dafür? Ihre Tonhöhe war nun sehr schrill. Was das alles nur verschlimmerte. Christer hätte gerne gesagt: Nein, aber Sie stinken. Doch das verkniff er sich. Er sah stattdessen auf das Mädchen, das zitternd vor Angst auf Christer starrte. Ihr Kleid über und über verdreckt. Vom Haar der Puppe tropfte gerade Bratensoße. Christer sah den Tropfen in Zeitlupe fallen, sah wie er auf der Schuhspitze des Mädchens aufplöppte. Dann platzte ihm der Kragen. Er schrie:

Wo ist meine Frau?

Es war ein Knall im Universum. Ein Knall, in dem Inga sich aus dem Vergessen löste, die kleine Eva panisch aus dem Zimmer rannte, Christer seine Zeitung ins Kaminfeuer schleuderte und wütend ins Schlafzimmer seiner Frau stapfte als könnte er sie dort aus dem Nichts hervorzaubern, sie nicht fand und darum nach den Dienstmädchen schrie. Wo die Haustüre sich mit einem Schwung öffnete und Hans mit dem Elan der Welt hereintrat, dabei von einer flüchtenden, fluchenden Köchin umgerannt wurde und im Stolpern seinen Hut verlor, Olga noch immer schluchzend in einem Weinkrampf lag, der kleine Felix zur Tür sprang, diese mit viel Mühe seiner Kinderhände aufschloss, um die kreischende Eva hereinzulassen, Kaninchenkeulen auf kaltem Boden schmierig abkühlten und Alberte, man weiß nicht wo, deutlich und laut orgastisch aufseufzte und im Oberton jubelnd ihr Gesicht verlor oder es erst bekam. Es war wie es sein sollte. Und kommen musste. Alles hatte seine Zeit.

Hans wusste nicht, dass er der Korken war im Dampfkochtopf eines längst fragilen Gebildes. Im Moment seiner Entscheidung aus dem System zu treten, hatte sich der Rest der gärenden Energie gelöst und wurde zu einem Kartenhaus, das aus gefälligen Zigarren, Buchstaben aus aller Welt, übermalten Augen und knicksenden Dienstmädchen zusammengehalten war und nun scheppernd in sich zusammenfiel.

Doch auch, wenn Dinge vorbei und erkannt sind, wächst im nächsten Moment nicht unbedingt die Blume der Zukunft. Auch für die Familie Rottberger nicht. Alles war auf Anfang. Mikkel, der von einem aufgeregten Dienstmädchen augenblicklich herbeizitiert wurde, - aufgeregt, da von Hans in Panik angeherrscht -, fuhr schnell in seinem großen, schwarz lackierten Auto vor, saß nun bei Olga auf der Bettkante und hielt ihre weiße, weiche Hand, die schwach in der seinen ruhte. Olgas Augen waren rot vom Weinen und geschwollen. Reste von Lippenstift auf Laken und Gesicht, - das moderne Rosa -, zeugten von Geschehenem. Die Aufregung war groß gewesen als Hans sie in einem hysterischen Anfall mit heißem Kopf und am ganzen Körper zitternd auf dem Bett liegend vorfand, die Kinder ebenfalls wimmernd und verstört zu ihrer Seite. Mikkel, der Olga gerade gründlich untersucht hatte, betrachtete ihr Antlitz nun liebevoll und nickte ihr freundlich zu. Sie haben ein Dreitagesfieber, Olga. Das ist ein starkes Fieber. Sagte er mit fester, unaufgeregter Stimme. Aber es geht vorbei. Nichts Schlimmes. Daraufhin sah er zu Hans, der, während Mikkel seine Frau eingehend untersucht hatte, unruhig hin und her gegangen war. Das Herz ist in Ordnung, fügte Mikkel darum hinzu. Sie können ganz beruhigt sein. Hans atmete sichtbar auf. Olga war also nicht nur emotional außer sich gewesen, sondern auch krank. Gut, dass Hans gehandelt hatte. Aber… Fuhr der Arzt fort… Sie müssen das Fieber unter Kontrolle behalten. Machen Sie kühle Wickel. Ihre Frau soll viel trinken und viel ruhen. Er machte eine Pause, dachte nach, überlegte, wie er sich ausdrücken sollte, fuhr dann fort: Ihre Frau, Hans, … sie ist zart, dennoch stark. Er dachte wieder kurz nach, holte tief Luft … Doch… sie braucht Sie. Hans nickte. Es war eine freundliche Mahnung. Er versuchte zu verstehen. Sah den Arzt jedoch ratlos an. Mikkel holte noch einmal tief Luft und verkündete nun ohne Umschweife: Ihre Frau ist schwanger. Schon wieder. Dabei sah er Hans streng an. Das ist nicht leicht für sie. Und ohne Übergang zu Olga gewandt: Ich werde morgen noch einmal nach Ihnen sehen. Nun schlafen Sie ein wenig. Wohlwollend drückte er erneut Olgas Hand, dann erhob er sich ein Stück, setzte sich doch zugleich wieder. Er zögerte. So wie Hans, der sprachlos war und irgendwo zwischen Freude und Panik taumelte. Schwanger? Schon wieder? Und das jetzt? Olga… ich…! Er sprang zu Olga ans Bett, - warum hatte sie wieder nichts gesagt? -, umfing sie, strich ihr über den Kopf. Küsste sie auf die Stirn. Ja, Hans! Hauchte sie. Sah ihn unsicher an. Seine Gedanken überschlugen sich. Er wollte Mikkel etwas sagen, öffnete den Mund, schloss ihn wieder. Eine Pause entstand. Nur das leise Atmen von Olga, das ein wenig pfiff, war zu hören. Die Lüster des Zimmers erhellten den abendlichen Raum wie in einem holländischen Renaissancegemälde. Dunkle, warme Töne, denen eine sinnliche, emotionale Spannung innewohnte. Mikkel sah auf Eva, welche die Schürze mit der Bratensoße noch immer nicht ausgezogen hatte und beschämt zu Boden blickte. Mikkel sah zu Felix, der ihn aus weinerlichen Augen anstarrte, eine Puppe in seinen Händen ganz fest drückte und selbst noch leichtes Fieber hatte, sah zu Olga, die ihn schwach und dankbar anlächelte, ihren Kopf schwer in das weiße Kissen fallen ließ, und sah schließlich zu Hans, der seinen Mantel noch immer nicht ausgezogen hatte, - den Mantel, den er jahrein, jahraus am Isländer Hafen getragen hat, heute wieder, denn es war etwas frisch geworden -, öffnete selbst den Mund, schloss ihn ebenfalls wieder, stand schließlich auf, griff zum Arztkoffer, war im Begriff sich zu verabschieden … Da kam doch noch Leben in Hans. Mikkel! Hub er hastig an. Ja, Hans? Mikkel schloss ruhig den Koffer, ließ ihn aber noch einmal los. Mikkel, wir gehen weg! Stieß Hans aufgeregt hervor. Auf Mikkels Gesicht machte sich ein erleichtertes Lächeln breit. Gut. Sagte er. Olga guckte mit großen Augen zu Hans. Wenn sie auch sonst seine Überraschungen und Alleingänge nicht sehr schätzte, noch weniger seine Befehle, hier war sie froh. Es war genau das, was sie hören wollte. Ihre Augen leuchteten kurz auf. Hans und Mikkel nahmen dies mit einem raschen Seitenblick zu Olga einvernehmlich still zur Kenntnis. Das ist gut. Sagte Mikkel. Ich habe lange darauf gewartet. So? Erwiderte Hans und hob irritiert die Augenbrauen. Sie dürfen das nicht falsch verstehen, Mikkel. Wir sind sehr dankbar. Die Andersens haben unser Leben gerettet. Ja. Nickte Mikkel. Das haben sie. Und sie waren gut zu uns… Fuhr Hans fort. Wieder nickte Mikkel und sah dabei Hans direkt in die Augen. Ich verstehe Sie, Hans. Keine Sorge. Wissen Sie, ich komme schon sehr lange hier her. Wer seine Patienten gut kennt, kennt nicht nur deren Krankheiten. Doch dann stockte er. Räusperte sich. Fuhr fort. Sie hatten wirklich großes Glück. Seien Sie froh. Sie hätten es kaum besser treffen können. Die Andersens haben ein gutes Herz. Aber das Glück hat oft seinen Preis. Ein Leben für das andere. Hans nickte. Doch wiederum ein wenig ins Leere. Wussten Sie übrigens, dass Albertes Tochter vor zwei Jahren bei einem Autounfall in Norwegen umgekommen ist? Hans sah ihn überrascht an! Nein. Antwortete er. Hans wusste noch nicht einmal, dass Alberte eine Tochter hatte. Und auch Olga, die zwar von der Tochter wusste, war dies eine Information, die nur schwierig und in Wellen sich in ihr Gehirn finden konnte. Rentierfarm. Große weite Welt. Junges Leben. Sie wusste mehr als Hans. Aber offenbar nicht die Wahrheit und begriff nur undeutlich, dass die Auslassungen und Andeutungen Mikkels viel zu erzählen hätten. Die Mauern des Parks, ja, die sprachen mancherlei Sprache, das hatte sie schon lange bemerkt. Aber die Tragödien jenseits? Arme Alberte! Dachte Olga voll des Mitgefühls. Sie tauschte Blicke mit Hans. So waren sie also über die Barmherzigkeit hinaus direkt in Albertes Sehnsucht und Trauer gefallen. Jetzt verstanden sie. Gerettete und Opfer zugleich. Das Leben geht doch eigenartige Wege. Olga füllte diese Offenbarung mit weiblicher Anteilnahme. Hans dagegen, eben noch angereichert vom Licht neuer Zukunft, fühlte sich auf einmal recht hilflos. Eine Zukunft brauchte einen Plan. Seine Gedanken ratterten. Mikkel.. Hub er darum wieder an… Denn er hatte noch etwas auf dem Herzen. Es fiel ihm schwer. Wir… Die Worte wollten nicht. Wir… Er kam sich sehr gering vor. Das mochte er nicht. Verstummte darum. Ist gut, Hans.

Mikkel nahm ihm die Worte aus dem Mund. Ich habe schon alles arrangiert. Ich, wir alle wussten, dies ist keine Lösung von Dauer. Die Andersens haben ihren Einfluss geltend gemacht und dafür gesorgt, dass Sie Sozialhilfe bekommen werden. Damit kommen Sie über die Runden. Das ist nicht das große Leben. Er stockte. Sah sich im Raum um. Die üppigen Vorhänge, das ausladende Bett, die teuren Läufer, die eleganten Lampen... Aber in der Not...! Fügte er hinzu. ... Wird es gehen. Hans war sprachlos. Ich... Mehr brachte er immer noch nicht hervor. Also fuhr Mikkel fort: Ich habe auch mit dem Rabbiner der jüdischen Gemeinde in Kopenhagen Kontakt aufgenommen. Man wird sich um Sie fürs Erste kümmern und dann sehen wir weiter. In der Nähe des Bahnhofs können Sie eine Unterkunft beziehen. Doch Sie müssen sich wirklich im Klaren darüber sein: Sie werden in keinem Schloss wohnen. Hans nickte. Ihm schwante, was das bedeutete, aber das war egal. Er ergriff dankend die Hand von Mikkel. Gerne. Sagte dieser mit warmer Stimme. Wir alle wollen leben, Hans, nicht wahr? Besser wir unterstützen einander dabei. Sie werden sehen, die Dänen passen aufeinander auf. Hans blickte in die graugrünen Augen des großen, stattlichen Mannes mit seinem weiß gewellten Haar, der ihm in diesem Moment wie der liebe Gott persönlich erschien. Fast wäre dies erneut für Hans ein Moment gewesen, religiös zu werden. Hans wurde es nicht nur sehr warm ums Herz, es wurde wurde ihm überhaupt sehr warm in seinem Mantel. Er legte ihn darum endlich ab und dachte dabei: Dieser Mantel ist nicht mehr der richtige. Es war der Mantel des isländischen Hafens. Froh blickte er auf seine kleine Familie und auf Mikkel. In seiner vorweg eilenden

Anteilnahme hatte der Arzt den letzten Schleier isländischen Schmerzes von Hans hinwegzufegen gewusst. Dänemark war das helle Land, beschloss Hans. Das Land des Glücks. Und er öffnete ihm sein Herz.

Flocken fielen flauschig weich von einem hellen Himmel. Eva und Felix drückten sich die Nasen am Fenster platt. Ihr Atem hinterließ Spuren auf der Scheibe. Als sie dies bemerkten, malten sie kleine Sterne in das hauchdünne Nass. Der Schnee erinnerte sie angenehm an Island. Und Island erinnerte sie an ein Märchen. Eva malte einen besonders großen Stern auf das Fenster: Das ist Inga. Sagte sie. Unser Stern. Als Felix das sah, hauchte auch er mit Eifer an seinen Teil der Scheibe, malte einen noch größeren Stern. Schau mal, Mami: Inga! Olga nickte. Ja, ein schöner Stern, Felix. Die Kinder trugen dicke Pullover. Die Stube, in der sie waren, war kühl. Nur ein schwacher Kohleofen brannte. Es war Februar 1939. Und es war ein Freudentag. Denn die kleine Schwester Ruth war heute Morgen zur Welt gekommen. Im Hintergrund der Stube saß Olga an die graue, nackte Wand gelehnt im Bett. Sie war gerade aufgewacht, noch erschöpft, etwas gelblich im Gesicht, ein Schatten ihrer selbst, doch glücklich. Nach einer langen Nacht hatte sie der kurze Schlaf etwas erholt. Nun löffelte sie aus einer Tasse heiße Hühnerbrühe, die Mikkel ihr soeben vorbeigebracht hatte. Mikkel. Immer wieder schaute er nach ihnen. Er nahm nie Geld. Sie bezahlten mit ihrem Herzen. Mehr hatten sie nicht. Neben dem Bett lag in einem Karton ein kleines, frisches Wesen. Eva, nun schon dreieinhalb Jahre alt, und im Gefühl eine sehr große Schwester zu sein, ließ vom Fenster ab und zog Felix zu dem

Pappkarton. Ganz kleine, weiche Händchen. Sagte sie staunend und drückte diese. Mami, waren meine Hände auch so weich? Olga nickte und schlürfte weiter. Ihre Brüste waren prall gefüllt, sie hatte offenbar genug Milch und war heilfroh darüber, denn sehr viel zu essen hatten sie nicht. Eva befühlte nun das Köpfchen der Kleinen, zupfte zärtlich an dem schwarzen Flaum und streichelte es, woraufhin das Baby erwachte und sich geräuschvoll regte. Eva! Mahnte Hans. Lass sie schlafen! Lass uns alle schlafen. Auch Hans war erschöpft. Man wusste nie, wie eine solche Geburt ausginge. So eine Aufregung. Die Stube war nicht größer als 20 qm. Es war nur ein Raum. Eine Toilette gab es über den Hof. Sie schliefen alle gemeinsam in einem Zimmer, aßen in einem Zimmer, überlebten in einem Zimmer. Es war, wie Mikkel schon sagte, kein Schloss. Kein Vergleich zum Leben bei Alberte. Wieder waren sie deutlich Emigranten, gerade einmal untergekommen, das Viertel armselig, gelegen am Bahnhof von Kopenhagen. Das dänische Hygge war dies nicht. Aber, so tröstete sich Hans, es war doch wenigstens ihr Leben. Er kniete sich zu den Kindern hinzu und streichelte nun selbst vorsichtig über Ruths Wangen. Wenn nur alles gut ginge. Sein Bauch knurrte. Er hatte großen Hunger. Die anderen wussten es nicht. Er gab so viel wie möglich an Olga ab, die ja nun wieder für zwei essen musste. Und schlimmer noch: Hans fror. Er mochte den Winter nicht. Er mochte die Kälte nicht. Und ohne Essen fror man noch mehr. Dänemark gut und schön, doch auch hier diese verdammte Kälte. So oft es ging, träumte er sich darum wieder in die impressionistischen Gärten hinein, in den Süden, irgendwo in den warmen Süden und er versuchte sich tapfer von innen heraus zu wärmen. Daher strolchte er nun doch wieder durch die Straßen, auf der Suche nach einem besserem Leben, und fand hier und da Gelegenheitsarbeiten, allerdings ohne den Hut tief ins Gesicht ziehen zu müssen. Auch erfreulich: Mit der Hilfe des Rabbiners der jüdischen Gemeinde hatte er eine neue Wohnung in einem Außenbezirk von Kopenhagen gefunden, die nicht ganz so erbärmlich war. Dort würden sie sich bald auf zwei Zimmer aufteilen können. Die jüdische Gemeinde unterstützte ihn auch sonst geringfügig finanziell. Im Gegenzug erledigte Hans kleine Aufgaben für sie. Schriftarbeiten, Botengänge. Er lernte so immer mehr auch andere Juden der Stadt kennen. Dänische Juden. Deutsche Juden. Die dänischen Juden waren ohne Sorge. Nur wenige begannen das Land sicherheitshalber zu verlassen. Die deutschen Juden teilten alle ähnliche Geschichten und Schicksale und manche saßen buchstäblich auf jederzeit gepackten Koffern. Dennoch: Das Leben der Familie bekam eine gewisse Normalität und Routine. Sie wirtschafteten am untersten Ende der Gesellschaft. Ihr Essen war nicht üppig, die Teilnahme am gesellschaftlichen Leben mit wenig Geld nicht wirklich möglich. Aber sie fühlten sich alles in allem sicher. Das war das Wichtigste. Die Nachrichten aus Deutschland waren immer alarmierender. Die Reichskristallnacht am 9. November 1938 und die massenhaften Verhaftungen männlicher Juden noch am selben Tag, waren ein kaum glaubhafter Spuk. Und möglicherweise hätte es Hans noch mehr erschüttert, hätte sich die jüdische Gemeinde von Kopenhagen von diesem bösen Spuk mitreißen lassen. Brennende Synagogen. 30.000 Deportationen nach Dachau,

Sachsenhausen und Buchenwald, über 1400 zerstörte jüdische Bethäuser. Vorgeschobener Grund zu dieser Gewaltausübung war das am 7. November ausgeübte Attentat in Paris durch den 17-jährigen, polnischen Juden Herschel Grynszpan am deutschen Botschafter Ernst von Rath. Die Nazis deuteten dies als Angriff des Weltjudentums auf das Deutsche Reich. Es kam ihnen mehr als gelegen und war so passend als hätte Hitler diese Posse selbst eingefädelt und inszeniert, um die von langer Hand geplante sukzessive Ausschaltung der Juden endlich einzuläuten und nun, am 12. November, da man sich bereits ausreichend am jüdischen Eigentum vergangen hatte, außerdem eine „Sühneleistung" einforderte, eine Vermögensabgabe über insgesamt 1 Milliarde Reichsmark, möglich auch in Raten zu zahlen. Wie empörend! Fand Hans. Dennoch kein Aufschrei in der jüdischen Gemeinde von Kopenhagen. Man blieb unerschütterlich an das Gute glaubend. Hans ließ sich davon zuweilen mitziehen, dann stutzte er doch wieder. Wie auch nicht? Überall geschahen üble Dinge. Nicht nur mit den Juden. Der spanische Bürgerkrieg tobte sich gerade in letzter Runde aus. Kampflos fiel Barcelona in die Hände der Faschisten. Madrid folgte. Zehntausende versuchten zu fliehen und Franco ehrte auch noch seine faschistischen Mitstreiter Deutschland und Italien für die aktive Unterstützung mit einer militärischen Medaille. Hans erschauerte. Er hörte von Menschen, die mit dem Schiff fliehen wollten, denen es nicht gelang. Er wusste, wie sich das anfühlte. Gleichfalls mitfühlend verfolgte er gespannt über Wochen die sogenannte Irrfahrt der *Sankt Louis*, die sich im Mai 1939 mit 937 Juden an Bord auf den Weg nach Kuba aufgemacht hatte. Die an Bord befindlichen Juden hatten alle ein teures Visa und das Glück, gerade noch aus Deutschland herausgekommen zu sein. Viele von ihnen kamen direkt aus den Konzentrationslagern mit der Weisung sofort das Land zu verlassen. Nur wohin? Genauso war es Hans damals ergangen. Doch Kuba, kaum, da man da angekommen war, wollte man die Juden dann doch nicht nehmen. Nach fünf Tagen Verhandlung nahm das Land immerhin zwei Dutzend Menschen auf. Mehr war nicht zu machen. Auch sonst hatten niemand Interesse an den übrigen Juden. Nicht die USA, auch nicht Kanada. Die USA beschossen sie sogar. Das Schiff erhielt daraufhin den Befehl zurück nach Deutschland zu kommen. Es war ein geplantes Manöver. Die Welt sollte sehen, dass kein Land den sogenannten Abschaum haben wollte. Gezielt brachte man vereinzelt Fotos von Passagieren in Umlauf, die von der Haft verheerend und elend aussahen. Untermenschen. Aber der Hamburger Kapitän Gustav Schröder gab nicht auf. Er hoffte in England vor der Küste eine Lösung zu finden. Hans hatte das Gefühl, als er tagelang, und diesmal gemeinsam mit Olga, diese Irrfahrt verfolgte, ihr eigenes Trauma neu durchleben zu müssen. Beide bangten mit. Olga betete. Und endlich... bevor der Kapitän England erreichte, sprang Belgien ihm hilfreich zur Seite und so landete das Schiff in Antwerpen an. Die Freude von Hans als es soweit war, war unbeschreiblich. Er setzte sich zu Hause in der Stube mit Olga an den Esstisch, zündete eine Kerze an und sagte: Darum leben wir, Olga. Darum. Weil es immer auch gute Menschen gibt. Hans, Olga und die Kinder hielten sich gemeinsam an den Händen und sangen unter der Anleitung von Olga erst ein jüdisches, dann unter Anleitung der Kinder, ein dänisches Lied. Sie dankten dem Herrn, allen guten Geistern und dem Kapitän der Sankt Louis, stellvertretend für ihren eigenen Kapitän. Das hätten sie längst tun sollen. Auch der Rabbiner hatte die Geschichte gebannt verfolgt. Und auch er sprach in der Gemeinde in seiner nächsten Rede glühend und glücklich über die gelungene Rettung. Doch, so betonte er abermals: Wir sind nicht Spanien und wir sind nicht die *Sankt Louis*. Wir sind Dänemark. Und wenn doch etwas passiert, dann sind wir der Kapitän. Alle zusammen. Das Lauffeuer des Faschismus, er wollte es nicht wahrhaben. Die Menschlichkeit und die heile Welt Dänemarks leuchteten stärker in ihm. Das war rührend.

Dabei war der Faschismus und der Größenwahn Hitlers schon rein optisch nicht mehr zu übersehen gewesen. Hitler hatte gewaltige Repräsentationsbauten in Berlin, Nürnberg und München bauen lassen, die monumentale Reichskanzlei eben erst eingeweiht und seinen ebenso monumentalen Expansionswillen zwar verschleiernd, doch immer massiver und deutlicher nach außen gerichtet. Das Kriegsgeläut war also da, dennoch musste man genau hinhören, um es hinter Beschwichtigungen zu erkennen. Man musste verstehen oder verstehen wollen, auch erkennen, was es bedeutet, wenn Hitler Italien in diesen Tagen unbedingte Solidarität und Bündnistreue zusagte und auch sonst mit der Zusicherung von Nichtangriffspakten eigentümlich verschwenderisch umging. Hitler log, taktierte, täuschte und schien seine mangelnde körperliche Größe mit lautem Geschrei wettzumachen. Auch der japanisch-chinesische Krieg war schon in vollem Gange und in Indien kochte es ebenso hoch. Der Bürgerrechtler Mahatma Gandhi widersetzte sich der Ausbeutung der herrschenden Macht und forderte Minimalrechte für die indischen Bürger. Dort, im fernen Osten, sah es also nicht rosiger aus. Überall auf der Welt schienen sich auf einmal Despoten kriegslüstern vor die Brust zu klopfen oder in Panik zu rüsten und zu verbünden, um nicht überrannt zu werden. Der kriegstreibende Ring zog sich immer weiter zu und würde vor nichts halt machen. Wenn Hans da genauer drüber nachdachte, grauste es ihn und seine Insel Dänemark kam ihm unwirklich vor. Mit Olga sprach er nicht darüber. Er wollte sie nicht ängstigen. Sie hatte genug zu tun mit den Kindern. Doch was Hans wirklich dieser Tage beschäftigte: Ein provozierter Weltkrieg würde Hitler gewiss den Juden in die Schuhe schieben. Das hatte er in großer Pose vor dem Großdeutschen Reichstag in der Berliner Krolloper ausnahmsweise sehr offensiv erklärt und dort die Vernichtung aller Juden schon mal sehr deutlich angekündigt. Das Schlimmste aber: Für diese Worte war Hitler sogar von manch westlichem Ausland bejubelt worden. Entsetzt hatte Hans die Übertragung der Rede im Radio angehört. Sie klang geradezu absurd:

„Wenn es dem internationalen Finanzjudentum in und außerhalb Europas gelingen sollte, die Völker noch einmal in einen Weltkrieg zu stürzen, dann wird das Ergebnis nicht die Bolschewierung der Erde und damit der Sieg des Judentums sein, sondern die Vernichtung der jüdischen Rasse in Europa... Die Völker wollen nicht mehr auf den Schlachtfeldern sterben, damit diese wurzellose, internationale Rasse an den Geschäften des Krieges verdient und ihre alttestamentarische Rachsucht befriedigt.“

Rachsucht? Hans war sprachlos. Wo sollte das enden? Aber: Ach was! Beschwichtigte weiterhin der Rabbiner, der ebenfalls zugehört hatte. Alles Getöse! Wir sind in Dänemark! Kein Grund zur Panik. Er blieb überzeugt. Und naja, als am 7. Februar der NS-Reichsleiter die deutsche Presse über Pläne informierte, Juden in ein für sie ausgewähltes Territorium abzuschieben, das 15 Millionen Menschen fassen könne, dann wäre das vielleicht gar nicht das Schlechteste. Mit einem Blick auf die Unruhen in Palästina blieb auch da der Rabbiner ein standhafter Optimist. Hans wollte ihm zu gerne glauben, erledigte weiterhin dessen Schriftverkehr, doch behielt seine Ohren offen. So vernahm er auch, wie der deutsche Rundfunk am 1. März 1939 durch Herman Göring die Jugend zum Eintritt in die deutsche Luftwaffe aufrief. Wie am 14. März deutsche Truppen die Grenze zur Tschechoslowakei überschritten, wie am 20. März auf dem Hof der Berliner Hauptfeuerwache jubelnd 5000 Werke „entarteter Kunst" verbrannt wurden, darunter Gemälde von Otto Dix, - was Hans besonders schmerzte, - und wie der bislang freiwillige Dienst der Hitlerjugend ab 25. März für Jungen und Mädchen zwischen 10 und 18 Jahren verpflichtend und später zum Feuerwehrdienst erweitert wurde. Hans hörte ganz genau hin. Hörte aber auch wieder weg und besah sich irritiert, auch irgendwie bewundernd, das Tagewerk des Rabbiners.

Der Rabbiner Marcus Melchior entstammte einer bekannten dänisch-jüdischen Familie. Seinen Rabbidiplom hatte er 1921 in Deutschland in Hildesheim gemacht und kam über andere Stationen 1934 zurück nach Dänemark. Als Rabbi leitete er dort seither die Hauptgemeinde in Kopenhagen. Er war zwar orthodox, aber vor allem ein weltoffener, kulturell interessierter Mann mit fabelhaft rhetorischen Fähigkeiten, einem sehr menschenfreundlichen Geist, der überdies Deutschland in guter Erinnerung hatte und sich vielleicht darum mit den Hiobsbotschaften aus dem nahen Land so schwer tat. Des Rabbis Freundlichkeit und seine Redegewandtheit nahmen auch Zuhörer nichtjüdischen Glaubens für sich ein und darum entwickelte sich gegenüber Melchior eine Zuneigung von Hans, dem das Judentum, obgleich als Jude diffamiert, ansonsten nicht sehr am Herz lag. Besonders liebte er es, dass er mit Melchior über Kunst sprechen konnte. Manchmal auch über Deutschland aus der Zeit der zwanziger, Anfang dreißiger Jahre. Begegneten sie sich in der Gemeinde, so erzählten sie sich also manches, doch mit dem anderen Ohr hörte Hans stets aufmerksam die Nachrichten des Radios oder filterte Zwischentöne aus Gesprächen Eingeweihter. Hörte ausländische Sender. Er las so viel er bekommen konnte. Er fragte so viel, wie zu fragen war. Der Frohsinn des Rabbiners wurde ihm dabei immer fragwürdiger. Italien überfiel Albanien. In London brach allmählich Panik aus, dass mit Hitler doch nicht zu scherzen sei. Die Konzentrationslager und Strafanstalten füllten sich, es waren bereits 300.000 Gefangene, und ein neues Konzentrationslager in Ravensbrück öffnete seine Toren, - nur für Frauen, eine Frauenlager -, und

Juden durften ab jetzt nicht mehr in deutsche Adressbücher aufgenommen werden. Dem ausgewanderten deutschen Schriftsteller Thomas Mann wurde in den USA zwar die Ehrendoktorwürde verliehen, doch der deutsch-jüdische Schriftsteller, Politiker, linkssozialistische Revolutionär und deutsche „Hochverräter" Ernst Toller beging „unehrenhaft" Selbstmord in New York. Nicht jeder hatte Kraft zum Überleben. Bestürzende Nachricht über Nachricht. Aber was waren all diese Meldungen schon in Anbetracht der Notiz, dass die polnische Regierung am 28. April von der deutschen Regierung ein Memorandum erhielt, wonach der Nichtangriffspakt mit sofortiger Wirkung gekündigt sei. Hitler hatte schon lange mehr oder weniger heimlich zum Angriff auf Polen hingearbeitet. Nun war die Katze aus dem Sack. Und: Hitler, das hatte er schon in „*Mein Kampf*" deutlich gemacht, hatte vor allen Dingen ein Ziel, er wollte „Lebensraum im Osten" gewinnen und die „Sicherstellung der Ernährung" gewährleisten. Er wollte von Anfang an Krieg. Keinen kleinen. Einen großen. Doch noch immer galt es zu taktieren, um die Westmächte von einem frühzeitigen militärischen Eingreifen abzuhalten. Und noch immer wollten die Westmächte kaum glauben, dass dieser kleine kläffende Mann Ernst machen könnte, und nach wie vor schüttelte der gute Rabbiner mit dem Kopf. Spanien war immer noch nicht Dänemark. Und Dänemark war nicht der Osten. Auch war Dänemark nicht ganz Skandinavien. Und Dänemark war vor allem nicht Deutschland, aber verbündet. Zur eigenen Sicherheit verbündet mit dem nachbarlichen Zündler. Bei einem Treffen mit dem Außenminister von Skandinavien war nämlich nur Dänemark zu einem

Nichtangriffspakt mit Deutschland bereit gewesen. Ja, eine Hysterie der Zusammenschlüsse hatte begonnen. Das große Wer mit Wem im Falle von... Großbritannien und die Türkei sicherten sich gegenseitige militärische Unterstützung zu, ebenso wie Polen und Frankreich, - später auch Großbritannien -, und sogar Russland begann über Beistandspakte mit Großbritannien und Frankreich zu verhandeln, doch Hitler gewann am Ende das Rennen. Am 23. August 1939 kam es zu einem Hitler-Stalin-Pakt, einem Neutralitätsabkommen mit zehnjähriger Laufzeit und geheimem Zusatzprotokoll, das eine Aufteilung der Ostgebiete unter beiden Mächten vorsah. Hitler hatte damit endlich freie Hand und sowjetisches Wohlwollen für den geplanten Überfall auf Polen. Und die Welt entsetzte. Das kleine Polen war von da an ausweglos von Bündnispartnern umklammert, der Krieg nur noch eine Sache der Tat, die Niederlage sicher. Lediglich die fingierten Details mussten noch genau geplant werden, um den Überfall auf Polen zu rechtfertigen oder wie Hitler formulierte:

„Ich werde propagandistischen Anlass zur Auslösung des Krieges geben, gleichgültig, ob glaubhaft. Der Sieger wird später nicht danach gefragt, ob er die Wahrheit gesagt hat oder nicht."

So sollte es kommen. Doch noch war Ruhe vor dem Sturm und noch gab es unbescholtene Normalität. Zum Beispiel die Fußballspiele. Ob das wohl ein schlechtes Omen war? In Kopenhagen spielte die deutsche Fußballnationalmannschaft ein Länderspiel gegen die dänische Elf. Hans konnte nicht anders. Er musste sich dieses Spiel ansehen. Deutschland gegen Dänemark.

Eine sportliche Kriegserklärung. Er stand fiebernd, doch still, mitten in einer tobenden Zuschauermenge. Die Dänen, sonst gelassener, feuerten ihre Spieler gehörig an. Auch an ihnen war das Kriegsgeflüster nicht vorbeigegangen. Es war eine seltsame Situation. Seine Heimatbrüder kämpften verbittert gegen die Dänen, seine Retter. Zu welchen sollte er halten? Hans stand ganz still während des ganzen Spiels. Ein Stein im Meer einer wogenden, tosenden Masse aus Rufen und Pfiffen. Vor ihm hechtende, gut trainierte Männer, die einem Ball hinterher jagten. Doch nur ein Ball. Als Dänemark schließlich gewann, 2:0, wusste er, zu wem er hielt. Ein warmes Gefühl der Freude überkam ihn und die leise Hoffnung, dass es zwar vielleicht, nein, ziemlich sicher, Krieg geben würde, aber Dänemark als „germanisches Volk", denn so empfand es Hitler, von der Kriegslust verschont bleiben würde.

Und dann geschah es tatsächlich. Während Ingrid Bergmanns Dramatik, John Waynes Loneliness, Hitchcocks Düsternis und Judy Garlands Zauberland gerade über die Leinwand flirrten und Fantasiewelten, emotionale Innenräume oder raue Männerattitüden in bewegten Bildern lebendig machten, schrieb sich draußen die Weltgeschichte neu. Hitler tat, was er angedroht hatte. Der deutsche Überfall auf Polen eröffnete wie ein Wirbelsturm den zweiten Weltkrieg und zog binnen Kürze viele andere Staaten, auch weit entfernt, mit in das Elend. Russland half Deutschland Polen einzunehmen und England und Frankreich eilten, wenngleich halbherzig, als Bündnispartner Polen herbei. Aber Polen hatte keine Chance. Schon am 23. September, 22 Tage nach dem Angriff, verkündete die deutsche Wehrmacht: „*Der Feldzug in Polen ist beendet!*" Mit einer siebentägigen Beflaggung und jeder Menge Kirchengeläut wurde die Eroberung als Heldentat gefeiert und der armen deutschen Gefallenen gedacht. Die Stimme von Papst Pius XII., der von da an immer mal wieder, doch recht dünn, zum Frieden in der Welt aufrief, war da nicht mehr zu hören. Das Getöse war zwar noch nicht in voller Größe entbrannt, aber es war eröffnet. Alles lief gut für das kleine Deutsche Reich, das sich heimtückisch und gierig gebärdete und seine Gegner wider Willen mit Kriegsfieber anstachelte. Natürlich waren nicht alle Nazis. Schon am 8. November hatte es den ersten Mordanschlag auf Hitler gegeben, doch das Glück war weiterhin mit dem Bösen und vor allem mit Adolf Hitler, der das Attentat im Münchner Bürgerbräukeller knapp überlebte. Außerdem folgte eine überraschende Winterkälte, die weitere Pläne buchstäblich aufs Eis legte, aber Zeit ließ, im Kleinen zu rüsten und weiter zu zündeln. Im Meer, zu Lande, ein wenig die Schweiz zu erschrecken und natürlich schon mal die Ausrottung der Juden genauer zu planen. Nebenbei, doch eindringlich, appellierte Himmler an die deutschen Männer, - sie mögen schnell Kinder zeugen -, und erinnerte das Reichsgesundheitsamt die Frauen nachdrücklich daran, dass Rauchen wirklich nicht der nun besonders wichtigen Volksgesundheit, sprich Fruchtbarkeit, also germanischer, künftiger Größe förderlich sei. Auch die Konzentrationslager wurden aufgerüstet. Allen voran das große Lager in Auschwitz, das einmal eine Kaserne war und hervorragend zu einer Massentötungsstätte umfunktioniert werden könnte, wie man nun frohlockend herausfand. Eine tolle Botschaft. Der Winter ging dabei auch vorbei und jetzt konnte es richtig losgehen. Hitler war nicht mehr zu stoppen. Einziges wirkliches Problem: Die Lebensmittel könnten knapp werden. Das zeichnete sich bereits ab. Denn so eine ritterliche Armee, die brauchte Fleisch. Viel Fleisch. Und genau da kam Dänemark ins Spiel. Dänemark sollte Hitlers Vorzeigeprotektorat für das Ausland, aber vor allem eine Speisekammer für Deutschland werden. Außerdem war die Besetzung der dänischen, aber auch norwegischen Häfen, wichtig, um die Ausgangsstellung im Krieg gegen Großbritannien zu erweiterten, eine Seeblockade zu verhindern und die Ostseezugänge zu sichern. Darüber hinaus war Hitler am Eisenerz interessiert. Es gab also viele Gründe Richtung Norden aktiv zu werden. Dafür lohnte es sich allemal erneut sein Wort zu brechen, denn eigentlich hatte Deutschland mit Dänemark im Mai 1939 ja noch rasch jenen Nichtangriffspakt geschlossen. Das hatten sich die Dänen so gedacht. Nichts mit dem Krieg zu tun zu haben. Vielleicht lachte Hitler sich ins Fäustchen. Es war ihm jedenfalls herzlich egal, ob er wortbrüchig war oder nicht, denn der Norden sollte ohnehin bald ins Großgermanische Reich eingegliedert werden. Schließlich lebten besonders dort die großen Blonden, das edle Volk. Also tat Hitler, was er schon mit Polen tat, später auch an Russland versuchte: Er verübte am 9. April einen Überraschungsangriff. Die deutsche Blitzkriegtaktik, die zu Beginn des Krieges durchaus Erfolge verbuchen konnte. Die Norweger wehrten sich tapfer, aber die Dänen kapitulierten noch am selben Tag. Sie wussten, sie hatten keine Chance. Außerdem hatten sie noch die militärische Niederlage vom Deutsch-Dänischen Krieg von 1864 im Kopf. Sie hatten seither, anders als die Deutschen, ihr Militär nie wirklich aufgebaut. Sie fanden es sinnvoller ihre finanzielle Energie in einen Sozialstaat zu stecken. Leider waren sie damit nun ein sehr fragiles Gebilde, eines, dass darum in den letzten Jahren lieber eine Politik der Freundlichkeit mit Deutschland denn der Offensive pflegte und sich deshalb auch vorsichtshalber nicht mit Großbritannien verbündete, - was sie lieber getan hätten-, und weswegen sie sogar ein schwedisches Bündnisangebot im Jahr 1937 abgelehnt hatten. Auf diese Weise hatte Hitler nun ein leichtes Spiel: Keine Bündnispartner, kein Militär. Keine Kraft. Allerdings war es eine außergewöhnliche Situation. Denn Hitler hatte Interessen, und so war es den Dänen möglich, eine innenpolitische Unabhängigkeit auszuhandeln. Die Rechtsstaatlichkeit blieb in Takt, der König blieb der König und den Juden durfte nichts geschehen. So waren die Bedingungen. Zumindest vorübergehend. Die ungewöhnliche territoriale und staatliche Integrität hatte jedoch einen hohen Preis. Nahrungsmittel in rauen Mengen mussten künftig an Deutschland abgegeben werden. Gemüse, Butter, Milch, und insbesondere Fleisch gingen später zu 90 % aus Dänemark nach Deutschland. Die Zugeständnisse, die Deutschland dafür Dänemark gewährte, nannte Hitler aber nicht Belagerung, sondern „Schutz des Königtums", Schutz vor anderen Angreifern, eine geradezu zynische Formulierung eines Kriegstreibers, die der Demütigung der Dänen eines obenauf setzte und die Verletzung des Nichtangriffpaktes ad absurdum führte. Oder wie man in Großbritannien belustigt sagte: Dänemark wurde Hitlers Kanarienvogel. Dennoch hatten die Dänen es nicht schlecht getroffen. Die Versorgung des eigenen Volkes durch Lebensmittel und auch sonstiger Güter wurden zwar knapp, die Presse wurde der Zensur unterworfen, Bündnisse zu anderen Ländern waren nur erlaubt, wenn diese nicht gegen Deutschland gerichtet waren, aber sie mussten nicht ihre eigenen Bürger an Fronten schicken, sie konnten ihre Autonomie und Diplomatie gegenüber Deutschland weitestgehend behalten und waren in der Lage, die Juden weiterhin zu beschützen. Sie hatten Macht und nutzten sie mit Mut. Die Politiker in Kopenhagen hatten den deutschen Besatzern ziemlich deutlich klargemacht, dass eine Verfolgung der jüdischen Bevölkerung viel Widerstand hervorrufen würde. Auch der Ministerpräsident Thorvald Stauning war überzeugt, die Deutschen würden immer einen Rückzieher machen, wenn sie sich selbst entschlossen genug verhielten. So war es auch. Die Deutschen hatten Respekt vor ihren Nachbarn. Wollten keine unnötigen Unruhen. Allerdings brauchten sie sie eben auch. Dadurch ergab sich fürs Erste ein Tauziehen, das Stabilität und Handlungsspielraum in den Alltag brachte. Und die Polizisten, die Deutschland zur Überwachung nach Dänemark schickte, - von den Dänen *grüne Männer* genannt -, hatten nur zur Aufgabe für öffentliche Ordnung zu sorgen. Jeder suchte taktierend den anderen bei Stimmung zu halten. Für einen weltweiten dramatischen Kriegszustand eine relativ passable Situation.

Siehst du, Hans. Sagte der Rabbiner lächelnd. Was habe ich dir gesagt? Dänemark ist nicht die Welt. Das kann auch sein Gutes haben. Hans nickte und atmete tatsächlich auf. Sein Leben blieb gerettet. Doch was, wenn sich Dänemark geweigert hätte? Wenn alles künftig eskaliert? Überlegte Hans später. Und was, wenn die Alliierten die Bedeutung des kleinen Dänemarks besser erfasst hätten? Und: Könnte das kleine Dänemark womöglich die Kraft haben, den Krieg zu verkürzen, indem es die Nahrungsmittellieferung boykottierte? Leider blieb dies eine hypothetische Frage. Fürs Erste gab es nichts als ein Aufatmen. Alles war halb so schlimm. Hans entspannte sich. Nach wie vor half er in der Synagoge aus. Und wenn er Zeit hatte, ging er mit dem kleinen Felix wandern. Der war schon fast vier Jahre alt und liebte es, auf seinen kurzen Beinen mit dem Papa durch die Dünen zu streifen und Dänemarks Mühlen zu bewundern, sich vor allen Dingen zu wundern, warum etwas, das in der Ferne so klein und putzig aussah, sich aus nächster Nähe ungeheuer riesig ausnahm. Wie konnte das sein? Felix begriff das nicht. Haben die kleinen Mühlen nicht Angst vor den großen Mühlen, Papa? Fragte er. Hans hielt inne und maß die in der Ferne liegenden Mühlen mit den Augen. Er verstand seinen Sohn. Dachte an das bedrohliche Deutschland, das ihm im entfernten Kriegstaumel mal fern war, aber schnell ins Schmerzzentrum rückte, sobald es näher kam. Er schüttele den Kopf. Nein, Felix, die kleine Windmühle weiß, dass sie eine ebenso starke Windmühle ist und dass ihre Flügel vom gleichen Wind berührt werden. Ob sie klein ist, entscheidet weder die Größe, noch die Wirklichkeit, nur wie sie sich fühlt. Felix nickte mit einem ernsten Gesicht. Mit dieser Antwort konnte er etwas anfangen. Denn nach wenigen Minuten des Weitergehens war die große Windmühle hinter ihnen schon wieder recht klein geworden und die vor ihnen liegende größer. Ein seltsames Ding, die Wirklichkeit. Die Nähe entschied über das persönliche Empfinden.

Ich bin ein Zauberer. Sagte Felix andächtig. Ich kann ängstigende Dinge klein sehen. Und kleine Dinge groß machen.

Gingen Hans und Felix spazieren, blieb Olga mit den Mädchen zu Hause. Eva entwickelte sich als ausgezeichnete große Schwester und half Olga in vielen Dingen mit dem Baby. Manchmal spielte sie auch draußen mit den anderen Kindern auf der Straße. Sie hatte das Dänische längst gelernt und freute sich, bald zur Schule zu gehen. Olga jedoch war etwas verloren. Sie hatte weder Inga noch Alberte. Sie konnte kein Dänisch und verließ nicht oft das Haus. Drei Kinder beanspruchten sie. Zwischenräume gab es kaum. Manchmal war sie sehr abwesend. Manchmal war sie irritiert von den Schlagzeilen der Zeitungen. Da stand etwas von Krieg. Deutschland habe den Krieg entfacht. Weltkrieg. Weltkrieg. Zweiter Weltkrieg. Ein mächtigeres Wort konnte es gar nicht geben. Aber sie verstand die Nachricht nicht. Sie verstand die Aufregung um sie herum nicht. Nicht mit ihren Sinnen. Denn anders als die Dänen floh sie schon seit fünf Jahren vor einem Ungetüm, dass ihr sagte, sie sei ein unwürdiger Mensch. Sie war den Radau und das Leid gewöhnt und es legte sich ein Schatten auf sie. Doch sie sah und hörte und erlebte nichts, dass auf eine Bedrohung konkret hingedeutet hätte. Sah man von ihren bescheidenen Lebensumständen einmal ab. Vor allem aber fand sie keine Insel. Keine Insel der Erholung, keine Insel für sich, nichts Erbauliches, keine Freundin. Keine Kontinuität. Sie hatte einen Mann, der mit anderen statt mit ihr diskutierte, sie von einer in die nächste Schwangerschaft drängte und sie von einer in die nächste Wohnung schleifte. Fast monatlich fand Hans eine neue Wohnung. Immer eine bessere. Sie arbeiteten sich durch Kopenhagen durch wie die Maulwürfe. Es war ja gut, dass er sich so mühte und ein guter Sorgender, ein Macher sein wollte und es war eben die Art von Hans mit dem Schicksal umzugehen und ihr nur das Beste bieten zu wollen. Dies. Aber Olga hasste es. Er fragte sie nie, was IHR Bestmöglichstes eigentlich war. Was sie sich wünschte. Dauernd tauchte er auf und dann sagte er: Pack deine Sachen. Wir ziehen um. Wer mochte das schon? Sie wollte nur endlich irgendwo bleiben und ihr war es inzwischen egal, in welchem Viertel, wie armselig oder klein, wie groß oder wie hell. Hauptsache einmal bleiben. Eine Vase mit Blumen auf einen Tisch stellen, die auch noch nächsten Monat dort stehen würde. Das wollte sie. Trübsinnig starrte sie vor sich hin. Draußen war Sommer, doch sie war zu müde, die Anstrengung auf sich zu nehmen, mit dem Baby das Haus zu verlassen. Ruth schlief schlecht, weinte viel, wollte immer an die Brust, nachts. Tagsüber dagegen war sie friedlich.

An einem jener Tage öffnete sich die Tür und Mikkel trat ein. Er hatte die Familie nie aus den Augen verloren und, er wusste selbst nicht genau warum, es war ihm wichtig, immer wieder nach Olga zu sehen. Ihre Zerbrechlichkeit, die so viel schultern musste, wurde ihm vielleicht zum Sinnbild der Geflüchteten, zum Sinnbild des Unmenschlichen in einer Zeit, da Solidarität als letzter Wert bestehen bleiben musste. Mikkel fand Olga schlafend vor. Mitten am Tag und mitten im Sommer. Die Stube war diesig und stickig, aber draußen war es angenehm warm und die Menschen waren froh. So wie er. Er blinzelte in den dunklen Raum. Eva saß still am Küchentisch und malte wie so oft. Das Baby schlief und Hans war nicht da. Wie meistens. Als Eva Mikkel eintreten sah, sprang sie erfreut auf. Mikkel! Rief sie laut und rannte ihm stürmisch entgegen. Dabei öffnete Olga die Augen und blinzelte verschlafen in den Raum. Auch das Baby erwachte. Mikkel! Rief jetzt auch Olga. Nur bedeutend leiser. Sie war auch heute sehr schwach und fühlte sich nicht gut, stand nun aber auf und begrüßte den Freund. Wie schön ihn zu sehen. Mikkel stand etwas verlegen im Raum, den er mit seiner nordischen Größe fast vollständig ausfüllte, schaute auf die Kinder und fragte: Wo ist denn Felix? Der schaut den Loks zu. Sagte Eva und meinte den Spielzeugladen unten an der Straße. Er schaut immer den Loks zu. Soso! Machte Mikkel. Dann habe ich ihn wohl eben übersehen. Er setzte sich an den Tisch. Nahm den Hut ab, sondierte die Lage. Und wie geht es euch? Seine Frage. Olga zu Boden blickend. Gut. Erwiderte sie. Mami schläft immer. Erklärte Eva dem Arzt. Aha? Ist das so, Eva? Eva nickte eifrig. Olga auch. Das stimmt. Ich bin immer sehr müde, Mikkel. Hm. Machte Mikkel. Das wunderte ihn nicht. Er beobachtete schon lange wie ausgezehrt Olga war. Von der Flucht. Den Schwangerschaften. Dem mangelhaften Essen. Auch, wenn er immer wieder etwas vorbei brachte. Und dann … er stand auf und öffnete weit die Fenster… Hier drin würde auch er irgendwann einschlafen. Draußen ist Sommer, Olga! Sie brauchen frische Luft und Bewegung und ein wenig Freude. Haben Sie jemandem, der auf die Kinder aufpasst? Olga wiegte mit dem Kopf. Da ist ein Mädchen in der Nachbarschaft. Erwiderte sie. Sie kommt manchmal.

Dafür nähe ich ihrer Mutter Sachen. Aber Hans scheucht uns bestimmt schon bald wieder in die nächste Wohnung. Eva riss die Augen auf. Wir mögen es hier, Mami. Rief sie. Hier wollen wir nicht mehr weg. Olga nickte. Ja, Schatz. Ich hoffe. Ist das Mädchen jetzt auch da? Fragte Mikkel. Olga zuckte mit den Schultern. Ich geh gucken, Mami. Schlug Eva geschwind vor und verschwand. Eva ist ein tüchtiges Mädchen, Olga. Lobte Mikkel anerkennend und blickte der flinken Eva hinterher. Dann betrachtete er die junge Frau genauer. Hier drin werden Sie nur noch schwächer, Olga. Ja. Sagte Olga knapp und dachte an Island. Die Spaziergänge. Die Sonne in der Frische. Aber das Baby …! Fügte sie bedauernd hinzu. Ruth ist oft krank, wissen Sie. Und sehr unruhig. Hans ist fast immer weg. In der Synagoge oder… ich weiß auch nicht. Letzteres füge Olga sehr leise hinzu, versehen mit einer schwachen Farbe von Gram. Mikkel kratze sich am Kinn. Ich verstehe. Sagt er. Hm hm. Eva stürmte wieder herein. Die Marie ist da, Mami. Sie fragt, ob sie kommen soll. Mikkel nickte. Ja. Sag ihr, sie möchte auf euch heute Mittag aufpassen und ich nehme eure Mami mit auf einen kleinen Ausflug. Ein Ausflug? Das Wort hallte in Olgas Ohren wie eine frohe Botschaft, noch mehr wie eine Fatamorgana. Unwirklich. Ja, gehen wir zur See. Schlug Mikkel vor. Sie können Farbe in ihrem Gesicht gebrauchen. Oder woanders hin. Wohin Sie wollen. Olgas Augen leuchteten. Sie sah ihn mit großen, dankbaren Augen an. Verharrte jedoch sprachlos. Auch Mikkels Gesicht erhellte sich. Also? Was sagen Sie? Olga, eben noch schläfrig und grau, war plötzlich quicklebendig und nickte freudig. Sie und der vornehme Arzt. Das war fein. Ich weiß, wohin ich will, Mikkel.

Rief sie und lächelte das Lächeln eines Mädchens. Das wäre? Mikkel hob neugierig die Brauen. Das sage ich Ihnen unterwegs. Warten wir noch auf Marie. Olga flitzte zum Spiegel, ordnete ihr Haar, konturierte ihre Lippen und warf noch einen Blick auf Ruth. Da öffnete sich auch schon die Tür und eine junge Frau mit hoch gestecktem, blondem Haar erschien, grüßte schüchtern. Sie trug selbst ein Baby im Arm. Das ist also die Marie. Sagte Mikkel freundlich. Ich bin Mikkel. Das Mädchen kam zögerlich näher. Auch Felix drückte sich nun durch die Türe herein und lächelte den großen Mann ebenfalls schüchtern an. Mikkel flößte ihm immer noch großen Respekt ein. Hallo Felix, da bist du ja. Er nahm den kleinen Jungen auf den Arm. Du bist ja groß geworden. Felix nickte stolz. Und ich kann schon bis zehn zählen. Er streckte ihm seine Hände hin und machte es vor. Eins, zwei... Das ist ja ganz wunderbar! Rief Mikkel. Dann seid ihr beide ja groß genug, um zusammen mit Marie auf die kleine Ruth aufzupassen. Felix und Eva nickten eifrig. Dann mal los. Rief Mikkel zu Olga. Er schwang sich auf. Ohne Sorge überließ Olga dem Mädchen ihr Baby und küsste die Kinder auf den Kopf. Die Autotüre von Mikkel stand schon offen und Olga beeilte sich Platz zu nehmen. So ein Nachmittag wollte ausgekostet sein. Lange konnte sie das Baby nicht alleine lassen.

Nun? Mikkel ließ den Motor an. Wo geht es hin? Ich möchte in den Zoo. In den Zoo? Ja. Olga nickte. Und ich möchte Lakritzeis essen. Bewusst hatte sie den Vorschlag nicht vor den Ohren der Kinder geäußert. Erst schaute Mikkel sie irritiert von der Seite an, dann lachte er hell auf. Vor allem als er sah wie plötzliche

Jugendlichkeit aus allen Poren Olgas strömte und wie die Lippen leuchteten. Rosa. Den Lippenstift Albertes, den hütete Olga. Hans mochte es nicht, wenn Olga Lippenstift trug. Wenn sie auf die Art leuchtete. Aber Hans sah sie jetzt nicht. Also trug sie ihn und leuchtete ohne ihn. Eine kleine Genugtuung. Mikkel lenkte den Wagen auf die Straße. Was musste die junge Dame einsam sein. Er setzte den Blinker. Eine gute Wahl. Befand er. Der Zoo von Kopenhagen ist einer der ältesten in Europa, wussten Sie das? Ja. Sagte Olga nur. Wusste es nicht. Setzte sich kerzengerade und freute sich einfach nur, dass ihr jemand einen Wunsch erfüllen wollte. Den Mikkel mochte sie. Er war groß, mit tiefen, guten Augen, von freundlicher Autorität. Und er las mit Vergnügen die Gedichte, die sie schrieb und ihm dann heimlich zusteckte, wenn Hans gerade nicht hinsah. Mikkel lobte sie manchmal, fragte, hatte auch Anmerkungen. Befasste sich jedenfalls mit ihren gedanklichen Bildern, nahm sich Zeit. Gab ihrer Person und ihren Gedanken Umrisse. Das tat gut. Auch geschriebene Worte wollten irgendwo ein Zuhause finden. Hans dagegen hatte nichts übrig für ihre Worte, auch nicht für Zoos. Für ihn gab es nur Konzerte, Museen und Theater. Die mussten auch Olga gefallen. Die spärlichen Ausflüge, die sie gemeinsam unternahmen, liefen gewöhnlich unter seiner Regie. Den Kinderwagen, der geschoben werden musste, den schob sie. Die Frau und der Mann. Es geht den Berg aufwärts, der Kinderwagen ist schwer, Hans. Hatte sie einmal gesagt. Hans überhörte es, brachte ihr jedoch noch am selben Tag einen Extrakorb mit Gemüse und Fleisch nach Hause. Dafür hatte er dann sein letztes Geld ausgegeben. Du musst wirklich kräftiger werden,

Schatz. Seine Worte. Ehrlich besorgt. An guten Tagen konnte Olga darüber lachen. An anderen nicht. Sie wusste, dass er sie liebte. Aber ihre Zartheit, die Zartheit ihrer Gedanken, schwammen um ihn herum. Und doch war es ja genau darum, dass er sie liebte. Sicher, auch sie konnte sich nicht in seine Träume einfinden. Wenn er glücklich die Welt vergaß, in einer Oper sitzend, sich von den Klängen verzaubern ließ, die Welt um ihn für Momente mit Schönheit färben konnte, dann langweilte sie sich und ging gedanklich durch Wälder spazieren oder dachte sich einen neuen Schnitt für ein Kleid für Eva aus. Währenddessen hielten sie sich dennoch und selbstverständlich an den Händen und wenn Hans hernach die Oper verließ, konnte er mit glühenden Wangen sagen: Es freut mich so, dass es dir auch so gut gefallen hat, Liebes. Ja. Sagte Olga dann und beließ es dabei. Wie merkwürdig Menschen doch miteinander sein konnten.

Und wie gut, dass es dann auch wieder solche gab, die ohne, dass man deren Hand hielt, für einen da waren. Mikkel war so einer. Olga genoß also den Nachmittag in vollen Zügen. Sie flanierte aufgedreht und charmant an den Gehegen vorbei, untergehakt am Arm des stadtbekannten Arztes und fühlte sich wie in einem Urlaub. Zumindest stellte sie sich Urlaub so vor. Genau so. Krieg? Nein, keine Spur davon. Als Mikkel ihr jedoch das gewünschte Eis spendieren wollte, schüttelte Olga plötzlich mit dem Kopf und machte einen gequälten Gesichtsausdruck. Was haben Sie denn, Olga? Eben waren Sie doch noch ganz versessen auf das Eis und so lustig? Olga hielt eine Hand auf ihren Bauch. Ich weiß nicht, Mikkel, mir ist auf einmal so übel. Und ich bin auch wieder so müde. Mikkel sah sie erst verwundert, dann entsetzt an, sagte aber nichts. Vielmehr schalt er sich innerlich, nicht schon früher darauf gekommen zu sein. Habe ich etwas Falsches gesagt, Mikkel? Äußerte Olga besorgt. Sie hatte die kleine Zornesfalte auf der gütigen Stirn Mikkels nicht übersehen. Es tut mir ja leid. Ich hatte wirklich große Lust einmal ein dänisches Lakritzeis zu probieren. Aber… sie sprach nicht weiter. Sie wurde auf den Schlag kreidebleich. Die Übelkeit überfiel sie in einer großen Welle und sie rannte zu einem nahe gelegenen Busch, würgte und übergab sich. Beschämt blickte sie sich hernach nach allen Seiten um. Sah wie manche Vorbeigehende mit dem Kopf schüttelten und tupfte ihren Mund mit einem Taschentuch ab. Mikkel trat zu ihr, legte seine Jacke sorgsam um sie und beruhigte sie. Olga blickte ihn hilfesuchend und sehr zerknirscht an. Nun wusste auch sie, warum er eben so entsetzt auf sie geblickt hatte. Oh, Mikkel! Das kann doch nicht sein…

Aber es konnte sein. Die Übelkeit war zwar fürs Erste verrauscht, aber die Laune auch. Sie verließen den Zoo. Olga gesenkten Kopfes. Mikkel stumm. Auf dem ganzen Heimweg sprach er kein Wort. Olga fühlte sich schuldbewusst und sie war so müde. Wieder spürte sie die Übelkeit in ihr hochkommen. Mikkel…! Rief sie… Doch da waren sie zum Glück schon angekommen. Olga sprang aus dem Wagen, rannte in das Haus, stürzte in die Toilette und übergab sich erneut. Mikkel zog seufzend und kopfschüttelnd die Handbremse und öffnete die Autotür. Da stürzte Hans aus dem Haus. Er mochte Mikkel ja, aber das ging zu weit… Mit seiner Frau einen Ausflug machen, das Baby alleine lassen.

Und die Kinder! Unerhört! Was haben Sie mit meiner Frau zu schaffen? Brüllte er außer sich. Doch Mikkel reagierte nicht, ließ ihn einfach stehen, ging ins Haus, betrat die Wohnung und suchte nach Olga. Diese kam gerade von der Toilette zurück, schleppte sich zum Küchentisch und sackte auf dem Stuhl erschöpft in sich zusammen. Da saß sie nun. Eben noch so froh gewesen, gekichert und flaniert und schon den rosa Lippenstift dem Erbrochenen gelassen. Ihr Körper tat ihr weh. Die Brüste spannten. Das Baby schrie. Es wollte schon seit einer Stunde gestillt werden. Hans, der die Situation nicht verstand, das schreiende Baby im Arm hielt und es gerne los werden würde, war hinter Mikkel ins Haus gerannt, immer noch aufgebracht. Sie, Sie… hub er wieder mit erboster Stimme an… aber er kam nicht zu weiteren Ausführungen. Mikkel, der den Anblick von Olga nur schwer ertrug, atmete tief ein, streckte sich in der kleinen, bescheidenen Wohnung zu voller Größe auf und entledigte sich seiner Wut nun ebenfalls. Wie können Sie nur? Rief er. Wie können Sie ihr das nur schon wieder antun? Wie? Hans war perplex. Er war doch derjenige, der wütend war. Was sollte das nun? Er schaute zu Olga, die stumm ihr Gesicht in ihren Händen barg. Schaute zu Mikkel, dessen Augen loderten. Stotterte: Was ist hier los? Olga, was ist los? Er bekam keine Antwort. Stattdessen begann Olga zu schluchzen. Die Kinder drängten sich erschreckt an Mikkel, der ihnen trotz seiner Wut, als der einzige Schutz erschien. Mikkel erinnerte sich daran in Albertes Haus in einer ähnlichen Situation gewesen zu sein und kam darum diesmal ohne Umschweife zur Wahrheit. Ich kann Ihnen sagen, was los ist, Hans. So? Ihre Frau ist schon wieder schwanger. Hans guckte verblüfft. Schwanger? Was? Du bist schwanger, Olga? Es war auch für ihn ein dejavu. Ein *Mussdassein*. Ein *Daskanndochnichtsein*. Ein *Ichwilldasdochabergarnicht*. Hans wusste kaum, was tun, was sagen und diesmal hatte Mikkel nicht die geringste Lust die Situation zu beschwichtigen, Hans zu schonen, die richtigen Worte zu wählen. Er war stocksauer und er überschritt seine ärztliche Zurückhaltung. Das ist völlig verantwortungslos, Hans. Ich habe kein Verständnis dafür, warum Sie das Ihrer Frau antun. In dieser Situation. Schon wieder. Und in so kurzer Zeit. Sind Sie glücklich mit einer Frau, die kaum zu Kräften kommt? Haben Sie Olga mal nach ihren Wünschen gefragt? Ja? Und wenn Sie noch mehr wissen wollen. Ich war mit Olga heute Nachmittag im Zoo. Ja, im Zoo. Weil sie das froh werden ließ und damit sie auch mal die Sonne zu sehen bekommt. Ihre Frau braucht Erholung, Zuwendung, Freude. Nicht noch ein Kind. Wir haben kaum mehr Lebensmittel in Dänemark. Wir sind im Krieg. Sie haben fast kein Geld und bauen hier eine Großfamilie auf… Oh, war Mikkel wütend. Fast hätte er sich zu antisemitischen Äußerungen hinreißen lassen. Fragen, ob Hans ein kleines Israel gründen wolle. Und am liebsten hätte er die bestürzte Olga in den Arm genommen. Aber das musste er schon Hans überlassen und hoffte, dass dieser es auch gleich täte. Darum zog er seinen Hut, deutete Richtung Olga eine leichte Verbeugung an, sagte: Haben Sie vielen Dank für den heiteren Nachmittag. Ich werde morgen nach Ihnen sehen. Und verschwand.

Die ungewünschte frohe Botschaft hatte allerdings auch im Nachgang leider für nicht viel Harmonie gesorgt. Hans fühlte sich unverstanden. Wer konnte denn ahnen, dass Olga so fruchtbar ist? Und fragte denn auch mal einer nach ihm? Lobte denn einer mal ihn? Wenn er das nötige Geld besorgen ging, eine immer noch bessere Wohnung auskundschaftete? Als sei das nichts, als sei das selbstverständlich. Alle hatten immer nur Mitgefühl mit Olga. War er niemand? Nur mit Mühe stand er der weinenden Olga bei. Mikkels Kritik schmerzte ihn. Sie traf in eine private Zone. In seine Sexualität. Was ging das einen fremden Menschen an, der zudem glaubte, nach Belieben seine Frau ausführen zu dürfen. Konnte dieser Mann, all die Dänen da draußen, die sich nicht wie sie zu fürchten brauchten, die nicht wie sie in diesen armen Häusern wohnten, konnten die sich denn vorstellen, was einem blieb, wenn einem sonst nichts blieb? Konnten diese Menschen auch nur erahnen, dass die nächtliche Liebe der einzige Trost war? Eine Insel, um nicht unterzugehen. Mitten im Chaos und auch mitten in der eigenen Jugend, den eigenen Wünschen? Er wusste, dass Mikkel recht hatte, er wusste, dass er Olga vernachlässigte, aber er vernachlässigte ja auch sich selbst. Eine Ehe als Flüchtender zu führen war auch nicht sein Plan gewesen. Dafür gab es keinen Leitfaden. Er hatte sich dieses Leben nicht ausgesucht. Lange an diesem Abend ging er alleine draußen durch die Straßen. Sich Widersprechendes und Hilfloses tobte in seiner Brust. Er stieß nach dem Kiesel. Er schmiss Steine in die See, er rief in die Nacht und wünschte, auch er hätte einen Freund, der ihm eine Freude bereiten würde. Er hatte nur täglich das Lächeln dieses glückseligen Rabbiners. Er hatte die entzückenden

Giebelhäuser, bunt und lieblich am Hafen, die ihn mal
trösteten, mal verhöhnten. Er sah die fröhlichen Dänen,
die unerschütterlich weiter ihr Tagwerk verrichteten,
hörte sie lachen und Lieder singen, die ihn mal
einstimmen ließen, mal ärgerlich machten, weil es nicht
seine Lieder waren. Vor allem hatte er stündlich die
Nachrichten aus dem Ausland in den Ohren, so oft es
ging. Man musste jede Sekunde wachsam sein. Es
konnte die letzte sein, wenn man nicht aufpasste. Diese
Nachrichten blieben alarmierend, und entbehrten
inzwischen der Zwischentöne. Der Schrecken wurde
offenbar. Die Juden in Polen mussten längst eine
Armbinde mit Judenstern tragen und wurden bei den
geringsten Vergehen zum Tode verurteilt. Die Juden in
Deutschland durften nicht mehr telefonieren. Man
kündigte einfach die Telefonanschlüsse. Das Lager
Auschwitz füllte sich mit zu Tode geängstigten
Menschen. Hitlers erste Westoffensive ging in die
zweite Westoffensive über. Blitzkriege gegen die
neutralen Staaten Belgien, Niederlande und Luxemburg,
Vereinnahmung der britischen Kanalinseln. Der
Eroberung von Paris folgte Italien und in Japan und
China war auch der Teufel los. Ach… es war gar nicht
mehr zu zählen. Immer tiefer in die Welt bohrte sich der
Krieg. Immer unübersichtlicher wurde die Lage, das
Leid. Ein großes Durcheinander an Eroberungen,
Vorstößen und neuen, eiligen Pakten. Erste Bomben auf
Deutschland fielen auch. *Europa nach dem Regen*, so
nannte Max Ernst sein Bild der Apokalypse. Es war
noch nicht ganz so weit. Aber es lief darauf hinaus.
Eigentlich müsste jedes Molekül in der Luft erzittern.
Dachte Hans erschauernd. Stattdessen sorgte ein
tragischer Zynismus in Deutschland für den Trug einer

heilen und vorgeblich progressiven Kriegswelt. Denn wie anders konnte der empfindsame Geist die Nachricht verstehen, wenn es hieß, dass auf dem 1940 gegründeten Großdeutschen Dichtertreffen in Weimar deutsche Dichtung mit der *„Sendung des Führers"* völkisch konservativ gleichgesetzt wurde und Goebbels den Schriftsteller als "geistigen Bahnbrecher seiner Zeit" feiern wollte, doch alle relevanten Denker und Künstler bereits verbrannt hatte. Oh, Deutschland. Das Land der Dichter und Denker. Hans blutete das Herz. Da saß ein wahnsinniger, kleiner Mann in seinem ersten Führerhauptquartier *„Felsennest"* in der Eifel und dirigierte von dort aus den Tod in der Welt, verschob Grenzen als säße er im Sandkasten, förderte Propagandafilme wie *„Jud Süß"* von Veit Harlan, welche den Juden als das Urböse diffamierten und feierte dies als Geist der Gegenwart. Ja, ach! Hans schmiss noch ein wenig mehr Steine in die See. Trat gegen Mauern. Schrie noch einmal in die Dunkelheit, dann packten auch ihn die Tränen der Anspannung und er rannte so schnell er konnte nach Hause.

Atemlos riss er die Tür auf. Es war sehr spät, doch Olga saß noch immer, als hätte sie den Stuhl von vorhin nicht verlassen, am Küchentisch und stillte soeben die kleine Ruth. Vor ihr ein Blatt Papier mit dahin geschriebenen kurzen Sätzen in gebogenen Schnörkeln. Ein Bleistift daneben. Ihren Haarschopf hatte sie unter einem Kopftuch verborgen. Das Bild, das sich Hans zeigte, glich einem stillen, holländischen Gemälde in diesem schummrigen Licht. Voll Schönheit und Ergebenheit. Hans ergriff dieser anmutige Anblick. Er ging auf Olga zu, schmiss sich vor ihr nieder, fasste ihre Hände und benetzte diese mit Küssen. Großer Auftritt. Große Demut. Verzeih mir, Liebling. Es tut mir so leid. Stieß er jammervoll hervor. Tränen männlicher Verzweiflung und Liebe netzten Olgas Haut. In dieser Nacht hielten sie sich eng umschlungen. Sie sprachen nicht miteinander, aber sie waren eine Kugel.

Was kann man nun sagen? Olga und Hans versuchten in den nächsten Monaten, auch Jahren, ein möglichst familiäres Leben zu leben. Es hatte den Umständen entsprechend durchaus glückliche Momente gegeben. Momente, an denen Mikkel auch in Zukunft nicht unbeteiligt blieb. Gemeinsam mit ihm feierten sie den Geburtstag des vierten Kindes, Ilse, im Oktober 1940. Gemeinsam mit ihm beging Olga noch manche Ausflüge, unter Billigung von Hans. Manchmal war Hans auch dabei. Manchmal nahm Mikkel Olga sogar mit zu Patientinnen und sie lernte von ihm ein wenig als Krankenschwester zu dienen. Das war sehr hilfreich. Denn ihr gewonnenes Wissen konnte sie bei ihren Kindern anwenden. Mikkel war zwar vorrangig ein Arzt der Reichen, aber er machte ebenso viele Besuche bei den Armen. Um sie kümmerte er sich besonders gern und rührend. Geld nahm er niemals. Auf diese Weise kam Mikkel viel herum und war die beste Informationsquelle und Geheimnisträger der Stadt. Manche brandheiße Informationen trug er auch zu Hans, Nachrichten vom Kriegsgeschehen, die sonst nicht zu bekommen waren oder Infos über Hilfsaktionen, die im Untergrund walteten. Damit gab er Hans die Möglichkeit, das Geschehen von beiden Seiten zu betrachten, von der bösen und der sich ihr widersetzenden, das Menschliche hochhaltende. Er gab ihm damit Hoffnung und Würde. Für Olga waren Nachrichten nicht das, was sie brauchte. Sie ging, wenn sie die Welt in ihrem Inneren verstehen wollte, nun manchmal ins Kino. Seit neuestem liebte sie es Filme mit der Schwedin Ingrid Bergmann anzusehen. Ingrid Bergmann, die ausgerechnet in den Jahren des Krieges ihre erste Popularität durchlebte, hatte als „natürliche Schönheit" die Sexgöttinnen der US-Kinos abgelöst und sie hatte großes Glück, dies in Schweden tun zu dürfen. Sie konnte sich dem Film verschreiben, ohne von einer Propagandamaschine missbraucht zu werden oder eine lockig, unschuldige Titelheldin eines dem Mann dienenden Frauenbildes mimen zu müssen, wie ihre Kolleginnen in Deutschland es vielfach taten. Nein, Ingrid Bergmann war ein ganz neuer Typ. Modern und zugleich zeitlos klassisch. Dramatische Person, sensibel und zerbrechlich, doch ebenso mutig und von melancholisch tragischer Konsequenz. Das beeindruckte Olga zutiefst. Sie reifte selbst mit an den sich entwickelnden Frauenbildern auf den Leinwänden. Ingrid Bergmann nun war ihr innere und äußere Größe. Wenn Olga nach einem solchen Kinobesuch dann hinaus ins Helle trat, ging sie stets noch eine Weile an der See spazieren. Immer weiter den Hafen entlang. Die Gestalt Bergmanns hing ihr manchmal noch stundenlang in Geist und Knochen und ein wenig fand sie sich selbst darin wieder, in der Tiefe, der Zartheit, dem schweren Schicksal. Würde man sie in diesen Momenten gesehen haben, so hätte man nicht gewagt sie anzusprechen, so versunken war sie, so tief im inneren Geschehen, ihrem eigenen, in dem aller. Es gab ihr Kraft, sich in die Phantasie, in Leid und Glück des Zelluloid hineinzubegeben und mit den Emotionen

Fremder ihre eigenen ein wenig durchzuspülen. Es war ihre Art von Kommunikation mit sich selbst und der Welt. Olga brauchte die beredten Innenwelten. Bücher, Filme, weibliche Heldinnen. Wenn sie darin eintauchen konnte, wenn sie die Wandlungen der Frauenbilder durchdrang und sich in ihnen abglich, durchschaute sie allein dadurch schlafwandlerisch und punktgenau den Geist der Zeit. Ja, Olga begriff den Krieg auf ihre ganz eigene Weise. Sie war nicht ein Kanal, wie Hans, durch den eine Meldung floß. Sie wurde zur Meldung. Sie war der Krieg selbst. Sie lernte zu akzeptieren, dass Hans anders war und anders litt als sie und auch, dass Hans sie liebte, ohne dass er ihre Innenräume kannte oder kennenlernen wollte. Dass er sie, anders gesagt, unbesehen liebte. Einfach nur, weil sie sie war. War das nicht schon sehr viel? Überlegte Olga oft. Sprach sie sich zu. Doch ein Rest von Sehnsucht blieb immer. Wenigstens aber konnte sie nun Dank Mikkels Unterstützung Dänemark als einen neuen Rahmen ihres Daseins akzeptieren, wissend, dass sie alles in allem großes Glück hatte. Sobald sie dem Dänischen ein wenig mächtig war, sang sie darum gerne mit den anderen voll der Freude die dänischen Heimatlieder mit, überall dort, wo sie gesungen wurden und es wurde viel gesungen. In jener Zeit der Besatzung. Wenn sie unterwegs war, passte weiterhin Marie auf die Kinder auf. Zu ihr hatte Olga keine tiefere Bindung, doch sie war froh, ein verlässliches, bleibendes Element in ihrem Leben zu haben. Auch zogen sie in der nächsten Zeit nicht mehr um. Sie blieben wohnen an der Station zwei. Der Spielwarenladen von nebenan zog Felix täglich weiter in seinen Bann, stundenlang konnte er vor dem Schaufenster stehen und dem Kreisen der kleinen

Eisenbahnen zusehen und manchmal hatte er Glück, wenn Mikkel ihm aus diesem wundersamen Laden eine Kleinigkeit mitbrachte. Einmal sogar eine Lok. Der Blumenladen an der Ecke von der Familie Adams bot bunte Rosen und Hans vergaß nie mehr, einmal in der Woche Olga einen kleinen Strauß mitzubringen und so lief der Krieg eine ganze zeitlang tatsächlich nur als Hintergrundgeräusch. Der Überfall Hitlers auf Russland war zwar ein Schlag in die Magengrube des Entsetzens und der Angst, aber das Kriegsgetöse hielt sich vor den Toren. Hans blieb immer noch wachsam, doch inzwischen hatte er zu dem Weltgeschehen ein neuen Zugang gefunden. Die folgenden Kämpfe und Niederlagen gegenüber Russland, überhaupt all die erbitterten Schlachten weltweit, die Not, die immer fataler wurde und in die Städte und Dörfer Deutschlands schwappte, die Demütigungen an den Juden irgendwo da draußen und nicht nur in Deutschland, all dies oszillierte für Hans inzwischen weniger in den detaillierten Radiomeldungen über Kampfereignisse als vielmehr in den Taten Einzelner, in der Gesinnung von Menschen, die sich dem Nazitaumel widersetzend hervortaten und darum vielfach umkamen. Es waren jene letzten aufrechten Geister wie etwa Pater Maximilian Kolbe, der Theologe Dietrich Bonhoeffer, die Mitglieder der deutschen Widerstandsgruppen *Rote Kapelle* oder *Die Weiße Rose*, überhaupt alle Widerstandskämpfer, denen der Tod um ihres Menschseins Willen nicht erspart blieb. Diese waren Hans Brennglas und Spiegel von Politik und Zeitgeschehen geworden. Ebenso die indirekten Morde, die sich in den verzweifelten Selbsttötungen von ins Exil geflüchteten Intellektuellen zeigten, wie soeben der

Tod des Schriftstellers Stefan Zweig, der sich in Brasilien mit Schlaftabletten das Leben nahm oder jene Menschen, die solidarisch den Tod wählten, obgleich man ihnen die Rettung angeboten hatte, wie der berühmte polnisch, jüdische Kinderarzt, Pädagoge und Autor Janusz Korcak, der freiwillig mit den Kindern seines Kinderheims in den Tod der Vergasung ging. Die Liste war eine lange. Vieles war gar nicht zu lesen oder im Radio zu hören, vieles drang nur gerüchtehalber nach Kopenhagen. Und das Böse überschattete das heimlich Gute. Deutlich war zuweilen die Stimme Thomas Manns zu vernehmen, der statt von Ehrentot und Verzweiflung gepackt, in großen Reden aus dem amerikanischen Exil immer wieder zu Frieden und Umkehr aufrief. Doch das half ebenso wenig wie die Stimme des Papstes, Charlie Chaplins Persiflage über den Diktator oder das Ansinnen des mutigen, dänischen Pastors und Schriftstellers Kaj Munk, der sich in Kopenhagen aktiv gegen Hitler engagierte. Der Krieg war da, er war böse und das Böse wurde laut in die Welt hinausposaunt. Als Schrecken und sehr gefräßige Apokalypse, angeführt von Menschen, deren Herz verdunkelt war. Es tat Hans gut, dass es in den Trümmern der Zeit aber eben auch die Mutigen gab und mehr und mehr begann er diese wahrzunehmen, sein eigenes Leid zu abstrahieren und aus deren Todesbereitschaft eigene Kraft zu schöpfen und damit immer wieder an das Gute zu glauben. Die Hoffnung als letzte Bastion von Würde. Auf diese Weise fand er so wie Olga seinen ganz persönlichen Zugang zu den Meldungen des Tages und vermochte es, nicht gänzlich von dem Weltgeschehen und der eigenen Situation deprimiert zu sein. Er lebte zwar von Sozialhilfe, aber er lebte. Noch. Doch es war eine ungewöhnliche Stille in dem kleinen Dänemark, eine schwelende Ruhe vor dem Sturm. Wie lange würde das gut gehen? Hans war sich sicher, das Unheil würde eines Tages über die Grenze schwappen. Und was dann?

Hans täuschte sich nicht. Das Unheil kam schneller als erwartet. Schon im Spätsommer 1943 war es soweit. Die Dänen hatten die Besatzungsmacht satt und was lange nur züngelte, brach sich in plötzlichem Sturm Bahn. Eine Welle von Generalstreiks und Sabotageakten hub an, die Widerstandsgruppen wurden aktiv und all das zusammen mündete in eine gewaltsame Augustrevolte, in deren Verlauf sogar ein Kind erschossen wurde. Verdammt, dachten die Deutschen. Erst Russland, das aus dem Ruder lief, jetzt auch noch das kleine Dänemark. Unruhe in der Speisekammer brauchten sie nun wirklich nicht. Verdammt, dachten auch die Menschen im Widerstand. Ihnen wurde einmal mehr klar, dass Hitler nun vor nichts mehr Halt machen würde. Sie warnten darum. Und vieles, was sie neuerdings erzählten, vor allem aus den Ostgebieten, war so unermesslich grausam, dass selbst Hans lieber dem Lächeln des Rabbi glauben wollte als jenem Flüstern, das auch ihm aus einschlägigen Kreisen zugeraunt wurde oder das Mikkel mitbrachte und erzählte, sobald die Kinder schliefen. Da war von der Erschießung von bis zu 200.000 Juden im September 1941 in Babyn Jar, einem Tal bei Kiew, zu hören. An zwei Tagen hatte man diese Menschen in einer riesigen Grube Schicht um Schicht erschossen und sich danach herzlich gratuliert, dass alles so freundlich, reibungslos verlaufen war. Und im April 1943 der Aufstand im

Warschauer Ghetto. Mehr als 56.000 Juden sollen dabei ihr Leben verloren haben und der Rest daraufhin deportiert worden sein, das Ghetto zerstört. Solche Zahlen konnte man sich gar nicht vorstellen. Das war unmöglich. Das mussten Gerüchte sein. Die meisten schüttelten ungläubig den Kopf. Die Gerüchte kamen ja auch von weit her. Aus dem Osten. Aber doch: ja. Die Überbringer jener Nachrichten schworen Stein und Bein darauf. So war es. Glaubt uns doch. Sie flehten den Rabbiner an, Vorkehrungen zu einer Evakuierung zu treffen. Sie erinnerten ihn an die Beschlüsse über die Ausrottung der Juden in der Wannseekonferenz im Januar 1942 in Deutschland und an eine Reichstagsrede Hitlers von 1939, noch vor dem Beginn des Krieges, als dieser deutlich von einer baldigen Vernichtung der Juden in Europa sprach. War Dänemark etwa nicht Europa? Welche Beweise brauchte der Rabbi denn noch? Vielleicht die neueste Äußerung Hitlers, der noch immer ein Großreich vom Atlantik bis zum Schwarzen Meer schaffen wollte und alles ihm unrein und lästig Erscheinende gnadenlos auszumerzen gedachte? Deutlicher konnten die Worte nicht sein: „*Wir erleben gerade den Vollzug dieser Prophezeiung und es erfüllt sich am Judentum ein Schicksal, das zwar hart, aber mehr als verdient ist. Mitleid oder gar Bedauern ist da gänzlich unangebracht.*" Immer wieder appellierten sie an Melchior. So eindringlich. Doch dieser blieb bei seinem standhaften Optimismus. Nur lächelte er jetzt nicht mehr, er wurde böse. Sah die Zweifler als die eigentlichen Unruhestifter, denn war doch eine solche Unruhe gegenüber den Deutschen gerade das Gefährlichste. Er beschimpfte sie, scheuchte sie davon. Was nicht sein konnte, würde nicht sein. Lieber kümmerte er sich um das Herannahen des Feiertags *Rosch Ha Schana.* Den jüdischen Neujahrstag. Das Fest der Besinnung und Reinigung. Heieiei, jetzt war aber mal gut. Fand er.

Sich auf den Feiertag vorbereiten, das tat auch bald die Familie Rottberger. Vielmehr Olga tat es. Sie war die einzige in der Familie, die ein Minimum an jüdischer Tradition im Privaten aufrecht erhielt. Sie gingen zwar nicht in die Synagoge, aber sie nutzten das Fest zu häuslicher Freude. Olga putzte, kochte und backte darum schon den ganzen Tag. Mikkel hatte ihr geholfen Zutaten zu finden, das war schwierig genug in den rationierten Zeiten. Aber für Honigkuchen und in Honig getauchte Äpfel reichte es. Die Kinder freuten sich, die Stimmung war froh und Hans ließ sich anstecken von der heilen Atmosphäre. Für einen kurzen Moment vergaß er die heikle Situation, die sich in Dänemark gerade so deutlich zuspitzte. Denn endlich hatten sie Familienidylle und Freude und auch Olga war in der letzten Zeit zunehmend aufgeblüht, sah endlich wieder heiter und frisch aus. Doch mitten hinein in das Fest, es war später Nachmittag, wurde die Tür aufgerissen und Mikkel stand da. Aufgeregt und finster, wie sie ihn nie zuvor gesehen hatten. Ihr müsst fliehen! Rief er. Nur das. Ihr kommt mit zu mir. Beeilt euch. Schnell.

So war das. Deutschland hatte ja schon zuvor und im Zuge der Augustrevolte Ernst gemacht. Die Politik des hinhaltenden Widerstands, des Gebens und Nehmens, war vorbei. Die Nazis riefen das Kriegsrecht aus, verhängten den Ausnahmezustand, erteilten Versammlungsverbot, führten eine Ausgangssperre ein, forderten die Todesstrafe, entwaffneten die dänische Restarmee und ignorierten, kurz gesagt, alle vorherigen Zusagen. Die Zeit sei reif nicht nur das störrische Dänemark richtig in die Knie zu zwingen, sondern vor allem sich jetzt endlich der Judenfrage anzunehmen und mit der längst geplanten Deportation auch dänischer Juden, im Zweifel noch ein paar Kommunisten, in das Konzentrationslager nach Theresienstadt zu beginnen. Allein der Tag musste noch beraten werden.

Hier mischte nun Georg-Ferdinand Duckwitz mit. Als deutscher Diplomat, Mitglied der NSDAP, Vertrauter Himmlers und Schiffahrtssachverständiger spielte er ein Doppelleben. Ob aus Überzeugung oder um sich für später ein Hintertürchen offen zu lassen, ist strittig. Sicher ist, er hatte gute Kontakte zu dänischen Sozialdemokraten. Und als er endlich am 18. September 1943 von Werner Best, dem einstigen „*Bluthund von Paris*", jetzt Reichsbevollmächtiger für Dänemark und ebenfalls ein taktisches Doppelspiel spielend, das genaue Datum für die geplante Deportation erfuhr, - nämlich die Nacht vom 1. auf den 2. Oktober, mit Abtransport von *Seeland* zu Schiff und von Fünen und Jütland mit der Bahn im Sonderzug -, verhandelte er bereits drei Tage später unter Bests Duldung in Stockholm mit der schwedischen Regierung über die Aufnahme jüdischer Flüchtlinge, warnte hernach seine Verbindungsmänner in Dänemark und: ein Dominostein nach dem anderen kippte.

Etwas in der Geschichte der Judenverfolgung Einmaliges passierte. Eine Welle der Solidarität ging durchs Volk. Schließlich hatte es eine Judenfrage aus Sicht der Dänen ohnehin nie gegeben und je stärker die Juden in Deutschland verfolgt wurden, desto mehr wehrte sich Dänemark gegen jede Form von Rassismus. Schon Anfang September 1941 hatte sich der dänische Ministerpräsident Vilhelm Buhl besorgt beim dänischen König Christian X. über den Umgang der Deutschen mit den Juden in den besetzten Ländern geäußert. Was, wenn dies eines Tages in Dänemark passieren würde? Doch der König soll leichthin erwidert haben: „Falls dies geschähe, ist es die einzig richtige Haltung für uns alle, den *Davidstern* zu tragen." Eine Gesellschaft, so die dänische Auffassung, könne nur funktionieren, wenn man das Gemeinwohl jedes einzelnen im Blick habe. Mit dieser Einstellung hatte sich Dänemark schon erfolgreich durch die Weltwirtschaftskrise manövriert. Die Formel hieß: "Wer ein guter Däne ist, der ist ein Demokrat." Nationalisten, Kommunisten oder gar Antisemiten hatten wenig Chance. Daher setzte Dänemark auch nicht auf Militär, sondern auf eine behutsame Sozialpolitik, die Randgruppen und Bedürftige in die Gesellschaft integrieren sollte. Das Geld war auf diese Weise besser angelegt, fanden die Dänen und erzeugten damit ein so starkes Wir-Gefühl, das nun sowohl die eigenen als auch die fremden Juden selbstverständlich mit einschloss. Kein Wunder also, dass die Meldung über die bevorstehende Deportation sich über viele Kanäle in kürzester Zeit wie ein Lauffeuer verbreiten konnte. Ein Vorteil war auch, aufgrund des Feiertages waren die Juden in ihren Häusern oder in der Synagoge und so konnten die meisten rechtzeitig gewarnt werden. Doch war eine solche Meldung glaubhaft? Es fiel den Juden in Dänemark nach wie vor schwer, das Unmögliche zu glauben. Auch der Rabbi hatte einige Not, sah ein, dass er zu optimistisch gewesen war und bedauerte nun, nicht früher reagiert zu haben. Doch für schlechtes Gewissen war keine Zeit, jetzt musste schnell gehandelt werden. Die rund 7000 Juden, von denen nur etwa 1500 nichtdänischer Staatsangehörigkeit waren, plus jener, die Angehörige hatten, setzten sich, zwar zunächst unkoordiniert, doch rasch in Bewegung. Fürs Erste galt es, sich zu verstecken. Dafür öffnete das ganze Volk seine Türen. In Schulen, Krankenhäusern, Altenheimen, Pfarrhäusern, Dachböden, Gärten, bei Privatpersonen, im Wald... überall fanden die Flüchtenden Aufnahme. Und erst als Werner Best sichergehen konnte, dass die Mehrheit der Juden in der ein oder anderen Form abgetaucht war, gab er als treu ergebener SS-Obergruppenführer die Jagd auf die Juden frei. Gestapo und SS warteten ja bereits in den Startlöchern. Was in Russland nicht lief, sollte hier mit Leichtigkeit laufen. Ein Stellvertreter Adolf Eichmanns traf eigens in Kopenhagen ein, 300 Gestapo-Agenten befehligten die Aktion. Die Telefonverbindungen wurden gekappt und die Jagd auf die Juden in Kopenhagen und in den kleinen Küstenorten startete. Mancherorts zerrte die Gestapo tatsächlich vereinzelte Juden aus ihren Verstecken, stöberte hier und da Rettungsmanöver an der See auf und setzte so einige Hundert Juden fest, doch viel war dies nicht. Nicht einmal fünfhundert. Der Überraschungsangriff war nicht geglückt. Erschwerend kam hinzu, dass Best außerdem ausdrücklich und wieder taktisch klug, angeordnet hatte, dass die Gestapo bei ihrer Razzia keine Türen aufbrechen durfte, und offenbar hatte man sich daran gehalten. Alle Dänen waren in den nächsten Wochen auf den Beinen. Sogar die Universitäten wurden geschlossen, damit die Studenten frei dafür waren, beim Verstecken der Juden zu helfen und spontan die Koordination der Hilfsaktionen hin zur See, vielfach unter Anleitung des Pastors Kaj Munk, zu kontrollieren. Auch der jüdische, - oder nach nazideutscher Bezeichnung `halbjüdische´, - dänische Nobelpreisträger Niels Bohr wurde aktiv und erreichte über seine schwedischen Freunde nach Einschaltung des schwedischen Königs Gustav V., dass am 2. Oktober über die schwedischen Radionachrichten ein Aufnahmeangebot Schwedens verbreitet wurde. Das war gar nicht so selbstverständlich. Denn bislang hatte Schweden seine Türen sehr ungern bis gar nicht geöffnet. Es herrschten sowohl rassistische Vorbehalte also auch die Furcht vor "illoyaler Konkurrenz" durch jüdische Einwanderer. Erst nach der Kriegswende durch die Schlacht um Stalingrad Anfang des Jahres wurde der Umgang mit den deutschsprachigen Emigranten liberaler. Schweden gab also grünes Licht, dänische Fischer machten schnell ihre Boote für eine Überfahrt zur Nachbarküste mobil und die Küstenwache und die Polizei schauten so gut es ging bei alledem weg. Oder spielten mit, indem sie die zur Deportation notwendigen Schiffe in Inspektion gaben. Als hilfreich zur Flucht nach Schweden erwies sich die geringe Entfernung zwischen der Ostküste Dänemarks und Schweden. Von Helsingor nach Helsingborg. Und genau hier wollten auch Hans und Olga hin, vielmehr Mikkel, der die Familie zunächst, bis alles geklärt und arrangiert war, im Keller seiner Arztpraxis versteckte. Alles musste sehr schnell gehen. Aber wie immer war Mikkel kühlen Kopfes und bestens vorbereitet und ja, es war kein Wunder: Wie so viele Dänen, denen die Menschlichkeit das höchste Gut war, gehörte auch er in die Kreise der Widerstandsgruppen Dänemarks. Nun wussten auch die Rottbergers, was sie vorher nur ahnten. Während die Familie also im Keller ausharrte und Olga in Gedanken durchging, ob sie auch genug warme Kinderkleidung für den Winter in der Eile in den Koffer gestopft hatte, hörten sie Mikkel energisch telefonieren. Er schien ihr Überleben auszuhandeln. Gleichzeitig hörten sie die Türklingel schrillen. Schritte. Stimmen. Nur undeutlich. Waren dies Freunde, die Gestapo? Olga klammerte sich stumm an Hans und hielt ihre Kinder fest umschlungen. Sie und Hans horchten angestrengt nach oben. Es ist nicht so, dass man sich an den Zustand der Flucht gewöhnen würde. Es ist auch nicht so, dass man irgendwann keine Todesangst mehr hätte. Seit acht Jahren waren sie vielmehr gewohnt auf jedes Geräusch Obacht zu geben. Seit acht Jahren lebten sie nur dank Hilfe anderer. Ein fragiles Gebilde. Und immer wieder brachte ihr Überleben andere Menschen in Gefahr. Wie konnte man dies überhaupt verantworten? Am liebsten wäre Hans aufgesprungen und nach oben gegangen. Diese Opferrolle hasste er. Seine Last anderen Menschen abgeben zu müssen, hasste er. Hatte er denn den Rabbi nicht lange genug gewarnt? Hans zürnte. Hätte er doch nur stärker auf ihn eingewirkt. In diesem Moment war er fast wütender als ängstlich. Die Spannung war unerträglich. Nichts passierte. Die kleine Ilse fing an zu plappern. Kein Wunder. Sie verstand nicht, was vor sich ging. Auch Ruth war unruhig und begann zu zappeln. Beide wurden mit einem warnenden

Zischen zur Ruhe gemahnt, was die Kinder jedoch dazu veranlasste nur noch lauter zu werden. Wer auch immer da oben war, würde sie bald hören und dann... Olgas Griff um den Arm von Hans wurde fester. Sie vergaß fast zu atmen. Schließlich öffnete sich behutsam die Kellertür, ein Lichtschein fiel in den Raum und Mikkel lotste ein junges, verängstigtes, jüdisches Paar in den Raum. Das sind Rahel und Johannes. Stellte er vor. Die beiden nickten Hans und Olga hastig zu, doch als sie sahen, dass sich hinter deren Beinen vier Kinder befanden, fuhren sie wieder zur Tür zurück. Mikkel! Erscholl es aus Rahel... Keine Angst! Flüsterte Mikkel. Das junge Paar befürchtete das Gleiche wie Hans und Olga, dass die Kinderstimmen sie bei einer Razzia verraten könnten. Beruhigt euch. Ihr seid hier sicher. Und zu Hans und Olga, welche die Kinder vor den Augen der verstörten Fremden beschützend an sich zogen, sagte er: Los, wir können! Hans atmete auf. Olga stieß die Kinder aufgeregt vor sich her durch die Kellertür, würdigte das Paar beim Vorbeigehen keines Blickes, und folgte den anderen. Das große, schwarze Auto stand bereits fahrbereit, die Türen geöffnet. Im Arm trug Mikkel jede Menge dicke Schurwolldecken. Er zeigte auf diese und gab sie Hans und Olga in die Hand. Damit müsst ihr euch zudecken. Ihr Kleinen, - er deutete auf Ruth und Ilse,- ihr kauert euch zu den Füßen eurer Eltern. Dort macht ihr euch klein und seid ganz still. Und die anderen versucht euch irgendwie übereinander auf der Rückbank lang zu legen. Ich werde über euch medizinische Hilfsgüter stapeln. Mikkel atmete schwer und rannte hin und her mit Kartons und Gerät. Wollen wir hoffen, dass wir in keine Kontrolle geraten. Alle nickten und taten wie ihnen geheißen. Sie drängelten sich auf der Rückbank und es gelang ihnen tatsächlich ziemlich gut unter den Decken zu verschwinden. Ein Glück, dass ihr keine Dänen seid! Scherzte Mikkel noch. Und meinte damit die Größe seiner heimlichen Insassen. Dann ratterte er los. Es war stockfinster. Die angereisten Gestapoleute hatten noch keinen Augenmerk auf die Straßen gerichtet, doch es war ein Spiel auf Zeit. Wer Dänemark und die Bewohner Kopenhagens gut kannte, sah mitunter die Flüchtenden an den Straßensäumen. Sah Gestalten in ein Gebüsch huschen oder Menschen auffällig unauffällig gehen. Sah große Autos, die um diese Zeit sonst nicht fuhren, am Steuer ein nervös drein blickender Fahrer wie Mikkel. Die eine Bewegung ging Richtung Strand. Die andere in eins der unzähligen Verstecke. Mikkel aber fuhr in Küstennähe Richtung Helsingor. Dort gab es eine besonders schmale Stelle rüber nach Schweden. Mikkel war sich sicher, dass die heutige Nacht zu kurz war, um alle Menschen nach Schweden zu schaffen. Aber für einen ersten großen Schub würde es reichen und er war froh, dass er für die Rottbergers bereits ein Boot geordert hatte. Der Besitzer dieses etwas größeren Segelbootes war ein Patient von ihm. Mikkel behandelte ihn und seine Familie schon seit Jahren umsonst. Das kam ihm jetzt zugute. Er hielt an. Es mussten etwa zweihundert Meter vom Strand und den Booten entfernt sein. Die Schemen der Nacht waren schwer auszumachen. Er machte den Motor aus, zog die Handbremse an und sah sich um. Wenn die Warnung erfolgreich war, konnte die Gestapo unmöglich jetzt schon wissen, was sich hier abspielte. Das Auto hatte er an einem kleinen Strandhaus in den Dünen geparkt. So war es ausgemacht. Er blendete zwei Mal das Licht auf, das war das Zeichen. Wieder spähte er in die Nacht. Und tatsächlich, er erhielt Antwort. Eine Laterne hob sich zweimal und senkte sich wieder. Erleichtert drehte sich Mikkel zum Rücksitz. Olga. Hans. Raunte er. Wir sind da. Ihr könnt rauskommen. Doch das Rauskommen war gar nicht so einfach. Mikkel stieg aus, öffnete die hinteren Autotüren und räumte die Kisten hinfort, die auf der kleinen Familie lagerten. Als erstes rappelten sich die Kinder hoch, krochen aus dem Auto, dann Hans und Olga. Nach draußen gelangt und nun in der nächtlichen Frische stehend, rieben sie sich die schmerzenden Gelenke. Wo sind wir? Fragte Hans. Denn außer dem Scheinwerfer der Taschenlampe sah er nichts. Doch bevor Mikkel antworten konnte, trat ein stämmiger, junger Bursche mit einer Laterne in der Hand zu ihnen. Sie grüßten sich. Mikkel machte ein Zeichen zu den Rottbergers, der Bursche nickte und deutete an, ihm zu folgen. Gemeinsam gingen sie durch die Dunkelheit. Die Kinder klammerten sich an die Eltern. Sie hatten Angst. Mehr noch vor der Nacht als vor dem, was um sie herum passierte. Aber Mikkel war bei ihnen, das beruhigte alle. Auf einmal hörten sie Stimmen. Sie gingen weiter. Es waren viele Stimmen. Sie erklommen einen Hügel und dann sahen sie es. Es traf sie wie ein Schlag. Hunderte, - oder Tausende?-, von Menschen drängelten sich auf einem schmalen Küstenstreifen. Vor ihnen schaukelten kleinere und größere Boote oder Kutter. Taschenlampen und Laternen irrlichterten durch eine gewaltige, aufgeregte Menge, die eben noch glücklich und feiernd in einem warmen Zuhause oder in der Synagoge saß und heilige Lieder sang. Mikkel blieb stehen. Ab hier lasse ich euch alleine. Mikkel! Entfuhr es Olga. Natürlich. Sie mussten sich von ihm verabschieden. Er war ja nur der Kurier. Und noch andere warteten auf ihn. Wie furchtbar. Ein Weiterleben ohne Mikkel? Schon wieder sollte sie sich von jemandem verabschieden, der ihr Luft zum Atmen war? Olga wurde panisch. Mit angstgeweiteten Augen sah sie Mikkel an. Er war ihr so lange der Stein in ihrer seelischen Brandung gewesen. Nun ließ er sie an der See alleine. Mitten im erneuten Sturm. Mikkel! Schluchzte sie. Sie erschreckte sich tief. Aber sie hatte fast noch mehr Angst um ihn. Wenn ihm nur nichts passierte in dieser Nacht. Stunde um Stunde würde es gefährlicher werden. Passen Sie gut auf sich auf, Mikkel. Schluchzte Olga und umarmte ihn innig und heftig. Leben Sie weiter. Für mich. Sogar Hans umarmte Mikkel. Haben Sie tausend Dank für alles. Sagte auch er. Und bitte: Seien Sie nicht leichtsinnig. Mikkel nickte. Seien Sie unbesorgt, Sie beide. Erwiderte er. Doch seine Mundwinkel zuckten nervös und es war anzunehmen, dass er in den nächsten Wochen sehr leichtsinnig sein würde. Denn er gehörte zu den Guten. Er küsste noch einmal die Kinder alle auf den Kopf, kniff Felix sanft in die Wangen und sagte: Ihr habt ein Glückskind dabei. Euch wird nichts passieren. Dann schob er die Familie von sich weg. Los, geht! Es wird Zeit. Der junge Bursche deutete an, ihm zu folgen. Zunächst schien er sehr ruhig. Er lavierte die Rottbergers durch die aufgeregte Masse Mensch und bedeutete ihnen am Kai zu warten. Sie warteten. Doch er ging. Der junge Bursche verschwand einfach und er kam nicht wieder. Und was jetzt, Hans? Olga packte erneut die Angst. Ruhig, Olga. Wir können Mikkel vertrauen. Also können wir auch diesem Bursche vertrauen. Doch so sicher war er sich nicht. Nach endlosen Minuten des Wartens, tauchte der Bursche wieder auf, im Schlepp weitere Familien. Die stellte er zu den Rottbergers und bedeutete wieder zu warten, verschwand aufs Neue. Nach etwa drei Minuten tauchte er erneut auf und brachte noch einmal Menschen mit. Nun schien er genug zu haben. Er winkte der Gruppe ihm zu folgen, dann zeigte er auf einen mittelgroßen Kutter. Die Leute begannen mühsam in das schwappende Gefährt zu klettern. Auch Hans und Olga und die Kinder. Er wollte schon ablegen. Da gab es einen Tumult. Die Fischer riefen sich etwas zu. Nervosität brach an. Olga und Hans konnten es nicht verstehen. Der dänische Akzent der Fischer war ihren Ohren zu fremd. Aber sie erkannten schnell, es hatte etwas mit ihnen zu tun. Ein Fischer zeigte energisch auf sie. Der Bursche antwortete gestikulierend, kletterte dann zu Olga und erklärte ihr kurzum, dass die Kinder raus müssten. Was? Olga schmiss sich instinktiv auf die Kinder drauf. Die Kinder müssen raus. Rief der Fischer noch einmal. Alle Anwesenden waren überrumpelt von der Weisung und gleichsam entsetzt in Starre befindlich, so dass keiner reagierte. Und da auch Olga keine Anstalten machte, ihre Kinder herzugeben, zerrte der Bursche nun selbst an ihnen. Die Kinder kommen mit einem anderen Boot nach. Brummte er nun ungehalten und stieß Olga grob zur Seite. Meine Kinder bleiben bei mir. Kreischte Olga. Und auch Hans versuchte den Fischer aufzuhalten. Aber dieser war stärker. Schnell hatte er die vier Kinder aus dem Kutter gehoben, selbigen losgemacht und sich abgestoßen. Olga versuchte noch auszusteigen, fiel wankend hin. Rief nach ihren Kindern. Die riefen nach ihr. Doch zu spät. Die Nacht hatte sie bereits alle verschluckt.

Mama? Mamaaaa! Ein Ruf in die Dunkelheit.
Eva! Felix! Ruth! Ilse! Ein Echo.

1943 Schweden

Das war es. Das war die Geschichte einer kleinen Großfamilie. Nun waren sie nur noch zu zweit. Olga und Hans. Versteckt unter Fischernetzen, frierend im großen Dunkel, schaukelnd über Stunden durch ein Wasser, das sie schon wieder in eine neue Welt bringen sollte. Das Herz gefror Olga in dieser Nacht. Sie erinnerte sich nur noch daran, dass sie betete. Und als sie nach drei Stunden Überfahrt schwedischen Boden unter sich spürte, als alle anderen um sie herum jubelten, dankbar, gerettet zu sein, standen sie und Hans stumm da und starrten hilflos im Morgengrauen auf das weite, graue Meer. Wo war das Boot mit ihren Kindern? So wie der Fischer gesagt hatte.

Es kam kein Boot.
An diesem Morgen nicht.
In den nächsten Tagen nicht.
In den nächsten Jahren nicht.
Der Fischer hatte gelogen.

Olga starrte von da an jeden Tag auf das Meer. Sie war nicht mehr bei sich. In ihrem Inneren sah sie immer wieder das Bild des jungen Pärchens, das Mikkel ebenfalls in seinen Keller geholt hatte. Dieses war beim Anblick der Familie Rottberger so entsetzt gewesen wie der Fischer, der sich, zwar nicht sogleich, doch dann um so eiliger, der möglichen, kleinen Störer einfach entledigt hatte. Und es stimmte ja: Ein einziges Geräusch und alle Beteiligten hätten entdeckt werden können. Olga verstand. Der Krieg war grausam. Ein Menschenleben gegen das andere. Das hatte Mikkel damals zu ihnen gesagt, als er sie andeutungsweise von Albertes Leid unterrichtete und zugleich wütend auf Hans war, weil er sie schon wieder geschwängert hatte. Nun war Mikkel nicht da, um wütend zu sein. Aber er hätte erneut allen Grund dazu gehabt. Das Ziehen in ihrem Unterleib beschäftigte sie schon seit Tagen. Sie ignorierte es wie Melchior die nahende Deportation der Juden ignoriert hatte. Was nicht sein durfte, würde nicht sein. Im Ignorieren war sie ja gut. Und auch Hans wartete. Aber er ging stets alleine an den Strand. Und auch eher, um mit den dortigen Fischern zu sprechen. Sie auszufragen, sie zu bitten, seine Kinder zu holen. Welche Kinder? Fragten die Fischer. Woher wissen wir, wer Ihre Kinder sind. Wie sollten wir sie finden? Sie sprachen Schwedisch. Viele verstanden kaum, was Hans von ihnen wollte. Irgendwann gab er auf.

Olga gab nicht auf. Wenn sie gerade nicht auf die See starrte, dann rannte sie wie eine Wahnsinnige durch die Notunterkünfte der Emigrierten und suchte fieberhaft nach ihren Kindern. Immer wieder aufs Neue. Schließlich kamen jede Nacht neue Boote an. Drei Wochen hatte die Aktion der Rettung der Juden angedauert. Auch wenn bereits am 2. Oktober offiziell keine Juden mehr in Dänemark waren. Dies zumindest verkündete Werner Best an das Auswärtige Amt: „*Entjudung* geglückt." Sicher grinste er dabei. Denn das entsprach der Wahrheit. Kein Jude konnte sich von da an mehr legal in Dänemark aufhalten. Und unsichtbare Juden gingen ihn nichts an. Er hatte seinen Job getan und gleichzeitig dabei mitgeholfen, dass 90 Prozent aller Juden in Dänemark gerettet werden konnten. Die Gestapo nahm nach dieser gescheiterten Aktion zum

Trost und Trotz ein paar Kommunisten mehr mit. Außerdem setzten sie mehrere Dutzend Fluchthelfer aus dem Volk fest und übergaben sie an die dänische Polizei, welche diese zwar ordnungsgemäß vor dänisches Gericht stellte, jedoch nur zu geringen Strafen von durchschnittlich drei Monaten Gefängnis verurteilen ließ. Dänemark war einfach nicht beizukommen. Welch eine Schmach für Deutschland. Welch eine Schmach für Adolf Eichmann, der ehrvolle Wegbereiter der Judenvernichtung. Er soll vor Wut getobt haben. Hieß es. Man lachte ihn aus von Dänemark bis Schweden. Noch 1961 vor Gericht in Jerusalem ließ er sich zu der Bemerkung hinreißen: "Dänemark hat uns mehr Schwierigkeiten bereitet als jedes andere Land." In der Tat war der Bruch des Bündnisses von 1943 zwischen Dänemark und Deutschland ein ungeschickter Schachzug gewesen. Denn die dänische Widerstandsbewegung profitierte in mehrfacher Hinsicht von der humanitären Aktion. Gerade da sie mit dem Volk obenauf geschah, erhielt sie neuen Zulauf. Noch mehr Menschen erfasste der Mut sich zu wehren. Außerdem wurden einige der Fluchtrouten unter stillschweigender Zusammenarbeit mit den schwedischen Behörden als konspirative Seeverbindungen weiterhin zum Transport von gefährdeten Zivilisten, Agenten, Widerstandskämpfern, Kurieren, Waffen und abgeschossenen, alliierten Piloten zu größeren Netzwerken weiter ausgebaut. Dieses Dänemark! Konnte Hans da nur denken. Ohne Hitlers bösartigem System hätte die Welt niemals zugleich die guten Herzen hervor spülen können. Ohne die Besetzung Dänemarks durch die Nazis, hätte sich vielleicht trotz Sozialstaat kein so starker Zusammenhalt entwickelt. Glück und Unglück… sinnierte er… ging doch manchmal Hand in Hand. Er war nicht gerne Opfer dieser Ereignisse, so wie jetzt, doch er sah: Ohne Krieg gab es keine Träume vom Frieden! Ohne Gewalt gab es keine Hoffnung auf Liebe! Dankbar gedachte er trotz der Sorge um die Kinder der Rettung durch die Dänen. Dänemark war ein kaltes Land, ja. Aber es war ein Aufrechtes. Das fanden auch die USA, allen voran die sogenannte *Bergson*-Widerstandsgruppe, die sich am lautesten für Hilfsaktionen aussprach und sowohl die Roosevelt-Regierung also auch das amerikanisch-jüdische Establishment kritisierte. Sie schaltete daher nun eine Reihe ganzseitiger Zeitungsanzeigen über die dänische Rettungsaktion mit der Schlagzeile: »*Es lässt sich machen!*« und veranstaltete eine Kundgebung in New York, zu der Tausende New Yorker strömten. Das Motto war:

»*Wir verneigen uns vor Schweden und Dänemark*«.

All diese Informationen flossen auch zu Olga. Die wiederum dachte, wenn so viele Menschen gerettet waren, dann musste auch jenes Pärchen, diese Rahel und dieser Johannes, unter den Geretteten weilen. Denn, sollte es Mikkel gelungen sein, die beiden ebenfalls zum Hafen zu schmuggeln, würde er sie zweifellos an den gleichen Fischer übergeben haben. Und wieder rannte Olga durch die Häuser der gestrandeten Juden. Doch auch dieses Pärchen war einfach nicht zu finden und keiner hatte je von ihnen gehört. Das konnte nur eines bedeuten und dies wollte sich Olga nicht ausmalen: Mikkel muss geschnappt worden sein. Womöglich hatte er sogar tiefer in der Untergrundbewegung mitgemischt als sie sich vorstellen wollte und konnte und dann, was werden sie mit ihm gemacht haben? Eine kleine Gefängnisstrafe für so einen? Sicher nicht. Oh, diese Ungewissheiten. Manchmal, wenn sie auf die See starrte, waren es gar nicht die Kinder, die sie versuchte herbei zu sehen, sie dachte ebenso oft an Mikkel. Mikkel, der, Gott behüte, bitte nicht in einem Wald erschossen auf Erdboden lag. So wie Pastor Kay Munk, der für seine Hilfsbereitschaft und seine warnenden Predigten mit seinem Leben bezahlen musste. Denn diese Vision ließ Olga nicht mehr los. Mikkel. Erschossen. Wald. Nur das nicht!

Melchior, der ebenfalls geflüchtet war, und nun als Rabbiner sich um die evakuierten Juden kümmerte, wusste ebenso wenig, und auch die anderen Küstenorte, an denen die dänischen Fischer anlegten, wussten nichts. Nichts von den Kindern, dem jungen Paar, nichts von Mikkel. Melchior und Hans überlegten. Wenn Mikkel wirklich im Widerstand war, womöglich beim Geheimdienst, dann muss er sehr verdeckt gearbeitet haben. Ob als Einzeltäter oder von ganz oben, das war nicht zu erschließen. Lange bemühten sich beide ihr Möglichstes zu tun und von Schweden aus Mikkel zu kontaktieren oder Mittelsmänner ausfindig zu machen. Seine Leitungen waren ja nicht gekappt. Er war kein Jude. Oder doch? Sie erreichten ihn einfach nicht. Auch sonst wusste keiner in und außerhalb von Dänemark vom Verbleib dieses Arztes. Welcher Mikkel? Wie konnte das sein? Ein so stadtbekannter Mann? Es war wirklich das Schlimmste zu befürchten. Und darüber hinaus: Niemand anderer wäre besser in der Lage gewesen, herauszufinden, wo die Kinder steckten. Ob sie noch lebten? Die Polizei in Dänemark zu kontaktieren wagten Hans und Olga nicht. Keine Kinder, kein Mikkel, keine Hoffnung. Bald rannte Olga nicht mehr durch die Unterkünfte der Juden. Bald starrte sie nur noch auf die See. Ihr Kopf war ein leeres, weites Feld. Trüb und dunkel. Das Schwarz des Wintermeeres. Die Wochen vergingen. Sie sprach kaum noch, sie aß kaum noch. Sie war bald wieder beklagenswert dünn, obgleich ihr ein kleines Bäuchlein gewachsen war. Hans hatte es eines Tages bemerkt, hatte es stillschweigend zur Kenntnis genommen und nicht gewagt Olga darauf anzusprechen. Einmal griff er nach ihrer Hand, doch schnell zog Olga diese fort. Was das anbelangte, war Hans froh, dass Mikkel nicht zugegen war. Eine Schwangerschaft jetzt, es war nicht der beste Zeitpunkt, ganz gewiss nicht. Was konnte er nur unternehmen? Seinen gewonnenen Optimismus und den Glauben, dass sie die Kinder wiederfinden würden, konnte er nicht mit Olga teilen. Sie hatte einen tiefen Graben aus Nebel um sich gezogen und Hans wusste sich nicht anders zu helfen, als seine Frau eines Tages einfach einzusperren und den Schlüssel der Tür an sich zu nehmen. Irgendwie musste dieses Meeresband von ihr abgetrennt und Olga ins Jetzt geholt werden. Olga rüttelte an der Türe, sie schrie Hans an, sie beschmiss ihn mit Gegenständen. Sie schrie und schrie und rüttelte stundenlang, so lange, bis alle Verzweiflung sich in einem krampfartigen Schluchzen erschöpft hatte, sie sich noch einmal aufbäumend, schlagend in die Arme von Hans schmiss und an seiner Schulter bis zum Abend weinte. Hans. Schluchzte sie. Du hast es wieder getan. Er nickte. Er fühlte sich schuldig. Er freute sich auch. Denn sie waren so einsam. Und so erging es auch Olga. Zögerlich streichelte er ihren Bauch. Es soll Anni heißen. Wenn es ein Mädchen wird. Sagte sie. Anni, die Anmutige. Ich verstehe. Erwiderte Hans und sah Olga an. Die Zornesröte war einer Blässe des Schmerzes gewichen. Doch hinter jener Blässe schimmerte immer zugleich eine wilde Zartheit, ja, etwas Stures. Das verführte Hans stets aufs Neue. Es war jene Ergebenheit in Leben und Gefühl, die er sich selbst nie völlig zugestehen konnte. Die Anmut ist ein Kleid der Wahrhaftigkeit. Dachte Hans in diesem Moment beschämt. Olga leugnet das Unglück nicht, sie gibt sich ihm hin. Möglich daher, dass gerade die Not der Flucht so feine Linien von kraftvoller Nacktheit in Olgas Gesicht zauberte. Meine wunderbare Widerspenstige! Flüsterte er in Olgas Ohr und ließ seine Lippen auf ihr ruhen. Ich liebe dich.

Von da an ging Olga nur noch manchmal zum Strand. Sie sprach wieder. Manchmal sang sie sogar. Dann saß sie draußen in den Dünen und summte kleine Melodien vor sich hin, Melodien, von denen sie hoffte, dass der Wind sie in die Herzen ihrer fernen Kinder wehen könne. Sie betete inständig Felix und Eva würden genug Größe haben, um auf die ganz Kleinen aufzupassen und versuchte, die kalte Luft wie Vertrauen einzuatmen. Schweden war doch ein gutes Land. Ja, es war gut zu ihr und sie hatte ihm nichts entgegenzusetzen, auch war sie Ingrid Bergmann einen Schritt näher gekommen. Aber die Emotion auf der Leinwand, die sie sonst so berührte und die Frauenbilder, mit denen sie sich so gerne identifizierte, erschienen ihr jetzt verzerrt. Echtes Leben konnte man nicht beliebig konsumieren oder dirigieren, vor- und zurückspulen, dramatisch ausleuchten oder an den rechten Momenten einfach sinnstiften. Echtes Leben war schriller oder dünner und ohne Korrektiv. Wütend wurde Olga darum plötzlich auf die Bilder der Leinwände, auf das Wesen des Künstlerischen. Sublimieren! Nein, nichts sollte sublimiert sein. Nichts war sublimiert. Schmerz war Schmerz. Sehr konkret und umfassend. Olga schwappte mit ihrem Schicksal an der Oberfläche der Ereignisse, doch im Herzen war sie mittendrin im Zentrum des Geschehens, das Auge des Orkans. Sie war es selbst. Ohne Umschweife und sprachlicher Ellipsen. Reale Akteurin in einem Spiel und die Weltgeschichte führte Regie. Diese Empfindung hätte es ihr in diesen Monaten unmöglich gemacht in ein Kino zu gehen. Sie wäre von dem Trauma, das der Verlust ihrer Kinder in ihr ausgelöst hatte, fortgespült worden. Und so blieb ihr das gute Schweden nichts als unwirkliche Kulisse. Mit ihm in tiefe Fühlung und Einvernehmen zu gehen, den Schrecken aufzulösen, wäre ihr wie Verrat an ihren Kindern vorgekommen. Schweden zu ignorieren war ihr die einzige Möglichkeit nicht verrückt zu werden und genug Kraft für ein neuerliches Kind aufzubringen.

Auch Hans tat sich schwer. Die Handlungsunfähigkeit war für ihn wieder kaum auszuhalten. Dennoch ging er pragmatischer als Olga zur Sache. Wie eh und je durchstreifte er die Gegenden und suchte nach Möglichkeiten nicht nur zu überleben, sondern auch zu leben. Manchmal besprach er sich mit Melchior, der sich viel Mühe gab, weiter zu lächeln, die Gestrandeten aufzumuntern, sie im Glauben zu stützen. Für Hans hatte er mal beängstigende, mal hoffnungsfrohe Nachrichten aus dem Kriegsgeschehen. Die Zeitung, doch viel mehr der Untergrund, spülte rege und detailliert schauerliche Nachrichten zu ihm. Das einzig Positive, das sich abzeichnete: Es schien als ginge Deutschland allmählich die Puste aus. Die deutschen Städte wurden bombardiert und Hitler geriet immer mehr in die Defensive. Es war jedoch auch offensichtlich, dass Hitler mit der „Endlösung der Juden" Ernst gemacht hatte. In regelmäßigen Schüben wurden Städte entleert und das jüdische Volk gewaltsam verschleppt. Keiner wusste Genaues. Man sprach von Massentötungen. Auschwitz kannte man. Aber sonst? Und was passierte in Auschwitz genau? Die vielen Juden verschwanden einfach. Das war ein Fakt und keine gute Nachricht. Doch der Verbleib ließ Fantasien und Gerüchte zurück. Manche waren so entsetzlich, dass sie nicht wahr sein konnten. So verstrich Monat um Monat, die Meldungen glichen sich, verwandelten sich aber in zunehmenden Horror. Eines Tages sagte Melchior, als er nachdenklich auf die Zeitung blickte: In Bengalen sind 700.000 Menschen des Hungers gestorben. Hmm. Verstehst du, Hans? An Hunger. Hans verstand nicht, was hatte er mit Bengalen zu tun? Ich meine... Setzte Melchior seine Überlegungen fort... Wenn es auch in Deutschland nichts mehr zu essen gäbe, ob dann der Krieg vielleicht... ? Hans zuckte mit den Schultern. Die Deutschen sind zäh. Erwiderte er zermürbt und hatte noch immer nicht verstanden, worauf Melchior hinaus wollte. Seit der Rabbiner sich im Exil befand, hatte er revolutionäre Gedanken entwickelt. Hans... Versuchte es Melchior noch einmal. Ohne Dänemark würden die Deutschen längst ebenso verhungern. Stell dir nur vor! Hans dachte nach. Stimmt ja, er selbst hatte einmal darüber sinniert. Jetzt fiel es ihm wieder ein. Aber: Dänemark ist ein kleines Land,

Melchior. Deutschland würde ihm im Gegenzug viel Leid zufügen. Wem wäre damit geholfen? So verstummten beide wieder. Es gab wenig zu handeln, wenig zu tun, und, verdammt zur Muse, wie Hans es formulierte, begann er kreativ zu werden, schrieb ein Lied für seine Kinder aus der Ferne, Strophen, die er später illustrieren und vertonen wollte:

Ein Lied aus der Emigration für meine Kinder

Was für meine Kinderlein
Oftmals ich tat singen
Soll nun andern Kindern klein
Auch viel Freude bringen
Hört nun zu und setzt Euch hier
Schön auf Stuhl und Dielen
Mutti wirds auf dem Klavier
Gerne für Euch spielen:

Es war einmal ein Haus
Das stand auf einem Berg
Drin wohnte eine Maus
Und auch ein kleiner Zerg
Die hatten sich sehr lieb
Das Vöglein machte piep
Die Kuh, die machte muh
Die Tür im Haus war zu.

Im Walde stand ein Reh
Mit einem kleinen Kind
Und unten war ein See
Da lief es hin geschwind
Die Sonne stand schon tief
Das kleine Rehlein schlief
Die Mutter schaute zu
Und überall war Ruh

Und oben in der Luft
Da stand der Mond ganz gross
Und aller Blümlein Duft
Drang aus der Erde Schoss
Im Wald der Uhu wacht
Es ist jetzt tiefe Nacht
Das Wasser selbst steht still
Weil alles schlafen will.

1943 Dänemark

Sie standen noch lange zitternd am Kai und blickten ins Schwarz des Meeres. Dabei wurden sie hin und her gestoßen. Eva nahm die Hand von Felix. Wie ein kleines Ehepaar standen sie da. Ruth und Ilse klammerten sich an ihre Beine. Mami! Wo ist Mami? Ruth wimmerte und Ilse taumelte vor Müdigkeit hin und her. Sie wussten nicht weiter. Wir könnten zu dem Strandhaus, wo Mikkel das Auto geparkt hat. Schlug Felix vor. Er war jetzt der Große. Wenn er das alles als Abenteuer nahm, vielleicht ginge das… Er war doch das Glückskind. Eva blickte hinter sich. Die Dünen in ihren Rücken waren so finster wie das Meer. Das Haus finden wir nicht. Gab Eva zu bedenken. Sie war jetzt auch die Große. Kein Junge. Kein Glück im Namen. Aber älter. Ein Abenteuer war etwas anderes. Soviel dämmerte ihr. Hier gab es echte Gefahr. Hast du vielleicht eine Taschenlampe? Natürlich nicht. Felix schüttelte mit dem Kopf. Siehste! Sagte sie. Ein wenig schnippisch. Allmählich wurde das Gewimmel um sie herum weniger und weniger. Alle Boote, Yachten und Kutter waren ausgelaufen. Und diejenigen, die es auf kein Boot geschafft hatten, wurden eingesammelt und auf den nächsten Tag vertröstet. Nur die vier kleinen Kinder standen noch da. Unschlüssig. Kaum mehr sichtbar. Doch wo kann man mitten in der Nacht im tiefen Dunkel auch hingehen? Endlich traf sie der Strahl eines Lichtes und eine freundliche, ältere Dänin kam zu ihnen. Sie war in einen großen Schal gehüllt und zielte mit einer Taschenlampe auf die vier vor Kälte und Angst zitternden Kinder, die offenbar ganz alleine waren. Dabei konnte man sehen wie der Atem der Dame den hellen Strahl des Lichtkegels durchschwebte. Mein Gott! Was macht ihr denn hier? Fragte sie besorgt. Und als sie die ganz Kleinen gewahrte, warf sie sich erschrocken die Hände in die Höhe. Eva deutete auf das Meer vor ihnen. Unsere Eltern… Erwiderte sie. Mehr nicht. Felix nickte. Sie sind weg. Die Frau blickte sich um. Björk! Rief sie. Komm doch mal. Ein stämmiger, groß gewachsener Mann in Gummistiefeln und einem langen Regenmantel kam angestapft. Sieh nur! Sie sind ganz alleine. Wie konnten die Fischer sie nur zurück lassen? Der riesige Björk verzog grimmig den Mund und schüttelte den Kopf. Sie sind nicht die einzigen, Inge. Die Fischer hatten Angst. Ich kann's ja verstehen. Aber das… Auch er blickte sich um und rief in die Dunkelheit. Knut! Rief er laut. Hier sind noch welche! Ein weiterer, riesiger Mann in Gummistiefeln und Regenmantel kam hinzu gestapft. Er nickte nur. Wir kümmern uns drum. Sagte er. Kommt mit! Er bedeutete den Kindern zu folgen. Und das taten sie. Ängstlich hielten sich Eva, Felix und die Kleinen an den Händen. Sie gingen den gleichen Weg durch die Dunkelheit wie ein paar Stunden zuvor. Zumindest nahmen sie es an. Denn außer einem kleinen Lichtkegel von Knuts Taschenlampe war nicht viel zu sehen. Doch nach wenigen Minuten erreichten sie tatsächlich das Strandhäuschen, an dem Mikkels Auto geparkt hatte. Hier könnt ihr den Rest der Nacht verbringen. Erklärte Knut. Es ist nicht sehr warm. Aber ich bringe euch Decken. Wartet hier. Er entfernte sich, ließ die Kinder im Stockfinsteren stehen und kam kurz darauf mit ein paar dicken Decken über dem Arm zurück. Jedem der Kinder gab er eine. Nun geht mal rein. Er öffnete die Tür und machte Licht. Hier habt ihr auch etwas zu trinken und ein paar Kekse. Er knipste das Licht an und stellte eine Thermosflasche mit Tee und eine Tüte Kekse auf den kleinen Holztisch. In dem Strandhäuschen fand sich ein Bett, ein Tisch und ein Waschbecken. Sogar ein Klo. Der Mann sah sich um, sah nachdenklich auf die vier Kinder. Das Bett war nicht groß genug für alle. Aber eine andere Lösung fiel ihm auf die Schnelle nicht ein. Versucht es euch darin irgendwie gemütlich zu machen und schlaft so gut es geht. Ich muss wieder weg. Morgen früh sehen wir weiter. Er wendete sich schon zum Gehen. Es hilft vielleicht, wenn ihr eure Mützen auflasst, Kinder! Wegen der Haare. Falls sie hier auftauchen. Mit „sie" meinte er die Gestapo. Die Kinder machten verwirrte Gesichter, gaben keinen Ton von sich. Wegen der Haare? Was meinte der Mann? Wieso wegen der Haare? Und wer waren „sie"? Doch die Kinder wagten kein Wort zu sagen. Dann zeigte der große Knut auf den Schlüssel in seiner Hand. Ich schließe die Türe jetzt ab, ja? Wenn ihr ein Geräusch draußen hört, seid ganz leise. Er langte nach dem Türgriff. Also bis morgen früh. Nochmals blickte er auf Felix und Eva, die ihn entsetzt ansahen und die Kleinen im Arm hielten. Sie waren noch nie alleine ohne ihre Eltern gewesen. Es tut mir leid. Aber ihr schafft das, nicht wahr?! Sagte Knut aufmunternd. Und ging. Arme Kinder. Dachte Knut noch. Er war in Eile und er war müde. Wirklich arme Kinder. Fluchend über den verdammten Krieg schloss er von außen ab und verließ das Haus.

Am nächsten Morgen und schon recht früh öffnete sich wie versprochen die Türe erneut. Die Nacht war ruhig verlaufen. Keiner hatte versucht, das Häuschen aufzubrechen, um nach versteckten Juden zu suchen. Die Kinder schliefen noch, als die Tür sich behutsam öffnete und der stämmige Knut und die Dame mit dem Schal leise eintraten. Die Kinder hatten sich zuletzt alle wie ein Knäuel, von Aufregung und Angst erschöpft, auf dem kleinen Bett ineinander gewickelt und waren in tiefen Schlaf gefallen. Ich habe dir ja gesagt, hier sollen wir hin. Hatte Felix noch in tiefer Nacht zu Eva gemurmelt. Aber die war schon eingeschlafen. So nahm Felix seinen kindlichen Triumph mit in die eigenen, unruhigen Träume. Nun rieben sich die Kinder allesamt die Augen und starrten die Eintretenden kritisch, doch auch froh an. Guten Morgen! Flötete die Dame freundlich. Es rührte ihr Herz, diese kleinen Kinder in dem kalten Häuschen so mutterseelenallein zu sehen. Sie kam näher. Hier habt ihr etwas zu essen. Die Kinder standen wortlos auf und kamen zum Tisch, um zu sehen, was es gäbe. Die Dame hatte ein paar Kartoffeln und ein wenig Brot und Milch mitgebracht. Die Kinder aßen dankbar. Sie hatten mächtig Hunger. Wo sind unsere Eltern? Fragte Felix endlich. Eure Eltern sind in dem Land auf der anderen Seite des Meeres, in Schweden, wisst ihr. Sie sind jetzt in Sicherheit. Felix nickte als verstehe er. Auch Eva nickte. Aber was ist mit uns? Fragte sie. Die Frau machte ein gequältes Gesicht. Die Fischer haben Angst, auch euch mitzunehmen. Ich schlage vor, ihr bleibt jetzt einfach erstmal in Dänemark bis eure Eltern wieder zurück sind. Das wird nicht lange dauern. Was meint ihr? Wieder nickten Felix und Eva gleichzeitig. Begriffen jedoch nicht, warum Fischer vor Kindern Angst haben konnten. Dabei streichelten sie über die Köpfe der Schwestern, die ängstliche

Kulleraugen machten. Wo sind Mami und Papi? Fragte Ruth. Sie kaute an einer Brotrinde und konnte sich ebenfalls auf die Worte der Dame keinen Reim machen. Sie sind nur kurz weg, Ruth. Antwortete Felix beschwichtigend. Wir müssen auf sie warten und artig sein, weißt du. Hm... machte Ruth und nahm Ilses Hand. Die Dame blickte besorgt zu jedem einzelnen. Sie wäre gerne länger geblieben, aber es gab noch einiges für sie zu tun. Einfach in Dänemark bleiben, wie sie die Sorge der Kinder zu beschwichtigen suchte, war leichter gesagt als getan. Wir müssen euch wieder alleine lassen und eine Herberge für euch suchen. Erklärte sie darum. Der schwerfällige Knut ließ dazu ein bestätigendes Grunzen hören. Heute Abend kommen wir zurück. Fuhr die Dame fort. Wir schließen auch wieder die Türe ab und ihr müsst uns wirklich versprechen, niemandem aufzumachen und wenn ihr Stimmen hört, seid ganz still. Könnt ihr das? Ernst ließ der mächtige Knut seine Augen dabei vor allem auf den kleinen Mädchen ruhen. Diese nickten sofort folgsam und starrten auf dessen mächtigen Mund. Gut. Die Dame erhob sich. Heute Abend weiß ich hoffentlich schon mehr. Auf Wiedersehen! Mit diesen Worten verschloss sie die Tür aufs Neue. Die Kinder hörten, wie ein Automotor aufheulte und sich allmählich entfernte. Nun waren sie wieder allein. Es war schwer für die Kinder den Tag in einer solch unverständlichen und ungewissen Situation zu verbringen und nicht raus zu dürfen. Zu wissen, da draußen lauerte eine Gefahr, die sie nicht sahen, die sie auch nicht erfassen konnten. Und dann das: Alle sprachen in den letzten Tagen von DEN Juden. Was SIND Juden? Hatte Ilse ein paar Mal gefragt. Ihre Geschwister haben die Schulter gehoben. Sie wussten es auch nicht so genau. Nur Felix hatte gesagt: WIR sind Juden. Warum? Hatte Ilse weiter gefragt. Wir feiern *Rosch Haschana.* Aber warum? Ilse ließ nicht locker. Das weißt du doch. Wir essen Honigkuchen. Ilse machte ein nachdenkliches Gesicht. Und weil wir jedes Jahr gute Menschen sein wollen. Mischte sich Eva ein. Sagt jedenfalls Mami. Ich glaube, Juden sind sehr klug. Überlegte Ruth. Dabei machte sie ein nachdenkliches Gesicht. So wie Papa. Vor allem aber haben sie schwarzes Haar. Fiel Felix noch ein. Die Kinder sahen sich an. Vielleicht hatte dies etwas mit den Mützen zu tun. Die Dänen mögen keine schwarzen Haare. Mutmaßte Felix. Aber die anderen schüttelten mit dem Kopf. Das glaube ich nicht. Überlegte Ilse, zupfte stolz an den paar Locken, die aus der Mütze hervorguckten. Es war eine erstaunliche Menge an Informationen zusammen gekommen. Ilse überlegte. Sind Juden auch so lieb wie Mami? Sicher. Bestätigte Eva. Dann will ich Jude sein. Jüdin. Verbesserte Eva. Ilse nickte. Jüdin. Ich mag Honigkuchen und ich bin lieb. Das kleine Mädchen lachte. Außerdem habe ich zuckersüße, schwarze Locken. Das sagt Mami immer. Das Mädchen zog die Mütze vom Kopf und wiegte sich in einem kleinen Spiegel, der an der Wand hing. Auch die anderen Kinder lachten. Ilse war zu lustig. In ihrer kindlichen Art verhalf sie den Geschwistern zu ungefähren Antworten und zu mehr Frohsinn. Offenbar waren sie hier, weil sie Juden waren. So viel dämmerte ihnen. Aber wie konnte man um ein paar kluge, Honigkuchen essende Menschen so ein Aufhebens machen? Das blieb für die Kinder ein Rätsel. Die anderen müssen uns wirklich für sehr schön halten. Schloss Ilse zuletzt. Sie dachte an Rapunzel im Turm. Die hatte man auch eingesperrt. Mit dieser Schlussfolgerung war sie höchst zufrieden. Seht ihr, ich bin auch klug. Nicht nur lieb. Wieder wiegte sie sich vor dem Spiegel. Wenn Mami kommt, werde ich ihr das alles ganz genau erzählen. Tu das. Erwiderte Eva. Tu das. Sie umarmte Ilse und strich versunken über das Haar der Kleinen. Setzte ihr dann aber vorsorglich die Mütze wieder auf. Auch wenn sie nicht wusste wozu. Das Warten war lang. Das Warten verging. Und es wechselte seine Farbe. Man könnte auch sagen: Das Leben kam in Wellen. Stoßweise. Die Eltern. Die Kinder. Sie waren wie loses Treibholz auf dem Meeresspiegel. Kleine oder große Wellen flossen um sie herum, stießen sie an, spülten sie irgendwo hin. Mehr als ein Geschehenlassen lag nicht in ihrer Hand… schon so lange nicht mehr.

Und wo sind wir jetzt? Fragte Ruth als der Wagen hielt. Erwartungsvoll sah sie zu Felix. Aber Felix, der sich selbst neugierig und unsicher umblickte, wusste es ja auch nicht. Die Kinder hatten sich von der Dame mit dem Schal verabschiedet, waren auf Geheiß in ein dänisches Polizeiauto gestiegen und auf Geheiß wieder ausgestiegen. Die Polizisten sprachen mit ihnen nicht und die Kinder wagten wieder nicht, das Wort zu erheben. Sie hatten ihre Beinchen zögerlich aus dem Auto gehoben. Nun standen sie da. Eine Frau mit einem strengen, grauen Knoten auf dem Kopf kam ihnen entgegengeeilt. Sie gab den Polizisten ein Zeichen, sie sollten schneller machen. Als sie die vier Kinder beim Gehen genauer in Augenschein nahm, atmete sie schwer. Rabenschwarzes Haar. Dachte sie. Viermal rabenschwarzes Haar. Mein Gott! Sie blickte gen Himmel, gleichsam zum Herrn auf, und hoffte, ihre Tat würde eines Tages vergolten werden. Kommt kommt! Rief sie. Die Dame scheuchte die Kinder ins Innere eines breiten, ausladenden Steinhauses mit großem Eingangsbereich, öffnete hastig eine Tür und rief wieder: Kommt kommt… ! Erneut blickte sie seufzend gen Himmel, wendete sich dann den Polizisten zu, die am Eingang stehen geblieben waren. Auch mit der Dame sprachen die Männer nicht. Sie überreichten ihr lediglich einige Papiere, Namen und Geburtsurkunden der Kinder, sowie ein Empfehlungsschreiben. Weiß Gott, woher sie dies alles hatten. Die Dame mit dem strengen Knoten war froh, dass die Männer wortkarg waren, noch mehr, dass sie sogleich gingen. Die Männer waren verschwiegen. Sie mussten es sein. Die Dame mit dem Knoten streckte sich, atmete wieder kurz durch, dann ging sie durch die Tür in das Zimmer zu den Kindern, die dicht aneinander gedrängt ihr Erscheinen erwarteten. So, ihr Lieben! Eröffnete die Dame ihre Worte an die Kinder. Ich bin ab jetzt eure Mutter Jensen. Ihr untersteht mir direkt. Ihr seid in Faaborg. Ein Heim für Kinder ohne Eltern. Ihr dürft hier wohnen und auf dem Bauernhof arbeiten. Es gibt viel zu tun. Sie blickte auf die ganz Kleinen. Nun ja. Machte sie bei deren Anblick. Dann wanderte ihr Blick zu den zwei Großen. Und wieder seufzte sie. Sah deren dünnen Ärmchen. Fasste durch die Lockenmähne von Ilse und schüttelte den Kopf. So schwarz. Himmel. So schwarz. Was hatte sie sich da nur eingebrockt. Immer ihr verflixtes, christliches Herz. Sie war offenbar die Einzige gewesen, die sich hatte erbarmen lassen. Aber das gehörte sich doch. Wer die frohe Botschaft ernst nahm, musste handeln. Sie suchte sich zu beruhigen. Also gut! Hört mir zu! Sprach sie recht laut und betonte jedes Wort.

Auch ihr zwei! Damit wandte sie sich an Ilse und Ruth. Ihr seid hier sicher. Ein Wort aber dürft ihr hier von nun an nie wieder benutzen. Sie machte eine Pause, prüfte die Aufmerksamkeit der Kinder genau, die gebannt und furchtsam auf die Lippen der Frau vor ihnen starrten: JUDEN. Hört ihr? JUDEN. Benutzt nie wieder dieses Wort. Die Kinder nickten stumm. Außer Ilse. Aber meine Schwester sagt, wir SIND Juden. Ab jetzt seid ihr das nicht mehr. Erklärte Mutter Jensen barsch. Ihr seid keine Juden. Wenn ihr eure Eltern wieder sehen wollt, sagt nie wieder, dass ihr Juden seid. Habt ihr das verstanden? Mutter Jensen fragte noch einmal mit Nachdruck. Auch kein Wort zu den anderen Kindern. Zu niemandem. Könnt ihr das versprechen? Die Kinder nickten abermals verstört. Diesmal auch Ilse. Gut. Gab sich Mutter Jensen zufrieden. Und nun zeige ich euch euer Zimmer und den Waschraum. Auf gehts. Resolut nahm sie die Kinder mit. Doch mit jedem Schritt, den Mutter Jensen die Kinder begleitete, wurde ihr Herz weicher: Sie liebte diese vier schwarzen Lockenschöpfe schon jetzt. Militärischen Schrittes ging sie voran, hob den Blick auf ein Kreuz in der Diele, -Herr steh mir bei!-, und nahm das zarte Händchen, das Ilse ihr entgegenstreckte, freundlich an. Es war klein und warm.

Die Arbeit auf so einem Bauernhof war wirklich kein Zuckerschlecken. Aufstehen in der Dunkelheit. Morgens um fünf Uhr. So früh. Sommers wie Winters in kurzen Hosen und meist barfuß oder in Holzschuhen zu den Kühen trotten und melken. Die Hühner füttern, die Schweine füttern. Kartoffeln ernten. Möhren ernten. Unkraut jäten. Den Acker umgraben. Manchmal fror Felix. Wenn er allzu sehr froh, setzte er sich nach getaner Arbeit zu den Kühen. Im Winter waren sie im Stall. Sie lagen eng aneinander, malmten vor sich hin und sie waren warm. Er liebte es, sich bei den Kühen aufzuhalten. Er hatte herausgefunden, dass Kühe schnurren konnten, wenn sie zufrieden waren. Mit ihm zusammen schnurrten sie oft. Sie wärmten UND beruhigten ihn. Manche lachten ihn darum aus. Aber das war Felix egal. Er war glücklich. Auch Frau Jensen schalt ihn oft für seine törichte Vorliebe. Hochfahrend nannte sie ihn, wenn die anderen zuhörten, einen Faulenzer. Insgeheim freute sie sich. Was ein feinsinnig, kleines Kerlchen. Felix war überhaupt ihr Liebling. Natürlich nannte sie ihn nur so, wenn sie alleine mit sich war. Während andere draußen balgten oder Fußball spielten, lernte Felix inbrünstig dänische Lieder auswendig, Lieder, die vor Harmonie und Hygge nur so strotzten. Oder er fragte, ob er noch einmal raus durfte, um die Tiere zu füttern. Die Arbeit war zwar hart, oft zu hart, aber Felix liebte sie dennoch. Draußen an der frischen Luft, die Hände in der Erde. Jeden Tag fand Felix etwas zum Staunen. Wie konnten Hühner so viele Eier legen und wie eine Kuh so viel Milch geben? Welche Wunder waren das und welch ein Genuss. Ebenso erregte es Felix, zu begreifen, dass ein Samen, den er zuvor in der Erde vergraben hatte, zu einer Frucht werden konnte und ihn und die anderen des Heims imstande war satt zu machen. Natur war wie Zauberei und er war Teil davon. Ungetrennt von Tier und Ackerfrucht. Bislang nur in ärmlichen Stadtwohnungen hausend, war ihm das Sein hier in dieser Hinsicht wie ein Paradies. Mutter Jensen, ich bin auch eine Pflanze. Sagte Felix einmal sehr ernst als er ihr einen Topf voll geernteter Möhren und Kräuter brachte. So, du bist eine

Pflanze. Erwiderte Mutter Jensen. Oder eine Kuh. Felix nickte ernst. Die Hüterin des Heimes lächelte wohlwollend. Das gefiel ihr. Die Arbeit draußen gab Felix Halt. Sie gab ihm die Möglichkeit eine Beziehung aufzubauen, den Verlust der Eltern in eine andere Hülle zu betten. Nur wenige Kinder begriffen ihre Aufgabe auf dem Feld als Chance dieser Art. Sahen das Universelle. Gottes Schöpfung, wie Mutter Jensen es oft nannte. Gott umfasste alle Menschen jederzeit. Und sie half ihm dabei. Leitete an. Mutter Jensen konnte oft sehen, wie Felix sich auf dem Acker abmühte, manchmal innehielt und dann einfach nur dasaß und guckte. Unendlich guckte. Sanft, friedvoll, sinnend. Das berührte sie und stimmte sie milde, denn meist war sie etwas gereizt. Das Essen war inzwischen sehr knapp geworden. Alle Kinder waren zu dünn. So fand sie. Besonders Felix und seine Geschwister. Man sah ihnen an, dass die zurückliegenden Jahre nicht üppig gewesen waren. Und doch, sie durfte ihre Lieblinge nicht bevorzugen. Auch nicht als Felix einmal beim Mittagessen klagte, er habe noch Hunger und sich erdreistete festzustellen, dass die anderen immer mehr auf dem Teller bekommen würden als er. Mehr Klöße in der Suppe. Und heute bestimmt auch. So? Hatte Mutter Jensen nur geantwortet. Das ist deine Annahme, Felix? Bist du sicher? Felix nickte und sperrte erwartungsvoll seine Augen auf. Nun gut, gib mir deinen Teller. Felix gab ihr brav den Teller. Und Mutter Jensen schöpfte und schöpfte. Ein Kloß. Noch ein Kloß. Sie hörte gar nicht mehr auf. Während die übrigen Kinder besorgt in den großen Topf guckten und zu ihrem Entsetzen nur noch wenig Klöße darin schwammen sahen, gab Mutter Jenssen in süßlichem Ton sprechend den Teller an Felix zurück und befahl ihm zugleich in gebieterischem Ton den ganzen Teller leer zu essen. Oh, wie sich Felix da schämte. Nie wieder würde er sich beschweren, so böse lasteten die Blicke der anderen auf ihm. Ja, Mutter Jensen hatte wirklich alle Hand zu tun. Die Erziehung. Die Organisation. Die Verantwortung. Und diese jüdischen Kinder kosteten ihr zusätzlich Zeit und schlaflose Nächte. Wenn das nur alles gut ging. Sie hatte niemals selbst Kinder gehabt. Nun war sie in einem Alter, da sie auch nicht mehr auf Kindersegen hoffen konnte. Das einzusehen, war schwer für sie gewesen. Daher… Tag um Tag, da sie sich persönlich um die vier Geschwister kümmerte, wünschte sie, es wären ihre eigenen. So artig und hübsch alle zusammen und so gelehrig. Mutter Jensen erteilte ihnen gewissenhaft Privatunterricht. Die Geschwister waren gescheit und lernten schnell. Die anderen rund 30 Kinder des Heimes gingen in dieser Zeit regulär in die Schule. Das durften sie, denn sie waren auch blond und hoch gewachsen. Wer blond und hochgewachsen und Däne war, durfte draußen lernen und auf die Straße gehen. Felix und seine Geschwister durften niemals auf die Straße. Selbst der Aufenthalt bei den Tieren und auf dem Feld war für sie gefährlich. Auch deshalb stand Mutter Jensen oft Obacht gebend am Fenster, wenn die Geschwister draußen ihren Dienst versahen. Denn, wie unglücklich, nur ein paar Hundert Meter entfernt, in einem kleinen Heidewäldchen gab es einen Truppenübungsplatz für deutsche Wehrmachtssoldaten und manchmal spazierten diese einfach auf den Hof, wollten Milch, Butter oder Fleisch haben. Mal bezahlten sie dafür, mal klauten sie. Und manchmal suchten sie auch nur nach Deserteuren. Es war wahrhaftig gewagt von Mutter Jensen gewesen, ausgerechnet hier jüdische Kinder zu verstecken, Kinder die so deutlich nicht dänisch aussahen. Auch an diesem Vormittag stand sie am Fenster, um die Lage im Blick zu behalten. Sie sah, wie Felix und Eva zu den Kühen liefen. Sie sah wie diese lachten, ihre Milchkübel schwenkten und ihr zuwinkten, als sie gewahrten, dass Mutter Jensen oben am Fenster stand und wie zumeist ein Auge auf sie hatte. Die Kinder waren vergnügt, das war ein gutes Zeichen. Mutter Jensen winkte freundlich zurück, ließ ihren Blick über die Ebene schweifen, verfing sich in streunende Gedanken, sah die zarten Knospen rosa werden, die Sonne hinter den Wolken gelb glänzen, das Gras grün erblühen und ... , -Gott bewahre!-, bemerkte auf einmal einen Soldaten, nur etwa fünfzig Meter von den Kindern entfernt. Verstohlen und zum Glück langsam schlenderte dieser in die Einfahrt des Hofes. Genau davor hatte sie all die Zeit Furcht gehabt. Aufgeregt gab sie den Kindern Zeichen, wedelte wild mit den Armen. Diese bemerkten es, ein Segen, und verstanden auch, ließen die noch leeren Milchkübel vor Schreck fallen, rannten in den Stall und versteckten sich. Zumindest hoffte das Mutter Jensen. Sie spähte mit zusammen gekniffenen Augen. Was machte dieser Soldat da? Was wollte er? Immer diese Schnüffler. Mutter Jensen wusste nicht, sollte sie schnell hinunter rennen, - aber sie wäre nicht schnell genug gewesen,- oder besser alles von hier oben beobachten? Doch als sie sah, dass der Soldat, nachdem er im Hühnerstall offenbar nach Eiern gesucht hatte, tatsächlich in Richtung Stall schlenderte, rannte sie nach unten, so schnell ihre alten Beine sie trugen. Der Soldat öffnete nun neugierig die Tür zum Stall, er sah Kühe im Stroh liegen, gemütlich malmen und ging umher. Sein

Bauch knurrte. Die dänischen Bauern hatten wirklich alles, was sie brauchten. Fette Tiere, gute Milch. Aber hatte er nicht noch gerade Stimmen gehört? Der Soldat ließ seine Augen über das aufgeschichtete Heu gleiten. Huch. Da bewegte sich etwas. Er ging näher. Sah einen schwarzen Haarschopf hinter einem Ballen aus Heu hervorlugen. Oha! Also doch. Er griff zu und bekam ein dünnes Ärmchen zu fassen und an dem Ärmchen war ein kleines, lockiges Ding mit riesigen, schwarzen Augen. Ach je! Rief er erfreut. Und betrachtete sich das lockige Ding genauer. Wiegte den Kopf hin und her, sagte schließlich freundlich: So ein Mädchen wie dich habe ich auch zu Hause! Dann erst begriff er. Denn er hörte Schritte draußen. Sein Kumpel vielleicht, der mit ihm aufgebrochen war. Grob stieß er Eva ins Heu zurück. Beweg dich nicht. Raunte er noch. Aber das war überflüssig. Denn Eva war starr vor Schreck. So wie Felix, der nicht unweit von Eva ebenso im Stroh verschwunden war. Der Soldat eilte hinaus. Aber es war nicht nur der Kumpel, -ein weiterer Soldat-, der ebenfalls hungrig über den Hof schlenderte, sondern auch Mutter Jensen, die herbei gehechtet kam. Frische Butter und Fleisch in der Hand, die sie in der Eile hastig gegriffen hatte. Der Soldat grüßte Mutter Jensen, bemerkte ihren panischen Blick und stieß daher seinen herannahenden Kumpel an: Stell dir vor, Mutter Jensen wollte uns gerade zu einer Tasse Kaffee einladen, nicht wahr? Mutter Jensen nickte eifrig. Warf noch einen kurzen Blick Richtung Stall und nahm daraufhin, dankbar um des Soldaten rettende Geste, ohne Umschweife beide mit in die Küche. Das war noch einmal gut gegangen. Herr, ich danke dir.

Felix kam langsam aus seinem Versteck. Eva! Flüsterte er. Eva? Eva rührte sich nicht. Sie saß in sich zusammen gesunken an Ort und Stelle und weinte lautlos vor sich hin. Sie weinte noch lange, auch als beide längst auf ihr Zimmer geschlichen waren. Wann werden nur unsere Eltern wieder kommen? Schluchzte sie. Doch es war mehr ein Ausruf als eine Frage. Felix antwortete nicht. Er sah aus dem Fenster. Beobachtete wie Mutter Jensen die Soldaten nun verabschiedete und überschwänglich hinter ihnen her winkte. Für Felix war die Situation im Stall ein bedeutsamer Moment gewesen. Nicht so direkt wie für Eva. Aber auch für ihn war es das erste Mal, dass er dem Krieg auf eigene Weise, ohne die schützende Hand der Eltern, so nahe gekommen war. Doch wie sollte ein kindlicher Verstand lebend auf dem dänischen Land in einem Heim fern des Weltgeschehens die Tragik jener Zeit, die Bedrohung des eigenen Lebens richtig verstehen? Im Heim ging es zumeist friedlich zu. Das Diffuse an Angst, das Mutter Jensen ihnen machte, womit sie ihnen drohte, all das blieb allzeit für die Kinder ohne Gesicht. Einen Feind zu haben, den man nicht sehen konnte, was war das? Schon die Eltern hatten alles von den Kindern fern gehalten, wollten sie nicht ängstigten und überließen sie gut gemeint einer unkonkreten Bedrohung. Felix war offenbar ein Jude, so viel wusste er, und was auch immer das war, er durfte das Wort nicht aussprechen. Er durfte es nicht sein. Er war es also nicht. Er war NICHT. Seine Existenz hing in der Luft. Konnte ein einzelnes Wort einem den Tod bringen? Rätselte er. War Sprache so mächtig, so gefährlich? Es war doch nur ein Wort. Aber Jude zu sein war offenbar schlecht. Dachte Felix weiter. Der Soldat eben hätte Eva auch verraten können, sie herauszerren in das Wort, das dann Wirklichkeit geworden wäre. Er hatte zweifellos erkannt, das Eva ein verstecktes, jüdisches Kind war. Und indem er sie zurückstieß, lief er Gefahr, sich selbst zu schaden, ein Verräter für seine Seite zu sein. Auch dies verstand Felix. Es gab also auch gute Soldaten. Gute Menschen. So wie der Mikkel ein Guter war. Die Frau mit dem Schal, der große Knut. Die Inga. Ja, die Inga. Felix grübelte und grübelte, und während Eva noch immer der Schrecken in den Gliedern saß, wuchs in Felix ein ganz anderes Gefühl als Angst. Es war ein Gefühl, das sogar stärker wirkte als die Sehnsucht nach den Eltern. Es war das Gefühl von kindlich frommer Dankbarkeit. Der Soldat hatte nicht nur Eva, sondern alle Geschwister mitsamt Mutter Jensen gerettet. Ein Glücksumstand jagte den nächsten. Eine helfende Hand folgte der anderen. Sie waren ohne Eltern, aber sie waren am Leben. Das war das einzige, was zählte. Eva! Sagte Felix plötzlich sehr feierlich. Du, ich glaube, wir sind Glückskinder.

Später, im hohen Alter noch, sollte er dies so kommentieren:

Weißt du, ich bin jemand, der alles, was negativ ist, irgendwie vergisst..., wenn ich von einem Hochhaus stürze und ich falle am fünften Stock vorbei, dann reibe ich mir die Hände und sage: Bis jetzt ging ja alles noch gut.

Und bis jetzt ging ja auch alles gut. Sie waren zurück gelassen worden, doch barmherzige Menschen hatten sich ihrer angenommen. Es fielen keine Bomben auf sie, sie waren am Leben und sie hatten nicht viel, aber gerade so genug zu essen. Vor allem aber: Sie hatten sich. Mutter Jensen gab sich zudem alle Mühe, ihnen das Leid ihrer Flucht und Herkunft vergessen zu machen. Die Geschwister wuchsen mit ihr zu einer neuen Familie zusammen. Sie lernten mit Mutter Jensen. Sie aßen mit ihr. Sie hörten ihr zu, wenn sie ihnen Geschichten aus Büchern vorlas. Sie beteten mit ihr. Sie beteten sogar so intensiv, dass sie zur Freude von Mutter Jensen erstklassige Christenkinder wurden und sich auch hier als ausgesprochen gelehrig und zugänglich erwiesen, nein, geradezu gottesfruchtig. Mutter Jensen war höchst zufrieden mit dieser Entwicklung und zumeist darin sehr freundlich mit ihnen. Doch wenn eines von ihnen schon wieder danach fragte, wann die Eltern denn endlich kommen würden, dann bekam Mutter Jensen jedes Mal einen Schreck und es ging ihr oft nur ein rasches, etwas barsches „bald" über die Lippen. Die kommen bald wieder, Kinder. Wenn der Krieg vorbei ist. Aber sie hoffte insgeheim, dass nicht.

Ja, der Krieg... irgendwo da draußen, fern der dänischen Idylle, er war noch da. Man mochte dies manchmal nicht glauben. Doch jenseits der Grenzen Dänemarks tobte er gewaltig, eskalierte und verschlang unendlich Leben. Kaum mehr war es möglich Einzelheiten der Ereignisse zu erfassen. Es wurde irgendwann nur noch ein einziger tödlicher Schwamm. Eine Einheit Krieg. Krieg, der sich in dem vielfältigen, persönlichen Schmerz wieder vereinzelte. Die Eroberung der Welt schien Deutschland endgültig misslungen. Das machte es noch dramatischer, denn Hitler wollte es nicht wahrhaben. Menschen waren ihm nun nur noch Kriegsleiber, die er dem Feind entgegen schmiss, wie Brennholz in ein Höllenfeuer. Trotz. Der reinste Trotz und Wahnsinn. Der Mann an der Wand. Deutsche Städte wurden jetzt aufs Schlimmste bombardiert. Jahrhundertealtes Kulturgut auch physisch ausgelöscht. Kinder aufs Land evakuiert und erste Flüchtlingswellen aus dem Osten, - Hinterpommern, Danzig, sowie West-und Ostpreußen,- schwappten unter anderem auf Dänemarks Küsten zu. Drangen auf einmal doch in die Abwesenheit von Krieg ein und kündigten damit immerhin ein baldiges Ende der weltweiten Zerstörungswut an. Im Februar 1945, nach dem Vorrücken der Roten Armee, wurden auf Befehl Hitlers Hunderttausende Menschen mit Flüchtlingsschiffen nach Dänemark getrieben. Die *Wilhelm Gustloff* schaffte es nicht. Sie wurde von der Roten Armee in der Danziger Bucht versenkt. Mit ihnen über 5000 Menschen. Aber andere schafften es. Die dänische Bevölkerung empfand die Invasion der Flüchtlinge als eine zweite Besatzung und die Zentralverwaltung, sonst sozial eingestellt, verweigerte Kooperation und Hilfsmaßnahmen, vor allem medizinischer Art. Von Humanität, wie 1943 an den Juden ausgeübt, war nun nichts mehr zu spüren. Stattdessen begann ein Kräfteringen mit politischen gegenseitigen Forderungen zwischen Dänemark und den Besatzern. Dies kostete vielen Tausend Flüchtlingen am Ende das Leben. Doch auch davon bekamen Felix und seine Geschwister auf ihrem Landhof nichts mit. Nur eine gewisse Nervosität, eine Energie schwebte durch die Luft. Besonders bemerkten sie dies an Mutter Jensen, denn diese schwankte plötzlich zwischen versonnenem Lächeln beim Anblick ihrer Schützlinge und strengen Befehlen. Wenn die Kinder nicht um sie waren, hörte sie den Nachrichten nun wieder genau zu. Mutter Jensen wusste wie alle: Hitlers Tage waren gezählt. Und damit die ihren, die familiären...

Deutschland, in der Tat, es hatte den Krieg an sich längst verloren, gab aber noch einmal alles in einem letzten, sinnlosen, noch grausameren Volkssturm, der nun sogar alte Menschen und Kinder raus zum Kampf scheuchte und auch das Standgericht bis zuletzt agieren ließ. Hitler wollte das Volk mit in seinen Abgrund reißen. Es war nicht mehr Holz, es war Papier. Es war zu schwach, es hatte es nicht anders verdient. Auch die Menschen in den Konzentrationslagern bekamen dies zu spüren. Auf der Flucht vor der Roten Armee wurde Auschwitz schon im Januar 1945 geräumt, die Schandtaten unkenntlich gemacht, bis zuletzt jedoch gemordet und was übrig blieb, zum Todesmarsch befohlen. Die Todesmärsche in eisiger Kälte bei ungenügender Kleidung und ohne Nahrung waren kaum zu überleben. Wer schwankte, wurde erschossen. Die Menschen wurden wie Vieh getrieben und in weiteren Massakern immer wieder und äußerst phantasievoll hingerichtet. Die Brutalität steigerte sich ins Unermessliche in dieser letzten Phase der Vernichtung. Ein geradezu apokalyptischer Taumel war er, dieser zweite Weltkrieg, der am Ende mehr als 60 Millionen Menschen weltweit das Leben kostete, über sechs Millionen europäische Juden, Sinti und Roma,

Menschen mit Behinderung, politisch Andersdenkende und Homosexuelle, Widerständler und Soldaten. 17 Millionen Menschen verschollen. Städte zerstört. Die Moral entwurzelt. Nur das nahezu friedliche Dänemark und wenige andere Länder blieben an der Peripherie jenes Grauen. Was jedoch geradezu schaurig unwirklich war. Ihr Kinder! Sinnierte Mutter Jensen darum eines Tages zu den vier Geschwistern. Ihr wisst ja gar nicht… Schaute die Kinder bedeutungsschwer an… Ihr wisst ja gar nicht… Doch dann stockte sie. Wie konnte man das eine Leid gegen ein anderes aufwiegen? Hatten die Kinder etwa nichts zu ertragen gehabt? Und was wusste und erlitt sie selbst? Statt weiterzusprechen nahm sie alle vier gleichzeitig in die Arme, drückte sie fest an sich und rang mit den Tränen. Dennoch: Glückskinder. Dachte sie. Ihr Glückskinder.

Aber dann war es tatsächlich so weit! Am Abend des 29. April standen die Russen am Brandenburger Tor. Alle Optionen waren aufgebraucht. Hitlers enormer Drogen- und Medikamentenrausch hatte lange genug den Krieg zwischen Größenwahn und Depression hinausgezögert. Jetzt gab es nur noch eines zu tun: Letzte Injektion *Christal Meth*, Hochzeit mit Eva Braun und Selbstmord im Führerbunker. Es war der 30. April 1945. Und ein vom Irrsinn aufgeblähter Führer starb klein. Am 7. Mai unterzeichnete der Generaloberst Jodl die bedingungslose Kapitulation der deutschen Wehrmacht, welche am 8. Mai 1945 um 23 Uhr in Kraft trat und das Großdeutsche Reich wurde von den vier Siegermächten in vier Besatzungszonen eingeteilt. England, USA, Frankreich, Russland. Eine neue Epoche versuchte zu wachsen…

Und Dänemark? In Dänemark, da war schon am 5. Mai der Teufel los. Mit einem Riesenvolksfest feierte man Deutschlands Kapitulation. Mit Königshaus und Flaggen und Rufen und Musik. Und auch Mutter Jensen tanzte in der Küche. Sie nahm die Geschwister an der Hand und schwenkte ihre Arme. Jetzt. … rief sie feierlich… Werdet ihr bald eure Eltern wiedersehen. Überhaupt war das ganze Kinderheim im Aufruhr. Heute waren alle Regeln außer Kraft gesetzt und es gab Süßigkeiten für alle. Aber keiner freute sich so sehr wie Felix und Eva und Ruth und Ilse. Denn endlich durften auch sie raus auf die Straße, durften sich dort mit den anderen freuen und endlich durften sie wieder Juden sein. Was auch immer das war. Nur wann kommen denn nun die Eltern? Die Kinder standen immer wieder am Fenster, das raus auf die Einfahrt zum Heim zeigte. Immer eines. Sie schoben Wache. Drückten die Nasen platt. Auf keinen Fall wollten sie verpassen, wenn die Eltern dort erschienen. Sie wollten sie aus der Ferne kommen sehen. Ihnen winken, hinaus eilen… Doch nichts geschah. Niemand kam. So sehr sie auch warteten. Wo blieben sie nur? Hatten die Eltern sie vergessen? Waren sie tot? Dieses Warten war schlimmer als das Verlassensein zuvor. Sogar Felix ging kaum noch zu den Kühen. Und Mutter Jensen bekam immer schlechtere Laune. Am liebsten hätte sie die Kinder vom Fenster weggezerrt. Lohnte den keiner ihre mütterliche Mühe? Sie schwankte zwischen mit Mitgefühl und einer ungefähren Wut. Diese unnützen Eltern, die vier Kinder in die Welt setzten, verschwanden und anderen die Verantwortung gaben! Sie wusste, das war nicht gerecht. Aber das waren eben ihre Gedanken, die um die Liebe der vier Kinder rang, von der für sie nun nichts mehr übrig zu bleiben schien. Und vermutlich nichts übrig bleiben wird. Nach dem ersten Freudentaumel folgte der Trübsinn. Der Korken war aus der Flasche gesprengt, aber Sekt floss nicht. Wo war der Sekt?

Wo waren die Eltern?

Die Stimmung war wirklich denkbar schlecht. Die Geschwister begannen sich zu streiten, sie verrichteten die Arbeiten auf dem Hof nur noch nachlässig und sie vermochten sich nicht mehr im Unterricht zu konzentrieren. Der Verbleib der Eltern war das einzig Dominierende in ihren Köpfen. Darin stachelten sie sich gegenseitig auf, auch die Kleinen, die ihre Eltern schon fast vergessen hatten. Dann endlich nach zwei Monaten des Wartens, Mitte Juli, klingelte das Telefon. Das Rote Kreuz. Zitternd hörte Mutter Jensen einer Stimme zu, bleich nickte sie, antwortete stockend. Legte auf. Dass es sie so treffen würde, hatte sie nicht geahnt. Sie brauchte einen Moment, ihre Augenwinkel füllten sich ein wenig mit Wasser. Doch dann ermahnte sie sich selbst, gedachte ihrer Pflicht und rief die Kinder zu sich: Eure Eltern. Sie sind da! Sagte sie nur und versuchte freudig zu klingen. Eure Eltern sind da. Man hat sie gefunden. Sie wissen jetzt, wo ihr seid.

Am folgenden Tag standen die Geschwister nicht mehr einzeln am Fenster, sondern alle gemeinsam und alle gemeinsam sahen sie, wie irgendwann ein Taxi auf den Hof fuhr. Sahen wie zwei Menschen ausstiegen und Mutter Jensen diesen hoheitsvoll und streng entgegen ging. Sind das unsere Eltern? Ruth und Ilse konnten sich kaum noch erinnern. Auch Felix musste sehr genau hinsehen. Glaube schon. Ungläubig nickte er. Dann rannte er davon. Los! Rief auch Eva und sie stürmten so schnell sie konnten hinaus auf den Hof.

Mama! Papa!
Felix! Eva! Ruth! Ilse!
- Und Anni!
- ?
Im Arm trug Olga ihr Jüngstes. Ein Schwedenkind. Es kam im Sommer 1944 zur Welt. Überglücklich fielen sich die Kinder und die Eltern in die Arme.

Nun waren sie zu siebt.

Nebenbei stand Mutter Jensen. Höflich und still wohnte sie der allseitigen Freude bei und musterte die Eltern genau. Sie konnte nichts Schlechtes sagen, außer, nun ja, etwas verächtlich rümpfte sie dann doch die Nase als sie gewahrte, dass diese zarte, junge Mutter nicht nur ein für die Kinder unerwartetes Baby im Arm, sondern eindeutig auch ein weiteres im Bauch trug. Was dachten sich diese Menschen denn? Reichte es nicht, dass sie diese vier Kinder ins Unglück gestürzt hatten? Eine Frau, deren Aufgabe es war, verlassene Kinder zu trösten, hatte dafür wenig Verständnis. Noch weniger, wenn sie selbst nicht eines hatte. Etwas frostig bat sie die Eltern einzutreten, wies ihnen Stühle zu, schenkte Tee ein, nahm selbst Platz und fragte sich, wie sie das jetzt den Eltern erklären sollte, sagte aber dann ohne Umschweife: Sie können die Kinder nicht mitnehmen. Sechs Augenpaare starrten sie sprachlos an. Das siebte schlief. Tut mir leid. Erklärte Mutter Jensen erneut in festem Ton. Wir verstehen nicht. Erhob Hans nervös die

Stimme, in der schon leicht ein Tremolo zu vernehmen war, hoffte, sich verhört zu haben. Ein Missverständnis? Mutter Jensen holte tief Luft. Die Kinder müssen hier bleiben. Sie stehen unter dem Jugendschutz Dänemarks. Verstehen Sie? Nein. Sagte Hans. Ich verstehe nicht. Warum? In den Akten ist vermerkt, Sie haben die Kinder mutwillig zurück gelassen. Und darum haben Sie nicht die Erziehungsberechtigung für Ihre Kinder. So hatte man es also gedreht. Gedreht, um die Kinder zu retten, ein bürokratischer nachlässiger Vermerk oder… Keiner weiß es genau. Hans und Olga sahen sich entsetzt an. Nicht vertraut mit der Rechtslage. Das ist doch völliger Nonsens. Entfuhr es Hans. Die Kinder sind ihnen entrissen worden. Jeder könne das bestätigen. Mutter Jensen schaute kalt in die Augen der Eltern. So, wer kann das bestätigen? Die Eltern verstummten ratlos und Mutter Jensen hasste sich schon jetzt für den Biss in ihrem Unterton, der, das wusste sie, durchaus nicht angebracht war. Unprofessionell. Schalt sie sich innerlich. Doch sie ertrug nicht die Freude der Kinder. Sie ertrug nicht, sie zu verlieren. Sie hielt an einer Aktennotiz fest wie an einem letzten Strohhalm, ganz als seien Schlichen des Krieges bürgerliches Gesetz. Inhärente Logik. Natürlich waren die Eltern in Not gewesen. Aber: Wo waren die Worte der Dankbarkeit? Mikkel! Entfuhr es Olga. Er könnte…, doch sie verstummte sofort wieder. Mikkel war fort. Sie hatten ja alles versucht. auch in den letzten Wochen. Nichts. Der Wald, dachte sie wieder. Und wollte es nicht denken. Hans, der in solchen Momenten dazu neigte, aufbrausend zu werden, hielt sich zurück. Es kostete ihn viel, aber er wusste, das würde nur gegen sie wirken. Und was bedeutet das nun? Fragte er stattdessen. Mutter

Jensen räusperte sich förmlich. Ihre Kinder werden hier den Schulunterricht zu Ende führen. In den Ferien können sie Sie dann besuchen. Vorausgesetzt Sie haben eine Wohnung. Alles Weitere wird gerichtlich geklärt werden müssen. Haben Sie eine Wohnung? Mutter Jensen hob fragend die Brauen. Noch nicht. Hans verneinte. Sehen Sie. Die Vorsteherin schüttelte bedauernd den Kopf. Was wollen Sie mit vier Kindern, einem Baby und, - ihr Blick ging geringschätzig auf Olgas Bauch -, … nun ja… ohne einen Wohnraum? Und damit hatte Mutter Jensen sogar recht. Olga und Hans waren ratlos und beschämt. Nun sollten sie erneut ihre Kinder zurücklassen? So hatten sie sich das nicht vorgestellt. Zwei Monate lang suchten sie verzweifelt im ganzen Land nach ihren Kindern und dann das? Sie erhoben sich. Das musste erst einmal verdaut werden. Förmlich dankten sie Mutter Jensen für ihre Sorge und Aufopferung, verbrachten noch einen gemeinsamen Spaziergang im Heidewäldchen, küssten dann ihre Kinder etwas zu schnell und verabschiedeten sich. Die Kinder blickten dem Auto hinterher, sahen wie es Staub aufwirbelnd sich von ihnen entfernte. Wie die Eltern so schnell verschwanden wie sie gekommen waren. Und fanden kein Wort. Dem frohen Wiedersehen folgte die Ernüchterung und größte Verwunderung.

Doch nicht lange. Die Sommerferien kamen bald. Und wieder fuhren die Eltern vor. Dieses Mal strammeren Schrittes und unter erneutem Jubelgeschrei der Kinder. Hans hatte inzwischen eine Wohnung in Kopenhagen gefunden, groß genug für alle, und befahl den Kindern wie verabredet für die Zeit der Sommerferien mit ihnen zu kommen. Die Kinder eilten in ihre Stube, - viel besaßen sie nicht, das hatten sie schnell zusammen, - und eilten wieder zurück. Mutter Jensen wohnte dem Abschied stocksteif bei. Kühl verabschiedete sie die Familie. Kühl war ihr Temperament die letzten Wochen. Gebrochen ihr Herz. Diesmal war es sie, die dem Auto hinterher blickte. Kaum, dass die Kinder sich umdrehten. Das war traurig und es vergingen viele Tage, da Mutter Jensen sich immer wieder aufs Neue dafür schalt, sich nicht von Herzen von den Kindern verabschiedet zu haben. Leider bekam sie dazu nie mehr eine zweite Chance. Denn als die Sommerferien vorbei waren und die Kinder wieder ins Heim zurück gemusst hätten, beschloss Hans, dass er sie nicht mehr hergeben würde. Warum auch? Ihr bleibt hier! Verkündete er kampfbereit. Wenn jemand etwas von uns will, dann soll er zu uns kommen! So wurde es gemacht. Es kam niemals jemand. Die Angelegenheit, die niemals eine war, wurde niedergeschlagen. Mutter Jensen rang mit dem Herrn im Himmel und gab ihm zu verstehen, dass sie für die Aufopferung und den folgenden Verlust nun ein großes Plus auf dem Konto gutgeschrieben haben möge. Immer wieder aber auch rang sie mit sich selbst. Sie hatte eine Familie wieder glücklich zusammen gefügt. Was konnte es Besseres geben?

Für Hans und Olga gab es nichts Besseres. Endlich hatten sie alle Kinder wieder bei sich. Endlich war Frieden. Endlich waren sie nicht mehr auf der Flucht. Endlich mussten sie nicht mehr fürchten, verhaftet zu werden. Zehn Jahre! Sagte Olga. Sie stand am Meer und schmiss für jeden ihrer Freunde und Helfer zum Dank und Gedenken eine Blume ins Wasser. Inga und Mikkel bekamen gleich zwei. Oh, Mikkel.

Die dänische Regierung hatte 1943 nach der Rettungsaktion der Juden verordnet, dass das zurück gelassene Vermögen und die Hausstände notiert und aufbewahrt werden sollten. Die meisten leer stehenden Wohnungen wurden zwar gekündigt, doch für manche fand sich eine Regelung für die Bezahlung und der Sozialdienst sorgte für die Weiterbezahlung von Versicherungsverträgen. Die Wohnung von Hans und Olgas neben dem Spielwarenladen war allerdings nicht mehr für sie da geblieben. Aber ihren kleinen Hausstand hatten sie wieder gefunden und konnten es kaum glauben.

So rückte der November 1945 vor. Die kleine Käthe war soeben geboren. Sie war das erste Kind der Rottbergers, das nicht im Krieg zur Welt kam und daher auch das erste Kind, deren Geburt volle und entspannte Aufmerksamkeit entgegengebracht wurde. Alles war gut gegangen. Die Hebamme hatte sich soeben verabschiedet und Hans begleitete sie wankend vor Müdigkeit nach durchwachter Nacht zur Türe. Die Mischung aus Angst und schlechtem Gewissen lagen wie immer schwer auf ihm. Doch diesmal war es auch die schiere Freude. Er trat zu Olga hin. Nahm ihr das Neugeborene ab, das gerade an ihrer Brust eingeschlafen war, legte es in sein Bettchen, - ein richtiges Bettchen, keine Schublade -, und rief die Kinder. Gemeinsam mit ihnen stellte er nun eine Vielzahl von Kerzen rund um das Frischgeborene auf, was Olga vom Bett aus still und staunend beobachtete. Hans gab den Kindern Süßigkeiten in die Hand und ein jeder von ihnen legte diese mit einem Segensspruch für

Käthe zu den Kerzen. Licht und süßes Leben. Hernach dankten sie für die Kraft, die geglückte Geburt und für den Frieden auf der Welt, für die Gesundheit, das Überleben und das Essen und… dankten und dankten. So lange bis ihnen allen wirklich gar nichts mehr einfallen wollte. Auch Mutter Jensen dankten sie. Ganz besonders sogar. Die Kinder lachten, denn es traten ihnen viele Momente und Menschen zurück ins Gedächtnis, von denen manche schon vergessen schienen und sie erkannten, dass bei all dem Leid der vergangenen Jahre auch viel Gutes dabei gewesen war. Jeder hatte sein eigenes Erinnerungspaket. Diese Bilder auszutauschen vergrößerte jedem von ihnen das Herz. Hans verneigte sich sogar vor dem Neugeborenen. Er sprach: Kleine Käthe, das Geheimnis von Glück ist der Dank. So, jetzt weißt du es. Olga lachte und reichte ihm ihre Hand vom Bett aus. So hatte sie ihren Mann noch nie gesehen. Gelöst und lustig. In echter Anteilnahme. Das war schön. Dennoch hoffte sie, dass es nie wieder einen Grund zum Niederknien geben würde. Sechs Kinder waren mehr als genug. Sie übergab Hans ein zusammen gefaltetes Papier. Melchior hatte es ihr zur Geburt geschenkt, auf dass sie dieses zur Begrüßung des Kindes aufhängen sollten.

Auf dem Papier fand sich der Psalm 121:

Ein Lied der Stufen.

Ich hebe meine Augen hinauf zu den Bergen um zu sehen, woher Hilfe für mich kommt.

Meine Hilfe kommt vom Ewigen, dem Schöpfer von Himmel und Erde.

Er lässt deinen Fuß nicht straucheln; dein Wächter schläft nicht ein.

Ja, weder schlummert der Wächter Israels, noch schläft er.

Der Ewige ist dein Wächter; der Ewige ist dein Schatten zu deiner rechten Hand.

Am Tag brennt die Sonne dir nicht, noch der Mond in der Nacht.

Der Ewige bewahrt dich vor allem Bösen; Er hütet deine Seele.

Der Ewige wacht über dein Gehen und dein Kommen von jetzt bis in alle Ewigkeit.

Hans, der zwar eng mit Melchior zusammen gewachsen war und viel Zeit schon vor der Flucht mit ihm in der Synagoge verbracht hatte, war dem Jüdischen gegenüber dennoch gleichbleibend und weitestgehend fremd geblieben. Solcherlei Ritual gefiel ihm aber schon. Er mochte, dass Olga so sehr auf ein Minimum an jüdischer Tradition pochte, denn es gab Hans ein Gefühl von Heimat und Verbundenheit. Gerne pinnte er darum das Papier mit dem Psalm, das Käthe auf das Jüdische und den Ewigen einstimmen sollte, an die Zimmerwand.

Bin ich jetzt wieder ein Jude? Fragte Ilse, die abwechselnd und andächtig von dem Papier an der Wand zu dem kleinen Bettchen mit Käthe sah und sich vor allem vom flackernden Kerzenschein verzaubern ließ. Ja, das bist du! Nickten die Eltern. Und ist die Käthe auch ein Jude? Sie hob eines der kleinen Fingerchen des Mädchens. Die waren so entzückend. Ja, die Käthe auch. Aber sie hat ja noch gar keine schwarzen Haare. Ilse strich über Käthes kahlen Kopf. Das wird schon. Olga erhob sich und drückte Ilse an sich. Hm. Machte Ilse. Sie ist aber auch noch gar nicht so klug. Überlegte sie weiter. Nein, so klug wie du auf keinen Fall. Antwortete Hans lachend. Ilse erstrahlte. Dann muss ich ihr schnell helfen, klug zu werden. Sie kniff sanft in die kleinen Händchen der Schwester und freute sich sehr, dass Haut so weich sein konnte und sie nicht mehr die Jüngste war.

So viel neuerliche Harmonie und Frohsinn. Alle genossen es in vollen Zügen. Allerdings... etwas war nicht wie früher. Einer fehlte vehement: Mikkel. Seinen Verlust ließ die gesamte Familie lange nicht los. Sie hatten ihn erneut in der ganzen Stadt gesucht. Sogar die Andersens fragten sie. Doch nichts. In seiner Arztpraxis waren andere Leute eingezogen und diese wussten auch nichts. Er war über die ganze Stadt in einem breiten Netzwerk verbunden gewesen und doch wusste keiner von seinem Verbleib. Das war mehr als seltsam. Es war als sei er niemals da gewesen. Nicht die geringste Spur blieb von ihm. Olga träumte immer wieder nachts von Todesschüssen im Wald, schrie, schreckte auf, weinte. Mikkel war eine Wurzel in ihr, sie wollte diese nicht heraus gerissen wissen und hoffte, er habe sie einfach nur vergessen. Ungewissheit war sehr schwer zu ertragen. Zusammen mit Melchior hielten sie in der Synagoge eine Gedenkstunde zu Ehren des berühmtesten Arztes von Kopenhagen ab. Der Rabbiner schwang Worte, Besucher lauschten, beteten und sangen, doch... auch dies half Olga nicht. Wenn sie manchmal auf Käthe guckte, wusste sie, was Mikkel dazu gesagt hätte. Sie dachte dies nur. Vermisste dessen Stärke im Hintergrund. Strich über den Flaum von Käthes kleinem Kopf und wusste, künftig musste sie die Starke sein. Und wünschte sich dennoch, Hans würde rücksichtsvoller sein. In den Nächten.

Aber Hans ... war halt Hans. Darum liebte sie ihn ja auch. Und Hans wäre auch nicht Hans gewesen, wenn er nicht längst und trotz aller Erschöpfung wieder aktiv geworden wäre. Denn endlich konnte und durfte er es. Dänemark hatte kaum Verluste im Krieg erlitten und erholte sich darum schnell, Waren flossen bald wieder, nur Leder gab es noch nicht. Trotzdem eröffnete Hans sofort eine neuerliche Werkstatt. Er betrieb eine Nähstube mit Mitarbeitern und statt Leder gab er sich vorerst mit Ersatzstoffen zufrieden, Textilien wie Seide, später Nylon. Er spezialisierte sich auf die Entwicklung von Damentaschen. Elegante Taschen, besetzt mit Pailletten. Das war besonders angesagt. Es gelang ihm schnell, seinen Vertrieb erneut in Umlauf zu bringen und einen kleinen Wohlstand für die Familie zu erwirtschaften. Das führte dazu, dass sie wieder oft umzogen. Immer wieder in eine immer noch bessere Wohnung. Es führte aber auch dazu, dass die Familie am kulturellen Leben teilnehmen konnte. Manchmal ging Hans mit den Kindern ins Museum, manchmal zu musikalischen Veranstaltungen. Begleiteten sie ihn in Konzerte, saßen sie dann zwar auf den billigsten Plätzen, oben im ersten oder zweiten Rang, aber sie waren da. Hans bestand darauf, dass die Kinder ein Gefühl für Kultur bekamen, für Bildung, dass sie ihren Geist füllten. Sie durften während einer Darbietung auch nicht einfach rumsitzen. Jeder bekam eine besondere Aufgabe. Welche Instrumente wurden gespielt? Wie viele Flöten? Welche Bläser? Wie oft schlugen die Pauken? Einmal verfolgten sie auf diese Weise die *Rhapsody in Blue* von Gershwin. Sie blickten herab auf den Orchestergraben. Die Kinder konzentriert, um ihre Aufgaben zu erfüllen, denn sie nahmen die Weisung des Vaters sehr ernst, Hans um das Gesamte aufzunehmen und auf sich wirken zu lassen. Einmal als Hans von einem solchen Besuch nach Hause kam, wurde er plötzlich sehr aufgeregt. Er hatte eine Idee, setzte sich hin und begann den ganzen Aufbau des

Orchesters aus dem Gedächtnis zu skizzieren. Das sah doch wirklich ganz famos aus. Fand er und eilte mit der Skizze in die Werkstatt. Die ganze Nacht war er nicht mehr gesehen. Eifrig folgte er seiner Eingebung und fertigte den Prototyp einer Damentasche an, die, oha, nach dem Muster eines Orchestergrabens gestaltet war. Er nannte sie, naheliegend, *Rhapsody in Blue* und machte daraus einen echten Erfolgsschlager in Kopenhagen. Wieder war er es, der Jude aus Deutschland, der den Ton im Lederhandwerk in kürzester Zeit anschlug. Felix half Hans in der Werkstatt aus, vor allem beim Stanzen der Lederwaren, zeigte sich aber besonders darin begabt, in den Kaufhäusern der Stadt als Verkaufstalent und Repräsentant der neuesten Kollektionen der väterlichen Firma aufzutreten. Taschen, Uhrenarmbänder oder Brillenetuis. Die Auswahl wurde größer und größer. Es passierte allerdings schon mal, dass man den damals fünfzehnjährigen Jungen aufgrund seiner Größe für einen Primaner hielt. Felix war wirklich sehr klein geblieben. Und er war zart wie seine Mutter. Natürlich machten sich auch die Kameraden in der Schule über ihn lustig, neckten Felix gerne, fragten nach einer Lupe und wie die Luftverhältnisse so weit unten seien. Doch sie meinten es niemals böse und Felix machte sich nichts draus. Denn abgesehen von diesen Bemerkungen war er immer beliebt. Außerdem schlau. Hatte jemand ein Problem in der Schule, hieß es: Geh zu Felix. Er war der Geheimtipp für Unlösbares und genoss eine glückliche, restliche Kindheit und Jugend in Dänemark. Er war Däne, fühlte sich dänisch, sprach Dänisch. Nur nicht mit den Eltern, denn diese sprachen weiterhin Deutsch und die Kinder antworteten Dänisch. Felix träumte auch dänisch. Derzeit vor allem von einem *Kon-Tiki*. Fiebrig hatten er und seine Kameraden die Seefahrt des Norwegers Thor Heyerdahl verfolgt, der 1947 von Lima aus über den Pazifik auf einem selbst gebastelten Balsaholzfloß, seinem Kon-Tiki, so nannte er das Floß, segelte. Er wollte beweisen, dass die Besiedlung Polynesiens von Südamerika aus durchaus schon mit den technischen Möglichkeiten des präkolumbianischen Perus vor der Zeit der Inkas hätte möglich sein können. Die Entfernung zwischen den Küsten betrug 8000 Kilometer. Freilich war eine solche Fahrt kein Spaß. Es dauerte Monate bis die Crew lernte, ihr Floß richtig zu navigieren. Haie und Stürme machten das mutige Unternehmen mehrfach zum Himmelfahrtskommando und es grenzte an ein Wunder, dass Heyerdahl 101 Tage später wohlbehalten in Polynesien landete. Floß und Kapitän waren mit einem Schlag berühmt und die *experimentelle Archäologie* hatte einen Pionier. Heyerdahl hatte bewiesen, was er beweisen wollte. Ob es dann in den Analen der Geschichte so gewesen war, blieb in den Sternen, war gar nicht so wichtig. Heyerdahl reizte das Spiel mit den Möglichkeiten. Ein Querdenker. Es war durchaus nicht sein erstes Abenteuer gewesen, aber das erste, das er filmte. Ein norwegischer Sepp Allgeier der Meere, ebenso stürmisch und abenteuerlustig, nur ohne propagandistischen Auftrag. Den Film hierzu, für den es einen Oscar gab, konnte man sich vier Jahre später im Kino ansehen und einfach nur staunen. Staunen konnte man auch darüber, was möglich war, wenn Menschen unterschiedlicher Interessen und Herkunft auf ein gemeinsames Ziel zusteuerten und ihre Vorbehalte und Vorurteile vergaßen. Heyerdahl hatte bewusst seine

Crew divers angelegt, um Menschen in ihren unterschiedlichen Qualitäten zu verbinden und Herkunft als nebensächlich erfahrbar zu machen. Felix und seine Freunde staunten jedenfalls. Sie lebten ja selbst an der See, - Heyerdahl war ihr Nachbar, - und angeregt von so viel Entdeckerfreude sponnen die Kinder fortan viele Abenteuer, die sie auf ähnliche Art zu bestehen gedachten. Die Welt öffnete sich. Es gab so vieles zu entdecken und zu werden. Doch immer rief der Vater Felix stattdessen zu Botengängen oder befahl ihn in die Werkstatt. Dort sollte er dann immer wieder weitere mondäne Täschchen, nun aus Schlangenleder, Eidechse oder Krokodil anfertigen. Felix gehorchte. Der Schutz der Familie war stets Nummer eins. Doch froh war er nicht. Er wollte Abitur machen. Das war, was er wollte. Das wollte auch Olga. Sie sah, dass ihr Sohn schlau war. Aber Hans sagte: Nein. Einfach nein. Und was Hans sagte, galt. Er war der König. Felix wollte überdies studieren. Aber Hans sagte: Mit einem dänischen Staatsexamen kommst du in Deutschland nicht weiter. Dann kann ich dich in der Werkstatt besser brauchen. In Deutschland? Wieso Deutschland? Felix war doch Däne. Er verstand nicht. Weil wir nach Deutschland zurück gehen werden. Aha? Alle guckten auf Hans. Ja. Sagte Hans. Nicht sogleich. Irgendwann. Erst noch sehen. Die politische Lage in Deutschland weiter beobachten. Schauen wie die frisch gegründete Bundesrepublik zurecht kam. Ob sich die Wohnungsnot in Deutschland entspannte. Wie es sich mit der DDR verhielt. Ob sich die Spaltung Deutschlands ähnlich konfliktreich zeigen würde wie die Spaltung in Israel. Wie es mit den Juden laufe und ob die Welle des Hasses zurück branden würde und er und seine Familie dort wieder in Sicherheit wären. Zuhause hatten sie keine Zeitung. Hans wollte nicht, dass die Kinder über das nötige Maß hinaus mit dem vergangenen Krieg belastet würden. Er hielt zum Wohle des Seelenheils Verschweigen für besser als Aufklären. Nicht, weil er wie die Deutschen ein Trauma der Schuld trug, sondern weil er ein Trauma von Schmerz trug. Aber er tat es auch aus einem anderen Grund: Die Kinder sollten das Land, das er immer noch als sein Heimatland empfand, mögen. Ohne Ballast und Zerrissenheit. Und: Wer nichts weiß, fragt auch nicht nach. Die Kinder fragten nicht nach. Sie waren unbekümmert. Und das Kinderheim… das… Dachte Hans…. Das würden sie schon vergessen. Sie würden vergessen, dass sie anders waren als andere. Sie waren noch so jung. Auch Olga würde wieder glücklich werden. Hans war sich sicher. Es musste nur die richtige Atmosphäre entstehen. Glaubte Hans. Und Zeit verstreichen. Dann ganz gewiss. Dann würde alles besser werden. Und deshalb wollte Hans nicht länger als nötig in Dänemark verbleiben. So gut das Land zu ihm war, es erinnerte ihn dennoch täglich an Flucht und Ausgegrenztsein. Er war weiterhin nur ein Geduldeter und er lebte weiterhin ohne Arbeitserlaubnis. Deswegen: Ja. Rief Hans. Ich bin Deutscher. Ich will meine Heimat zurück. Der Trotz in der Stimme war kaum zu überhören. Denn Identität und Akzeptanz würde er auch in Deutschland nicht vollumfänglich finden. Das wusste er. Egal, wie sich Deutschland entwickeln würde. Jude und Mensch oder Jude und Bürger blieben auch nach dem zweiten Weltkrieg zwei voneinander getrennte Einheiten, ganz gleich, ob Hitler tot und der Krieg verloren und vorbei war oder ob Hans sich danach sehnte, sich zu definieren, Wurzeln zu spüren, sich wieder zusammenfügen oder schlicht Recht beanspruchen zu können und die verlorene Ehre wieder herzustellen. Wenigstens das. Vor allem aber: Hans wollte mehr sein als DER Jude. Sein atheistischer Verstand verzweifelte. Er empfand es als absurd, dass ihm gerade das Judesein als einzige echte Identität geblieben war. Und die Wahrheit war doch: Gab es überhaupt einen Raum auf dieser Welt, wo die jüdische Zugehörigkeit keine Rolle spielte? Wer war er? Hans wurde erregt. Seine Vorstellung von Ganzheit suchte er nicht in seiner Seele.

Es lag wohl daran, dass Hans gerade erst das *Schwarzwaldmädel* im Kino gesehen hatte. Dies musste seine Sehnsucht nach dem Süden hin wieder voll entflammt haben. So mutmaßte Olga. Denn es war doch etwas viel der Schwärmerei für ein Land, das ihnen so weh getan hat. Damit lag sie nicht ganz verkehrt. Hans suchte das Idyll, das nicht unterschied. Er wollte in den Süden. Bodensee. Schwarzwald. Irgendwo dort. Natur und Heimat und Wärme. Und unser Haus? Warf Olga ein. Um wenigstens etwas Plausibles entgegenzuhalten. Sie hatten sich gerade unter viel finanzieller Mühe und Zuhilfenahme eines Kredites eine Reihenhaushälfte gekauft. Mit Einbauküche, modernen Nierentischchen und Platz für alle. Bald würden sie auch einen Fernseher haben. Ein Fernseher Hans, stell dir vor! Es wäre endlich behaglich und zum Aufatmen und nie wieder müssten sie umziehen, weil sie im Eigentum lebten… Verkaufen wir. Antwortete Hans knapp. Verkaufen wir. Olga verstummte. Sie kannte es ja schon. Sie hatte keine Stimme.

Das Schwarzwaldmädel… pah! Allein mit sich, verzog
Olga die Mundwinkel. Dieser dauerlächelnde Film
konnte sie nicht berühren. Die Handlung, das Mädel,
alles so zuckrig, als hätte es über all die Jahre nie Krieg
gegeben. Als hätten Greta Garbo und Marlene Dietrich
umsonst Stil in das Zelluloid gehaucht, Ingrid
Bergmann umsonst gelitten, Lauren Bacall niemals
freches Sexappeal verströmt, Hedy Lamarr keine Hüte
getragen und Intellekt bewiesen und viele andere Stars
ihre weiblichen Stärken ohne Nachhall verglüht. Vorbei
die Zeit der großen Diven. Ein Windstoß, mehr waren
sie nicht. Niemals Ernst. Besonders nach dem Krieg
zerfiel die Würde der Frau zu Staub. Die neue
Leichtigkeit, die laszive Naivität und Unbekümmertheit,
in der sich viele der aufkommenden, weiblichen Stars
nun präsentierten, die letztlich und im Happy End doch
nur auf die Dominanz des Männlichen zuspielten, -
selbst wenn diese Parts freundlich waren -, all das war
zu niedlich. Audrey Hepburn. Zugegeben grazil, nett.
Aber wo war die Tiefe, die Reibung an der Welt? Die
Emanzipation? Marilyn Monroe. Pah! Blond, kess,
kieksend. Wo war all das hin, was gerade erst in
gesellschaftlicher und weiblicher Entfaltung begriffen
war? Aufblühte? Wo waren die kämpferischen und
denkenden Frauen? Wo war das, womit Olga sich
Schritt um Schritt identifizierte? Sie seufzte. So war es
wohl. Schloss sie. Es war nie wirklich da gewesen. Eine
Täuschung. Nichts als ein flüchtiges Spiel vor der
Kamera oder gerade mal tragisch existent in rauchigen
Salons der Großstädte. Denn hatte sie nicht eben
geschwiegen, wie sie immer schwieg? Hingenommen,
was der Mann entschied? Ihr Mann? Olga war wütend.
Sie war nichts als das gewöhnliche Abziehbild einer

weiblichen Normalität, die in Wirklichkeit wenig Raum für Sehnsucht und Selbständigkeit ließ. Stundenlang polterte sie durch die Wohnung und machte ein düsteres Gesicht. Auch Hans traute sich nicht, sie anzusprechen. Wusste kaum, was los war und erträumte sich in einer stillen Stunde Olga in einem Dirndl.

Man musste Olgas außerordentliche Wut verstehen. Mikkel hätte sie verstanden, denn man mochte es glauben oder nicht: Olga war schon wieder schwanger. Fast teilnahmslos befühlte sie ihren Bauch. Sie war sogar sehr, sehr wütend. Nicht nur auf Hans. Auch auf sich. Die Zeit nach dem Krieg wollte keine Ordnung in ihren Kopf bringen. Was zuvor stringent verlief, woran sie sich entfaltete, sogar in der Not, schien zu zerfließen. Sie hatte keine Freunde. Inga, Mikkel, jene, die ihr die Welt zu erschließen halfen, strukturierten und erhellten, waren weg. Jene, die auf sie eingingen, sie sahen, sie schätzten und hören und fördern wollten, waren weg. Mit dem Ende des Krieges war nicht nur das Chaos und der Schmerz an seiner Oberfläche verschwunden, sondern auch die Welt, die sich vor und teilweise sogar noch unter dem Krieg entwickelt und ihr Inneres gefördert hatte, eine Linie entlang lief, eine stürmische, eruptive, doch immerhin eine sich fortsetzende. In der Gesellschaft, in der Darstellung und Stellung der Frau. Alles schien nun zurück zu laufen. Als hätte man eine Münze umgedreht. Und befände sich doch unter der gleichen Sonne in gleicher Kulisse. Alles, was das Jahrhundert an Geist, Kunst, Architektur, auch in der Sexualität, hervor gebracht hatte, sinnlich und befreiend, alles, was sich Frauen im Krieg an Selbstständigkeit eroberten und zu leisten imstande waren, war plötzlich erstarrt in Biederkeit. Die Würde der Menschen, so empfand Olga, spielte sich nur noch auf wenigen Feldern ab und erlosch besonders in Deutschland unter einer Schuld, die das Land zwar nun auf seinen Schultern trug, im einzelnen aber nicht annahm, - auch für sie war es zu groß, - und als abgespaltenes Trauma in niedliche Heimatfilme packte oder in unterwürfige Frauenrollen presste. Olga sah das alles, sah das Verdrängen, auch wenn Hans ihr die Zeitungen vorenthielt, verabscheute es, und war selbst doch so eine Frau. Keine in Deutschland lebende, keine, die Schuld trug, aber eine Ausgebremste, eine, die nicht mutig genug war, ihre Gedanken zu Ende zu leben, um sich Hans in seinem Despotismus und Egoismus zu widersetzen. Oh, wie war sie wütend. Und hilflos. Und schlug auf ihren Bauch. Wo blieb sie zwischen Mutterschaft und männlicher Herrschaft und dieser zweifelhaften Ehre ihres Mannes? Was war ihr der Frieden wert? Nichts und wieder nichts. Tagelang sprach sie mit Hans kein Wort und wieder war er der letzte, der die Schwangerschaft bemerkte.

Was Olga jedoch in jener Zeit glücklich verfolgte, das war immerhin die „*Gruppe 47*", die sich im Allgäu gegründet hatte und jungen Nachkriegsschriftstellern ein Forum sein wollte. Feurig engagierte Schriftsteller, auch Frauen, gingen ans Werk. Der Funke sprang bis zu Olga und sie wünschte, sie wäre ein Teil davon. Die Literaten der ersten Stunde wollten intellektuell mitwirken am neuen, demokratischen Deutschland. Zu den festen Regeln bei Lesungen gehörte: stets eine offene, schonungslose Kritik und das Verbot für den vorlesenden Autor, auf die Kritik zu antworten.

Letzterer Aspekt beeindruckte Olga besonders. Sie bedachte es lange und obwohl Hans nicht wusste, was Olga sich in ihrem Kopf zusammen grübelte, so spürte er doch in letzter Zeit außer einer latenten Aggression auch einen massiven Gegenwind. Olga versuchte ihre Stimme zu erheben. Die Kinder erlebten erstmals, dass es hin und wieder zu einem Donnerwetter und Kräfteringen der Eltern kam, dass Olga demonstrativ Lippenstift auflegte, - den von Alberte, den sie streng hütete und den Hans weiterhin verabscheute- , auch wenn es am Ende blieb wie immer: Hans hatte das letzte Wort. Olga war einfach zu schwach. Sechs Kinder in zehn Jahren unter schwierigsten Umständen, den Schwung der Jugend ins Gebären und Flüchten gegeben, wer hatte da noch Kraft für sich selbst einzustehen? Der Bauch wuchs. Hans sah es nun auch. Schämte sich mal wieder und konnte es mit geschenkten Blumen nicht wettmachen. Olga blieb entfernt, tröstete sich mit dem Wort, schrieb neue Gedichte, herzerwärmend und manchmal imaginär an Mikkel gerichtet. Mehr und mehr verfing sie sich in ausgedehnte Tagträume, vernachlässigte die Kinder und stellte sich vor, eine Postkarte von der Autorengruppe würde eines Tages zu ihr ins Haus flattern. Ein Karte, auf der die persönliche Einladung für Olga Rottberger zur Mitgliedschaft vermerkt sein würde. Eine Karte von Freiheit und Anerkennung. Denn so war das Verfahren. Wer erwählt war, bekam eine Postkarte. Das stellte sich Olga nicht ohne Grund vor. Sie hatte tatsächlich ein paar Blätter ihrer Aufzeichnungen an die Gruppe geschickt. 204 Autoren gab es schon. Aus der Bundesrepublik, der DDR, Österreich und der Schweiz. Heinrich Böll, Ingeborg Bachmann, Alfred Andersch, Günter Grass,

Martin Walser, Peter Handke, Hans Magnus Enzensberger... Jene bekamen eine Karte. Olga bekam keine. So oft sie auch in den Briefkasten schaute. Sie gebar stattdessen ihr siebtes Kind. Es wurde ein Junge. Paul Joseph. 1951. Ein Jahr, nachdem das erste Taschenbuch in Deutschland auf den Markt kam, zwei Jahre, bevor der erste Playboy erschien und im selben Jahr, da die letzten SS-Offiziere in Deutschland unter Protest erhängt wurden und von da an die Todesstrafe nie mehr vollzogen wurde. Jedes Kind hat seine Beginne. Was würde der kleine Paul Joseph wohl eines Tages damit anfangen? Überlegte Olga. Sie lebte in den Tagen nach der Geburt sehr eng und zurück gezogen mit ihm. Sie würde dieses Kind behutsam zu einem Mann erziehen, der eine Frau zu achten wusste, das schwor sie sich. Das tat sie.

Deutschland hatte nun schon etliche Jahre des Aufbaus hinter sich. Die Kriegsniederlage wurde verschmerzt. Die Sache mit den Juden schockierte, wurde aber weithin zugedeckelt, verschwiegen, manchmal sogar dementiert. Ehen wurden, sofern es den Ehemann nach dem Krieg noch gab, weitergeführt, bzw. wieder aufgenommen, zumeist unglücklich. Das Trauma der Kriegsheimkehrer lastete bei den einen unterschwellig, bei den anderen ertränkt in Alkohol, Tablettensucht oder Aggressivität und wurde doch, um nicht daran zu zerbrechen, vielfach verklärt als ehrenvolle, manchmal sogar als lustige Zeit mit tapferen Kameraden dargestellt. Frauen, die im Krieg tatkräftig und unabhängig geworden waren, wurden wieder an den Herd gestellt, fielen aus der Augenhöhe und Selbständigkeit, trugen aber eines Tages hübsche

Petticoats und gepufftes Haar oder stiegen mit Glück und männlicher Erlaubnis zu einer Sekretärin in Niedriglohnklasse auf. Größere Anschaffungen oblagen dem Gatten, ebenso wie das Konto der Frau. Für Lehrerinnen galt das Zölibat, - noch. Sogar der Körper einer Frau gehörte in Belangen von Arzt und Sexualität teilweise dem Gatten. War die Frau eine jener vielen, die von den siegreichen, Deutschland einnehmenden Russen vergewaltigt worden waren, dann jedoch gehörte sie ungehört sich allein, - ein Tabuthema. Telefone eroberten die Wohnungen. Fernseher auch. Nach und nach. Die ersten Käfer rollten. Und Italien lockte. Der Krieg war fast vergessen. Deutschland rockte, schwang die Hüften. Wollte wieder leben. Man atmete am Glitzer und neuen Wohltand auf, erbleichte nur im Stillen der Seele. Das Leben schob sich tastend in heile Bahnen, man sparte für ein Glas Coca Cola... und lebte nicht selten eine Lüge aus Sehnsucht. Auch Olga erfreute sich am Frieden doch sah sie konsequent, ein wenig zu schnippisch, an Audrey Hepburn und Marilyn Monroe vorbei und Hans machte Ernst. Wir gehen! Jubelte er eines Tages. Jetzt ist es soweit. Es war das Jahr 1955.

Und: Wir gehen zu Fuß.

Zu Fuß??? Ja. Rief Hans. Er hatte alles genau geplant. Aus seiner Tasche zog er fröhlich wedelnd eine Staatsbürgerschaft. Eine für sich, für Olga und für die Töchter sowie einen Jugendherbergsausweis für unterwegs. Seht ihr? Hans strahlte und guckte von einem zum anderen. Und ich? Fragte Felix beklommen. Inzwischen ein erwachsener, junger Mann und immer noch Olgas Goldjunge. Er wollte Dänemark durchaus nicht verlassen. Auch wenn sein Status der eines Staatenlosen war und er nur einen dänischen Fremdenpass hatte. Hans sah ihn bedauernd an: Die Mädchen werden später in Deutschland einen Mann heiraten, dann wären sie eh Deutsche. Und Paul war im Familienpass eingetragen. Aber du, wenn du einen deutschen Pass bekommst, musst du vielleicht zum Militär... Er musste nicht weitersprechen. DAS wollte keiner. Felix verstand. Er war neunzehn Jahre alt und mit seiner Entscheidung und Ausreise aus Dänemark auf sich allein gestellt. Er sollte mit. Das war gesetzt. Aber wie, das hatte Hans ihm nicht gesagt.

Die folgenden Tage überstürzten sich. Olga packte, Hans verschickte. Felix verkaufte das Haus. Die Rendite für den Neuanfang. Ein bescheidener Hausstand verließ Dänemark Richtung Deutschland, - das meiste wurde verkauft. Ihm folgte eine vielköpfige Familie zu Fuß mit nichts als einem Rucksack auf dem Rücken und einer Zukunft, die in den Sternen stand. Der Weg war das Ziel und sollte ein viertel Jahr dauern. Hans hatte die fixe Idee, sich auf diese Weise mit dem neuen Deutschland besonders gut vertraut machen zu können und riss mit seinem abenteuerlichen Plan den Rest der Familie mit. Vor allem aber glich er das jahrelang erzwungene Festsitzen aus und markierte damit bewusst einen neuen Lebensabschnitt. Reisen als Symbol und diesmal selbstbestimmt. Mit dabei war das erste Kind von Eva im Kinderwagen. Eva alleinerziehend. Es ging los. Kein Auto. Kein Zug. Nur laufen. Jeden Zentimeter des Landes mit den eigenen Füßen spüren und erobern. Hans glich es einer Inlandnahme. Nie war seine Laune besser gewesen. Auch die Kinder hatten Freude. Nur

Olga war nicht sehr froh. Sie verließ traurigen Herzens ihr dänisches Heim. Und das Wandern, nun ja, sie wanderte gerne, aber wirklich Freude war ihr dies nur in Island gewesen. Nun, mit dem kleinen Paul, der doch erst vier Jahre alt war, und dem einjährigen Sohn von Eva, dessen Vater, ein Schriftsteller, Eva in Dänemark beließ ... war dies anders.

Musste das sein? Nein. In Aufbruchstimmung verfiel Olga nicht. Kraft verlieh es ihr auch nicht. Olga durchlebte eher erneut das Gefühl von Flucht und Entbehrung. Keiner wusste, was sie in Deutschland erwarten würde. Sie hatten kein Ziel, kein Haus. Da war niemand mehr, den sie kannten. So ganz überzeugt war Olga also nicht. Hans hatte halt wieder seinen Kopf durchgesetzt und Felix einfach zurück gelassen. Nun gut, Hans hatte ja recht mit seinen Einwänden wegen des Militärs und dennoch... Ja, dennoch: Es war Mai. Die Temperatur lockte nach draußen. Und ein wenig neugierig war Olga schon auf ihre alte Heimat. So überließ auch sie sich trotz Grimm irgendwann dem Frohsinn des Gehens und Reisens und den neuen Eindrücken eines ihr vor langer Zeit vertrauten Landes. Es war ja nicht verkehrt, einen Mann zu haben, der solch verrückte Ideen auch in fortgeschrittenem Alter entfachen und durchsetzen konnte. Sie schielte zu Hans, war dankbar, dass sie noch immer und trotz allem Funken von Liebe spürte.

Felix sah dem großen Trott jüdischer Wanderer, seiner Familie, hinterher, winkte noch lange, dann tat er, was ihm aufgetragen war. Er kümmerte sich um die letzten Formalien des verkauften Reihenhauses und war plötzlich mutterseelenallein. Wow. So allein war er noch nie in seinem ganzen Leben gewesen. Noch nicht einmal im Kinderheim. Und die Erinnerungen daran blieben im Guten wie im Schlechten stets sehr wach bei ihm. Es war als hätte jemand eine Hülle von ihm abgezogen. Denn einfach immer war die Familie sonst bei ihm. Wenigstens die Geschwister. Und immer auf engstem Raum. Nun war die Haut weg. Das war wirklich ungewohnt, aber auch nicht übel. Wollte ausgekostet werden. Entspannte ihn. Ein Funken Freiheit. Jugend auch. Kein Rufen des Vaters. Kein Leder. Und wirklich gehen wollte er ja auch gar nicht. Das merkte er jetzt sehr deutlich. Dänemark verlassen? Warum? Dänemark war seine Heimat. Es war das Land seiner Jugend, seiner Freunde und Retter. Dennoch kam Felix nicht in den Sinn, sich seinem Vater zu widersetzen und einfach zu bleiben. Er war der Sohn. Er trug Verantwortung. Nur wie sollte er es anstellen, der Familie zu folgen? Er war ratlos.

Doch dann hatte er eine Idee! Nein, eigentlich hatte sein Schulfreund Jörgen Andreasen eine Idee. Wir klauen ein Boot. Empfahl der enthusiastisch. Und dann fahren wir übers Meer rüber nach Deutschland. Illegal. Dieses Wort betonte er. Illegal. Er lachte dabei. Und wäre Felix erst einmal dort, könne er sagen: Meine Eltern sind schon hier und ich bin staatenlos. So der Plan. Möglich, dass Jörgen noch die abenteuerliche Reise Thor Heyerdahls im Kopf hatte und nun endlich eine Möglichkeit sah, aus Worten Taten folgen zu lassen, Felix jedenfalls stimmte zu. Etwas bang wohl, aber auch ihm war nach Abenteuer und weiter Welt zumute. Also fuhren sie beide an eine Landstelle mit Hafen, die ihnen als die günstigste für eine dänisch-deutsche Überfahrt erschien, möglichst nah der Grenze, gingen lange den Strand entlang, überprüften alles ganz genau und fachmännisch, warteten bis es dunkel war, schlichen, auch möglichst fachmännisch, zum Yachthafen und suchten sich ein passendes Boot aus. Ausleihen. Nannte es Jörgen. Ich fahr dich rüber. Erklärte er. Bring dich nach Deutschland, komme wieder zurück und keiner merkt, dass das Boot weg war. Glaub mir. Ganz einfach. Felix nickte. Soso. Wenn du meinst. Ganz geheuer war es ihm nicht und sicher gab es bessere Ideen, aber gut. Abenteuer war Abenteuer. Jörgen, selbst Däne, konnte jederzeit ohne Probleme über die Grenze. Er ersann sich dies Manöver einzig für Felix oder, wenn man ehrlich war, für den Kitzel. Sein Part bestand darin, den Fährmann zu spielen. Also auf! Sie fackelten nicht lange. Jörgen hatte ein Motorboot gewählt und sie dampften los. Sie fühlten sich großartig. Ein bisschen kriminell. Ein bisschen raffiniert. Und ziemlich lebendig. Nur an das Wesentliche dachten sie nicht. An die Kühlung des Motors. Denn plötzlich und schon auf halber Strecke fing es in der Kajüte an zu rauchen. Doch bis ihnen einleuchtete, dass das Kühlwasser nicht von alleine floß und wo der verdammte Hahn war, war es zu spät. Der Motor war durchgebrannt. Kein Antrieb mehr vorhanden. Ihnen blieb nichts als sich von den Wellen treiben zu lassen. Aber wohin? Wir sind mitten auf dem Meer. Schrie Felix. Nein, er schrie nicht. Er flüsterte wohl. Vielleicht schrie er auch, aber das war nicht auszumachen. Beide waren sie vom Dampf des Qualms so benebelt, dass sie bald die Besinnung verloren und einfach so ins Nirgendwo dahin schaukelten. Im tiefen Dunkel der Nacht in der Weite des Ozeans. Als sie wieder erwachten, waren sie immer noch sehr benommen, außerstande einen vernünftigen Gedanken zu fassen, nur gespannt darauf, wo sie wohl landen würden. Es gab ja so viele Inseln. Sie hatten große Angst. Endlich gegen Morgen war es soweit, Land war in Sicht. Das Boot schwappte an eine Küste. Irgendein Strand. Sie atmeten auf. Nur wo waren sie? Deutschland? Dänemark? Egal, Hauptsache irgendwo. Sie wollten aufstehen, das Boot verlassen, die Lage erkunden. Ging nicht. Noch immer waren sie zu benommen. Es verstrichen nur wenige Minuten, da kam ein Polizist. Schon von Weitem erkannten sie die Polizeimütze, das Muster. Es war eine dänische. In Dänemark also. Die beiden Jungs sahen sich an. Herrje. Was waren sie für lausige Abenteurer. Sie hatten das Ziel verfehlt. Sie hatten ein Boot zerstört. Sie waren erfolglos geblieben. Sie waren weißgottwo. Der Polizist war sehr ahnungslos liebenswürdig. Hier könnt ihr nicht anlegen. Sagte er freundlich. Und verwies sie auf einen nahe gelegenen Hafen. Die Jungs nickten brav. Bedankten sich für die Information. Fuhren aber nicht weg. Besonders Jörgen war noch tief in den Wirkungen des Gasnebels versunken. Das Drängen von Felix wischte er mit einer lahmen Handbewegung hinweg. Warte doch. Wir könne nicht warten, Jörgen. Du hast ein Boot gestohlen. Lass uns endlich verschwinden. Er rüttelte an Jörgen. Aber nichts zu machen. Sein Freund lag im Boot wie ein nasser Sack. Felix raufte sich die Haare. Was sollte er tun? Alleine verschwinden? Ob sie hier wohl in der Nähe der deutschen Grenze waren? Er blieb. Eine viertel Stunde später erschien der Polizist erneut. Diesmal war er nicht mehr ganz so freundlich. Jungs. Rief er. Warum seid ihr noch hier? Felix sah hilflos zu Jörgen. Gestikulierte. Der Polizist hob fragend die Brauen. Na? Wir können nicht weg fahren. Erwiderte Felix nun kleinlaut und in Worten. Aha? Und warum könnt ihr nicht wegfahren? Wollte der Polizist genauer wissen und kam näher. Allmählich kamen ihm die Kinder verdächtig vor. Unser Boot hat einen Schaden. Nuschelte Felix. Aha. Sagte der Polizist noch einmal und kam noch näher. Braucht ihr Hilfe? Lenkte er ein. Wir… Felix rang mit den Worten. Er stieß seinen Freund an. Jörgen, das bringt doch alles nichts mehr. Flüsterte er verzweifelt. Lass uns die Wahrheit sagen! Jörgen nickte matt. Und Felix berichtete. Soso. Sagte der Polizist. Diebe seid ihr Jungelchen also. Die Wahrheit machte den Polizisten nicht froh. Er wurde sogar recht ärgerlich, plusterte seine Uniformjacke auf und guckte nun so böse er konnte. Dann kommt mal schön raus da. Er machte eine Kopfbewegung vom Boot hin zum Land. Felix nickte gehorsam, zog Jörgen hoch und half ihm auszusteigen. Ausleihen. Also! Der Polizist schüttelte mit dem Kopf. Was habt ihr euch nur dabei gedacht? Er befehligte die Jungs vor ihm herzugehen. Doch Felix und Jörgen gingen nicht, sie torkelten. Der Polizist besah sich das und ein Grinsen huschte über sein Gesicht. Ulkige Jungs. Fand er. Und noch so klein der eine. Dennoch brachte er die torkelnden Jungs erstmal nach Sönderborg, das war die nächstgrößere Stadt. Dienst ist Dienst. Dort wartete eine hübsche Zelle auf die Weltreisenden. Der Polizist schloss ab. Na super! Klagte Felix. Hast du noch mehr solcher Pläne? Jörgen sah schuldbewusst auf seine Schuhspitzen. Ja. Antwortete er. Wir kriegen das hin, Felix. Du kommst schon noch zu deinen Leuten. Felix grummelte etwas. Das musste er. Schließlich hatte sein Freund ihn in diesen Schlamassel gebracht. Unmöglich! Aber er freute sich schon jetzt darauf seinen Eltern und seinen Geschwistern davon zu erzählen. Dann hörten sie den Polizisten telefonieren. Er klang streng. Am anderen Ende war eine weibliche Stimme, die klang auch streng. Und hoheitlich. Der Polizist salutierte vor dem Telefon bevor er auflegte. Als er bemerkte, dass die Jungs dies gesehen hatten, wurde er wütend. Na und? Schnauzte er. Ihr habt Glück, dass ich euch hier wieder rauslasse. Deine Mutter... er deutete auf Jörgen... zahlt eine Kaution. Sie kommt euch heute Nachmittag abholen. So lange genießt ihr noch die Gitter hier. Damit ihrs wisst. Doch er beruhigte sich sogleich und besah sich erneut die armseligen Abenteurer eingehend, die doch recht niedlich aussahen. Nur Mut! Sagte er darum. Stehlen war noch nie sehr hilfreich. Also lasst die Boote künftig den Bootsmännern und... Dabei sah er auf Felix. Bleib in Dänemark. Ist eh besser.

Tja, Heyerdahl hatte monatelang gegen Winde und Seeungeheuer gekämpft und kraftvoll alle Unbillen des Meeres bestanden. Sie dagegen schafften noch nicht einmal eine simple Bootsfahrt von ein paar Augenblicken und verfehlten auch noch das Ziel. Das war jämmerlich. Es löste vor allem nicht Felix´ Problem. An dem Nachmittag im Gefängnis hatten sie Zeit zum beratschlagen. Es gab zwei Seeverbindungen nach Deutschland und einen Landweg bei Flensburg. Dort wurde jedoch stark kontrolliert. Felix überlegte. Welche Chancen hatte er als Staatenloser? Ob man ihn internieren würde in Deutschland? Jörgen wusste es auch nicht. Aber er wusste, dass er gleich ein Donnerwetter erleben würde. Denn die andere Person am Telefon war seine Mutter gewesen. Eine resolute Dame. Auweia. Als die resolute Dame kam, ließ sie sich erhobenen Hauptes vom Wachtmeister die Zelle aufschließen, blickte Felix demonstrativ finster an und versetzte ihrem Sohn Jörgen eine gesalzene Ohrfeige. Wortlos gebot sie den Jungs zu folgen und schnaubte am Wachtmeister vorbei grußlos hinaus. Doch kaum saßen sie und die Jungs, welche sehr eingeschüchtert waren, im Auto, begann die Dame lauthals loszuprusten. Ihr seid fabelhaft, ihr zwei. Wisst ihr das! Das nächste Mal lasst ihr euch nicht erwischen. Und wenn ihr betrunken werden wollt, nehmt lieber nen ordentlichen Schnaps als Rauch. Dann gab sie Gas und pfiff einen Gassenhauer. Die Jungs sahen erst die Mutter am Lenker an, dann sich, machten große Augen, und prusteten nun auch los. Haarklein erzählten sie nun alles, was passiert war und fanden, dass das Abenteuer sich doch gelohnt hatte. Sie nahmen auch in Kauf, dass sie zur Strafe, denn die gab es trotzdem, das Auto blitzsauber polieren und alle Schuhe von Jörgens Familie putzen mussten, während die Schwestern ihnen die Zungen rausstreckten. Mal sehen, wie teuer war diese Überfahrt? Die Mutter verschränkte streng die Arme und blickte auf beide Jungs. Strafe musste sein. Nun, gut. Felix, wenn du magst, kannst du bei uns schlafen. Und dann überlegt ihr euch heute Nacht einen besseren Plan. Vielen Dank, Mutter Andreasson, das werde ich gerne. Und ja, machen wir.

Machten sie. Sie diskutierten, bis ihre Köpfe vor Müdigkeit vornüber fielen. So viel Aufregung konnte verdammt müde machen. Aber es gab einen neuen Plan.

Am klügsten erschien es Felix, zunächst einmal zur Fremdenpolizei zu gehen und einen neuen Fremdenpass für Dänemark zu beantragen. Dauer 6 Wochen. Das tat er auch. Mit diesem ging er hernach zum holländischen Konsulat und bat um ein Touristenvisum für Holland. Er sagte: Meine Schulklasse macht einen Ausflug. Zum Beweis zeigte Felix ein Bahnticket, das er zusammen mit Jörgen gekauft hatte, und er bekam ein Visum. Soweit so gut. Das Problem nun: Zwischen Holland und Dänemark war Deutschland. Das Problem war jedoch auch die Lösung. Mit dem Zug fuhren Felix und Jörgen von Kopenhagen bis zur dänischen Grenze. Dort besorgten sie sich ein weiteres Ticket. Eines bis nach Groningen in den Niederlanden. Das war die nächste Grenzstation, wenn man durch Norddeutschland Richtung Westen fuhr. Dann ging Felix sicheren Schrittes zu dem Grenzbeamten und zeigte Ticket und holländisches Touristenvisum, doch der Beamte sagte: Es tut mir leid, aber damit kann ich dich nicht durch Deutschland fahren lassen, da brauchst du noch ein Transitvisum für Deutschland. Oh, aber… Felix gab sich erstaunt, erschrocken, entsetzt. War so jämmerlich, dass der Beamte Mitleid bekam, aber auch nicht weiter wusste. Damit hatte Felix schon gerechnet und so lamentierte er weiter: Meine Schulklasse wartet doch in Groningen in einem Camp auf mich. Sie machen sich Sorgen, wenn ich nicht auftauche. Was sollen wir denn jetzt tun? Geschickt schob Felix dem Beamten den schwarzen Peter zu. Das hatte er so geplant. Der Beamte kratzte sich am Kopf. Dieser Junge hier hatte aber auch Pech. Sah der Beamte ein. Da hätte der Lehrer wirklich vorher mal dran denken können. Felix nickte. Stimmt. Der Beamte wollte Felix durchaus helfen und entschied:

Ich ruf mal im Konsulat in Flensburg an. Wenn, dann können nur die Leute dort die Erlaubnis für ein Transitvisum erwirken. Er wählte die Nummer. Ja. Hier steht so ein kleiner Junge… hörte Felix den Beamten bekümmert sagen. Der ist ganz verzweifelt und will zu seiner Schulklasse in Holland. Was können wir machen? Hm hm hm…Ach, wie dumm. Ja. Ist gut. Also dann… Der Polizist legte auf und wandte sich wieder Felix zu. Es tut mir leid. Sagte er wiederum. Aber der Konsul, der das zu genehmigen hat, ist gerade nicht da. Nun erschrak Felix in echt. Das war es also. Dachte er und machte dabei ein noch erbärmlicheres Gesicht. Kein Abenteuer, keine Lügen. Nichts wollte gelingen. Auch dieser Plan hatte einen Haken. Er wollte sich schon geschlagen geben… Warte Junge. Der Beamte hatte viel Herz, ihm war etwas eingefallen, und griff wieder nach dem Telefon. Ich versuche noch dies… Er führte ein weiteres Telefonat. Eine andere Außenstelle. Hm hm hm. Nicken. Sehr schön. Prima. Sein Gesicht erhellte sich. Haben Sie Dank. Er legte auf. Und zu Felix: Geschafft. Ich habe die Erlaubnis. Feierlich stempelte er Felix die Genehmigung ab und wünschte ihm schöne Ferien mit seinen Schulkameraden. Felix dankte. Wusste nicht wie es dazu kam. Doch überglücklich hielt er endlich den deutschen Pass in den Händen. Einmal Transit. Plus Aufenthaltserlaubnis für drei Monate, aber Verbot von gewerblicher Arbeit. Egal. Jetzt war er erstmal da. Ganz legal. Grinsend bis über beide Ohren lief er zu Jörgen, der auf ihn gewartet hatte und schmiss seinen dänischen Fremdenpass demonstrativ in den Müll. Ich habs geschafft! Yeah. Erwiderte Jörgen und machte ein trauriges Gesicht. Jetzt bist du kein Däne mehr.

1955 Deutschland

In Flensburg gingen Jörgen und Felix erstmal zum Kartenschalter des Bahnhofs und gaben ihre Alibi-Tickets nach Groningen ab. Schade. Sagte Felix spitzbübisch. Kein Camp mit den anderen Kindern! Er fühlte sich direkt einen halben Kopf größer. Nun werden die Kameraden ganz umsonst auf mich warten. Ob sie traurig sind? Sicher. Befand Jörgen. Es wird keiner kommen, der ihnen Witze erzählt. Ach ja, … lachte Felix. Kennst du schon den:

Grün geht zur Beichte in die Ruprechtskirche und sagt zum Priester: „Vater, ich bin achtzig Jahre alt, verheiratet, habe vier Kinder und elf Enkelkinder, und letzte Nacht hatte ich eine Affäre mit zwei achtzehnjährigen Mädchen. Ich hatte Sex mit beiden … zweimal!" Darauf der Priester: „Also mein Sohn, wann warst du das letzte Mal bei der Beichte?" - „Nie, Vater, ich bin Jude." - „Also, warum erzählst du mir das denn?" - „Ich erzähle es jedem!"

Oh, der ist gut. Lachte nun auch Jörgen. Der ist wirklich gut. Sie schulterten ihre Rucksäcke und zogen kichernd los. Auch ihr Ziel war der Weg. Froh gingen sie erste Schritte. Aber dann wurde Felix plötzlich ernst. Was meinst du, Jörgen, ob ich ein Mädchen finden werde? Sein eigener Witz eben hatte in ihm gearbeitet. Jörgen blickte seinen Freund erstaunt an. Wieso? Wieso diese Frage? Na, du hast doch gehört, was der Grenzbeamte gesagt hat: *Der kleine Junge.* Er hat mich als kleinen Jungen bezeichnet. Er dachte, ich BIN ein kleiner

Junge. Aber ich bin neunzehn! Jammerte Felix nun und schaute verdrießlich vor sich hin. Alle denken dauernd ich bin so ein kleiner Knirps. Und welches Mädchen will einen Knirps? Jörgen hob ratlos die Schultern. Ich bin schon zwanzig, Felix, und ich hatte auch noch nichts mit einem Mädchen. Du bist nicht so klein wie ich. Beharrte Felix zerknirscht. Schon, aber weißt du, dafür heiße ich nicht Felix. Jörgen zwinkerte aufmunternd mit den Augen. Ich muss auch was haben, was du nicht hast. Denn DU bist ja schon der mit dem Glück!

Hans und Olga und die Geschwister versuchten sich derweil und mit einigen Kilometern Vorsprung auch weiterhin mit dem Glück. Sie schliefen wie geplant in Jugendherbergen, ließen jedes Auto an sich vorbei ziehen, das ihnen eine Mitnahme anbot, und erlebten, so wie Hans es beabsichtigt hatte, Deutschland einmal von oben bis unten. Vom Norden bis in den Süden. Das Laufen war ihnen nicht nur Bewältigung von Entfernung oder Erkunden von Landschaft und Mentalität, es war ihnen physisches Erleben von Freiheit. Schritt um Schritt konnten sie auf diese Weise Erlittenes hinter sich lassen. Sie liefen auch davon, vor der Geschichte, vor dem Krieg, der zwar in seiner Sichtbarkeit vorbei war, jedoch in Herzen und Köpfen weiter spulte und spukte. Tatsächlich waren Hans und Olga so sehr in ihrer eigenen Geschichte, die sie erlebt hatten, gefangen, so als gäbe es keine anderen Schicksale, dass sie über diese hinaus gar nicht sehr weit blickten und blicken wollten. Auch nicht in die jüdische. Der Holocaust, der als Schreckenswort zur Grausamkeitssuperlative wurde, war Hans und Olga nicht so geläufig wie man hätte annehmen können. Sie wussten nicht wirklich viel, auch wenn Hans die Nachrichten immer so gewissenhaft verfolgt hatte. Aber er filterte. Und das, was sie wussten, verschlossen sie weiterhin weitestgehend in sich und vor den Kindern sowieso. Sie taten es wie fast alle Deutsche, die sich damit zufrieden gaben, dass die Nürnberger Prozesse die Bösen im Showprozess tilgte. Es galt: Keiner war es gewesen. Außer JENE. Doch sagte nicht schon Albert Schweizer: *„Die Welt wird nicht bedroht von den Menschen, die böse sind. Sondern von denen, die das Böse zulassen"*? Eine ärgerliche Feststellung. Denn die Bösen des Naziregimes stellvertretend wie Jesus Christus am Kreuz für eigene Sünden sterben zu lassen, das würde auf Strecke nicht die Erinnerung befrieden können. Es war ein Trugschluss, dem sich die meisten Deutschen in der Eile des Wiederaufbaus hingaben. Sie hatten ja auch genug zu tun. Mit dem Wegräumen der Trümmer, dem Bauen neuer Häuser, dem Versehrtsein der eigenen Körper und Seelen, dem schlichten Weiterleben. Und auch die Rottbergers wollten nichts anderes: Sie wollten wieder zum Leben dazu gehören. Einfach leben. Wie, das war noch nicht klar. Sie wollten loslassen. Frohgemut liefen sie bis Konstanz. Die Autorität von Hans und seine Selbstgewissheit, dass, wenn sie ankämen, schon für sie sorgen gesorgt werden würde, war ihnen der Stern, dem sie folgten. Ein dreimonatiges Gefühl von Freude und Leichtigkeit umgab sie. Immerhin. Dann brach der Kinderwagen unter der Last von über 1000 Kilometern Fußmarsch in Konstanz zusammen. Sie fanden, das war ein Zeichen Gottes und setzten ihr Fähnchen der Ankunft. Da wären wir also. Sagte Hans. Zu sich. Den anderen und den Ämtern. Die Ämter waren jedoch wenig begeistert. Vor allem als sie durchzählten. Sie hatten einen Sozialfall vor sich. Einen asozialen Fall. Einen jüdischen Fall. Eine Großfamilie wirklich großen Ausmaßes und sie rollten mit den Augen. Denn Hans stand da, kühn und dominant wie ehedem im Polizeipräsidium in Berlin, um sein Recht als Geschädigter einzufordern. Aufrecht. Kampfbereit. Damals sperrte man ihn darum kurzerhand ins Gefängnis Moabit. Heute verkniffen sich die Beamten böse Bemerkungen und Handlungen, doch begeistert waren sie nicht. Juden halt! Dachten sie. Aber eben Juden. Hans sah ihnen ihre Gedanken an. Richtete sich nur noch mehr auf. Warum sie denn ausgerechnet nach Konstanz gekommen seien? Fragten die Beamten. Ich bin Deutscher. Antwortete Hans etwas barsch. Ich kann mich doch niederlassen, wo ich will. Gut. Sagten die Beamten. Denn mit Juden konnte sich keiner nach dem Krieg Ärger erlauben. Doch auch für Juden gab es nicht mal so eben freien Wohnraum. Wie stelle er sich bitteschön vor, dass sie für eine Großfamilie eine Wohnung aus dem Hut zaubern sollten? Bei allem Respekt. Die Beamten räusperten sich vernehmlich. Hans überhörte ihre Ausflüchte. Also? Fragte er nur. Die Beamten sahen sich bedeutungsvoll an. Na gut. Dann müssen Sie bleiben, wo Sie angekommen sind. Schlossen sie. In der Jugendherberge??? Erwiderte Hans ungläubig. Verlor etwas die Haltung. Die Beamten nickten. Richtig. Bekräftigten sie. Die Saison ist zu Ende. Die Herberge schließt gerade. Hier ist Platz. Das kann nicht Ihr Ernst sein? Hans schaute ungläubig und zornig. Das eiserne Lächeln der Beamten nickte wieder. Platz genug für Sie alle. Das Wort „alle" betonten sie etwas spitz und ließen demonstrativ den Blick über jeden einzelnen gleiten, der vor ihnen stand. Sieben

Kinder! Mein Gott. Halb Israel, - wahrhaftig -, stand vor ihnen. Hans sah sich um. Es war September. Winterbetrieb gab es hier nicht, weil sich der Wasserturm nicht beheizen ließ. Hans seufzte tief. Er hatte etwas anderes von seiner Ankunft in Deutschland erwartet. Er hatte doch so lange gewartet, sich informiert. Nun fragte er sich, warum er so naiv gewesen war. Also? Fragten die Beamten. Hans sah auf seine Kinder und sein Enkelkind. Sah auf den Kinderwagen, auf die Uhr, es war Abend. Er verstand und spürte die unterschwellige Bösartigkeit hinter dem zuckrigen Lächeln, verstand, dass die Beamten sie kleinkriegen wollten. Ein Winter ohne Heizung. Das würde diese Baggage schon von alleine vertreiben. Er sah es in ihren Mundwinkeln, in ihren Augenschlitzen. Aber da hatten sie sich den Falschen ausgesucht. Zehn Jahre Flucht machen eisern und widerstandsfähig. Hans schnaufte vernehmlich, sah die Beamten herausfordernd an und sagte: Gut! Er ignorierte das Entsetzen in Olgas Augen. Er war ja selbst entsetzt.

Den folgenden Winter könnte man vielleicht so beschreiben: In Hamburg waren es Minus 22 Grad. Im Süden Deutschlands war es nicht besser. Es war kalt. Es blieb kalt. Ein kleiner Elektroheizofen wärmte allenfalls mal die Füße, aber niemals den Körper, noch weniger die Sinne. Sie lebten wie Bettler unter freiem Himmel. Nur die Nächte unter den Decken waren erträglich. Olga sprach mit ihrem Gatten monatelang kein Wort. Anni und Käthe weilten für diese Monate in einem Kinderheim. Und auch Felix, der erst im Januar 1956 dazu stieß, hatte sich das Niederlassen in Deutschland aufregender ausgemalt, wenn er sich überhaupt etwas ausgemalt hatte. Doch seine neue Heimat war noch nicht in Form. Es gab Frohsinn neben Resten von Zerstörung und Behörden, die noch übten. Das Verhandeln auf Ämtern war das Spiel mit einem Gummiband. Und die Paragraphen waren wie das ungeordnete Land, in Arbeit, sperrig und frisch. Man konnte von ihnen gedehnt werden oder sie selber dehnen. Felix hoffte auf Zweiteres als er nach gegebener Zeit und ordnungsgemäß zu den Behörden gegangen war, um sich zu melden. Die Beamten guckten auf das Papier, sagten: Junger Mann, Sie sind illegal hier. Wir müssen Sie internieren. Wieso? Fragte Felix. Ein wenig unschuldig. Ein wenig frech. Ich melde mich doch jetzt. So wie hier steht. Er deutete auf den Pass. Stimmt. Die Beamten nickten. Wussten nicht so recht, was sie mit Felix anfangen sollten. Einen Juden konnte man nicht fortschicken. Es war ja als stünde die leibhaftige Schuld vor einem. Die Ratlosigkeit stand ihnen deutlich ins Gesicht geschrieben. Felix spielte damit, lotste sie in die Durchlässigkeit ihrer Gesetzesvorschriften und die Beamten reagierten. Sie vergewisserten sich, dass der junge Mann ein ehrbarer Kerl sei, sahen, dass seine ganze Familie bereits hier war und, dass er sogar schon eine Lehre in Offenbach zum Lederhandwerk aufgenommen hatte. Also dann... Sie sahen keinen Grund, ihm Steine in den Weg zu legen und ließen ihn gehen. Auf diese Weise wurde Felix offiziell Deutscher. Ein Deutscher, der wie Olga, nachts oft von Dänemark träumte. Olga von der schönen Reihendoppelhaushälfte und Felix von seinen Freunden und dem Meer. Hans hatte also gehörig Gegenwind, auch musste er schon wieder Sozialhilfe beantragen gehen. Diesmal wenigstens nicht unterwürfig, sondern fordernd. Ein kleiner Fortschritt. Dennoch: Alles begann von vorn und schmachvoller als er erwartetet hatte. Fremd in der Heimat. Wie viel Kraft für dieses Leben würde noch nötig sein? Zäh, trotz allem, durchlebte die große Familie den Winter. Als dann endlich der Frühling ins Land zog und die Jugendherberge wieder ihren Betrieb aufnehmen wollte, waren die Beamten sauer. Diese Juden hatten doch tatsächlich ausgeharrt. Was machen wir jetzt? Sie versuchten Hans zum Gehen zu bewegen, doch der weigerte sich standhaft, drohte mit Presse. Denn wo sollte er hin? Da fiel den Beamten etwas ein:

Zwischen Konstanz und der Insel Mainau, in einem kleinen Ort namens Egg, da gab es ein Barackenlager mit Notunterkünften. Da könnten sie hingehen. Hans war empört. Baracke??? Auf keinen Fall. Bitte bitte! Riefen die Kinder. Alles, nur endlich hier raus. Olga schwieg. Aber Hans sagte: Dafür bin ich nicht nach Deutschland gekommen, dass ich nun in eine Baracke abgeschoben werde. Und dafür habe ich nicht all das erlebt, was ich erlebt habe. Sie haben ja keine Ahnung. Letzteres betonte er. Sie haben keine Ahnung. Also NEIN. Er blieb. Die Beamten machten böse Gesichter. Der Betreiber der Jugendherberge ebenso. Es blieb unentschieden. Die Stimmung unter den Rottbergers fiel in ein noch größeres Tief. Olga begann ihr Schweigen mit Vorwürfen zu brechen. Und auch die Kinder verloren die Geduld. Zerknirscht ging Hans mal wieder aufs Sozialamt. Ihm fiel nichts ein. In Island, in Dänemark, immer hatte er einen Ausweg gewusst. Nun, am Ende der langen Odyssee war er ratlos. Es gab keine Wohnungen, es gab keine Schlupflöcher und es gab nicht das Chaos des Krieges. Hier war das Land der

Ordnung. Hier war Endstation, statt Neuanfang. Düster waren die Gedanken von Hans. *Guten Tag.* Hörte er aber im Warteraum plötzlich eine freundliche Stimme in sein Ohr sprechen. Ein Mann mit grauem, etwas wirrem Haar, setzte sich zu ihm in die Wartereihe. Ein Künstler. Sie kamen ins Gespräch. So, eine Wohnung suchen Sie? Hans nickte missmutig. Da wüsste ich Ihnen vielleicht etwas. Sagte der Mann. Ja? Hans sah ihn aufmerksam an. Nehmen Sie meine. Hans zog seine Augenbrauen zusammen. Wollte der Mann ihn veralbern? Nein, nein. Es ist mein Ernst. Wiederholte der Mann lachend sein Angebot. Ich ziehe in den Norden. Es ist nicht groß, drei Zimmer. Nehmen Sie es für den Anfang. In einer Kammer würde ich meine Bilder belassen, wenn Sie nichts dagegen haben. Das habe ich nicht. Erwiderte Hans sofort. Aber die Vermieter? Der Mann grinste. Fragen wir nicht. Wenn Sie erst einmal drin sind, bleiben Sie drin. Wir machen das unter uns aus. Was meinen Sie? Hans konnte es kaum glauben. Das Glück, es war wieder da.

Als die Beamten kurz darauf in der Jugendherberge nachsehen wollten, wie sie die Verhandlungen mit den Rottbergers weiterführen könnten, waren diese nicht mehr da. Einfach weg. Mit Sack und Pack waren sie verschwunden wie sie gekommen waren. Die Beamten kratzten sich erneut am Kopf. Gut, dachten sie. Um so besser. Und gingen wieder. Froh, dass nun andere Stellen sich mit solchen Problemen rumschlagen mussten.

In einer Nachtundnebelaktion, nur kurz nach dem Gespräch im Sozialamt hatten der Künstler und Hans ihr Hab und Gut ausgetauscht und rieben sich die Hände. Der Künstler war froh, seine Bilder dort lassen zu können und gleichzeitig einer Familie geholfen zu haben, übergab den Schlüssel und stahl sich davon. Und Hans war froh, den Beamten entflohen zu sein. Er hoffte, dass alles gut gehen würde. Sie waren zu zehnt. Das bedurfte einer gewissen Raumlogistik. In einem der Zimmer hatte Hans sofort wieder eine Lederwerkstatt eingerichtet, in den anderen zwei Zimmern wurde gewohnt und geschlafen. Felix schlief unter der Werkbank und Paul in der Badewanne. Als die Vermieter herausfanden, dass ihr Mieter ohne ihr Wissen eine andere Familie in die Wohnung einziehen ließ und diese zudem offenbar aus einem ganzen Volk bestand, waren sie aufgebracht. Kein Wunder. Und wieder standen die Behörden vor der Tür. Man kannte sich schon. Man seufzte tief. Dorthin waren diese Leute also geflüchtet. Teufel nochmal. Gut. Und was sollten sie nun machen? Wieder wussten die Beamten nicht weiter. Sie beschlossen, die Sache zunächst auf sich beruhen zu lassen und die Vermieter zu beruhigen. Eine Lösung auf Dauer würde das ohnehin nicht sein, - zehn Leute in drei Zimmern! -, darin waren sich die Beamten und Hans immerhin einig. Doch ganz so schnell zog die Familie dann doch nicht aus. Der Wohnraum blieb knapp und eine Perspektive bot sich erst als Hans erfuhr, dass die Juden eine Entschädigung bekommen sollten. Er kümmerte sich um das Geld, das schwierig genug war zu bekommen und hatte nun zusammen mit den Ersparnissen aus dem Hausverkauf des dänischen Hauses eine beträchtliche Summe zusammen, die es ihm endlich ermöglichte ein Grundstück in Konstanz zu erwerben und zu bezahlen. Zusammen mit einer Baufirma und mit Felix, der dann für die Baufirma arbeitete, begannen sie 1960 ihr eigenes Haus zu bauen, das 1963 fertig wurde. Wieder lagen hinter ihnen aufreibende, schwierige Jahre. Auch für Felix, der nach seiner bestandenen Gesellenprüfung im Lederhandwerk in einer Lederwarenfabrik in Neu-Ulm arbeitete. Seine Jugend war schnell ohne Aufhebens vorüber gegangen. Sein Verantwortungsgefühl geblieben. Alles Geld, das er verdiente, gab er stets an die Familie ab. Helferinstinkt und Bürde des einzigen Sohnes. Also fast. Doch der jüngste Sohn war noch zu klein. So blieb für Felix die Familie stets im Vordergrund. Selbst dann, wenn er versuchte, sich von ihr zu entfernen. Und nun, da er auf dem Bau mithalf, weil der Vater dies schon wieder für selbstverständlich erachtete, nahm das Gewicht der Steine, die er schleppte, bei jedem Schritt mehr zu. Erschwert von dem einen einzigen und ihn entsetzlich beherrschenden Gedanken: Werde ich sterben müssen, ohne jemals mit einer Frau intim gewesen zu sein? Felix war schon Mitte zwanzig und sein Jugendfreund Jörgen längst verheiratet. Felix wurde nun wirklich ungeduldig.

An Verliebtheiten fehlte es ihm nicht. Mehr an Chance und Mut. Einmal ging er aus mit einem Mädchen. Er fand sie ganz niedlich und bewunderte ihren Feingeist. Er durfte sie auch auf ein Konzert begleiten. Es gab Händel. Wie schön. Das Mädchen liebte Konzerte. Und es liebte Händel. Felix nicht. Er fand nicht viel Gefallen am Stillsitzen und Zuhören. Er brauchte das Visuelle. Und Handlung. Also langweilte er sich höflich neben dem Mädchen und begnügte sich mit stillem

Anhimmeln. Aber als er gewahrte wie sehr diese sich von jetzt auf gleich und von ganzem Herzen in die Musik versenken konnte, ging diese Energie auf einmal auf ihn über und öffnete sich auch ihm ganz unerwartet. Niemals zuvor hatte er Musik auf diese Art gehört. So musste es dem Vater stets gegangen sein. Vermutete er. Es war ein tiefes Glücksgefühl, das ihn unerwartet erfüllte. Es gab ihm außerdem die Gewissheit, dass da draußen bestimmt auch auf ihn ein Mädchen warten würde. Nur dieses hier war es nicht. Froh um dieses Erlebnis von Tiefe verabschiedete er sich und wartete. Doch nicht lange. Das Schicksal half Felix auf die Sprünge, bzw. der Bau des Hauses tat es. Denn Hans hatte das Haus so groß gebaut, dass es Platz für Untermieter haben würde und damit für eine zusätzliche Geldquelle. Eine Frau Anneliese Menzel zog ein. Eine illustre Dame mittleren Alters. Anneliese Menzel fand Felix ausgesprochen reizend, gab ihm dies deutlich zu verstehen und brachte ihn damit sehr in Verlegenheit. Noch verlegener wurde er als er eines Tages von Hans zu ihr ins Krankenhaus zu einem Krankenbesuch geschickt wurde. Warum? Fragte Felix verzweifelt. Warum ich? Darauf hatte er gar keine Lust. Er suchte ein junges Mädchen, das ihm Avancen machte. Doch nicht das! Weil es sich so gehört. Urteilte Hans. Und Felix gehorchte. Wie gewohnt. Er kaufte bunte Blumen, brachte aufmunternde Worte mit, - lustig war er ja immer, - und suchte nun nach einer Vase. Im Zimmer der Krankenschwestern wurde er fündig. Eine sehr junge Krankenschwesterschülerin saß dort, lächelte ihn umwerfend an und überreichte ihm hilfsbereit eine der Vasen aus dem Regal über sich. Er griff danach, bedankte sich, ging aber nicht, sondern starrte stattdessen elektrisiert das Mädchen an. Das Mädchen wusste nicht, was tun. Wich seinem Blick aus. Sah erst auf ihre, dann auf seine Hände. Sie haben aber einen schönen Ring. Sagte es genant, ohne dass es ihr gelang sich unter den begehrlichen Blicken des jungen Mannes hinfort zu ducken. Nur um irgendetwas zu sagen. Ja? Gefällt er Ihnen? Felix grinste. Es war ein voluminöser Ehering mit einem Edelstein, den er da trug, ein Ring vom Urgroßvater Felix. Können Sie auch haben, wenn Sie wollen. Felix zwinkerte mit den Augen. Er war heute in Form. Das Mädchen war schüchtern und resolut zugleich, hatte gewaltige Kurven und es war unschuldig. Es war von warmem Charme und es war unbeholfen. Es war so und es war so. Genau das gefiel Felix. Auch, dass es nicht größer war als er selbst. In diesem Moment war das junge Mädchen jedoch vor allen Dingen erschreckt. Es wich einen Schritt zurück und stolperte. Dabei glitt ihr das Thermometer, das es gerade geschüttelt hatte, aus den Händen und landete klirrend auf dem Boden. *Pling*! Macht es. Die Quecksilberkugeln perlten über die Fließen. Das wollte Felix natürlich nicht. Keinesfalls das Mädchen in eine solche Verlegenheit bringen. Oh. Entschuldigen Sie. Er bückte sich reflexartig, streckte die Hände aus, doch die junge Krankenschwester haute ihm resolut und geistesgegenwärtig auf die Finger. Sie wissen doch, wie gefährlich Quecksilber ist! Fuhr sie ihn an und griff rasch nach einem Stück Zeitungspapier. Damit hoben sie nun vorsichtig gemeinsam die Kügelchen auf. Das Mädchen wurde allmählich auch nervös. Flirten auf der Arbeit. Das ging gar nicht. Würden Sie jetzt bitte… Sie deutete auf den Flur. Felix grinste, befolgte endlich ihren Wunsch, kam aber noch einmal zurück. Ich komme wieder! Rief er. Nächste Woche Samstag. Dann gehen Sie mit mir aus! Er schwenkte zum Abschied mit der Vase, das Mädchen rollte zur Antwort mit den Augen. Tut mir leid. Erwiderte es kühl. Und: Da habe ich nicht frei. Ach, tatsächlich? Felix sah sich um… in geringer Entfernung stand die Stationsoberschwester. Er ging zu ihr, fragte: Kann die junge Dame, - er zeigte auf das Mädchen im Schwesternzimmer, - am nächsten Samstag frei bekommen? Die Stationsoberschwester schaute Felix erstaunt an, der forsch, frech, klein und erwartungsvoll vor ihr stand und sie eindringlich anblickte. Sie meinen die Heidi? Die arbeitet Samstags doch gar nicht. Felix lächelte, bedankte sich und ging zurück zu dem Mädchen, das also Heidi hieß: Sie sind eine schlechte Lügnerin. Sagte er. Aber macht nichts. Dafür gehen Sie einfach mit mir nächste Woche auf einen Musiktanzabend.

Es war Juni 1962. Und die Geschichte von Heidi und Felix begann. Die Liebe und auch all das andere. Aber nicht sogleich. Sie trafen sich, verloren sich wieder aus den Augen, trafen sich erneut und … es kam 1963 schon das erste Kind. Sowie die Hochzeit.

Heidi stammte aus Berlin. Die Stadt, in der Felix geboren worden wäre, wäre die Weltgeschichte anders verlaufen. Sie hatte vier Geschwister und eine Mutter, die böse zu ihr war. Liebe und Geborgenheit waren nicht das, was ihr in jungen Jahren zuteil geworden war. Dafür Schläge und Verwahrlosung. Ihr Vater war Maurer und ihre Mutter putzte bei der Polizei. Heidi erinnerte sich an Maismehlsuppe. An Kohlrübensuppe. An Fischaugensuppe, die so heißt, weil Sago darinnen war. Heidi ist 1943 geboren, und so ist der Krieg eine Erinnerung an karge Mahlzeiten und die Tortur durch eine überforderte Mutter. Sie erlebte eine Kindheit wie in einem Grimmschen Märchen. Möglich, dass die familiäre Situation eine indirekte Auswirkung des Krieges war. Die psychische Verrohung war in vielen Familien jener Zeit auffällig, blieb jedoch ebenso verborgen hinter den häuslichen Türen wie all das andere Leid und die Schuld. Als Heidi vierzehn Jahre alt war, trennten sich die Eltern. Der gutmütige Vater hatte endlich die Kraft dazu. Für Heidi war dies gleichzeitig die Stunde der Entscheidung gewesen. Sie riss aus und floh nach Köln. Dort arbeitete sie als Stationshilfe an einem Krankenhaus, wurde ausgebeutet, musste auf Knien die Krankenhausböden schrubben und bekam wenig Lohn dafür. Außerdem stand sie noch unter Amtsvormundschaft und die Polizei suchte sie anfangs mit Lichtfoto. Doch glücklicherweise fand sich eine Frau aus der Baptistengemeinde, die für sie bürgte und als Vormund einsprang und so konnte Heidi bleiben. Von Köln zog sie weiter nach Konstanz und begann eine Ausbildung zur Krankenschwester. Sie war gerade noch im Anfang, da war es, dass Felix ihren Weg kreuzte und wenn sie eines in dieser Zeit am allerwenigsten im Sinn hatte, dann einen Freund, noch weniger eine Heirat. Den Prinzen schob sie auf später auf. Aber Felix umwarb sie auf eine so charmante Art, gab ihr Rückhalt, fing sie auf, führte sie in seine Familie ein, die sie liebenswürdig integrierte, so dass bald alle Gegenwehr nichts mehr half. Denn was Heidi von allem noch dringender brauchte, als Zeit zum Lernen für ihre Ausbildung, war Liebe und ein Zuhause. Jemand, der sie verstand, der für sie da war, zu dem sie bedingungslos gehören durfte. All das konnte Felix ihr geben. Sein Helferinstinkt war alarmiert. Manchmal jedoch war Felix ein bisschen ungestüm darin, Heidi mit Aufmerksamkeiten zu überhäufen. Und nichts war so lustig wie der Nachmittag als er ihr freudestrahlend hochhackige Schuhe mitbrachte. Beide waren noch per Sie. Felix wollte dem armen Mädchen eine Freude machen. Dachte er. Und sich selbst freilich. Er wollte angeben mit seiner Freundin, da er doch endlich eine hatte. Sie herausputzen. Doch Heidi erschrak wie einst im Schwesternzimmer als sie das Thermometer fallen ließ und rief empört: Bitte nehmen Sie die Schuhe wieder mit. Felix stand da mit dem Karton in der Hand. Ratlos. Enttäuscht. Aber wieso? Fragte er. Es heißt, wenn man Schuhe geschenkt bekommt, dann läuft man davon. Erklärte Heidi deutlich und zugleich verlegen. Ein Aberglaube in Berlin. Und davonlaufen wolle sie doch nicht. Aber… und nun lachte sie… auch nicht Schuhe anprobieren, deren Größe ungewiss war und die Felix ohne weiter nachzudenken einfach so aus dem Regal gekauft hatte. Als seien alle Frauenfüße gleich groß. Wen hatte sie sich denn da angelacht! Sie drückte die Schuhe Felix also direkt wieder in die Hand und fuhr sich durch die frische Dauerwelle. Die hatte ihr schon genug Ärger bereitet. Ihr Chef im Krankenhaus fand sie zu obszön. Es war manchmal ein schwieriges Leben als Frau. Zumal, wenn der Mann, der einen anbetete, es so eilig hatte. Heidi verdrehte die Augen. Doch vom Sie zum Du kam es trotzdem bald. Sie näherten sich rasch an. Felix verwöhnte Heidi weiterhin, wo er konnte und Heidi schenkte ihm erste Küsse. Sie waren beide arm. Doch das, was sie hatten, reichte für Glück. Wenn Heidi frei hatte, unternahmen sie gemeinsame Schiffstouren oder fuhren auf dem Roller bis in die Schweiz. Für beide war dies eine kurze, vergnügliche, junge Zeit. Heidi erlebte Akzeptanz und Wärme und liebte es, die Eltern von Felix zu besuchen. Die Eltern fanden Heidi ganz reizend freuten sich über Zuwachs in der Großfamilie. Als Heidi jedoch einzog und das erste Kind kam, wurde alles anders. Der Platz im Hause der Rottbergers wurde wieder eng und die Stimmung auf einmal sehr schlecht. Olga war keine glückliche Großmutter. Das Säuglingsgeschrei machte sie aggressiv. Intolerant. Sie hatte sich nach der siebten Geburt geschworen, dass diese endgültig die letzte sei. Der Verlust ihrer Jugend, die letzten schweren Jahre in Deutschland, die Hans ihr ohne Zaudern zugemutet hatte, verbunden mit dem Gefühl, dass ihr Leben, ihre Freunde, ihre inneren Bilder, Hoffen und Bangen, einfach alles im Norden zurückgeblieben war, hatte sie in jener Zeit verhärten lassen. Auch fand sie weder Raum noch Mensch ihre Traurigkeit zu lassen. Hans und sie lebten jetzt ein gutes Leben. Ja. Alles war einfacher geworden. Sie waren wieder Teil der Gesellschaft, hatten nette Bekannte, konnten Konzerte besuchen, in Museen gehen. Sie hatten genug Geld und sie zogen nicht mehr um. Das war überhaupt das Wichtigste. Allein in Dänemark hatten sie 17 Mal die Wohnung gewechselt und es verging kaum ein Tag, da Olga nicht dankbar darum aufwachte, dass diese Unruhe hinter ihr lag. Sie genoss die häusliche Ruhe und den Frieden, es war ihre Schutzhaut vor all dem, was ihre Balance erneut ins Wanken bringen konnte. Endlich auch konnte sie die Stille hören und darin ihr eigenes Herz fühlen und füllen. Sich allmählich an sich und ihre Kraft herantasten. Denn sie fand sich nicht mehr gut zurecht. Es gelang ihr nur schwer die Harmonie herzustellen, die ihr selbst in den schlimmsten Phasen des Krieges und in den schwierigen Phasen des Mutterseins immer irgendwo durch irgendwen dann doch noch gegeben war. Zumindest in Teilen. Zu oft war sie von einem zum anderen Ort verrückt worden. Auch konnte sie sich nicht verzeihen, ihre Mutter und ihren Bruder in Island zurück gelassen und nie wieder gesehen zu haben. Die Mutter war bald nach der überstürzten Flucht einsam gestorben und der Bruder hatte sich jahrelang auf Bauernhöfen versteckt. Alleine, frierend und elendig arm, verdingte er sich für nichts als das nackte Überleben in Kuhställen und verlor dabei durch eine nicht behandelte Entzündung auch noch das Licht eines Auges, weil ein Gang zum Arzt zu riskant gewesen wäre. Es hatte lange gebraucht bis Olga ihn in Island ausfindig gemacht hatte, doch ihn aufzusuchen, hatte Hans sich bis heute hartnäckig geweigert. Es ist mein Bruder. Warf Olga ihm vor. Wie kannst du dich weigern? Das ist mir gleich. Gab Hans ein jedes Mal gereizt zur Antwort. Kein noch so wichtiger Mensch wird mich je wieder in das Land des Winters bekommen. Auch Hans hatte seinen Schmerz und sein Feld, in dem er sich nicht zurecht fand. Leider weigerte sich aber auch der Bruder Island zu verlassen und jemals wieder zurückzukehren oder sogar eine Entschädigung in Deutschland zu erwirken, geschweige denn anzunehmen. Er war stattdessen zum Ehrenjude Islands geworden. Zum Vorzeigejuden. Die Isländer lösten an ihm ihre Schuld aus, eine Schuld, die auch sie trugen. Nur… so hatte Olga ihren Bruder nie wieder sehen können. Sie schrieben sich zuweilen. Aber der Bruder war zuletzt ein Fremder geworden. Ein Mensch aus einer vormaligen Welt. Eine Welt, die für Olga auch viel Schönes hatte. Sie durfte in die Gedanken, Geschichten und Natur Ingas eintauchen. Das war Magie, die ihr fehlte. Der Bodensee war groß. Fast wie ein kleines Meer. Aber es war für Olga Wasser ohne Geheimnis. Über das spurlose Verschwinden von Inga und Mikkel grübelte sie immer wieder nach. Wie konnten Menschen ohne jede Spur verschwinden? Gerade, wenn Rätsel ungelöst sind, leben sie in einem weiter. Vielleicht war dies die Absicht. Verschwinden, um am Leben zu bleiben. Manchmal träumte Olga von ihnen. In den Träumen verschmolzen sie zu einer einzigen Person. Wenn dies passierte, war es Olga als wären sie seit jeher nur geträumt gewesen. Wer wusste das schon? Immer häufiger verweilte Olga auf diese Weise in ihren Träumen. Auch bei Tage. Dort hatte sie für beide einen Platz des Gedenkens errichtet, ein Bäumchen gepflanzt. Fast täglich kam sie zu Besuch und legte kleine Steinchen auf einen von Efeu umschlungenen Baum, der immer mehr zum Himmel wuchs. Als sie einmal genauer auf den Stamm blickte, erkannte sie ein eingeritztes Wort, dass da in großen Lettern geschrieben stand: LIEBE. Sonst nichts. Sie blieb oft am Fuße des Baumes stehen, dann sang sie leise. Das tat ihr gut. Manchmal ging sie tiefer und stieg durch die Lettern hindurch. Dann sah sie sich mit Inga Kakao trinken oder mit Mikkel in der großen Limousine fahren. Und lächelte. Fühlte sich jung. Störte sie jemand bei diesen Träumen, wurde sie böse. Es war ihre tägliche Meditation. Das Schreien eines Säuglings fuhr ihr wie ein Dolch durch das Herz. Stach in den Kopf. Schreckte sie auf. Riss innere Pflaster weg. In manchen Teilen fehlte Olga das Gefühl für ihre Kinder. Nicht, weil sie diese nicht liebte, sondern weil jedes einzelne von ihnen sich in einem eigenen Trauma gebar. Es fiel Olga bis heute schwer, ihre Kinder losgelöst von der Schwere der Umstände zu sehen und zu fühlen. Denn immer noch war sie eine Bedürftige, immer nur hatte sie gegeben und nur wenige Menschen hatten das Feingefühl besessen, dieses Leck in ihrem Herzen mit der Salbe von Aufmerksamkeit und neuen Gedanken zu mildern. So lange sie sich nicht von dem Schmerz befreien konnte, zog er sie zurück, vermittelte ihr das Gefühl, dass sie nur dort lebendig war. Ja, jeder laute Ton eines Kindes fuhr durch ihr Herz wie ein blitzblanker Säbel. Sie war ihm ausgeliefert. Und nun ausgerechnet, da sie das erste Mal aufatmete, in ihren Träumen Ruhe fand, die sie für Harmonie hielt, kam Felix mit einem jungen Mädchen, das zwar reizend zu sein schien, doch sie brachte ein Baby ins Haus. Noch schlimmer: Sie erkannte in Heidi Strukturen wieder, die ihr vertraut waren. Die Schutzbedürftigkeit, die Sensibilität. Gleichzeitig erinnerte manches an Felix sie an Hans. Wie die Geschichte doch in gleichen Mustern verlief. Wenn sie abends im Bett lag und es still war im Haus, betete sie, dass beiden ein glücklicheres und friedlicheres Leben beschieden sein sollte als sie es hatte. Sie betete auch für Heidi und wünschte, dass sie Felix auf Augenhöhe sein möge und ihre weibliche Kraft schützte. Doch kaum ging die Sonne auf, so warf sie sich das Haus über die Schultern wie eine Rüstung und, wenn sie Heidi dann auf dem Flur begegnete, wurde sie grundlos wütend. Weil sie sich selbst begegnete. Noch wütender wurde sie, wenn das Kind laut war. Und völlig blockiert, wenn man von ihr liebevolle Unterstützung, gar eine Großmutter erwartete. Nein. Sie wollte nicht mehr beansprucht werden, nur noch selbst Zentrum sein. Sich finden. Wie auch immer ihr dies gelingen möge. Immer häufiger verhielt sie sich Heidi gegenüber darum gereizt und geriet mit ihr über Kleinigkeiten in Streit. Es eskalierte eines Tages als Heidi gerade einen Laufstall für ihren Jüngsten durch das Haus transportierte. Olga zeterte, zeigte sich ungehalten über die Unruhe, Heidi hielt dagegen und Hans kam hinzu, sah wie aufgebracht Olga, seine Liebe, war und versetzte darum Heidi reflexartig eine heftige Ohrfeige. Was fällt dir ein? Schrie er sie an. Was hast du mit Olga gemacht? Über diese Reaktion erschrak nicht nur Heidi. Auch Olga. Das nun wollte sie nicht. Heidi konnte nichts für ihr trauriges Herz. Aber sie sagte nichts. Und auch Hans sagte nichts weiter. Nur einer sagte etwas, als er abends von dem Vorfall erfuhr: Felix. Es war endlich soweit: Aller Familienliebe zum Trotz rief er das einzig Richtige: Es reicht! Wir ziehen aus. Heidi atmete auf. Sie zogen also aus. In eine andere Wohnung in Konstanz. Aber es wurde nicht besser. Es war nicht weit genug. Selbst jetzt rief Hans unentwegt nach seinem Sohn. Dies machen. Jenes machen. Goldjunge, wo bist du? Felix wusste sich kaum dessen zu erwehren. Dabei hatte er ja längst ein eigenes tägliches Tun. Er war Ehemann, Vater und inzwischen erster Farbmacher in der Textilküche einer französischen Textilfirma. Lernte italienisch, um die italienischen Gastarbeiter zu verstehen, war dort vergnügt und geschätzt, doch fragte sich, was sonst noch aus ihm werden könnte. Und dann immer die Rufe der Eltern. Mit wem bist du verheiratet? Rief eines Tages Heidi erzürnt. Sie hatte kein Einsehen mehr. Auch Felix nicht. Doch Felix wäre nicht Felix, träte nicht immer wieder das Gute an ihn heran. In diesem Fall kam es in der Person eines Herrn Schnurrmann, dem Sekretär der israelischen Gemeinde Freiburg. Dieser war zuweilen in Konstanz, um die Außenstelle von Freiburgs Gemeinde zu betreuen. So war er mit den Rottbergers in Kontakt gekommen. So auch hörte er vom Ungemach von Felix und Heidi. Und überlegte ein wenig… Kurz darauf, im Sommer 1966, gab es dann einen Busausflug für alle jüdischen Gemeindemitglieder von Freiburg bis Konstanz. Ein Dr. Bass und der Jurist Hans Martin Altmann, der sich um die Entschädigungen der Juden kümmerte, waren auch mit dabei. Der Sekretär Schnurrmann stellte ihnen Felix vor und erklärte deren Not und Wünsche, wies darauf hin, dass die junge Familie gerne auch nach Freiburg zöge. Die beiden Herren wurden hellhörig. Ach, wirklich? Entgegneten sie und sahen sich vielsagend an. Da hätten wir vielleicht etwas für Sie. Der Sekretär wusste bereits, was dieses Etwas wäre. Er hatte es eingefädelt. Jaaa? Felix blickte sie neugierig und hocherfreut an. Eine Chance. Die kam ja wie gerufen. Jedoch… die Herren zögerten… rangen nach Worten in der Ausformulierung des Angebotes… es sei etwas, nun ja, extravagant. Versuchte es Dr. Bass. Er räusperte sich. Auch der Jurist schaute etwas verlegen drein. Das zu beziehende Haus also… Dr. Bass hub noch einmal an. Es stehe … kurzum auf dem Gelände des alten jüdischen Friedhofs in Freiburg. Es sei leer und es bräuchte einen Friedhofswärter. Er hielt inne, um aus der Miene von Felix zu erkunden, wie diese Nachricht wohl angekommen sei…

Oh! Machte Felix nur. Wie zu erwarten. Auf dem Friedhof, ja? Das hatte er sich in der Tat nicht unter einem Ortswechsel vorgestellt. Wohnen mit den Toten. Hm. Dass dieser heilige Ort, den man zwar ein „guter Ort" im Jüdischen nennt, weil hier auf den Messias gewartet wird, andererseits aber auch als unrein gilt, das wusste Felix. Er wusste auch, dass die in Leinentücher gewickelten Toten in der Erde alle gleich sind oder waren, aber das Gleichsein seit der Zeit der Aufklärung und dem Aufschwung des Judentums, der *Haskala*, an der Oberfläche nicht mehr alle gleich sein ließ. Es gab gewöhnlich Sterbliche, Gelehrte, Rabbiner, Leviten, Priester. Frauen, Männer, Kinder. Berühmte Menschen in Mausoleen. Soldatengräber. Alle erkenntlich an unterschiedlich zugeordneten Zeichen. Alte Gräber mit kaum noch leserlich hebräischer Inschrift. Neuere Gräber in deutscher Schrift. Steine, die Priesterhände trugen, Levitenkannen, Schofarhörner, Kronen, Chanukka-Leuchter, Davidsterne, Bücher, Palmzweige. Blumen, Taubenpaare, ineinander greifende Hände oder Herzen, alle einem gewissen Stand und Beruf und Herkunft zugeordnet. Erst neulich war Felix mit Olga auf dem jüdischen Friedhof in Konstanz gewesen. Sie hatte ihm so einiges erzählt über die Riten des jüdischen Totenkultes. Und ihm die genannten Zeichen auf den Grabsteinen erklärt. Es war das erste Mal. Offenbar hatte sie sich selbst gerade damit auseinandergesetzt. Nun wollte sie ihr Wissen mit Felix teilen. Ein Jude… Erzählte sie… Bestellt sein Haus zu Lebzeiten, weißt du. Er sucht sich nicht die Stadt, die ihm gefällt, er sucht den Friedhof, auf dem er liegen möchte. Einen Ort mit einer lebendigen Gemeinde. Unser Rabbiner hier, der arbeitet daran, dass dies wieder ein guter Ort für die

Juden wird. Olga ließ den Blick über die Gräber schweifen. Sie schien diese besondere Stille der von der Natur überwucherten Gräber sehr behaglich zu finden, auch nicht morbide, und war ganz offensichtlich auf der Suche nach einer ewigen Ruhestätte. Doch davon wollte Felix nichts hören. Ein paar Dinge hatte er sich dennoch aus diesem Gespräch behalten. Er erinnerte sich zum Beispiel daran, wie Olga ihm erklärt hatte, dass Ehepaare nicht im selben Grab, sondern nebeneinander bestattet werden würden. Siehst du, wie hier! Olga hatte auf zwei Grabsteine gedeutet, deren Nachnamen identisch waren. Sie gehören zueinander, aber bewahren sich wohnend nebeneinander ihren eigenen Raum bis zum Tag der Erweckung. Nebeneinander. Wiederholte sie. Ihre Augen glänzten dabei merkwürdig. Das war Felix unheimlich. Gewöhnlich sprachen sie nicht über Jüdisches. Auch nicht über Privates. Dies hier schien hinter den Worten sehr privat zu sein. Ein Nebeneinander schien Olga inzwischen nicht mehr ein Mangel, sondern Würde zu sein, etwas, das sie einforderte. Das Jüdische selbst hatte in der Erziehung fast keine Rolle in ihrer aller Leben gespielt. Doch seit Olga das neue Haus in Konstanz bezogen hatte, begann sie sich über so manches vertieft Gedanken zu machen. Und nicht nur, weil auch sie mit Schrecken die Schandtaten der Nazis allmählich in Einzelheiten erfuhr. Das ist normal, Felix. Beruhigte Olga ihren Sohn, die dessen Abwehr wahrnahm. Wenn man älter wird, denkt man plötzlich an seine Wurzeln. Selbst, wenn sie einem zuvor unbedeutend erschienen. Das Tragische ist: Wir werden immer Juden sein. Selbst wenn wir es gar nicht sein wollen. Und ganz gleich, ob die Geschichte sich zu unseren Gunsten entwickelt, ob das Judentum reformiert ist, die Menschen liberal sind, ob man uns schätzt oder diskriminiert. Die Wurzeln bleiben. Wie könnte es auch anders sein? Es war über Jahrtausende das einzige, das uns verstreut auf der Welt einen Zusammenhalt und Stärke gab, auch wenn es uns zuletzt vernichtete oder wir es selbst verdrängten und verpönten oder es uns als Überlebende in Schmerz zurückließ. Olga machte ein Pause und ließ ihren Blick noch ein letztes Mal über die Gräber gleiten. So schmucklos ein jüdischer Friedhof insgesamt war, war er doch zugleich ein still beredtes Poesiealbum, welches das Vergangene, Unterirdische und auf die Zukunft ausgerichtete Leben in zarten Tönen anzudeuten vermochte und ohne dem Toten, nach jüdischem Glauben, seine Energie raubenden Blumenschmuck oder Ornamentik auskam. Ein vollkommenes Vanitas, Stille und Einswerden mit Natur, von Menschenhand unberührt. Möglich, überlegte Olga für einen kurzen Moment, dass dies, was sie hier gerade fühlte und ihr wie ein Schauer durch den ganzen Leib lief, etwas war, das sie auch in Island gefühlt hatte. Das Einssein von allem. Tod, der sich in Natur auflöste. Natur, die sich in Tod auflöste. Ewige Heimat, die nicht unterschied. Es war ein kurzer inniger Moment des dankbaren Erkennens, eine Tür zur Versöhnung mit ihrem Schicksal. Zu Felix sagte sie jedoch nur: Jede Botschaft einer Religion, eines Menschen, sollte nur Frieden sein. Mehr nicht. Vielleicht wirst auch du eines Tages dem Judentum näher sein als du dir jetzt vorstellen kannst. Nicht um Riten zu befolgen. Sondern einfach, um dir und deinen Mitmenschen näher zu sein. Wer weiß das schon? Ich. Sagte Felix schnell. Ich. Er sah Olga fast trotzig an. Das wird wohl kaum passieren, glaub mir, und vor allen

Dingen würde ich jetzt gerne den Friedhof verlassen. Felix fühlte sich sehr unbehaglich. Ein Friedhof bedeutete ihm in seinem jungen Gemüt nicht das Ewige und Harmonische. An diesem Tag sah er nur in das Gesicht von Verlust. Er mochte ganz besonders nicht seine Mutter solche Worte sagen hören. Du bist noch nicht so alt, um an solche Dinge zu denken. Fand er. Aber Olga schüttelte den Kopf. Nein. Entgegnete sie. Der Tod ist im Leben. Das Leben ist im Tod. Immer. Das eine ist nicht ohne das andere denkbar. Sowie Schmerz die Kehrseite von Freude ist. Und alles, was wir jetzt tun, tun wir für die Ewigkeit. Jedes neue Jahr entscheidet darüber, ob wir als gute Menschen vor dem Herrn stehen werden oder nicht, Felix. Hast du das vergessen? Ganz gleich, ob wir dies als jüdischen Ritus begehen oder als Mensch mit Ethik. Olga lächelte. Sie wandte sich zum Gehen und betrachtete ihren Sohn, der schmal und jung und mit herausfordernd flackernder Zukunft im Blick vor ihr stand. Wie dem auch sei. Fuhr sie fort. Du kannst das handhaben wie du magst. Und Heidi ist ja auch keine Jüdin. Aber: Wer weiß! Sagte sie noch einmal. Dann legte sie zum Zeichen, dass sie den Friedhof besucht hatte, ein paar kleine Steine auf die Friedhofsmauer, dachte dabei an jene, die sie verloren hatte, siedelte sie aus ihren Träumen in die sie umgebende Realität, verneigte sich innerlich, verabschiedete sich äußerlich, nahm ihren Sohn an der Hand als sei er ein kleines Kind und verließ frohen Herzens den Ort des Gedenkens.

So war das mit Olga.

Und dem Friedhof. Und mit allem, was sie im Leben dorthin geführt hatte. Am Ende eine Odyssee des Glücks. Sie hatte sich versöhnt.

So wie Hans, der endlich seinen eigenen Garten hatte, nicht ganz so voluminös wie Liebermann, doch groß genug an Gras und Baum und Teich und Weg, um Olga an die Hand nehmend, darin ein paar Schritte gehen zu können. Sieh nur Olga! Hans griff in die Lockenmähne seiner Frau, die nicht mehr so schwarz war wie früher, doch immer noch wild und drahtig. Dieser Garten war mein inneres, mich stärkendes Geheimnis. Blumen, die ich mir zur Hoffnung ersann, erwirkt aus meiner Liebe zu dir, mein Bild der Zukunft all die Jahre im Krieg, das mich rettete, immer wieder, damit ich heute hier stehen kann, um durch deine Locken zu fahren und dir sagen zu können: Du warst die Liebe meines Lebens. Und du bist es noch immer.

So war das mit Hans.

Aber was würde mit Felix werden? Von den Hoffnungen und inneren Bildern seiner Eltern wusste er wenig. Eltern waren Eltern. Sie waren unbeschrieben, immer da, immer stark oder schwach, doch gegenwärtig und gleich, die Festung der Kinder, der Spiegel, die Heimat. Auf Eltern blickte man anders als auf Freunde oder fremde Menschen. Eltern waren in gewissen Teilen etwas Abstraktes. Man kann versäumen, sie zu einem Menschen zu machen. Manchmal bemerkt man dies erst, wenn sie dem Tod nahe sind. War Olga dem Tod nahe? Felix hoffte nicht. Dennoch: Er mochte das Gespräch auf dem Friedhof nicht. Auch danach nicht. Er konnte kaum sagen, warum es so viel Widerstand in ihm hervorgerufen hatte. Und nun wurde ihm also ausgerechnet angeboten auf einem Friedhof zu wohnen. Was dachten sich diese Leute denn? Was dachte sich dieser Schnurrmann? Für einen Moment war Felix empört. Juden wollten doch am liebsten auf dem Ölberg begraben sein. Denn wenn der Messias eines Tages käme, würden jene als erste auferstehen, so der orthodoxe Glaube. Aber ganz gewiss würde kein Jude je in einem dort ansässigen Haus oder Hotel zu Gast sein wollen. Und er, Felix, sollte nun sein weiteres Leben und seine Arbeit genau an einem solchen Ort verrichten? Diese Frage ging tief. Musste er sich wirklich damit auseinandersetzen, wo er doch einfach nur umziehen und leben und sich nicht so viele Gedanken machen wollte? Seine Jugend war kurz gewesen. Seine Verantwortung seit seiner Kindheit die eines Erwachsenen. Felix verzog unwillig den Mund, sah die beiden Herren kritisch an. Er gab zu bedenken, dass er sich in dieser Materie ja gar nicht auskenne, und, dies vor allen Dingen, er auch gar nicht so richtig Jude sei, wie er nun mal zugeben müsse… Doch als er Heidis enttäuschtes Gesicht sah, der dieser Gedanke, bei den Toten zu wohnen, zu seinem Erstaunen offenbar gar nicht so unangenehm war, vielleicht auch nur, weil sie in der jetzigen Situation einfach alles annehmen würde, entschied er, dass man ja mal sehen könne. Schön. Gut. Zufrieden nickten Dr. Bass und Hans Martin Altmann, zuversichtlich lächelte der Sekretär, und so traf man sich schon wenige Tage später in der Elsässerstraße in Freiburg. Das Haus am Friedhof. Das Haus auf dem Friedhof. 1944 zerbombt. 1950 wieder aufgebaut und das einzige, das neben einer Kaserne am Robert-

Grumbach-Platz auf weiter Flur stand. Recht einsam also. Undenkbar hierin ein neues Zuhause zu sehen. Oder?

Wow. Sagte Heidi nur. Wow. Sagte auch Felix. Ziemlich runter gekommen. Sagte dann wieder Heidi. Aber so groß und so viele Zimmer. Anerkannte Felix. Mit ihnen war ihr kleiner Sohn und die jüngere Schwester von Heidi, die sie aus dem Kinderheim zu sich geholt hatte, weil Heidis Mutter nun gar nicht mehr in der Lage war Mutter zu sein. Alle zusammen betrachteten sie die weitläufige 150 Jahre alte Gräberanlage, die sich friedlich und blühend an das Haus anschmiegte, sowie den kleinen zur Straße hin zeigenden Leichenraum, der ihnen etwas Unbehagen bereitete. Sie betraten ihn auch. Rochen den leisen Geruch des Todes, der in den Wänden hing, erschauerten. Uhhhh. Heidi und Felix sahen sich an. Es war ungewohnt, ja. Aber... auch großartig... eine kleine, neue Welt, die sie füllen konnten mit Kindern und Arbeit und mit Menschen, die sie unterstützen könnten, so wie sie stets selbst unterstützt wurden. Denn das war ihr Plan... Hier gab es Platz. Ganz viel dafür. Raum für Gestaltung. Sie standen und versuchten sich hinein zu fühlen in dieses kommende Leben, in diesen ungewöhnlichen Ort. Noch ahnten sie nicht, dass Heidi dem Haus tatsächlich jede Menge Kinder schenken würde. Dass außer Martin, der Erstgeborene, noch Iris, Dan, Thorsten und Anja folgen und sie außerdem Pflegekinder aufnehmen würden. Dass die Mutter von Felix, sogar die Mutter von Heidi, ihre letzten Tage, statt im Altersheim, bei ihnen verbrächten. Olga sich bei Heidi entschuldigend. Die Mutter bei Heidi sich nicht entschuldigend. Dass sie einen Campingbus erstehen würden, um damit in die weite Welt zu ziehen, auch einmal um ganz Island fahren und sogar den Onkel von Felix besuchen würden. Nach fünfzig Jahren. Welch ein Wiedersehen! Dass jede Menge Gastschüler aus aller Welt in diesem Haus Unterkunft fänden. Besonders erwähnenswert ein Junge aus Palästina, den sie später selbst, recht abenteuerlich und mit Herzklopfen in dessen Heimat besuchen würden, in sich tragend die Mahnung von Olga: Frieden unter den Religionen ist die einzige Option auf der Welt. Dass sie neben Mutter- und Vatersein und Arbeit ehrenamtlich und abwechselnd nachts für das Rotkreuz Schichten fahren würden und noch manch andere Nebenjobs für oder ohne Geld tätigten. Dass Heidi, ganz wichtig, konvertiere, damit auch die Kinder jüdisch wären und sie in der israelitischen Gemeinde eine weitere Familie und auch Aufgabe fände. Dass Felix Dutzende von jüdischen Friedhöfen in Südbaden, die fast nur auf Papier bekannt waren, finden und betreuen würde, auch den Allerkleinsten, der, wie sich herausstellte nur 2 qm groß war. Ein Grab in Lichtenau. Dass Felix sehr eng, erst dem sehr liberalen Landesrabbiner Nathan Levinson verbunden sein würde, - ein Reformer, der erwirkte, dass die Juden offiziell nicht mehr Schuld an Jesu Tod wären-, dann später dem ehrgeizigen, streng orthodoxen Rabbiner Benjamin David Soussan zur Seite stünde und erst von diesem tief ins Judentum eingeführt werden sollte. Dass er den Umzug von der improvisierten, jüdischen Gemeinde in der Hohlbeinstraße 125 bis zum Bau der Synagoge in der Freiburger Innenstadt unter dem Bürgermeister Rolf Böhme verfolgen und den Aufschrei der Freiburger Anwohner mit erleben würde, die eine Synagoge in der

Beethovenstraße, denn so war es zunächst angedacht gewesen, nicht gut fanden. Dass aber auch die noch lebenden Juden selbst keine Synagoge haben wollten, weil die Alten, die nach dem Krieg zurückgekehrt sein würden, dann fast alle tot wären und so die notwendigen zehn Mann für einen Gottesdienst, die es brauchte, nicht gewährt wären. Dass Felix spät erst und als einer der letzten Zeitzeugen beginnen würde zu erzählen, in Schulen, in Zeitungen und sich damit erfolgreich von seinem eigenen Trauma reinigen konnte. Wie er all die Zeit immer mehr vom Gemeindediener, Sekretär und Friedhofspfleger allmählich zu DEM legendären und bekannten Friedhofsführer und Überlebenden einer jüdischen Odyssee während des Holocaust avancieren würde, neue Gemeinden im Umland mit begründen und Zuzugsjuden aus dem Osten Anfang der 90er in vielfacher Weise unterstützen sollte. Dass er dafür kämpfen würde, dass der verstorbene jüdische Orientalist und Übersetzer Gustav Weil in seiner Geburtsstadt Sulzburg den Ehrenbürger-Straßennamen wiedererhielte und schließlich und verdient, - wie aufregend! -, sogar vom Bundespräsidenten persönlich das Bundesverdienstkreuz in Berlin überreicht bekäme. Vor allem aber, dass Felix und Heidi tatsächlich, wo es nur ging, das Glück, ihr Glück, stets reichlich teilten, so arm sie immer blieben. Ja, von all dem wussten sie nicht. Aber sie spürten vielleicht, dass sie hier eine Chance hatten, so manches ihrer Träume wahr werden zu lassen. Sie nahmen das Angebot an. Es war Herbst 1966, das jüdische Jahr 5727 hatte gerade begonnen, - Felix war 30 Jahre alt-, und mit einem Schlag war das passiert, was Olga orakelt hatte. Felix wurde Jude. Einfach so. Denn von ihm wurde von nun an nebst

Wartung der Friedhofsanlage und Schriftverkehr mit den Hinterbliebenen verlangt, - höflich erwartet -, sich regelmäßig in der jüdischen Gemeinde und in den Gottesdiensten zu zeigen, Herrn Schnurrmann zur Seite zu stehen und die Kinder, sofern da noch mehr kämen, - ganz bestimmt, - jüdisch zu erziehen. Puh. Von Lederhandwerk keine Spur mehr. Vom Vater keine Rufe. Überhaupt vom alten Leben rein gar nichts mehr. Das war ungewohnt, doch positiv. Es war genau das, was Felix wollte. Auch Heidi. Was er schon damals in Dänemark am liebsten getan hätte als die Familie plötzlich weg war. Endlich konnte er sein Leben selbst gestalten. Endlich war die Odyssee in einem Hafen angelangt. So freute sich Felix. So dachte er. Doch das Glück ist tückisch. Denn wann war ein Krieg wirklich zu Ende? Wann lief man nicht mehr fort? Wie viel konnten lustige, jüdische Witze einen über das Erlittene hinweg helfen, wenn Schmerz fest steckte? Steckte Schmerz überhaupt fest? Auch, wenn Felix weitestgehend fröhlich durchs Leben ging und es ihm ein Prinzip war, immer die positiven Seiten zu sehen, so kam er doch nicht umhin zu erkennen, dass es ihm ein wenig wie Olga erging. Die Unruhe der dauernden Flucht und die Ortswechsel waren ihm bei aller unbefangenen Jugendlichkeit eines Tages körperlich geworden. Tagsüber bemerkte er dies nicht, aber nachts, in der Ruhe, kroch es ihm von den Zehen bis zu den Haarspitzen und er warf den Kopf hin und her. Es war ein Gefühl wie lebendig begraben zu sein. Etwas wollte heraus. Schmerz. Leben. Und fand den Ausgang nicht. Felix wusste sich nicht zu helfen. Meist schlang er dann seine Arme um Heidis Körper. Sie verbanden sich wie einst Hans und Olga es taten zu einer Kugel, die schützte und stützte und Heidi flüsterte ihm beruhigend in sein Ohr: Wir gehen hier nicht mehr weg. Wir sind angekommen. Glaube es. Felix glaubte es, murmelte: Danke, Heidi! Und schlief ein. Jeder braucht einen, der einen hält, der einem zuhört. Es war gut, dass er Heidi hatte. Es war gut, dass Heidi Felix hatte. Aber wen hatten die Toten? Wer trug deren Geschichten weiter, besonders jene Leben, die vor der Zeit abgebrochen waren? Wie konnte es Zukunft geben, wenn die Vergangenheit noch nicht vorbei war? Und wie ließ sich Unruhe stillen?

Diese Frage beschäftigte Felix. Aber er hatte keine Antworten. Darum machte er in den ersten Tagen nach seiner Ankunft in dem neuen Zuhause beharrlich einen großen Bogen um den Friedhof. Er war sich sicher, der Ort lebt. Er war sich sicher, er hört die Seelen reden, aber er wollte nicht hinhören. Abends vor dem Schlafengehen stand er am Fenster. Er ließ seinen Blick über das dämmrige Gräbermeer schweifen. Direkt unter ihrem Fenster waren die Kindergräber. Die meisten der kleinen Steine waren jedoch von den Nazis im Krieg umgehauen worden und standen nun aneinander gelehnt an die Mauer des Friedhofes gehoben. Sie warteten darauf wieder zugeordnet zu werden. Auch ein paar andere große Marmorsteine waren zerstört und vom Fundament gerissen worden. Doch nicht so viele. Unversehrt und nicht weit von den Kindergräbern entfernt, fand sich der Star des Friedhofes. Felix konnte es gut erkennen. Das Grab des berühmten 1808 geborenen Gustav Weil. Statt wie vorgesehen Rabbiner zu werden, studierte er Geschichte und Philologie. Ging als Korrespondent nach Algier, Kairo und nach

Konstantinopel. Er lernte Arabisch, Neupersisch und Türkisch und war vor allem berühmt für die Übersetzung von *Tausendundeine Nacht.* (Über das deutsche Lektorat war er allerdings sehr unglücklich, da es all jene Details, die brisanten, heraus strich, welche die Geschichte erst ausmachten). Dass er der erste jüdische Professor an einer Universität gewesen wurde, war aber vielleicht der größte Stolz, der ihn umgab. Ja, wirklich prominent. In der Tat. Doch ein wenig rümpfte Felix die Nase. Gustav Weil durchkreuzte die Welt, weil er das wollte, nicht weil er musste. So etwas nannte man dann nicht Flucht oder jüdische Odyssee, sondern hieß sich ein wohlgestalteter, aufregender Lebenslauf. Sicher, Weil konnte nichts für Felix´ unfreiwillige Reisen. Und am Ende… sinnierte Felix weiter… lag Weil dann doch hier. So wie alle. Ob sie Rabbiner werden sollten oder waren oder nicht. Flucht vor dem Judentum war nicht möglich. Felix war sich auch klar darüber, dass er diese sonderbare Arbeitsstelle natürlich nur bekommen hatte, weil er Jude war. Wie ein langes Lasso hatte man nach ihm geworfen. Nur konnte er sich nicht mit seinem Einstellungskriterium identifizieren. Er war der Sohn eines Atheisten und Wahldeutschen. Was wollte er hier? Wer war er zwischen all seinen Identitäten? In Island geboren, aufgewachsen und sozialisiert in Dänemark, die Vorfahren österreichisch und ungarisch. Im Pass heute ein Deutscher. Doch er könnte alle die sein. Österreicher, Isländer, Däne, Ungar. Deutscher. Aber er war Jude. Verdammt, seine Mutter hatte vielleicht recht gehabt. Bislang hatte er sich nie wirklich gefragt, wer er war. Er war Felix. Ein Mensch. Was sonst? Wer sonst? Warum auch? Musste man das? Er hatte aus jedem Tag einfach das Beste gemacht. Sein Optimismus war immer seine Stärke gewesen. Schlechtes konnte er sofort abhaken. Nun zeigte sich, dass dieser Wesenszug auch einen Fallstrick hatte. Es gab Dinge, die konnte man erst mit Optimismus heilen, wenn man sie überhaupt gesehen und angenommen, transformiert, durchlitten hatte. Was aber hatte er bislang übersehen? Abgelehnt? Ein großes Durcheinander wuchs in seinem Kopf. Vermischte sich mit dem Durcheinander einer allgemein aufkommenden Aufarbeitung des vergangenen Krieges. Die Zeit hatte Dornröschen aus seiner Weltgeschichte wachgeküsst. Doch nichts Schönes öffnete seine Augen. Düstere Geschichten drangen an die Oberfläche wie schmierige Fettaugen. Gewalt und Grausamkeit in schamhaften Details, ein Holocaust, dessen Ausmaß erst jetzt, da der Rausch des Aufbaus nachließ, so richtig deutlich wurde. Geschichten, die Felix das erste Mal hörte. Geschichten, die seine Welt erschütterten und seine Odyssee neu schrieb.

Wer war er? Warum war er hier? Wo war Anfang und Ende und was flüsterten jene Seelen da draußen ihm zu?

Der Friedhof machte ihm wahrlich Unbehagen, dennoch war Felix dankbar, dass er eine Aufgabe übertragen bekam, für etwas zu sorgen, wofür andere regelrecht gekämpft hatten. Dieser Friedhof war nicht einfach da gewesen. Das wurde ihm allmählich klar. Zuletzt war es Nathan Rosenberger zu verdanken gewesen, dass das Anwesen wieder weitestgehend von der Stadt instand gesetzt wurde. Nathan Rosenberger, der schon vor dem Krieg der jüdischen Gemeinde Freiburgs vorstand, wurde als einer der wenigen von der Deportation nach Gurs verschont, da die Nationalsozialisten für die

Abwicklung der Hausverkäufe einen internen Ansprechpartner benötigten. Ab 1942 war dieses Privileg jedoch vorbei und Nathan Rosenberger, seine Familie und alle, die bis dahin noch in Mischehe in Freiburg verweilen durften, wurden ebenfalls deportiert. Sie kamen ins Konzentrationslager Theresienstadt. Nathan Rosenberger überlebte. Krank und abgemagert kehrte er nach dem Krieg, inzwischen 70jährig, zurück nach Freiburg und begann sofort trotz Schwäche aktiv zu werden. Bereits im Dezember 1945 gründete er eine neue jüdische Gemeinde, deren Vorstand er übernahm und wurde außerdem zum Oberrat der Israeliten Badens gewählt. Die kleine Gemeinde von etwa 25 männlichen Mitgliedern wuchs kontinuierlich an. 1948 waren es schon 120 Mitglieder. Rosenberger kümmerte sich um weitere Heimkehrer, korrespondierte mit emigrierten Juden, verhandelte deren Wiedergutmachung und forderte von der Stadt einen Ausgleich und Schadensersatz, den die Gemeinde durch die Schändung von Friedhof und Zerstörung der Synagoge erlitten hatte. Am 15. März 1939 war der Platz, auf dem die Synagoge stand für 67.000 RM an die Stadt Freiburg gegangen. Man wollte darauf einen Parkplatz errichten. Nun tauschte die Stadt lediglich die Grundstücke der israelitischen Gemeinde gegen Restauration des Friedhofes und Bau eines Wärterhäuschens inclusive einer neuen Leichenhalle. Doch immerhin. Wenigstens die Toten und ihre Nachfahren konnten aufatmen. Der Friedhof durfte wieder ein Ort der Ruhe werden, bekam eine neue Mauer und eine ausführliche Gräberpflege. 1953 starb Nathan Rosenberger. Er hinterließ ein unfertiges Werk. Den Friedhof. Nathan Rosenberger hätte auch jammern und hassen können. Aber das tat er nicht. Im Gegenteil. Das fand Felix beachtlich. Doch würde er sich der Größe dieses Mannes als würdig erweisen?

Je mehr Felix nun Einzelheiten über den Friedhof erfuhr, gewahrte er Dinge, die weit über ihn hinaus reichten. Dinge von Verantwortung und Verzeihen. Fast schämte er sich, dass er zauderte durch das Tor zu gehen. Es machte ihn betroffen, ein Teil von all dem zu sein und noch zu werden. Er wollte ebenfalls nicht als Leidender kommen, sondern als einer, der etwas ausrichten würde. Hatte er doch selbst nur überlebt, weil andere immerfort ihr Leben für das Gute aufs Spiel gesetzt hatten. Die Guten gab es wie die Schlechten. Auch in Freiburg. Zwar konnte sich die ehemals vergleichsweise große Stadt rühmen, 1940 die erste judenfreie Stadt Deutschlands zu sein, weit vor allen anderen. Doch Helden gab es auch hier. Menschen, die Juden versteckten, die warnten, unterstützten. Eine der unerschrockenen Helfer und Helferinnen war zum Beispiel die spätere Freiburger Ehrenbürgerin Gertrud Luckner. Sie war überzeugte Pazifistin und Christin und arbeitete aktiv im Widerstand. Schon nach der Machtergreifung Hitlers warnte sie die Juden und unterstütze sie bei den Auswanderungsformalien. Stellte sich öffentlich auf deren Seite, wurde verraten, kam ins KZ Ravensbrück, überlebte den Todesmarsch und, ähnlich wie Nathan Rosenberger, ging sie nach dem Krieg trotz Versehrtheit sofort unermüdlich daran, sich erneut für diejenigen einzusetzen, die Not erlitten hatten. Sie leitete die Verfolgtenfürsorge der Caritas, setzte sich außerdem für die Freundschaft zwischen den Christen und den Juden ein und lebte bis zu ihrem Tod das Credo von Hilfe und Versöhnung als Mittel aktiver Zukunftsgestaltung. Dafür erhielt sie drei Bundeskreuze, die Verdienstmedaille des Landes Baden-Württemberg und 1966, in dem Jahr, da Felix über seine Bestimmung nachsann, zeichnete der Staat Israel sie in *Yad Vashem* als *Gerechte unter den Völkern* aus. Wow. Felix bekam Gänsehaut, wenn er an sie dachte. Woher hatte diese Frau nur so viel Mut genommen? Sie war keine Jüdin. Sie hätte wie die anderen wegschauen können. Und doch war sie furchtlos gewesen, hatte ihr Leben für die Gerechtigkeit gegeben. Sie war zweifellos ein Vorbild. Dazu kam ihm Mikkel in den Sinn. Nur schemenhaft erinnerte er sich an einen großen, würdevollen Mann, mit einer Aura von Autorität und Geheimnis und den gütigsten Augen, die er kannte. Ohne ihn, - wie ohne Inga -, und vielen anderen, würde Felix wahrscheinlich nicht hier stehen. Er dachte auch an die Vorsteherin des Kinderheims. Auch sie hatte ihn gerettet. Er erinnerte sich daran, wie diese die Kinder angefleht hatte, zu vergessen, dass sie Juden seien. Ihm war lange nicht bewusst gewesen, dass Jude zu sein eine Tragödie war, die sich nicht nur auf ein paar Jahre Nazideutschland beschränkte. Weder davor noch danach. Die Diskriminierung war so alt wie das Volk selbst. Oft genug waren die Juden die Sündenböcke gewesen. In Baden war dies nicht anders gewesen. Bis zum Aufenthaltsrecht in Freiburg 1806 war den Juden das Leben auf dem Land vorbehalten gewesen. Aber als sie 1862 außerdem das Bürgerrecht erhielten, und sich zwei Jahre später eine erste jüdische Gemeinde bildete, immerhin erste 100 Juden, beharrte man auch auf einen eigenen Friedhof. Die Stadt schlug zunächst eine Ecke auf dem Hauptfriedhof vor. Doch die unterschiedlichen Bestattungsriten der Konfessionen hätten für wenig Harmonie gesorgt. Nach einigem Hin und Her gestand man ein eigenes Areal für einen jüdischen Friedhof zu und baute diesen 1870 in die Elsässer Straße, Ecke Rosbaumweg. Weit außerhalb der Stadt. Aber immerhin. Eine Synagoge war auch bald da. Im gleichen Jahr. Voluminös. Ein Prachtbau. Auge im Auge mit dem Stadttheater. Das zog immer mehr Juden nach Freiburg. Und so waren 1925 schon 1400 jüdische Bürger in Freiburg gemeldet. Gestorben wurde in der Zwischenzeit ebenfalls und der Friedhof begann zu wachsen. Die alten Gräber wurden zunächst noch ausschließlich mit hebräischen Schriftzeichen versehen. In ihnen lagen Menschen, welche ihr Glück im Leben noch vor dem Holocaust fanden, auch ihren Tod. Wie Gustav Weil. Dann gab es Gräber wie das des Mathematikprofessors Alfred Loewy, der krank und blind und vielleicht auch aus Verzweiflung über die Nazis und Martin Heidegger vor seiner Zeit starb, oder Abraham Dreifuss, der 1938 im KZ Dachau vor den Augen seines Sohnes zu Tode gefoltert wurde, dessen Leichnam aber für viel Geld den Weg nach Freiburg finden durfte. Oder Elsa Cohn und Max Frank, die sich bereits vor Therese Loewy, das Leben nahmen, um den Nazis zuvor zu kommen. Auch der Tod des Arthur Müller, der von 1934-1938 Synagogenverwalter und Friedhofswärter in der Elsässerstraße war, fand noch 1939 hier seine Ruhestätte. In seine Fußstapfen sollte nun Felix treten. Dann gab es Gräber, welche in die Zeit der Naziherrschaft fielen und in den Wirren der Krieges eilig errichtet wurden, wie das Grab von Therese Loewy. Sie hätte neben ihrem Gatten Alfred Loewy ruhen müssen, doch die improvisierte Not jener Tage hat dies offenbar nicht möglich gemacht und letztlich kann Therese Loewy vielleicht sogar von Glück sagen, dass ihr Begräbnis nach ihrem Freitod, das sie bis ins Kleinste finanziell geplant und abgegolten hatte, überhaupt noch durchgeführt wurde. Später dann gab es Gräber in denen vereinzelte Heimkehrer nach dem Krieg ihre Ruhestätte fanden. So zum Beispiel Adolf Besag und Franz Fuchs, welche beide das KZ Theresienstadt überlebten, die Ehrenbürger und Kommunalpolitiker Max Mayer, Lederwarenhändler und emigriert nach den USA, und sein Freund und Jurist Robert Grumbacher, deportiert nach Gurs. Die Lebensläufe und Vorlieben beider waren so identisch, dass es nicht wundert, dass sie Freunde waren. Sie gehörten der SPD an, sie waren Stadträte, sie waren sehr feingeistig, liebten die Musik und das Theater, sie schrieben, sie wanderten für ihr Leben gern, sie genossen die Naturgewalt des Schwarzwaldes und sie waren zwar links, aber liberal. Sie wurden beide 1933 in Schutzhaft genommen, sie zahlten beide enorme Summen an „Sühnegeld" an die Stadt, sie erhielten beide Berufsverbot, verloren all ihr Hab und Gut, hatten aber beide auch Freunde, welche ihnen über die Zeit Beistand zollten. Max Mayer konnte seinen Laden an seinen Angestellten verkaufen, - heute Leder Reeß -, bevor die Stadt die Hand darauf hielt. Robert Grumbacher erhielt sein Hausinventar, gesichert durch einen Verwandten, nach dem Krieg zurück und führte auch schnell und trotz hohen Alters erneut eine Kanzlei, setzte sich ähnlich wie Nathan Rosenberger für jene ein, die es zu entschädigen galt und erhielt ebenso ein Bundesverdienstkreuz für seine Lebensleistung. Max Mayer dagegen, der nach dem Krieg zwar keinen direkten Groll gegen seine ehemaligen Landsleute hegte, ihnen die Hand reichte und immerhin zur Kenntnis nahm, dass man ihn wieder bei sich haben wollte, konnte jedoch die Zerrissenheit von Heimat nicht mehr überwinden. Als die Stadt ihm sein Bürgerrecht wieder zusprechen wollte, erinnerte er daran, dass Heimat nicht einfach komme und gehe und wieder komme. Er war inzwischen amerikanischer Staatsbürger geworden. Wie sollte er dies nun einfach wieder hergeben, da man es ihm so rasch und problemlos gewährt hatte? Als aber seine Frau in New York starb, holte ihn seine Tochter zurück nach Freiburg und so verbrachte er doch noch die letzten Jahre in seiner Geburtsstadt. Mehr als sein Freund Robert war er schon immer im Herzen jüdisch gewesen, hatte sich aus kleineren Verhältnissen als dieser empor gekämpft, hatte Freiburg als seine deutsche Heimat geliebt, hat die Nähe zum Münster und den katholischen Zauber und die christlichen Nachbarn geschätzt, doch bei aller Integration immer das Gefühl behalten, dass man sich als Jude besonders anstrengen und besonders unauffällig sein musste. Es gab nur ein Ort, wo die Heimat ohne Anspruch war. In der Natur. In der Landschaft. Ihm ging es wie es Hans ging. Am Ende seines Lebens formulierte er dies so: „Noch im hohen Alter, wenn ein Druck von mir weicht, erscheint mir das Bild des Simonwälder Tals. Wenn je ein Nachkomme von den Bergen herab dieses Tal passieren sollte, möge er mein gedenken und sagen: Hier ist der Max immer glücklich gewesen." Eine Landschaft ist unbeschrieben. Natur kann auch bei aller Grenzziehung immer nur sich selbst gehören.

Oh… Felix erschauerte. Ihm war lange ein Rätsel, warum sein Vater es nicht in Dänemark aushalten konnte. Warum er von Landschaftsidylle, dem Süden Deutschlands und vom Schwarzwald schwärmte. Nun dämmerte es Felix. Er sah: Wir können gegeneinander kämpfen und uns hassen. Aber die ganze Zeit atmen wir die gleiche Luft. Natur ist ohne Anspruch. Reines in sich gekehrtes Sein. Auch zuweilen grausam, doch ohne Urteil. Was konnte es daher Besseres geben, als sich in ihrem Anblick und in ihrem Raum zu reinigen! Alle quälenden Fragen, die sich zu verästeln drohen in ihre Balance zu geben. Das Aufatmen in der Stille des Seins. Ihre Verwandte war die Kunst, die Musik. Die Heiligkeit des Klangs. Felix überlegte: War es so, dass die Juden eine besondere Neigung zum Geistigen und zu den schönen Künsten entwickelt hatten? Ihr Fleiß und die Liebe zur Natur, mochte dies alles letztes Endes aus der jüdischen Heimatlosigkeit heraus gewachsen und über Generationen entwickelt worden sein? Wieviel davon war das allgemeingültig Menschliche, Zeitgeist und wie viel war explizit einem Volk zugeordnet? Robert Grumbach, der offenbar seine Schmach besser überwinden konnte als sein Freund Max Mayer, hatte ein Buch von Johann Peter Hebel mit auf die Flucht genommen. Das hat ihm Kraft gegeben und vielleicht nicht vergessen lassen, dass der Mensch im Grunde gut ist. Für ihn könnten folgende Worte von Max Frisch gelten: „Ein Aufruf zur Hoffnung ist ein Aufruf zum Widerstand." Nun ruhten beide Freunde, Ehrenbürger und Überlebende des Holocaust, nicht weit von einander entfernt. Der eine neben seiner Gattin der andere ohne seine Gattin. In ihrer Nachbarschaft finden sich andere Stadtgrößen wie die Familie des Bankhaus Mayer oder

Kaufhaus Knopf, die Großes in Freiburg aufgebaut und es ebenso schnell verloren haben. Zwangsenteignet für geringes Geld.

All dies waren Menschen, deren Leben im ausgehenden 19. Jahrhundert begann, welche die pulsierende Moderne, den Geist und die Wirtschaft deutlich mitprägten. Freiburg war Anfang des 20. Jahrhunderts tatsächlich so etwas wie die kleine Schwester Berlins gewesen. Es hatte Kultur und es hatte Natur. Es hatte Silber, war reich, es hatte eine Tram, schon Anfang des 20. Jahrhunderts, was es unglaublich modern machte, es hatte Vernetzung mit dem Elsaß, was es vergrößerte und den Blick weitete. So war es populär geworden und zu einer deutschen Mittelstadt herangewachsen. Fast lag Freiburg damals sogar an der Grenze zu einer Großstadt. Fortschrittliche Universität, schmucke Cafés im Wiener Stil, edle Jugendstilwohnviertel, Tanzlokale und eine wilde Kunst-, Theater- und Varieteszene. Dieser Aufschwung und Reichtum hatte auch schnell die Struktur auf dem jüdischen Friedhof verändert. Das streng Orthodoxe wich der liberalen Moderne. Plötzlich gab es statt der bewusst schmucklosen Steine, welche die Gleichheit aller im Tode symbolisieren sollte, größere bis prunkvolle Grabsteine oder sogar Mausoleen für besonders ehrbare und reiche Menschen. Plötzlich wurde am Tod sichtbar, wie viel Einfluss und Geld die fleißigen Juden in der Stadt um die Jahrhundertwende hatten. Felix musste an seinen Onkel denken, der damals in Berlin so stolz auf seine Uniform gewesen war. An seine Großmutter, die den reichen Damen und Schauspielerinnen in Berlin teuren Kopfschmuck verkaufte, an seinen Großvater, der ein reicher Schokoladenfabrikant war oder einfach an seinen Vater, der beim Aufbau seines Radiogeschäftes vom großen Geld und großen Leben träumte. Hinter jener enormen Blüte und Kraft verbarg sich jedoch auch ein Ehrgeiz, getrieben von dem Komplex ein Außenseiter zu sein und zu bleiben. Das Unruhige in ihrer Seele behielt recht: So schnell die Juden aufstiegen, so schnell fielen sie wieder. Es war ein Leichtes für Hitler in einer Zeit der Arbeitslosigkeit und dem Frust nach dem Versailler Vertrag Neid und Missgunst zu säen. Die Religion der Juden stilisierte er zum Feind. Der Jude war plötzlich nicht mehr Bürger und Deutsche, sondern der Jude. Ob Hitler aber bewusst war, welch tiefere Bedeutung der Tod und in Folge ein jüdischer Friedhof hatte? Und dass dort erst die Tiefe der Religion sich erfüllte und enthüllte? Sicher, viele Gräber wurden geschändet, auch in Freiburg, doch mehr aus purer Lust am Vandalismus. Wäre es Hitler bewusst gewesen, so überlegte Felix weiter, hätte er sich sicher nicht nur an den lebenden Juden, sondern gezielt auch an den toten Juden vergangen. Was die Nazis töteten, haben sie nicht verstanden. Das war gut so. So gingen sie letztlich an der eigenen und sich schierer Oberflächlichkeiten bedienenden Propaganda selbst zugrunde.

Die Toten, das empfand Felix nun, war das Kosbarste, was es zu hüten und zu beschützen galt. Es war kein unreiner Ort, es war kein niedriger Job. Es war eine Ehre. Seine Ehre. Und obgleich nicht jüdisch erzogen, wusste er ja: Ein jüdisches Leben war eine Linie. Eine Linie, die nach dem Tod lediglich in das Unterirdische wechselte, um dort zu einem dreigeteilten Körper zu werden. Die Körperhülle unter der Erde. Der Geist, der zu Gott ging. Und die Seele, die über dem Grab auf den Messias wartete. Oder wie die hebräische Inschrift auf den Gräbern etwas poetischer besagte: *„Möge die Seele im Strauße des Lebens eingebunden sein."* Der Tod war nur ein anderer Lebensabschnitt. Der Tod war im Leben. Das Leben war im Tod. Genau so wie Olga ihm gesagt hatte. Doch was Olga beruhigte, beunruhigte Felix noch immer und trotz Ehre und Einsicht fühlte sich Felix immer noch zu jung und immer noch nicht bereit, um als Wächter in den Zyklus des Ewigen einzugehen, die Verantwortung anzunehmen und den Stimmen der Gräber genauer zu lauschen. Er räumte weiter, er renovierte weiter. Er schob seine Berufung auf.

Jeden Tag aber ging er einmal bis zum Tor des Friedhofes und nahm von außen Kontakt auf. Er scheute die Schwelle. Weiterhin empfand er trotz allem ein künftiges Leben auf einem Friedhof als gegenläufig zu der langen Geschichte seiner Odyssee. Die Gräber, die ihm von seiner Position aus ins Auge fallen konnten, waren die der Cohanim. Blöcke aus Sandstein geschmückt mit segnenden Händen. Die Priestergräber. Sie lagen stets nahe am Tor, denn Nachfahren der Priesterklasse durften die Friedhöfe nicht betreten. Sie konnten sie nur, so wie jetzt Felix, vom Eingang aus betrachten. Die Priester waren die Höchsten im Volk. Sie waren die, die von Moses Bruder Aaron abstammten und durften sich nicht der gedachten Unreinheit aussetzen. Wenn man nicht wusste, ob man zu den Cohanim oder zu den Leviten, den Tempeldienern, gehörte, dann war man einfach nur das israelische Volk. Felix war Letzteres. Er war Israel. Israel war auch der

Beiname, den die männlichen Juden sich unter Hitler in den Pass eintragen lassen mussten. Dass so manche dieser Juden tapfer im ersten Weltkrieg für ein Land, das sie liebten, gekämpft hatten, vielleicht sogar das Eiserne Kreuz erhalten hatten, half ihnen später nicht und unterschied sie nicht. Sie gingen in den Tod des nächsten Weltkrieges ein und ihr Geist und ihr Körper flossen durch Schornsteine gen Himmel. Sie alle waren Israel. Gleich, ob sie Cohanim, Leviten oder Juden einfachen Volkes bzw. vor allem Deutsche waren. Irrten diese Seelen nun umher? Ohne eine Grabstätte? Felix mochte gar nicht weiterdenken. Die Berichte über die Konzentrationslager hatten ihn tief erschüttert, kratzten an seinem positiven Gemüt. Ein Soldatengrab für die Gefallenen des ersten Krieges gab es auch hier. Das wusste er. In der Mitte des Friedhofes, breit angelegt lag es. Er versuchte es von seiner Position aus zu erspähen. Es gelang nicht. Wie konnte man so viel Schmerz ertragen? Fragte er sich. Nie hatte er Groll gegenüber den Deutschen empfunden. Auch jetzt, da er plötzlich Schmerz spürte, wollte er dies nicht. Nie hatte er den Antisemitismus auf sich als Mensch, als Felix bezogen. Hätte er sollen? Und was würde es ihm helfen? Er atmete tief und er wollte einfach nicht hinein. Archimedes soll gesagt haben: „Gib mir einen Punkt, wo ich hintreten kann, und ich bewege die Erde." Das waren gute Worte. Fand Felix. Er griff bereits danach, doch es sollte noch einige Zeit dauern, bis er gänzlich die Scheu vor den Gräbern verlor. Immer wieder auch wunderte er sich über die Ordnung und die Riten, die den Friedhof, auch das Leben der Juden betraf. Was Menschen doch für seltsame Traditionen schöpften. Aus Gründen der Anbetung finden sie verbindliche Gesetze, die menschlich sind und manifestieren sie so lange, bis sie religiös werden. Wo war die Henne, wo war das Ei? Oder spielte das gar keine Rolle? Im Judentum gibt es 613 Ge- und Verbote. Genauer 365 Verbote und 248 Gebote. Wer sollte denn so etwas einhalten? Das schafften noch nicht einmal die Orthodoxen. Und nun sollte er sich mit so etwas befassen. Felix brummte unwirsch vor sich hin. Aber etwas an der Verbindlichkeit der Riten gefiel ihm. Traditionen... So sagte er sich ... sind wie eine Familie. Olga hatte es ihm schon gesagt. Er hörte auf zu brummeln. Er begann zu lauschen. Er ließ zu, dass sein Gehör sich verfeinerte. Er begann auf die Geräusche acht zu geben und versuchte mit Herz und Geist die Struktur des weiten grünen Raumes zu erfassen. Immer mehr ließ er sich nun fallen. Tag um Tag. Hörte tief in sich hinein, spürte in die Jahre der Flucht. Sah plötzlich doch Ängste und Traurigkeit, für die er als Kind gar keine Zeit hatte. Überdachte seine Jugend. Und endlich flossen ihm Tränen. Das erste Mal. Felix weinte. Die Gegenwehr fiel. Er schwappte wie in einem wankenden Schiff, dass sich auf einer See im Rhythmus der Wellen gleiten ließ, suchte kein Land. Ließ das Land ihn suchen. Sah kleine Boote auf dem Meer, Menschenseelen, die zu ihm hinblickten. Sicher, er war nicht in einem Konzentrationslager gewesen, in keinem Ghetto, er war von körperlichem Schmerz verschont geblieben, aber auch er hatte eine Geschichte. Und war es nur eine Odyssee. Leid ließ sich niemals gegen anderes Leid aufwiegen. Sein ganzes Leben war noch immer eine Flucht. Aber vielleicht würde sie enden, wenn er das schöne, geschwungene Eisentor des alten Friedhofes öffnen würde. Nicht umgekehrt, wie er es all die Jahre tat als er die Gefühle in jugendlichem

Temperament verschloss. Sie mit Freude und Pflichtbewusstsein überdeckte. Der Schmerz war ein Freund, ein Feuer. Schmerz war immer auch die Chance, die einem die Hände reicht. Und der Tod, der Friedhof, der vor ihm lag, war nicht sein Feind. Das hier war nicht gegenläufig, es war folgerichtig, eine wunderbare letzte Wendung des Schicksals an einem Ort, der ihn gesunden lassen wollte. Wenn ich durch die Angst gehe, gehe ich ins Leben. Wenn ich weine, kann ich lieben. Wenn ich froh bin, kann ich trösten. So sagte er. Und wenn ich glücklich bin, kann ich geben. Er verstand und rief nach Heidi. Er nahm sie an die Hand. Sie stand im Gegenlicht. Das gefiel ihm. Ein Scherenschnitt, etwas unbestimmt und kontrastreich. Eine lockende Zukunft, die ausgemalt werden konnte. Ich bin Felix. Sagte er darum zu Heidi. Ich bin das Glück. Lass uns ein Bäumchen pflanzen. Hier beginnt unser Leben und hier setzen wir das Leben derer fort, die dort begraben sind, erzählen ihre Geschichten zu Ende. Die Liebe ist nicht stofflich. Heidi nickte. Ja, das wollen wir tun. Und so tat Felix es endlich, er nahm den Schlüssel zum Tor des Friedhofes in die Hand, drehte ihn um, betrat ein herbstlich, stilles Reich aus Stein und wuchernden Pflanzen und begrüßte den Tod, der den Juden das Leben war. Und es war gut.

Wo hast du gelernt zu verzeihen, Robert? - Bei den Unhöflichen, Max. Bei den Groben und Bösartigen. - Bei den Bösen? - Ja, bei denen. Denn immer dann wollte ich das Gegenteil tun von dem, was sie mir angetan haben.

Warum bist du nicht traurig mit uns, Gustav? - Wie sollte ich, Alfred? Meine Anteilnahme würde euch nicht froher mache. - Was würde uns froher machen? - Vertrauen. - Ich habe vertraut, Gustav. Es hat mir nichts genutzt. - Es hat dir aber auch nichts genutzt, nicht zu vertrauen oder?

Ich liebte dein Klavierspiel, Max! - Nun ja, die Finger waren etwas steif, Therese. Es fehlte die Übung. - Aber nicht das Herz, mit dem du spieltest. - Nein, das nicht. - Du bist kein Ungesehener, weißt du. Du hattest die Gabe, deine Seele in alle deine Taten zu legen. In die Musik, in die Theaterkritiken, in dein Amt als Stadtrat, als Sozialist, in dein Lederhandwerk, in deine Ehe. Du hattest die Gabe zur Liebe, Max. Du warst ein Aufrechter. - Möglich. - Die Aufrechten sind oft traurig, so wie mein Alfred, weißt du. Aber sie sind aufrecht. Längst nicht jede wohl lebende Identität kann das von sich sagen.

Heidegger war kein Guter, Alfred! Er war brillant. Aber er tat sich schwer, das Menschliche in seine Gedanken zu legen. Sei froh, dass er deine Person nicht in sein System zu integrieren wusste. - Das ist schön, dass du das sagst, Robert. Es tut dennoch weh, denn er war einst mein Schüler. - Ich weiß... - Über seine Kinder urteilt man niemals, dass sie böse seien. - Dann löse es biblisch, Alfred. Der verlorene Sohn. Lass ihn in dein Herz zurück kommen, auch wenn er selbst den Schritt versäumt hat.

Ich habe mein Leben beendet, statt mutig zu sein. - Du warst mutig, weil du es beenden konntest, Therese.- Ich weiß nicht. Ich hatte Angst vor der Einsamkeit. Ich wollte dort enden, wo noch ein Rest Erinnerung war. Mehr Kraft hätte ich nicht mehr gehabt, Max. - Ich hatte den Mut nicht. - Du hattest den Mut, immer wieder aufzustehen, weiterzumachen und zu inspirieren. - Ich habe gerne gelebt, weißt du. Ich war klein. Aber meine Gedanken waren groß. Es gab so viel schöne Dinge zu sehen. Und wenn ich gewiss sein kann, dass die Wärme meiner Liebe für die Berge, die ich durchwanderte, diese durchdrungen hat, wenn sie dort bleiben durfte, dann bin ich zufrieden. Mehr als Natur sind wir nicht. Meine ich. Dieser Gedanke hat mich immer froh gemacht. Getröstet. - Ein schöner Gedanke. Ich denke, nichts ist verloren.

Das stimmt. So ging es mir auch. Wir sind Natur. Wir sind der lichte Hauch, der hinter uns liegt. Wir sind der Gedanke, der uns hört. - Robert, du bist ja ein Dichter! - Wir sind alle Dichtung, Max. Wir sind Traum. Rauch. Luft. Stimme. Körper. Geist. Energie. Ich lebe in dem, was sich mit mir verwebt. - Ich glaube, Felix verwebt sich gerade mit uns. - Da magst du recht haben. - Nun haben wir wieder einen Traum. Jemand träumt uns weiter. - Ja. Wer träumt, lebt. - Und wer uns träumt, lebt unser Erinnern. - Wer unser Erinnern auflöst, erlöst uns.

Nachwort

Wenn man eine Geschichte schreibt, die in einen solch großen Kontext gebettet ist, dann kommt man vom Hölzchen aufs Stöckchen. Ich habe Unglaubliches dabei entdeckt und bin gleichzeitig darüber entsetzt, wie wenig wir wissen und wie hilfreich es sein könnte, wenn das ein oder andere uns doch bekannt wäre. Auch wenn Weisheit und Wissen oft verwechseln werden.

Der Umfang meiner Recherche für diesen biografischen Roman galt dem Nationalsozialismus, in den die jüdische Odyssee von Felix eingebettet ist, die Zeit der Dreißiger bis hin in die Sechziger, dem Einzug von Felix in das Haus am Friedhof. Mir war es wichtig den historischen Fußnoten die bewegte Innenwelt der Protagonisten zu spiegeln. Die Seele, die auch nach einem Krieg allzuoft ein einsamer Kriegsschauplatz bleiben kann. Die Grundlage der erzählten Odyssee fußt auf den Erzählungen von Felix und seinem Wissen um die Menschen auf dem Friedhof. Ich hangelte mich an den mir erzählten Ereignissen entlang und musste doch manches, das meiste mit Emotion auskleiden. Der Arzt Mikkel war eine Figur, die ich brauchte als Kitt in der Geschichte. Vielleicht gab es ihn. Vielleicht nicht. Inga war keine Nachbarin, sondern in echt ein dänisches Kindermädchen, das jedoch in der Tat für die Rettung verantwortlich war, aber nie wieder ausfindig gemacht wurde. Natürlich setzte ich mich auch mit den Geschichten der jüdischen Schicksale in Freiburg auseinander. Beschränken tat ich mich insbesondere auf jene, einzelne, die dem jüdischen Friedhof zugehörten.

Es gibt jedoch eine Geschichte, die ich hier zum Schluss erwähnen möchte. Für meine Erzählung war sie nicht relevant, privat berührte sie mich aber sehr.

Es ist die Geschichte der Malwine Marum.

Malwine war Jüdin. Ihr Mann war Jude und er war Arzt. Leider hatte ihr Mann eine langjährige Geliebte. Die Sprechstundenhilfe. Und leider hatte er, als er außer Landes fliehen konnte, nur zwei Freischeine für die Flucht. Er nahm die Geliebte mit, nicht seine Frau. Malwine wurde 1940 nach Gurs deportiert, ein Lager, in dem massenhaft gestorben wurde, um dann später, wenn noch am Leben, in Auschwitz ermordet zu werden. So erging es fast allen, die nicht zuvor gerettet werden konnten. Die Familie Grumbacher hatte ein größeres Glück gehabt. Sie wurde aus Gurs befreit. Ich habe mich beim Lesen der Geschichte von Malwine immer gefragt, wie wohl der Gatte mit dem Wissen um den Tod seiner Gemahlin umgegangen sein mag. Wie konnte er diese indirekte Schuld tragen? Welch eine Tragik. Welch eine Traurigkeit. Leben wir in ruhigen Zeiten, sind wir nicht mit solchen Dingen konfrontiert. Schuldfragen haben dann andere Ausmaße. Aber es ist vielleicht eine gute Übung, seine eigene Integrität ab und zu auf den Prüfstand zu stellen und sich ein So-als-ob vorzustellen. Möglich, dass Robert Grumbacher dies im Umgekehrten tat. Was, wenn die Bösen gut wären? Wenn sie einem was lehrten? Das Böse umzudrehen braucht eine viel größere Kraft, doch ohne diese Kraft gibt es kein Vergessen und Vergeben. Glück erfordert Mut, Mut weiterzugehen. Mut loszulassen. Mut, Erinnerungen anzusehen, damit sie erlöst werden.

Frieden ist kein Mahnmal. Kein Denkmahl, keine noch so feurige Rede. Frieden ist Aktion und beginnt dort, wo es in uns selbst dunkel ist. Sei es aus Schmerz, sei es aus Hass. Allein dies anzuerkennen ist ein guter erster Schritt.

Ich durfte beim Schreiben erleben, wie sich fremdes Leid stellvertretend transformieren ließ. Wie sich Schweres immer mehr beim Formulieren in pures Glück verwandelte, sich die Emotionen der Protagonisten mir systemisch zeigten und damit wie eine universelle Folie von Menschsein zur Verfügung standen. Auch fremde Gefühle und Erlebtes können wir reinigen. Das war ein erhebendes Gefühl. Als Glücksforscherin, die ich schon so lange bin, ganz besonders. Welch Glück auch, einen Roman schreiben zu dürfen, dessen Titel nicht von mir erfunden ist, damit es passt. Felix heißt wirklich Felix. Und ich kann versichern, er nimmt seinen Namen sehr sehr ernst und niemals verlässt man ihn ohne einen jüdischen Witz gehört zu haben.

In diesem Sinne. Möge Felix, Sie, den Lesenden berühren. Dort, wo es schmerzt. Dort, wo es liebt. Felix sind wir alle. Zuletzt.